人類補完機構全短篇 1

スキャナーに生きがいはない

コードウェイナー・スミス
伊藤典夫・浅倉久志訳

早川書房
7735

THE REDISCOVERY OF MAN

by

Cordwainer Smith

Translated by
Norio Ito & Hisashi Asakura
First published 2016 in Japan by
HAYAKAWA PUBLISHING, INC.
This book is published in Japan by
arrangement with
SPECTRUM LITERARY AGENCY
through JAPAN UNI AGENCY, INC., TOKYO.

目次

人類補完機構全短篇1

スキャナーに生きがいはない

序文

J・J・ピアス

陳腐な言いまわしになるが、コードウェイナー・スミスのようなSF作家はふたりといない。

スミスは決して多作な作家ではなかった。その証拠に彼の短篇小説は、ほぼすべて本書のようなオムニバス本一冊におさまってしまう。彼は人気のある作家でもなかった。じっさい作品の大半は絶版となっている。また批評家たちのお気に入りでもなかった。これは彼のSF作品への言及が、〈サイエンス・フィクション・スタディーズ〉のような学術誌にほとんど見当たらないことで知れる。

スミスの作品を、多くの読者や批評家たちにアピールする気のきいたカテゴリーにあてはめるのは不可能である。それはハードSFではない、ミリタリーSFではない、社会学的SFではない、諷刺ではない、シュールレアリスムではない、ポストモダニズムではない。しかしながら、スミス作品と出会って恋に落ちた人びとにとって、それはこれまでに書かれた最も力強いSFの一画を形成しているのである。C・S・ルイスがかつて書いたように、それは読者の個人的な象徴イコンとなる小説なのだ。

あなたはもうコードウェイナー・スミスの筆名の陰にいた人物の物語はお読みだろう。ポール・マイロン・アンソニー・ラインバーガー（一九一三‐六六）は中国、日本、ドイツ、フランスで育ち、軍人、外交官となり、極東情勢の権威として尊敬を集めた。父親ポール・マイロン・ウェントワース・ラインバーガーは引退したアメリカ人判事で、一九一一年の辛亥革命では資金援助をおこない、孫文の法律顧問となった。子息ポールを〝白熱した至福の森〟リン・バー・ロー（林白楽）訳注1と名付けたのは孫文その人である（父親は〝一千の勝利の森〟リン・バー・クーと仇名された）。やがて若きラインバーガーは蔣介石の親友となり、父親とおなじく中国関係の文章を書くようになった。さらに後にはジョンズ・ホプキンス大学アジア政治学科に招聘《しょうへい》され、外交団の面々と専門知識を分かちあった。ただしここには、第二次世界大戦中、彼が中国で、スパイというか〝小戦争の参観者〟として過ごした歳月は含まれていない。この経験をもとに、彼は心理戦争の権威として認められることになった。

彼は心理戦争について決定的な本を著わしている。それは彼のすべてのノンフィクション作品とおなじく本名で発表された。ところが自分の小説については、きわめて内気だった。彼は長篇小説をふたつ書いている。『リア』*Ria*と『カローラ』*Carola*で、女性を主人公に国際的な舞台をとった異色作である。自分の中国名を加工したフェリックス・C・フォレスト名義で発表したが、〝フォレスト〟が誰なのか世間に知れると、とたんに書けなくなった。

その後スパイスリラー『アトムスク』***Atomsk***をカーマイクル・スミス名義で出すが、これまた世間の知るところとなった。もう一冊の長篇は妻の名義で持ちこみさえしたが、騙される者はなかった。ラインバーガーはその他少なくとも数本の長篇を部分的ながら書いている。だが出版社が興味を示すところまではいかず、彼自身それほど熱心でもなかったようである。

しかしながらポール・M・A・ラインバーガーがSF作家になったのは、ほかの分野でチャンスが奪われた結果ではない。じっさい彼はほかのジャンルを書く以前から、SFを書いていた。十代の前半から、彼は「未来の書」といった題名で信じがたい厚さのジュヴナイルSFをものしている。なかにはエドガー・ライス・バロウズのへたな模倣作品をはじめ、無器用な諷刺作品、中国の伝説や民間伝承の改作、等々。こうした試みのひとつに空想の書評がある。二十年余の歳月を経て最終的な形にまとまる「達磨大師の横笛」の起源となるものである。十五の年には、なんとSFの短篇小説をおおやけに発表している——「第81Q戦争」で、これはワシントンDC公立学校の士官候補生団機関誌アジュタントの一九二八年六月号に掲載された。このとき彼は従兄弟《いとこ》ジャック・ベアデンをヒーローの名前に使ったため、ベアデンは自分も小説「悪名高きC39」“The Notorious C39”を書いてお返ししようと考えた。ところがベアデンの作品はアメージング・ストーリーズ誌に載ってしまった。三十年余の歳月ののち、ラインバーガーはコードウェイナー・スミス名義の第一短篇集『あなたは元の自分ではいられない』***You Will Never Be the Same***のために「第81Q戦争」を改稿したが、収録には至らなかった。

一九三〇年代から四〇年代全般にわたって、ラインバーガーは短篇小説を書きつづけている。SFもあればファンタジーもあり、現代小説や中国の歴史小説もある。そうした草稿は、けっきょく赤いレザー表紙の本にまとめられ、いまはオレゴン州に住む彼の娘のひとりが所有している。作品のほとんどは投稿された形跡はないが、ラインバーガーはファンタジーのうち二つ――「アラウダ・ダルマ」“Alauda Dalma”と「射手《いて》と深み」“The Archer and the Deep”――を一九四二年アンノーン誌に送っている（題名に見おぼえがなくて当然、アンノーン誌は掲載を拒否したからである。後者もジュディス・メリルの気に染まなかった）。そして一九四五年、中国から帰国後、ペンタゴンでのデスク仕事のひまな時間に直面し、彼はまたひとつ、のちにレザー表紙の本に収められる草稿を書き上げる。彼を文学地図に載せることになる作品「スキャナーに生きがいはない」である。

人類補完機構をはじめて紹介したのが「スキャナー」であることは読者もご存じだろう。死んでいながら生きているサイボーグ化された宇宙パイロットの異様な物語で、宇宙旅行は彼らの犠牲の上に成り立っている。しかしその犠牲と長年執りおこなってきた儀式が、新発見のために時代遅れになると知ったとき、彼らはその事実に耐えて生きるより、発見者を殺す道を選ぶ。背景はまだはっきりしないが、〈けもの〉、マンショニャッガー、〈許されざる者〉、そして過酷な暗黒時代（人類はそこから抜け出したばかり）への多くの言及は、作品を生み出すための長い熟成期間があったことと、おなじ背景で書かれた初期作品群の存在をほのめかしている。そうした作品がじっさいにあったという証拠はないが、背景のなにがしかはラインバーガーが一九四五年一月七日、自分用にしたためたノートにさかのぼるようである。計画中の小説として、「兵器たち」“The Weapons”は〝未来ないし空想の世界〟を舞台に、人類は常に古い忘れられた戦争において破壊をまぬがれた〝永続的かつオートマチックな〟兵器たちに警戒しなくてはならない、と警告する。そのノートには、マンショニャッガーの起源を見ることができる。これはドイツの殺戮機械（menshenjäger 人間狩猟機）であり、「スキャナー」ではじめて言及されたものである。

「スキャナーに生きがいはない」の執筆中、ポール・ラインバーガーの頭には未来史の全体像が浮かんでいたのだろうか。事情はもっとはるかに複雑であるにちがいない。おそらく彼の頭のなかで紙に書き移されないまま何年も漂っていたいくつものアイデアが、この作品のインスピレーションを得ると同時にとつぜんひとつに凝集したというのが、いちばんありそうである。「スキャナー」の宇宙が形をとるのに、それほどの時間はかからなかった。なぜなら作品じたいは、「兵器たち」のノートとほぼおなじころ、二、三カ月のうちに書かれているからである。一九四五年七月十八日、作品はアスタウンディングSF誌のジョン・W・キャンベル・ジュニアのもとに投稿される。キャンベルは「極端すぎる」といって、草稿をつき返した。これが彼の受け取る数枚の返却票の最初のもので、「スキャナー」がやっとファンタジー・ブック誌に落ち着くのは一九五〇年である。彼がそれ以前に書いた補完機構ものは、「アナクロンに独り」だけで、執筆年は一九四六年となっている。雑誌には発表されず、のちに「わが恋は虚無のヌルに消えた」“My Love Is Lost in the Null of Nought”または

「恋人は虚無のヌルに消えた」“She Lost Her Love in the Null of Nought”の題名で『あなたは元の自分ではいられない』への収録候補となるが、改稿は間に合わなかった。改稿が後日おこなわれた可能性はあるものの、ラインバーガーの文学関係書類には見当たらず、ご覧のバージョンは一九四六年の草稿をもとにジュヌヴィーヴ未亡人が手を入れたものである。

　未発表作ひとつ、日の目を見た作品ひとつでは、コードウェイナー・スミスのキャリアは開花せずに終わっていたかもしれない。ところが幸いなことに、まもなくスミスには擁護者ができた。筆頭はフレデリック・ポールで、彼は作者が何者か、かいもく知らなかったけれど、一流のパフォーマンスはたちどころに見抜くことができた。ポールは「スキャナー」をアンソロジーに採録することで無名のファンタジー・ブック誌から救いあげ、これが数年後「鼠と竜のゲーム」のギャラクシイ誌掲載へとつながる。あとは、よくいわれるように歴史である。語られていないことはまだ多いが、これらは待望のラインバーガー伝の出版まで待たなければならない。著者はアラン・C・エルムズ。彼はスミスが遺した書類すべてに目を通し、若きラインバーガーがL・ロン・ハバードを知った経緯《いきさつ》をすっぱ抜いている（ラインバーガーの未発表論文のひとつに『病理数学』*Pathematics*なるハバードのダイアネティックスの修正版があるのは、たんなる偶然ではない）。

　ラインバーガーの生涯について、従来見過ごされてきた決定的な事実のいくつかを理解するのは重要だろう。たとえば、人生の後半になって、彼は熱心な監督教会員となったが、「スキャナーに生きがいはない」を書いた当時、彼は名ばかりのメソジスト教徒（彼の父の教会）だった。カトリック教徒として育った二番めの妻への妥協策として監督教会に属したものの、一九六〇年ごろになって、彼はどのような意味においても信者となった。宗教的イメジャリーやキリスト教のメッセージが彼のSF作品のなかに強く押し出されるのは、ようやくそのころからである。後期の作品に見られる霊的方向づけの変化は、たんに強調する場が変わっただけではなく、まことの変化なのである。またポール・M・A・ラインバーガーの人生や、家族、友人については、ラインバーガー作品にまつわるさまざまな逸話が残されている。――これらはエルムズの研究が実を結んだときに明かされるだろう。

しかし文学史の側だけから見ても、なかなか魅惑的である。ラインバーガーは補完機構サーガの主要なノートブックを一九六五年に紛失した。また愛用していた口述録音機《ディクタベルト》テープが見当たらない（未亡人によれば、彼はノートや草稿を紙に書かずに吹き込んでいたという）。文学関係書類にあるそうした大きな欠落にもかかわらず、書き遺されなかった文献の多くを再構築するのは不可能ではない。ラインバーガーの文学方面の著作は、いまカンザス大学が保管している（もっとも、なにがしかは幼年期の若書き「わがビュイックに捧げるオード」“An Ode to My Buick”のように誤ってスタンフォード大学のフーヴァー協会に行ってしまったものもあるが）。文学関係書類のなかには、われわれになじみの作品の変形（たいていは部分）草稿が多数見つかる。完結できなかった草稿の破棄された書き出し、書かれなかった作品のアイデアを書き留めたノートブック、多数の書簡。

補完機構サーガはすでに語られている。〈古代戦争〉、〈暗黒時代〉、スキャナー時代の人類のルネッサンス、光子帆船によるロマンチックな探検時代、平面航法とストルーンの発見によるあまたの世界の結束、そして安逸と豊饒の穏やかなユートピアへ。下級民の〈聖なる反抗〉が生む対《つい》の革命、そして補完機構による〈人間の再発見〉。本書に収められた作品群は、どんな要約よりも雄弁に物語を語っている。もちろんスミスは、すべてを考えぬいていた。『あなたは元の自分ではいられない』の出版のさいには、年表を提出しようとさえ申し出ている。わたしがデル・レイ・ブックスの *The Best of Cordwainer Smith* 用[訳注2]に提供した年表よりはるかに立派なものになったことだろう。しかしこのサーガはまとまって構想されたものではない。当初の着想とそれ以降をつつみこもうと、全体の枠組みにどんな工夫をこらしたとしても大きな亀裂はところどころに残るのである。

　何本かの思考の流れを育み、それらを織り合わせるというか、自然と織り合わさるにまかせるというのが、彼の創作法だったようである。それが最初に見て取れるのは「スキャナー」の原形である。ここでは未来の暗黒時代、自動兵器、ヴォマクト・ファミリー、スキャナーたち、さらには補完機構までもがとつぜん合一するのである。背景はあとにつづく物語のなかでつくられる。「マーク・エルフ」と冒頭二章分の断片「昼下がりの女王」は、暗黒時代の終焉をあとづけている（後者はこのバージョンでは、下級民への言及はまったくなく、キリスト教的テーマへの示唆もない）。「鼠と竜のゲーム」で、サーガは平面航法の英雄時代へと突き進み、「夢幻世界へ」のヴィジョンは人類の究極の到達点を示唆している。「人びとが降った日」と「燃える脳」は、おなじ歴史のなかの異なる時代のスナップショットで、読者を引き込む小説であることに変わりはない。

一九五八年、ラインバーガーは『星を渇望する狂気』*Star-Craving Mad*[訳注3]なる長篇小説を書きはじめる。これは後に『ノーストリリア』となるものの最初の試みである。しかし物語の最初のかたちは、こんにち知るものとは大きく異なっている。人間の再発見はない、聖なる反抗もない。ロード・ジェストコーストや〝アーサー・マクバン百五十一世〟はともに登場するが、色づけは異なっている。ジェストコーストはたんに冷酷で鋭いだけの暴君であり、われわれがその名（ロシア語で〝冷酷〟の意）から連想するようなアイロニックなニュアンスはない。一方、マクバンは行動の人であり、ク・メルへの愛のために下級民に手をさしのべるだけだ。また下級民の反乱も、フランス革命になぞらえているが、たんに虐げられた者の蜂起でしかない。イ・テレケリは登場するが、宗教的な聖者というより、未来のジャコバイト[訳注4]というだけのことだ。ラインバーガーはその長篇にアイロニックなテーマを込めようとしていた。しかし、それは下級民を使って不本意にもスーパーマン種族を創造してしまった真人にまつわるものである。

ラインバーガーが物語の進む方向に満足していなかったことは明らかで、長篇は数章で放棄された。書き出す試みは翌年までにいくたびかなされたが、うまくいかず、その後スミスは重い病気にかかる。ジュヌヴィーヴ・ラインバーガーの回想によれば、『ノーストリリア』の起源はスミス自身の霊的再生で、それが補完機構サーガの進む方向をまったく変えてしまった可能性があるという。「スキャナー」の場合と同様、ポール・ラインバーガーは数種の筋書きを頭のなかに抱えており、それらが自然にまとまるときを待っていたようだ。

『星を渇望する狂気』の最も初期の草稿でも人間の再発見は一箇所で示唆されるが、それはたんなる示唆を超えるものではない。ク・メルの父親ク・マッキントッシュはアスリートではなく、ミシシッピ州〝原生公園〟の〝ライセンス盗賊〟である。こうした公園は、人類にとって「自身の荒れた複雑な精神を平和に保つ」ための手段だが、これらは長年つづいてきた制度であり、画期的発展ではないらしい。「帰らぬク・メルのバラッド」の初期の破棄された書き出しで、ロード・レッドレイディは古代の疾病を地球上に解き放つ。だが、それは霊的革命の一環ではない。地球人が病原体に対して免疫を発展させるのは、外敵に対する兵器として使うためである。また「ふしぎな男たちと不運な女たち」“Strange Men and Doomed Ladies”という作品の破棄された書き出しでは、ロード・ジェストコーストは〝きずもの〟の人びと、たとえば身障者、病者、愚者や、とびぬけた俊才に対する安楽死の制度を終わらせる提案をしている。「ほっておけ。そして、ようすを見よう」しかし、これは孤立したアイデアで、背景にある大きな構想とは無関係のようだ。

「帰らぬク・メルのバラッド」（「彼女のなにしたあれはどこにある」）の破棄された書き出しでは、プロローグとして人類の全歴史が詳述される。われわれの時代は第二古代日々であり、これらは第一古代日々に先行するものだが、発見されるのは後のことである。第一古代日々は〈長い空白〉の前あるいは後に来る（年表の概要は物語と矛盾している）。文明は〈居着きびと《ドウェラーズ》〉によって再建される。ダイモン人たちは都市を破壊し尽くしたが、〈居着きびと〉は地球港グローサンをはじめ、多くの都市を再建した。人類が宇宙3を発見し、完全者の支配を乗り越えるのも〈居着きびと〉の時代である。しかし、それはク・メルの時代よりはるかに昔のことだ。宇宙からの侵略者〈オリジナルズ〉は〈居着きびと〉を制圧するが、のちに真人と下級民の連合によって打ち倒される。そして〈輝き〉の時代がやってくる。「彼らは物事を音楽とダンス、画像とことばを通じておこない、それはいままで誰も経験したことがないものだ」彼らはまたアン・ファンに平和広場を建設し、（またひとつの矛盾）「完全者の没落とロード・レッドレイディの一時的な統治」に関係しているらしい。つぎにトラブルの時代がやってくる。〈高度に残忍な時代〉、つづくは〈純粋者〉（「地球の出だが、あまりにも長く不在にしていた」）によるまたひとつの侵略、彼らは物語の起こった時点では、まだ地球を支配している。

〈居着きびと〉は「マーク・エルフ」に登場する真人とおなじものかもしれず、〈輝き〉の支配は『ノーストリリア』で言及される〈輝ける帝国〉に関係しているのかもしれないが、われわれが知るスミス作品のどこにも、〈オリジナルズ〉や〈高度に残忍な時代〉や〈純粋者〉とかかわりのある文章はない。ラインバーガーはどうやら彼の幻視する遠未来のヴィジョンを「アルファ・ラルファ大通り」のところまで再構築し、同作にすべてを結晶化させたようである。（「彼女のなにしたあれはどこにある」と題された断片には、語り手が回想する場面で、「コンピュータのなかでも最も神聖なやつが、アルファ・ラルファ大通りで燃えつきた」ことを回想する場面があるが、これは遠い昔の〈居着きびと〉の時代に割り当てられている）おなじころラインバーガーは、「大佐は無の極から帰った」の改稿を進めていた。当時未発表の平面航法の発見にまつわる物語で、これをアルティア・ランボーの神秘的な宇宙3体験の物語に移し変えようというのである。数回の部分的改稿（ひとつは「星々の群島」"Archpelagoes of Stars" と題されている）は、アルチュール・ランボーの詩的体験を異なる角度からとらえようとする試みで、あるバージョンでは、ランボーの「酔いどれ船」を宇宙3の予言として、そっくり引用し、こう問いかけている。「どうしてわかったのだろう、あんな細かいところまですべてが？　それも、なんと古代人に！」別の草稿はこうはじまる。「彼は箱に入れられた。箱である。そして時の果てへ向けて発射された……やがてすべてが終わったとき、人びとはまた別の男が、これも歌びとであったが、太古の世界において、すべて紙に書き遺していたことを知った」最終バージョンはもっとはるかにとらえにくい文体になっている。物語の簡明さを避け、細部についてはもっと暗示的にするのがラインバーガーの典型的手法であった。

補完機構サーガの背景のほとんどは、ラインバーガーが一九六五年、ロードス島のレストランにうっかり置き忘れたノートブックに書き付けられていたけれど、彼の最晩年にはまた一冊のノートブックがスタートしていた。ここには書かれなかった五つか六つの作品のアイデアが収められている。自分用に書かれたノートなので、それはデイヴィッド・リンチ[訳注5]の歌の歌詞のように解釈を拒んでいる。しかし意味がそれなりに明瞭なものもあり、「ロボット、鼠、コプト」"The Robot, the Rat and the Copt" に属する作品も含まれる。これははじめ単独作品として構想され、のちにキャッシャー・オニールもののように四作からなるシリーズとなった。既発表の作品における言及からロボット、鼠、コプトは、キリスト教の啓示を宇宙3から持ち帰る役を負っている。だがノートブックは、この新しい展開がキリストは「ほんとうはどこにいたか、そしてキリストは常に体験されていた」ことを確認する以外、さしたる情報をつけ加えてくれない。しかし鼠の名はR'obertで、コプトの惑星も予定されていた。（コプト名のリスト――shenuda〝神は生きている〟を含む）はまったく別のノートブックに現われる。『新作SF・コードウェイナー・スミス作』と題されたリング・バインダーで、破棄された書き出しや初稿の大半が収められているが、これは先に紹介済である）

書きとめられたアイデアのなかには、小粒なものもある。頭部の潰れた恋人とともにいる求婚者。恋人は事故で死んだが、シェイヨルで頭部を再生され、人格を再移植される。宇宙空間で謎めいた（しかし、はっきりとは説明されない）経験をしたゴー＝キャプテンが、保守的な母星で狂人として扱われる。別の作品ではどこかの遠い富裕な世界で、ある単親が新たに生まれた子どもたちのために賭けに出る。これは明らかに「老いた大地の底で」にほのめかされている単親・二親・三親など一連の子孫育成法にさらに光を投げかけるものだ。別のメモ書きにはたったひとつの名前、ストー・ドヴァ。おそらくは「老いた大地の底で」に登場したロード・ストー・オーディンの後継者のひとりだろう。

しかし何よりも興味をそそるのは、「ドリーム・ロードたちの死」"How the Dream Lords Died"なる作品に付されたメモ書きである。時はキリスト紀元六一一一年、ドリーム・ロードたちが他の時代をテレパシーで探るため一万二千の奴隷脳を使役する物語で、オラフ・ステープルドン『最後にして最初の人類』における遠未来の第十八期人類に通じるものがある。ドリーム・ロードは『ノーストリリア』にあるように、明らかに古代世界が没落したのち〝地球に住んだ他種族〟に属している。このノートブックはその時代——「マーク・エルフ」よりはるか昔——を背景にした物語のうちで唯一言及のあるものだ。「昼下がりの女王」(「マーク・エルフ」とおなじように新しい暗黒時代の終焉期に設定されている)と対になった作品名「昼下がりのロードたち」"The Lords of the Afternoon" は、暗黒時代に関係する新しい連作を示唆しているのかもしれない。亡くなるすこし前、ラインバーガーは友人のアーサー・バーンズにその題名の連作を計画中だと語っている。それは「老いた大地の底で」とおなじ時代に材をとった作品ではないかと、バーンズは類推する。シリーズ中のおおかたの作品はその時代に集中している。

「ドリーム・ロードたちの死」が設定している年と考えあわせると、当然『鼠と竜のゲーム』『シェイヨルという名の星』『第81Q戦争』で使った年表は無効となる。暗黒時代はそこに掲げた年表よりはるかに長くつづいたはずで、残りの未来史はずっと短い時代に押し込まれることになる。ラインバーガーの構想については、われわれがこれ以上多くを知ることはおそらくないだろう。彼の未亡人にさえそれらは明かされていないようだ。「昼下がりの女王」の当然ながら掲載不許可となった続篇「第三姉妹のサーガ」"The Saga of the Third Sister" で、彼女はカーラ・フォムマハトをロボット、鼠、コプトの捜索にさしむける。物語は数千年後に起こると設定されているにもかかわらず、ポールの未完の草稿「昼下がりの女王」に手を入れるにあたって、彼女はユーリ・フォムマハトと真人の性格づけを和らげ、下級民へのアナクロニスティックな言及に固執したからである。さらにポールの元の草稿からは、ユーリの地球への到着が、カーロッタの帰還より後だったのか前だったのかは判然としていない。

しかし歴史の裏話はこの程度にしよう。あなたはもう補完機構の物語が歴史以上のものであることを知っている。それは詩であり、ロマンスであり、神話であり、他のSFシリーズや未来史とはまったく違うものだ。アイザック・アシモフのロボットものやラリイ・ニーヴンのクズィンチものは他の作家たちが書き継いでいるが、ラインバーガー以外の人間が、コードウェイナー・スミスの宇宙を舞台に物語を書いているところを想像するのは不可能に近い。そのようなことを誰かが試みたとしたら、それは芸術の分野では冒瀆《ぼうとく》行為に近いものだろう。稀少このうえないヴィンテージ・ワインのように、コードウェイナー・スミスの作品は複製できない。これらの作品の豊饒さをいまこのページで味わえることに、われわれは感謝すべきである。

訳注1　漢字名「林白楽」はデル・レイ・ブックス版の扉に掲載された彼の名刺のコピーで確認した。ただしピアスの中国語表記にはわずかな誤りがあり、手元の中英辞典で引くと、白はふつうbái楽はlèで、リン・バー・ローよりリン・バイ・ラーが近いようである（ラーは曖昧母音）。

父親の名もラインバーガーを中国風になまったものらしいが、〝一千の勝利〟にどんな漢字があてはまるかまでは調べなかった。

訳注2　邦訳では、この版に先行するコードウェイナー・スミス短篇集『鼠と竜のゲーム』『シェイヨルという名の星』の二冊に相当する。

訳注3　英語ではありふれた表現 stark raving mad（完全に気がくるって）の綴りをすこし変え、ほぼおなじ発音で「星を渇望するほどくるって」を題名に使った。

訳注4　プロテスタント国におけるカトリック教徒。

訳注5　カリフォルニア出身のブルーグラス歌手。写真で見ると四十がらみだが、生年不詳。

（伊藤典夫・訳）

編集者による序文

本書にはコードウェイナー・スミス（本名：ポール・ラインバーガー博士）が発表した全短篇を収録している。*The Best of Cordwainer Smith*（邦訳は『鼠と竜のゲーム』『シェイヨルという名の星』に二分冊）、*The Instrumentality of Mankind*（邦訳『第81Q戦争』）、*Quest of the Three Worlds*（『三惑星の探求』未訳）の三冊の短篇集に収録されたすべての作品である。『三惑星の探求』は、一冊の長篇として売られていたが、実際は四短篇を収録した作品集である。また、本書にはコードウェイナー・スミス名義で〈F&SF〉誌に発表された"Down to a Sunless Sea"も収録しているが、実際は、夫人のジュヌヴィーヴが書いた作品だ。ジュヌヴィーヴは「星の海に魂の帆をかけた女」をはじめ、ほかにもいくつかの作品をスミスと合作している。

さらに本作品集は、これまで未発表だった二短篇も収録した。そのうちの一篇、「アナクロンに独り」は、ポールの死後、ジュヌヴィーヴが完成させ、アンソロジー『最後の危険なヴィジョン』（ハーラン・エリスン編集のアンソロジー。シリーズ第二巻まで刊行されたが、この第三巻は予告のみで刊行されなかった）に収録される予定もあった。もう一篇の「第81Q戦争（改稿版）」は、ポールが高校時代に書いた作品の完全改稿版である

（オリジナル版は、前述の短篇集『第81Q戦争』に収録された。本短篇集にも収録している）。多くの作品は、雑誌に発表されたオリジナルと、のちに刊行された複数の短篇集のバージョンでは細部が異なっている。短篇集に収録するに当たり、文章や段落が追加されたものもある。本書においては、短篇集のバージョンをより完全なものと判断して、大部分はそちらを採用した。『三惑星の探求』の四篇も、長篇版に収録されたバージョンを収録している。

「スキャナーに生きがいはない」に関しては、著者の手が入ったオリジナル版を収録した。この短篇は〈ファンタジイ・ブック〉誌に発表された。現在流通している短篇集には雑誌掲載時のバージョンが収められている。今回、われわれが入手した雑誌の誌面には、下線が引かれ、たくさんの細かな書きこみがしてあった。このオリジナル・テキストの完全なバージョンをはじめて収録したのが、本書ということになる。

スミスは本書の収録作に加えて、『ノーストリリア』という長篇を一冊書いている。『ノーストリリア』は、まず「旧地球《オールド・アース》を買った少年」“The Boy Who Bought Old Earth”と「心からの願いの百貨店」“The Store of Heart's Desire”という二篇のショートノベルとして発表された。この二篇はその後、『惑星買収者』*The Planet Buyer* と『下級民』*The Underpeople* の二冊の書籍としてそれぞれ発売されている。後年、この二作は合本され、『ノーストリリア』として刊行された。しかしながら、『三惑星の探求』を構成する短篇とは違い、『ノーストリリア』の二篇は短篇を意図して書かれたものではなく、長篇を二つに分割したものだ。

一方で、『三惑星の探求』は四つの独立した短篇（主要登場人物が共通している）がまとまって、ひとつの連作長篇を構成している。以上の理由から、本書には『ノーストリリア』は収録していない。

最後にもうひとつ。スミスのＳＦ世界の大部分は、ひとつの未来史にまとめられる。それが〈人類補完機構〉である。

本書は二部構成をとっており、第一部は、〈人類補完機構〉に属する短篇を作中の〈未来史〉の年代順に並べ（物語の内容から可能なかぎり確定した）、第二部には、〈補完機構〉以外の短篇を発表順に収録している。

一九九三年四月

マサチューセッツ州ノースバラにて
ジェイムズ・Ａ・マン

謝辞

本書は多くのボランティアの力を借りて作られた。フランク&リサ・リチャーズはほとんどの書籍のスキャンを行なってくれた。トニー・ルイスは収録作とカバーに関する契約書関係を担当した。グレッグ・ソカールは、印刷の手配、文体上の助言、最終的な本全体の仕上がりをチェックした。マーク・オルソンは多くの短篇を文字組みし、校正その他の手助けをしてくれた。ジョージ・フリンは、多くの作品に関し、書籍と雑誌のバージョンを比較し、本書の全体にわたって原稿の整理を行なった。プリシラ・オルソンも同様に校正と編集を担当した。アーロン・インシンガ、ティム・シュチェスル、アン・クリミンズ、ゲイ・エレン・デネットは何篇かの校正を担当した。トム・ウィットモアは、「スキャナーに生きがいはない」のオリジナル版の原稿を提供してくれた。

ローリー・マンは、校正を確認し、スキャンできない原稿をタイプし、精神的なサポートをしてくれた。ここに記して、みなに感謝する。

夢幻世界へ

No, No, Not Rogov!

伊藤典夫◎訳

その黄金の姿態は、黄金のきざはしの上で狂った鳥のようにわななき、はばたいた。——知性と魂をさずかった鳥が、ひとの理解も及ばぬ官能と恐怖におそわれ、狂気へと落ちていくように。——官能そしてまた官能をつかのまこの世のものにし、比類ない芸術がきわめられていく。一千の世界が見まもっている。

古代の暦がつづいているならば、そこは西暦一三五八二年と呼ばれていたであろう。敗北ののち、失望ののち、荒廃と再建ののち、人類は星の海へと飛びだしていた。

異質な芸術と出会い、人間らしさとはおよそ遠い舞踊とのぶつかりあいを経て、人類はその美意識にすばらしい磨きをかけ、宇宙文明の舞台へとおどりでたのである。

黄金のきざはしがぐるぐるとまわって見えた。網膜で見る目もあれば、水晶のように出っぱった目もある。だが、そういうこととはかかわりなくあらゆる目が、『人間性の肯定と栄光』を舞いきる黄金の姿態の上に釘付けにされていた。〈汎銀河舞踊フェスティバル〉の会場、西暦一三五八二年であったかもしれない年の出来事である。

人類はまたも、優勝を決めようとしていた。音楽と踊りは、生命システムの制約を超えて催眠的であり、抗しがたく、人間・異種属どちらの目にもショッキングだった。ショックの極致――その踊りは、躍動する美がもたらす衝撃の勝利だった。

黄金の姿態は黄金のきざはしの上で、複雑に変幻する意味を表現した。その体は黄金でありながら人間であった。体は女性だが、女性以上のものだった。黄金のきざはしの上、黄金の光のなかで、彼女は狂った鳥のようにうちふるえ、はばたいた。

1

勇敢というより無謀というべきだが、ナチスのスパイが、あと一歩のところまでH《エヌ》・ロゴフの身辺に近づいていたと知ったとき、国家保安省は少なからぬ動揺を見せた。ソビエト軍にとって、ロゴフは航空軍団二個以上、機甲師団三個以上の価値がある。ロゴフの脳は兵器、ソビエト勢力にとっては兵器であった。

脳が兵器であるため、ロゴフは囚人であった。といって、苦にする男ではなかった。生粋のロシア人なのだ。幅広の顔、砂色の髪、青い目。その笑みはいたずらっぽく、目尻のしわからはいつも変わらぬ陽気さがうかがえる。

「もちろん、ぼくは囚人だよ」とロゴフは口癖のようにいったものだ。「ソビエト人民に奉仕する国家機関の囚人だ。しかし労働者も農民もみんな親切にしてくれる。ぼくは全ソ科学アカデミーの会員で、赤色空軍の少将で、ハリコフ大学の教授、そして赤旗賞受賞戦闘用航空機工場の副工場長だ。ぼくはその全部から給料をもらっている」

ときには同僚のロシア人科学者に向かって目を細め、くそまじめな顔でこう問いかけることもあった。「資本主義に奉仕するのもいいだろうか？」

おびえた同僚たちは口ごもりながら逃げ場をさがし、スターリンなりベリヤなり、また時に応じてジューコフ、モロトフ、ブルガーニンなりに、人並みの忠誠を表明する。

ロゴフはまさにロシア人らしい。なにくわぬ顔をし、落ち着きはらい、興じている。誰にも口ごもるにまかせておく。

そして笑いだすのだ。きまじめさがはしゃぎ顔に一変し、気さくな笑いが泡立ち、沸きこぼれる。「もちろん資本主義者なんかに奉仕できるものか。ぼくのかわいいアナスターシャが許しはしないよ」

同僚たちは気まずい笑みをうかべ、ロゴフがその野放図な、おどけた、あるいは自由なしゃべり方をもうすこし控えてくれたらと願うのだった。

ロゴフほどの人物さえ、いつ死体にならないともかぎらないのだ。ロゴフはそう考えなかった。周囲はそう考えた。ロゴフに恐れるものはなかった。

同僚のおおかたは、おたがい同士を恐れ、ソビエト体制を恐れ、世の中を、生を、死を恐れていた。

もしかしたらロゴフにも、みんなとおなじように平凡な生身を持ち、いろんな恐れをいだいていた時期があったのかもしれない。

だがロゴフは、アナスターシャ・フョードロヴナ・チェルパスの恋人、同僚、夫となっていたのだ。

同志チェルパスは、ロシア科学の大胆きわまるスラヴ的辺境にあって、ロゴフの功名争いのまえに現われた対抗者、ライバル、好敵手であった。ロシア科学は無慈悲なまでに完全なドイツ人の方法を超えることはなく、知的・感情的にきびしく律せられたドイツ人のチームワークを凌《しの》ぐことはないだろう。だが持ちまえの奔放で桁外れな想像力にはけ口を与えれば、ロシア人はドイツを抜き去ることはできるし、現にそうなっていた。一九三九年ロゴフは、最初のロケット発射装置を開発した。チェルパスは無線誘導方式でロケットの弱点を補い、仕事を完成させた。

一九四二年ロゴフは、写真地図作り《フォトマッピング》のまったく新しいシステムを開発した。同志チェルパスはこれをカラー写真に応用した。ロゴフが砂色の髪と青い目でほほえみながら、同志チェルパスの軽薄さと不健全さをこきおろしたのは、一九四三年のまっ暗な冬の夜、ロシア科学者のトップシークレットの集まりの場でのことである。それに対し、同志チェルパスはバター・イェローの髪を流れる水のように肩に下ろし、化粧っけのない顔を狂信と知性と献身に輝かせながら、ロゴフに激しい敵意をむきだし、彼の共産主義理論をあざけり、彼のプライドをつき、彼の知的推論のいちばんの弱みをえぐりたてた。

一九四四年には、ロゴフ＝チェルパス論争は、遠くから旅してきても見物する値打ちのあるものになっていた。

一九四五年、二人は結婚した。

交際が誰にも知られなかっただけに、二人の結婚は驚きであり、二人の協力は、ロシア科学の上層部における奇跡であった。

ある亡命新聞が、大科学者ピョートル・カピッツァ（低温物理学の開拓者。一九七八年ノーベル物理学賞。一八九四－一九八四）のこんな発言を報じたことがある。「ロゴフとチェルパス、ここには団結がある。彼らは共産主義者だ、すばらしい共産主義者だ。いや、それ以上だ！　彼らはロシア人だ、ロシアの熱い血のまえに世界は敵ではない。彼らを見よ。あれが未来だ、われらロシア人の未来だ！」これは言い過ぎであるにしても、この引用からロゴフとチェルパスが、ロシアの科学者仲間からいかに手厚く遇されていたかがわかる。

結婚後まもなく、二人の上に奇妙なことが起こった。

ロゴフはあいかわらず満足そうだ。チェルパスは輝いていた。

にもかかわらず、憑かれたような表情が二人の顔にうかぶようになった。ことばではいい表わせないなにかを見てしまったというのか、あまりにも重大な秘密を掘り出したために、ソビエト国家警察のいちばん信頼できるエージェントにさえ耳打ちできないというのか、そんなふうに見えた。

一九四七年、ロゴフはスターリンに謁見した。クレムリン宮殿のなか、スターリンの執務室を辞去するときがくると、偉大な指導者はみずからドアまでロゴフを見送り、ひたいに険しいしわを寄せて「ダー、ダー、ダー」とうなずいた。

専属の幕僚たちでさえ、なぜスターリンが「そう、そう、そう」といったのか、理由を聞かされることはなかった。だが彼らは、その後送りだされる何通もの命令書の上に《重要取扱指定》や《要返却、保有不可》の文字、はては《関係者のみ閲覧可、複写厳禁》の但し書きがあるのをたしかに見た。

その年、公表されることのないソ連邦の真の国家予算に、スターリンからのじきじきの厳命によって、〈テレスコープ計画〉の項目がつけ加えられた。スターリンは質問を許さず、論評も認めなかった。

名前のあった村から名前がなくなった。

労働者や農民にひらかれていた森が、軍用地に変わった。

ハリコフ中央郵便局の私書箱に、Я《ヤ》・Ч《チェ》という村を意味する新しい番号が生まれた。

ロゴフとチェルパス、共産党員にして恋人たち、科学者にしてロシア人である二人は、仲間たちの日常生活から消えた。科学者の集まりにも顔を見せなくなった。姿をあらわすのは、ごく稀だった。

二人をときおり見かけるのは毎年の国家予算が組まれる時期で、モスクワとの行き帰りの列車内にかぎられていたが、二人ともにこやかで幸福そうだった。だが冗談をとばすことはなかった。

外世界が知らなかったのは、この計画をゆだねるにあたって、スターリンが彼らに二人だけの楽園を与え、蛇をもそこに住むように計らったことだった。聖書とは異なり、蛇は一ぴきではなく二つの人格であった。——名前をガウスゴーフェルとガウクといった。

2

スターリンは死んだ。

ベリヤも死んだ——もっと不本意に（副首相。スターリンの死後、銃殺刑。一八九九－一九五三）。

世界は動きつづけた。

いろいろなものが**Я**《ヤ》・**Ч**《チェ》という忘れられた村に呑みこまれ、出てくるものはなかった。

ブルガーニン（一九五五年から三年間、ソ連の首相。一八九五－一九七五）みずからがロゴフとチェルパスを訪問したという噂が立った。さらにはモスクワへの帰途、ハリコフ空港へ急ぐ自動車のなかで、こういったともささやかれた。「でかい、でかい、これはでかいぞ。もし実現すれば、冷たい戦争はなくなる。どういうかたちの戦争もなくなる。資本主義者どもがことを構えるまもなく、資本主義はおしまいだ。もし成功すれば、もし成功すればな」風聞によれば、ブルガーニンは困惑したようにゆっくりと首をふり、それきり口をつぐんだが、信頼のおける使者がつぎに口ゴフからの封書を持ってやってくると、テレスコープ計画の予算に無修正のまま承認のイニシャルを書いたといわれる。

アナスターシャ・チェルパスは母になった。最初の男の子は父親似だった。つぎには女の子が生まれた。そしてまた男の子。育児もチェルパスの障害にはならなかった。彼らには広々とした夏の別荘《ダーチャ》があり、ベテランの子守女たちが家事いっさいを取りしきった。

毎晩、四人はそろって夕食のテーブルについた。

ロゴフはまさにロシア人、ひょうきんで、勇気があり、興じている。

チェルパスはいくつか年を加え、いっそう成熟し、美しくなったが、昔どおり辛辣で、陽気で、鋭い。

その一方に、二人がいた。過ぎ去ったこの歳月、毎日おなじテーブルについてきた二人、スターリンその人の全能の命令のもとにさしむけられた二人の同僚。

ガウスゴーフェルは女性であった。細長い顔をした冷血な女で、馬のいななくような声をしていた。科学者であり、婦人警官であり、どちらの職でも有能だった。一九一七年、彼女は自分の母親の所在をチェカ（非常委員会）に通報した。一九二四年、彼女は自分の父親の処刑を指揮した。父親はバルト地方の古い貴族の血を引くドイツ系ロシア人で、新体制に順応しようとしたものの、果たせなかった。一九三〇年、彼女に恋した男は、彼女に気を許しすぎた。男はルーマニアの共産党員で、党内でも高い地位にあったが、二人だけの寝室で彼女の耳にささやいた、頬を涙に濡らしながらささやいた。彼女はやさしく静かにこれを聞き、あくる朝警察に彼のいったことを報告した。

それがスターリンの目にとまった。

スターリンはきびしかった。乱暴に話しかけた。「同志、きみはなかなか頭がまわる。共産主義のなんたるかを知っている。忠誠というものを心得ている。きみは昇進して、党と労働階級に奉じることになるわけだが、欲しいものはそれだけか？」と問いをぶつけた。

彼女は驚きのあまり、あんぐりと口をあけた。

スターリンは表情を変え、冷やかすような慈愛の目を向けた。そして人差し指を彼女の胸に突きつけた。「科学を勉強しなさい、同志、科学を。共産主義プラス科学イコール勝利だ。きみのような優秀な人材を警察においておくのは惜しい」

ガウスゴーフェルは、あの悪魔的な計画を立てた同名のドイツ人に不本意ながら誇りをおぼえた。——その邪悪な老地理学者は、地理学そのものをナチスの対ソビエト戦において強力な兵器に変えたのだ（カール・ハウスホーファー Karl Haushofer、軍人、地理学者、ヒトラーの外交顧問。その地政学理論は、ナチスの侵略政策に格好の口実を与えた。一八六九－一九四六。Hはロシア語表記ではΓ（ゲー）に置き換えられ、ガウスゴーフェルとなる）。

本来ならガウスゴーフェルは、チェルパスとロゴフの仲を裂くことに無上の喜びを見いだしていただろう。

ガウスゴーフェルはひと目でロゴフに恋をした。

ガウスゴーフェルはひと目でチェルパスを憎んだ。——憎しみは、ときには恋とおなじほど自然で奇跡的なものなのである。

だがスターリンはそのことをも見抜いていた。冷血な狂信者ガウスゴーフェルに加えて、彼はБ《ベー》・ガウクという男を送った。

ガウクは、どっしりした、無感情でうつろな表情の男だった。背丈はロゴフとほぼおなじ。ロゴフが筋肉質なら、ガウクの肉はたるんでいた。ロゴフの肌が白く、運動のおかげで健康なピンクの色合いをおびているのに対し、ガウクの肌は古いラードのようで、脂ぎって、生気のない青白い色で、いちばん調子のよい日でさえ不健康だった。

ガウクの目は黒く小さかった。まなざしは死神のように冷たく鋭かった。ガウクには友人もなければ敵もなく、信条もなければ熱狂もなかった。ガウスゴーフェルでさえ彼を恐れた。ガウクは酒も飲まず、外出もせず、手紙も受けとらず、出すこともなく、ことばが口をついてとびだすこともなかった。無作法でもなく、親切でもなく、人なつっこくもなく、必ずしもふさぎこんでいるわけではない。この半生ずっとふさぎこんできたので、これ以上ふさぎこみようがなかったのだ。

人目のとどかぬ寝室のなか、ロゴフが妻に向きなおっていったのは、ガウスゴーフェルとガウクが着任してまもないころである。「アナスターシャ、あの男は正気かい?」

チェルパスは、表情ゆたかな美しい両手の指をからみあわせた。数知れぬ科学者会議で才知を輝かせたチェルパスだが、いまはいうべきことばがなかった。彼女は不安そうな表情で夫を見上げた。「どうなのかしら、同志……見当もつかない……」

ロゴフは、興じるようなスラヴ的な笑みをうかべた。「それなら少なくともガウスゴーフエルも知らないよ」

チェルパスは鼻をならして笑い、ヘアブラシを取り上げた。「そうだわね。ほんとにわかっていないんじゃないかしら。賭けてもいい、彼が誰に報告を送っているかもわかっていないわよ」

その会話は過去のものとなった。ガウクとガウスゴーフェル、冷たい目と黒い目——これらは残った。

夕食の時間、四人はそろってテーブルについた。

朝になると、四人は研究所で顔を合わせた。

ロゴフの大いなる勇気、高レベルの正気、鋭いユーモアは、仕事を回転させた。

チェルパスはそのきらめく天才で夫に活力を吹きこみ、きまりきった作業につぶれそうになる偉大な知性を救った。

ガウスゴーフェルはスパイし、観察し、冷血な笑みをふりまき、ときには意外なことに、掛け値なしの建設的な意見を出した。仕事の大きな知的枠組みは、もちろん彼女に理解できるはずもないが、機械や技術にかかわるところはよく知っていて、場合によって、これはたいへん役に立った。

ガウクははいってきて、ひっそりとすわり、なにもいわずなにもしなかった。タバコさえ吸わなかった。体をもじもじもさせなかった。居眠りもしなかった。監視するだけだった。

研究所は大きくなり、それとともに壮大な機器構成から成るエスピオナージ・マシンは成長していった。

3

ロゴフが提案し、チェルパスが支持した構想は、理論上は不可能ではなかった。それは意識にともなうあらゆる電気ならびに放射現象の統一的理論を組み立て、動物性の材料を使わずに、心の電気的機能を再現するという二段がまえの試みから成っていた。

これが将来に約束する産物のバラエティは途方もなかった。スターリンが最初にほしがったのは、受信装置——それも人間の心にうかぶ思考に、できることなら波長を合わせ、思考をパンチテープ機なり、ドイツの改造ヘルシュライバー通信機なり、音声なりに移し替える装置だった。グリッドを逆方向にまわし、脳がわりのマシンを、受信ではなく送信に使うことができれば、強力なエネルギーを送って思考プロセスを麻痺させたり破壊することができるかもしれない。

うまくしてロゴフのマシンが進歩すれば、はるかな遠距離から人間の思考をかき乱し、攪乱すべき人間ターゲットを選びだし、さらに真空管や受信器を使わずに、じかに当の心に押し入るような電子的思考妨害システムを維持できるようになるだろう。

ロゴフはすでに——一部ではあるが——成功していた。取りかかって一年め、ロゴフは自分にひどい人工頭痛を植えつけたのである。

三年めには、十キロメートルの距離にいるハツカネズミたちを殺すまでになった。七年めには、となりの村に集団幻覚と自殺の流行をひきおこした。ブルガーニンをいたく感心させたのがその実験である。

ロゴフはいま、受信部分に取り組んでいた。人間の心ひとつひとつを区切るかぎりなく狭く、限りなく微妙な電磁波の帯域に、探りを入れた者はいまだかつてひとりもいない。だがロゴフは、遠く離れたさまざまな思考に、いわばダイヤルを合わせようと努力をつづけていた。

ある種のテレパシー・ヘルメットの開発をめざしたこともあるが、これはうまくいかなかった。そこで純粋思考の受信をあきらめ、視覚・聴覚イメージの受信に転じた。神経の末端が脳に達するところには、微細現象の発生部がたくさんあり、長年のあいだにロゴフは各部を見分け、そのいくつかについては正確な位置を知るまでになっていた。

限りなく細かい同調のかいあって、ロゴフはある日、第二運転手の視覚をひろうことに成功し、右まぶたの皮下に刺した針のおかげで、千六百メートル離れた場所で無心にＺＩＳ《ジス》のリムジンを洗う運転手の目から〝物を見る〟という芸当をやってのけた。

チェルパスはその年の冬、夫の一枚うわてを行き、近くの都市で夕食のテーブルについた一家の姿をみごとにキャッチした。彼女はБ《ベー》・ガウクを呼び、頬骨に針を刺せば、なにも知らぬ他人の目から物が見えるようになるのだと教えた。ガウクは針のたぐいをいっさい拒んだが、ガウスゴーフェルは実験に加わった。

エスピオナージ・マシンがかたちをとりだした。

まだ二つの段階が残っていた。第一段階はどこか遠方のターゲット、たとえばワシントンのホワイトハウスなり、パリ郊外のNATO本部なりに波長を合わせることである。遠くにいる人びとの生きた心を盗み聞きするのだから、情報収集は完璧なものだ。

二つめの問題は、それらの心を遠くからかき乱す方法を見つけることで、なんらかのショックを与え、当該人物たちを泣かせ、混乱させ、またはまったくの狂気におとしいれなければならない。

ロゴフは努力したが、有効範囲はせいぜい広がっても、Я《ヤ》・ч《チェ》という無名の村の周囲三十キロどまりだった。

ある年の十一月、数百キロメートル離れたハリコフ市で、ヒステリー患者が七十人発生し、ほとんどが自殺したが、彼のマシンがやってのけたものかどうか確証は出てこなかった。

同志ガウスゴーフェルは大胆に手をさしのべ、ロゴフの袖をさすった。血の気のない口もとがほほえみ、水をたたえたような目が嬉しそうにやわらいで、彼女はかん高い非情な声でいった。「あなたにはできます、同志。できますとも」

チェルパスが侮蔑をあらわにして見つめていた。ガウクはなにもいわない。

女性情報員ガウスゴーフェルはチェルパスのまなざしに気づき、つかのま生きた憎悪の電弧《アーク》が二人のあいだに飛びかかった。

三人はふたたびマシンに取り組んだ。

ガウクはスツールにすわり、監視をつづけた。

研究所の職員たちは口数が少ないので、部屋は静かだった。

4

エリストラトフが死んだ年、マシンはひとつの突破口をきりひらいた。エリストラトフは死んだが、そのころにはソ連邦諸国はアメリカとの冷戦を終わらせようと動きだしていた。

時は五月。研究所のそとの木立では、リスたちが駆けまわっている。昨夜の雨の名残がしたたり落ち、地面はまだ濡れていた。窓を二つ三つ開けはなち、森の香りが仕事場に流れこむままにしておくと、気持がよかった。

石油暖房炉のにおいと、断熱材とオゾンと熱くなった電子機器のすえたにおいには、誰もが飽きあきしていた。

ロゴフは視力が落ちてきたことに気づいた。これは受信針を視神経の近くに刺しつづけるからで、そうしないとマシンから視覚情報がとどかないのである。動物と人間を使って何カ月も試行錯誤をつづけたのち、ロゴフは、最後におこなった実験のひとつを再現することにした。これは十五歳の少年四人を使って一度うまくいっており、針をじかに頭蓋骨のなかにすべりこませ、眼球の裏に近づけるという方法である。ロゴフは囚人を使うのを好まなかった。機密保全をとなえるガウクは、被験体の囚人たちを、実験のはじまりから五日以内に処分する必要があるといって譲らなかったからである。脳への挿入に危険がないのはわかっているが、マシンが要求する高度な科学的注意力を、おびえた無学な人びとに負わせるのに、ロゴフはうんざりしていた。

ロゴフは、妻と二人の奇妙な同僚に向かって状況を要約した。

どこか不機嫌なようすでガウクをどなりつけた。「これがどういうことか、きみは一度でも思い知ったことがあるのか？　ここに来て何年にもなる。われわれがなにをしようとしているか知っているのか？　実験に参加したいと思うことはないのか？　こういうグリッドの製造やこういう波形の計算に、何年分の数学が注ぎこまれているかわかっているのか？　きみはなにか役に立つのか？」

ガウクは怒りもせず、抑揚のない声でいった。「同志教授、わたしは命令に従っている。あなたも命令に従っている。あなたの仕事を妨害したことはない」

ロゴフは逆上するかに見えた。「きみが邪魔をしていないのは知っている。われわれはみんなソビエト国家のよき公僕だ。これは忠誠度の問題ではない。熱意の問題だ。われわれが創ろうとしている科学を、きみはひと目でも見たいと思わないか？　資本主義体制のアメリカ人より、われわれは百年も千年も進んでいる。そう聞いて胸がときめかないか？　きみは人間じゃないのか？　なぜ参加しない？　説明すれば、わかってくれるか？」

ガウクは声もなく、ビーズのような目でロゴフを見つめた。くすんだ青白い顔に表情の変化はない。ガウスゴーフェルは異様に女っぽいため息をもらしたが、彼女もまた無言であった。チェルパスは人をひきつける笑みと柔和なまなざしを夫と二人の同僚に向けたまま、口をひらいた。「進みなさい、ニコライ。同志はいざというときには、ついてきてくれる人よ」

ガウスゴーフェルはねたましげにチェルパスを見た。無言でいるつもりのようだったが、けっきょくことばが口をついて出た。「どうぞ進んでください、同志教授」

ロゴフはいった。「ハラショー、できることはなんでもやるぞ。マシンはいま、とてつもなく遠くにいる人間の心をキャッチする用意ができている」口もとにしわが寄り、興がるような冷笑がうかんだ。「あちらの首領の脳にじかに探りを入れて、今日やつがソビエト人民に対してなにをやろうとしているか調べることもできるかもしれない。アイゼンハワー（アメリカ第三十四代大統領。在任一九五三 - 六一）に一撃をお見舞いし、痴呆《ちほう》状態のままデスクのまえにすわらせておくなんてすばらしいじゃないか？」

ガウクが口をはさんだ。「やってはなりません。命令がないうちは」

ロゴフは聞き流し、先をつづけた。「はじめはぼくが受信する。なにがはいってくるか、先方は誰か、どこにいるのか、そういうことはなにもわからない。わかっているのはこのマシンが、いま生きているすべての人と獣の心にとどき、そのうちひとりの目と耳をじかにぼくの五官に接続するということだけだ。新しい針は脳に直接刺しこむやつだから、位置をしっかりと固定できる。先週の少年がうまくいかなかったのは、この部屋のそとにあるものをたしかに感知しているんだが、外国語が聞こえているらしく、英語やドイツ語もろくに知らないので、マシンがどこへ運んだのか知りようがなかったんだ」

チェルパスは笑った。「わたしは心配していません。あのとき安全なことはわかったわ。最初はあなたよ、ニコライ。だれか同志の方に異存が――?」

ガウクは首をふった。

ガウスゴーフェルは息もつげないようすで骨ばった手をやせこけた喉もとに上げた。「そうですとも、同志ロゴフ、もちろんです。仕事をなさったのは、あなたです。最初になさって当然です」

ロゴフはすわった。

白衣の技術者がマシンを彼のそばに運んできた。ゴムタイヤの三輪車にのったマシンは、歯科医が使う小型のX線装置に似ていた。X線装置のてっぺんの円錐形の場所には、とてつもなく丈夫な長い針が取り付けられている。プラハでいちばん腕のいい外科用スチール器具職人に作らせたものだ。

別の技術者が、ひげそり用ブラシと石けん水の器《うつわ》とかみそりを持ってきた。ガウクの死人のような視線のもとで、技術者はロゴフの頭頂をそり、四センチ四方の露出部をつくった。

あとはチェルパスが引き継いだ。夫の頭に締め具をはめると、きつくきれいに頭蓋を固定し、マイクロメーターを使って針が脳硬膜のねらった位置を刺しつらぬくように調節した。

こうした作業すべてを、チェルパスは優しい力強い指づかいで器用にやってのけた。細やかだが、揺るぎはない。ロゴフの妻ではあるが、同時に彼女はソ連邦の科学者であり、彼の同僚なのだ。

彼女はうしろに下がり、できばえをながめた。そして夫に向かってとっておきの笑みを送った。秘密の甘い笑み、二人だけになったときに交わしあう特別のほほえみだ。「こんなこと、毎日したくはないわね。針を使わずに脳に達する方法をなにか見つけなくては。でも痛くはしないわ」

「痛みぐらいなんだ」とロゴフ。「われわれが戦いとった勝利なんだ。下ろしてくれ」

ガウスゴーフェルは、実験に入れてもらいたそうな顔をしていたが、チェルパスに口をはさむことはなかった。チェルパスは輝く意気ごんだまなざしで手をのばすと、ハンドルを下げ、強靭な針をめざす部位まで十分の一ミリ足らずのところに下ろした。

ロゴフが慎重に口をひらいた。「チクリとしただけだ。電気を入れてくれ」

ガウスゴーフェルは我慢しきれなくなっていた。おそるおそるチェルパスにいった。「わたしが入れていいですか？」

チェルパスがうなずいた。ガウクは見つめている。ロゴフは待っている。ガウスゴーフェルはベヨネット式のスイッチを引き下ろした。

電気が通じた。

いらだたしげな手のひと振りで、アナスターシャ・チェルパスは助手たちを部屋の奥へ追いやった。なかには二、三人、仕事の手をとめたまま、のろまな羊のようにロゴフを見つめている者もいる。彼らはまごついていたが、やがて部屋のつきあたりに白衣の集団をつくった。

しっとりした五月の風が、みんなの顔に吹きつけた。森と木の葉の香りがたゆたった。三人はロゴフを見まもった。

ロゴフの顔色が変わりはじめた。顔に血がのぼった。大きな激しい息づかいは、数メートルの距離からでも聞こえた。チェルパスは夫のまえに膝を落とし、眉をあげて無言の問いかけを送った。

脳に針が刺さっているので、ロゴフはうなずかなかった。紅潮した唇のすきまから、重苦しい声がもれた。「と、め、る、な」

ロゴフ自身にも、なにが起こっているのかわからなかった。アメリカの部屋か、ロシアの部屋か、南国の村か、たぶんそういうものを見るのだろうと思った。椰子の木、森林、デスクの列、そういうものを見るだろう。大砲でなければビル街、便所でなければベッド、病院、家庭、教会。誰の目をとおして見るのか、子ども、女、男、兵士、哲学者、奴隷、労働者、野蛮人、信心家、共産党員、反動思想家、州知事、警官。どんな声を聞くのか、なにが聞こえるのか、英語、フランス語、ロシア語、スワヒリ語、ヒンディー語、中国語、ウクライナ語、アルメニア語、トルコ語、ギリシャ語。見当もつかなかった。

なにか不思議なことが起こりはじめていた。

自分がこの世界からただよいだし、時からただよいだしたかに思われた。秒、分、時間、世紀がちぢみあがり、計器とマシンは野放しのまま、ひとが万世にわたって放った最強の信号へと飛びついた。ロゴフには知るよしもなかったが、マシンは時を征服したのである。

　マシンは踊りに到達した。人間の出場者に、舞踊フェスティバルの会場に到達した。西暦一三五八二年ではないけれども、そうであったかもしれない年に。

　ロゴフの見まもるまえで、黄金の姿態と黄金のきざはしがうちふるえ、ひらつき、催眠術の一千倍も抗しがたい儀式を演じた。リズムは彼にとって無意味であり、すべてでもあった。これこそロシア、これこそ共産主義。これこそ彼の人生――そのとおり、目のまえで躍動しているのは彼の魂にほかならなかった。

　ほんのひととき、平凡な人生の最後のひととき、ロゴフはおのれの肉眼を使ってながめ、かつて美しいと思ったひとりのみすぼらしい女を見ていた。彼はアナスターシャ・チェルパスを見つめ、気にとめなかった。

　視覚はまた踊るイメージに向かってとぎすまされた。その女、その姿態、その踊りに！

　やがて音が到来した。――チャイコフスキー級の人物さえ、その音楽を聞けば涙にくれたであろう。そのオーケストラには、ショスタコヴィッチやハチャトゥリアンさえ永遠に沈黙したであろう。それは二十世紀の音楽をはるかに凌いでいた。

　星の海に住む人間ではない人びとは、人類に多くの芸術を教えたのだ。ロゴフの精神は当代一のものであったが、彼の時代は大いなる舞踊の時代からはあまりにも遅れていた。そのたった一度のコンタクトで、ロゴフはきれいに丸ごと発狂していた。彼の目には、もうチェルパスもガウスゴーフェルもガウクも見えなかった。彼はЯ《ヤ》・Ч《チェ》という村を忘れた。おのれを忘れた。よどんだ真水で育った魚が、はじめて流水のなかに投げこまれたようなものだった。さなぎから抜け出た虫のようなものだった。二十世紀の精神には、その音楽と舞踊のイメージ群とインパクトを受け入れる力はなかった。

だが針は刺さったまま、脳が耐えられる以上のものを送りこんだ。

脳のシナプス群がパチパチとはぜた。未来が洪水となってなだれこんだ。

ロゴフは気を失った。チェルパスがとびだし、針を引き上げた。ロゴフは椅子からころがり落ちた。

5

医師を呼び寄せたのはガウクだった。夜にはロゴフは鎮静剤を打たれてこんこんと眠っていた。医師は二人で、ともに軍本部から駆けつけた。ガウクがモスクワに直通電話をかけ、往診の許可をとりつけたのである。

医師たちは困惑のていだった。年かさの医師は、チェルパスに小言をいいつづけた。

「やるべきではなかったんだよ、同志チェルパス。同志ロゴフだって、こんなことをするべきではなかった。脳に物をさしこむなんてな。これは医学の問題ですよ。あんたがたは医学博士ではない。四人相手の装置をこしらえるのならかまわないが、ソビエト科学界の人材に対しておこなうのは許されないことだ。ロゴフを元にもどせないといって、わたしが責任をとらされる。彼がなにをしゃべっているか、お聞きのはずだ。ぶつぶつとつぶやくだけ。〈あの金色の階段、金色のもの、あの音楽、あれがほんとうのおれだ。金色の、金色の、あれのそばにいたい〉――そんなたわごとばかり。あなたは第一級の頭脳を破壊してしまったかも――」いいすぎたと思ったのか、あわてて口をつぐんだ。なんといっても、これは安全保障の問題であり、ガウクとガウスゴーフェルがどこかの秘密機関から来た人間であることはわかりきっていた。

ガウスゴーフェルは水をたたえたような目を医師に向けると、低い平静な、信じられぬほど毒を含んだ声音でいった。「彼女の仕業なんでしょうか、同志ドクトル？」

医師はチェルパスを見やり、ガウスゴーフェルに答えた。「どうやって？　いたのはあんただ。わたしはいなかった。彼女がどういうふうにやったというんだ？　なぜやったんだね？　あんたはここにいた」

チェルパスはなにもいわなかった。悲嘆のあまり口をかたく結んでいる。黄色い髪はかがやいているが、いま彼女の美しさを残しているのはその髪だけだった。なにもかもが恐ろしいばかりで、これからみじめさを味わおうというところだ。愚かな女を憎んだり、機密保全のことを思い悩む余裕はなかった。心にあるのは、同僚、恋人、夫であるロゴフのことだけだった。

あとは待つことぐらいしかなかった。一同は大きな部屋に移り、食事をとろうとした。召使いたちが、巨大な皿に盛った冷肉スライスや、キャビアのポット、何種類ものスライスパン、純良バター、本物のコーヒー、酒類をテーブルに並べた。

誰もが少食だった。

みんな待っているのだった。

九時十五分、回転翼の音が屋敷にひたよせた。

モスクワから大型ヘリが到着したのだ。

中央当局があとを引き継いだ。

6

当局から来たのは、B《ヴェー》・カルペルという名の次官だった。

カルペルとともに、軍服姿の佐官が二、三人、民間の技術者がひとり、ソビエト共産党本部の代表がひとり、医師が二人降り立った。

あいさつは省かれた。カルペルはただこういった。「きみがチェルパスか。会ったことがある。ガウスゴーフェルだね。きみの報告は見ている。きみがガウクか」

一行はロゴフの寝室にはいった。カルペルの声がとんだ。「起こせ」

ロゴフに鎮静剤を与えた軍医がいった。「閣下、そんな――」

カルペルは「うるさい」とさえぎった。彼は自分が連れてきた医師のほうを向き、ロゴフを指さした。「起こしてくれ」

モスクワから来た医師は、年かさの軍医とすこしのあいだ話していた。その医師もまた首をふりはじめた。彼はカルペルにこまったような表情を向けた。カルペルは話の中身を察して答えた。「いいからやってくれ。患者に多少危険があることはわかっている。だがモスクワに報告書を持って帰らなければならない」

二人の医師がロゴフを検査した。ひとりが診療かばんを持って来させ、ロゴフに注射をうった。そして全員がベッドから後退した。

ロゴフはベッドの上で身もだえた。のたうった。目をひらいたが、人びとを見てはいなかった。まるで子どもみたいにはっきりした単純なことばで、話しはじめた。「あの金色のもの、あの金色の階段、あの音楽、あそこへ帰してくれ、音楽といっしょにいたい、おれはほんとうは音楽だ……」あともおなじ果てしない一本調子。

チェルパスがかがみこむと、夫の視野の真ん前に顔をおいた。「わたしの愛《いと》しい人！　愛しい人、目を覚まして。大切なことなのよ」

ロゴフが聞いていないのは、誰の目にも見てとれた。金色のもののことをまだつぶやいている。

この歳月のなかではじめて、ガウクが主導権をとった。モスクワから来た男カルペルと向きあった。「閣下、ひとつ提案をさせてもらってよろしいですか？」

カルペルは見つめた。ガウクはガウスゴーフェルのほうを向き、うなずいた。「われわれ二人は同志スターリンの命令でここへ来ました。彼女が上役です。責任を負っています。わたしは再確認をするだけです」

次官はガウスゴーフェルに向きなおった。ガウスゴーフェルは、ベッドに横たわるロゴフを見つめていた。水をたたえたような青い目に涙はない。その顔は、すさまじい緊張に引きつっていた。

カルペルは意に介さず、きびしくはっきりと居丈高にいった。「どんな方法がある？」

ガウスゴーフェルは次官と向きあい、抑えた声で答えた。「この容態は脳損傷といったようなものではない気がします。わたしが思うに、ロゴフは、人と分かちあわねばならないような通信を受けとったのです。誰かつづく者がいなければ、答えは得られないでしょう」

カルペルが嚙みつくようにいった。「なるほど。だがなにをする？」

「わたしに引き継がせてください――マシンを」

アナスターシャ・チェルパスが、茶化すような、けたたましい笑い声をあげた。彼女はカルペルの腕をつかむと、ガウスゴーフェルを指さした。カルペルは見つめた。

チェルパスは笑い声の調子をやわらげ、カルペルに叫んだ。「この女、狂ってます。何年もまえからわたしの夫に横恋慕していました。わたしをうとましく思ってきたばかりか、いまは自分が彼を救えると思っている。夫が自分と通信したがっているると思っているんですわ。ばかばかしい。わたしが行きます！」

カルペルは見まわした。部下を二人選ぶと、部屋の隅に移った。話しあう声は聞こえたが、ことばは聞きとれなかった。六、七分の話しあいののち、カルペルはもどった。

「きみたちは保安上の重罪をかぶせあっている。わたしにすれば、これはわが国最良の兵器のひとつ、ロゴフの精神が被害にあったということだ。ロゴフは人間というだけではない。ソビエトの事業だ」声がさげすむような調子をおびた。「わたしの見るところ、この保安要員、経歴もりっぱな婦人警官が、同胞の科学者のくだらない嫉妬心によって告発を受けている。そのような告発などとりあう気はない。ソ連邦の発展とソビエト科学の前進は、人格のぶつかりあいなどで妨げられてはならない。これは同志ガウスゴーフェルが引き継ぐ。今夜動くことにしたのは、わたしの専属医師がロゴフは長くないというからで、われわれにすれば、なにが起こったのか、なぜ起こったのかをつきとめるのは、たいへん重要なことなのだ」

彼はチェルパスに険のあるまなざしを向けた。「口答えをするな、同志。きみの精神はソ連邦の財産だ。生活も教育も、労働者の税金でまかなわれてきた。個人的感情でそういうものを投げだすことは許さない。もしなにかが見つかるものなら、同志ガウスゴーフェルが見つけてくれるだろう」

一同は研究所へ引き返した。おびえた技術者たちが、宿舎から呼びもどされた。明かりがつき、窓が閉ざされた。五月の風はもう肌寒かった。

針は殺菌された。

電子グリッドが熱くなった。

ガウスゴーフェルは冷ややかな勝利の面持ちで、受信椅子にすわった。ガウクにほほえみかけたところで、助手がかみそりと石けんを持ってきた。

ガウクはほほえみを返さなかった。黒い目で見つめるだけ。声はかけなかった。なにもしなかった。監視するだけだった。

カルペルは行きつ戻りつしながら、手早く整然と進んでいく実験の準備にときおり目をやった。

アナスターシャ・チェルパスは、一同から五メートルほど離れた実験用テーブルのまえにすわった。ガウスゴーフェルの後頭部を見つめるうち、針が下りはじめた。チェルパスが両手で顔をおおった。すすり泣きを聞いたように思った者もいたが、誰も注意を払わなかった。みんなガウスゴーフェルを観察するのに気を奪われていたのだ。

ガウスゴーフェルの顔に血がのぼった。噴きだす汗がたるんだ頰に流れ落ちた。ひじ掛けをつかむ手に力がこもった。

とつぜんガウスゴーフェルが叫んだ。「あの金色のもの、い、い、い、金色の階段」

彼女は装置を道づれに椅子からとびあがった。

これは誰ひとり予期していなかった。椅子はフロアに倒れた。針の固定台は、フロアから持ちあげられ、重心をずらした。ガウスゴーフェルの脳内で、針は大鎌のように曲がった。ロゴフもチェルパスも、誰かが椅子にかけたまま暴れることは予期していなかった。西暦一三五八二年にダイヤルが合ってしまうとは夢にも思っていなかったのだ。

フロアにころがったガウスゴーフェルの死体を、興奮した要人たちが取り囲んだ。機転のきくカルペルが、チェルパスをふりかえった。

彼女はテーブルから立ちあがり、歩いてきた。一筋の血の糸が頬を流れている。さらに一筋の血が、頬のわき、左耳の手前一・五センチほどのところからしたたり落ちていた。

信じがたいほど落ち着きはらい、新雪のように蒼白な顔で、チェルパスはほほえんだ。

「わたしが傍受しました」

「なんだと？」

「通信の傍受です。信号を傍受しました」アナスターシャ・チェルパスはくりかえした。

「夫がどこへ行ったか、わかりましたわ。この世界ではありません。わたしたちの科学の限界を超えた夢幻の世界です。すばらしい大砲をつくったはいいが、発射の準備が整うまえに、砲弾がわたしたちのほうに飛びだしてしまったのです。わたしの心は決まりました。同志次官、あなたが変えようとなさってももう無理でしょう。

なにもかもわかりました。夫はもどってきません。夫がいなければ、わたしもこの先つづける気にはなれません。

テレスコープ計画は終わったのです。誰か別の者に引き継がせるのはかまいませんが、うまくいかないでしょう」

カルペルはぽかんと見つめ、それからわきにどいた。

ガウクが立ちふさがったのだ。

「なんだ？」

「ひとつ申しあげたい」ガウクの声はひどく低かった。「ひとつだけ、閣下。この人がロゴフはもどらないというのなら、もどらない。この人が終わったというのなら、終わった。それだけはほんとうです。わたしにはわかる」

カルペルはにらみつけた。「どうしてわかる？」

ガウクの顔に表情はない。人間業とは思えぬ確信と比類ない平静さを見せて、ガウクはカルペルに対した。「閣下、わたしは議論はしない。わたしは科学のことは知らないが、この人たちのことは知っている。ロゴフはおしまいです」

ようやくカルペルは納得した。テーブルわきの椅子にすわった。部下たちを見上げた。

「こんなことがあっていいのか？」

誰も答えない。

「訊いているんだ、あっていいのか？」

みんなはアナスターシャ・チェルパスを見つめた。その美しい髪を、決然とした青い瞳を、傍受用の針を刺したときに流れでた二筋の血の糸を。

カルペルは彼女をふりかえった。「これからどうする？」

答えるかわりに、チェルパスは膝を折り、すすり泣いた。「いや、いや、ロゴフ！　いや、いや、ロゴフはいや！」

それがチェルパスから引きだすことのできたすべてだった。ガウクが見つめている。

黄金のきざはしの上、黄金の光のなかで、黄金の姿態はひとつの夢を踊った。想像力の限界を超えて踊り、踊りながら、音楽をわが身に引き寄せると、憧れのため息を——それが希望となり責め苦となっていく憧れのため息を、一千の世界の生きとし生けるものの胸に行きわたらせた。

黄金の情景のふちが薄れ、不規則なぎざぎざの黒に呑みこまれた。黄金は光を失い、淡い金銀のきらめきから銀に衰えると、ついには白に行き着いた。さきほどまで金色にかがやいていた踊り手は、いまでは寂しげな白っぽいピンクの人影となり、ひっそりと疲れきって広々とした白いきざはしの上にたたずんでいる。一千の世界の喝采がその上に降りそそいだ。

その目はうつろに観衆を見ていた。踊りは彼女までも打ちのめしていた。喝采などなんの意味があろう。踊りこそが目的なのだ。どのようにしてか、これから生きていかねばならないのだった。——ふたたび踊るそのときまで。

第81Q戦争（改稿版）

War No.81-Q
（rewritten version）

伊藤典夫◎訳

短い幸福な数世紀が風のように過ぎるなかで、戦争が巨大なゲームに仕立て上げられた時代がある。やがて世界人口が三百億の大台を突破すると、総理代行チャタージは世界の権力中枢に〝合法的割合〟制を提起。戦争はゲームから一転して現実となった。すべてが終わったあとには、おぞましい新種の匍匐《ほふく》植物が都市の廃虚にはびこり、聖者や愚者が車の影もない立体交差路の上で野営し、数台の人間狩猟機が、残存する兵器たちを求めて、世界をあさり歩いた。

1

現実となった戦争が文明を数千年も後退させる以前のはるかな昔、国家は〝安全な戦争〟

の方式と戯れていた。戦争はかんたんに布告され、安全に戦われ、勝敗は貴族の義務《ノブレスオブリージュ》として受け入れられ、それが終戦とみなされた。戦争は稀なため、いざ起こると、テレビジョンから他のすべてのイベントを一掃するほどであり、見た目が華美なため風景にも最大限の趣向がこらされ、体力的にきびしいため、勝者には高度の視力と万全な胆力が求められた。使用兵器はミサイル、ミサイル迎撃ミサイル、陽動作戦用煙幕、ならびにこれらを搭載する空中艦で、空中艦は動きが鈍いのでビュースクリーンでの映りがよく、操縦がむずかしいので戦闘の巧みさが重視されることから採用された。こうした問題を処理するため、多数の戦士が育成された。リゾート地のスキースロープや海底で訓練を受け、日焼けした有能な姿で自国のホームベースにすわり、船をあやつる男たちである。二種類のキネスコープが用意され、戦いそのものと戦士たちが交互に映るように配慮された。戦士たちは操縦パネルを前にひたいにしわを寄せ、落胆の声をあげ、あるいは勝利にほほえみ、認可戦争における彼らの振る舞いを通して人間感情の全ドラマが演じられるという仕掛けである。

　チベット＝アメリカ間で戦火を交える日が近づいた。

　チベットは中国中央政府から解放されたばかり。これにはアメリカからの寛大な援助と、エリー湖付近のロケット爆裂孔（はったりか？　はたまた死か？）をちらつかせた脅しがあったからこそである。アメリカがほんとうに戦争に出る気でいたかどうかは、誰にもわからない。中国は力の誇示を強行しなかった。アメリカは世界議会の場で再統一インドとコンゴ連合の支持を得ていたが、チベット解放が実現すると政治的な借りを返さねばならなくなった。コンゴはサハラの所有権について支持を求めた。これはたやすいことで、議会で投票すれば済むことである。しかし再統一インドは、ヒマラヤ南面の峰沿い八十マイルにわたって最大規模の太陽エネルギー集積機の建設を要請した。アメリカは躊躇《ちゆうちよ》したが、のちにチベットからのリースを受けて建設し、所有権を保持した。ベンガルの平野にエネルギーの最初の奔流が流れこむ直前、チベット兵が制御室に侵入、チベット内務相からの令状を見せて発電所を接収した。チベットの技術者たちが、雲南省大理《デリ》のグーンホゴ基地から運んできた新しいケーブルをつなぎ、発電所はすでに先日までの敵、中国のグーンホゴにリースされていると宣言したのである。

政治の世界では感謝はあまり期待されないことだが、こうした索漠《さくばく》とした忘恩は、耐えられる限度を超えていた。チベットを中国から解放したところ、アメリカがインドの助けを借りて、チベット国境に建設したその報酬をチベットが横取りしてしまったのである。法律的に、この行為に隙はなかった。太陽エネルギー蓄積機はチベットの領土にあり、その時点で主権をもつ国家の統治下にある。自国の領土にあるものなら、何をしようが罪はかぶらないわけだ。

アメリカ人のなかには腹立ちがおさまらず、中国のグーンホゴに対して本物の戦争を叫ぶ者もいた。大統領はこんな所見を出した。敵対する人間を相手に、向こうが自分より賢いところを見せたからといって、張り合うのは正しいこととはいえない。

議会は認可戦争を議決した。

大統領にもこれ以上、選択の余地はなかった。残るはチベットへの宣戦布告のみ。大統領は世界事務局に戦争の実行を申請し、認可された。とどいた認可証には《第81Q戦争》とあった。世界事務局にいる誰かが、チベットは最小規模の戦争にかかる経費しか支払わないだろうと気を利かせたらしい。アメリカが要請したのはA級戦争で、これは丸四日つづくのである。世界事務局は問題の再検討を拒否した。

もはやすべきことは何もなかった。

アメリカは臨戦態勢にはいった。

大統領はジャック・リアダンを召喚した。

2

リアダンはアメリカが擁する最高のライセンス保有戦士である。

「おはよう、ジャック」と大統領はいった。「きみはもう二年戦っていなかったな。アイスランドに破れて以来だ。気力はもどってきたかね?」

「調子は上々です。いままでにないくらいですよ」とジャック。つかの間ためらい、やがてつづけた。「アイスランドの件は勘弁してください。シグルド・シグルッセンには誰も勝てやしません。引退してくれて、みんなほっとしていますよ」

「きみを責めるために呼んだのではない。大シグルドを別にすれば、きみが誰よりもベストを尽くしたことは世界中が知っている。だから、ここにいるのだ。いい作戦はあるのかね？」

「Q級では、船の選択の余地はあまりないですな。五隻とも、新型のマーク・ゼロでいけるでしょう。こちらが宣戦したからには、チベットはいちばん安上がりな戦争を選ぶに決まっています。連中は高いツケをまわされるのは喜ばない。グーンホゴは助けてくれるでしょうが、中国人は二日もするとやってきて、経費を請求しますからね」

「きみが国際情勢のエキスパートだったとはな」大統領は穏和な笑みをうかべた。

リアダンは落ち着かぬ表情を見せた。「失礼しました、閣下」

「それはいいんだ」と大統領。「わたしもおなじように想像していた。それで、連中はケルゲレン諸島にする気だな？」

「おそらくそうなります」とリアダン。「撮影の連中なんか、きっと激怒しますね。しかしフランスはあの島々を低価格で出している。おかげであそこが戦場としてマーケットで価値を持っているわけですから」

大統領のようすががらりと変わった。朝食を済ませたばかりの教養ある老紳士といった風貌は失せ、物腰は抜け目ない利己的な政治家のそれに変わった。競争相手をみんな打ち負かし、自分が大統領職を欲する以上に、この国が彼に大統領になることを欲していると自覚した男の物腰である。大統領はリアダンに面と向かうと、彼のひとみを深く鋭く見つめ、儀式張った厳粛な調子で問いかけた。

「ジャック、これはきみの人生で最大の問題となるかもしれんぞ。どんな風に戦うつもりだ？」

リアダンは身をこわばらせた。「チームメートの名をあげつらってリストをつくるのは問題外でしょう。で、考えたのですが、閣下のほうにリストがあれば――」

「わたしはそんなことをいってるんじゃない。ひとりで戦うというのはどうだ？」

「たったひとりでですか？」

「わたしの前で遠慮するな、リアダン」と大統領。「きみはわれわれの有する最高の戦士だ。実をいうと、われわれのところにはファースト・クラスの人間はきみしかいない。若い連中のなかには有望な人材も出てきているが、残念ながらきみのクラスでは――」

問題が専門の方向に移ってきたので、リアダンはわれを忘れ、大統領のことばをさえぎった。「ボッグズは優秀です。このところの小規模なアフリカ戦争では、傭兵として六つの戦争を戦っています」

「リアダン」と大統領。「わたしは話の途中だ」

「失礼しました、閣下」リアダンは口ごもった。

「ボッグズはこれとは無関係だ。わたしも彼を検討したよ。仮に彼を加えたとしても、けっきょく第一級のパイロットがふたり揃うだけだ」

リアダンは大統領に正面から向き合い、発言の許可を求めた。

大統領はうっすらと笑みをうかべた。「よろしい、なんだね？」

「チームを傭兵で固めるというのはどうでしょうか？」

「傭兵だと！」大統領は叫んだ。「それはいかん！　われわれが取る最悪の選択だ。世界中の笑い者になる。わたしは本物の戦争をほのめかしてチベットを解放したが、中国のグーンホゴが折れたのは、グーンホゴ内部にいる数人が、アメリカはまだ手強いと評価したからだ。ひとりでも傭兵を使ってみなさい。何もかもが水の泡だ。アメリカの姿勢は保たねばならん。どうだ、引き受けるか断わるか？」

リアダンの表情はまったく困惑したものになった。「わたしが何を？」

「ばかだな、きみは。ひとりで戦争をする気があるのか、ないのか。ルールは知ってのとおりだ」

リアダンはルールを知っていた。単身のパイロットを使うことによって、国家は途方もなく有利な立場にたてる。敵船を二隻落とせば、自分が船を何隻失おうが、自国の勝ちとなる。三十二年まえ、偉大なシグルド・シグルッセンがヨーロッパ、モロッコ、日本、ブラジル連合軍をワン、ツー、スリー、フォーの順序で破って以来、単独パイロットの戦争はおこなわれていなかった。以後、Q級の戦争でアイスランドに挑戦する国はなかった。アイスランドは些細な挑発でも認可戦争を布告するので、アイスランド人は百の戦争ができるほどのクレジットを蓄積していた。受けて立つ国家はすべて最大にして複雑きわまる戦争を選び、チームワークの迷宮でシグルドの動きを封じようとした。

リアダンは窓のそとに目をやった。大統領は考える余裕を与えた。やがてリアダンは口をひらいたが、声は重々しく確信に満ちていた。

「やってみましょう、閣下。向こうがQ級戦争を要求してくれたおかげで、チャンスができました。しかし、わたしがシグルドじゃないことはご承知おきください」

「それは承知だ、リアダン」と大統領は真剣な口調で。「しかし、きみのパフォーマンスが最高でどれくらいのレベルになるか、われわれは誰ひとり——きみ自身さえもだ——知らないんじゃないかな。どうだ、やってくれるか、リアダン、国のために、わたしのために、きみ自身のために？」

リアダンはうなずいた。名声と勝利はその瞬間の彼にはたいへん遠いものに見えた。

3

堅苦しい手続きはさしたることなく終わった。

チベットとアメリカはともにヒマラヤ斜面太陽光集積バンクの所有権を主張していた。同権利は戦争によって決せられることで両国は合意した。国際戦争委員会《ユニヴァーサル・ウォー・ボード》（UWB）はきびしい明確な条件つきで戦争を認可した。

1・戦争は明記された日時と場所でおこなわれる。

2・戦争機器の活動によって、間接なり直接に人間の死傷者を出してはならない。ただし感情的な障害はこれには含まれない。

3・戦場はリースされ、清掃される。戦闘で傷つくおそれのある野生動物、とくに鳥類は最大限移動するように取り計らう。

4・使用兵器は有翼空中艦とし、最大重量は二万二〇〇〇トン、非核エンジンで推進する。

5・すべての無線チャンネルはUWBならびにチベット、アメリカの両陣営でモニターし、電波妨害や混信の苦情があれば、ただちに戦闘は中断される。

6・いずれの空中艦も非爆発性ミサイル六発と非爆発性迎撃ミサイル三十発を搭載する。

7・UWBは、はぐれミサイルが戦争ゾーンを離れる以前にすべてを要撃、破壊する。両陣営は戦争の勝敗にかかわらず、はぐれミサイル処分の経費をUWBに直接支払う。

8・船内、戦争ゾーン、および戦争を世界のテレビジョンに中継する通信機器には、生きた人間の立ち入りは厳禁。（記憶に残る最後の〝安全な戦争〟の犠牲者は、マルチコプターにうち乗るビデオクルーで、彼らは数千マイル離れたところにいるパイロットが気づいて発砲を中止する間もなく、戦闘空中艦の火を吐く銃口のまえに飛びだしてしまったのである）

9・〝規定された戦場〟はケルゲレン戦争テリトリーとし、ヨーロッパ連合の代理として立つ十四共和政フランスから、一時間につき四〇〇万黄金リーブルで両陣営にリースされる。

10・観客席は、戦闘従事者が保有するビデオ放映権を除き、いっさいがケルゲレン戦争テリトリーの土地所有者に属するものとする。

取り決めがすむと、フランス側はさっそくケルゲレンの山岳地帯から羊の移送を開始。羊たちは戦争のたびに牧草地から南氷洋をわたる艀《はしけ》に乗せられるので慣れきったものだった。リアダンはオマハから船をあやつる計画をたてた。チベットの対戦相手はラサで部署につくと考えられたが、チベットはもう何世代も独立した勢力ではなかったので、傭兵を雇うとしたら誰になるだろうと、ふと考えた。北京からは宗《スン》が来るだろうか。この男はリアダンより六戦多く経験を積んでおり、信頼のおける戦士である。

4

フランス政府公認のもと、ケルゲレン周辺の客席や眺望ポイントはたちまち売り切れた。密輸業者たちは著作権保護なしの戦争のながめを完全に見て取れると称する望遠鏡を売りさばいたが、例のごとくほとんど役に立たなかった。購入者が得たのは、ダーバン、マドラス、またはパースから出港する船旅だけだった。

　空中艦の出動準備はととのった。アメリカ側の艦は全体が金色で、葉巻型の胴体の両側からずんぐりした翼が突き出ている。なじみのアメリカ鷲が赤、白、青の円で囲まれている。チベット側の五隻はレンタルされた昔ながらの中国グーンホゴの艦とわかった。中国のエンブレムのとなりに、真新しいペンキでチベットの地蔵車が描かれている。中国の技術者は小細工の達人なので、審判団のアメリカ人メンバーはケルゲレンの戦争テリトリーにはいるまえに戦闘に参加する十隻の総点検を主張した。

　開戦は現地時間で正午。リアダンは優位な位置を占めることができた。各船の配置は審判たちによって無作為に決められ、リアダンは強い西風に向かって突き進む位置だが、一方、敵船は風をこらえて位置を維持する必要があり、そうしないと交戦テリトリーから押し出されてしまうおそれがあるのだ。

　どこかの回転椅子に陣取る木っ端役人がアメリカの空中艦にシェイクスピアの作中人物の名をつけることを思いついたのだろう。リアダンは気がつくと、〈プロスペロー〉〈エアリエル〉〈オベロン〉〈キャリバン〉〈タイテーニア〉の五隻をあてがわれていた。チベットは中国艦を改称する手間をかけなかったので、中国古王朝の名をとった五隻で編成された。それぞれ〈漢《ハン》〉〈元《ユエン》〉〈清《チン》〉〈晋《ジン》〉〈明《ミン》〉である。

　リアダンは五隻を観客席の近くに整列させた。そうすればチベット側は彼にミサイルを向けるにしても、テリトリーを外れて発射し、ペナルティを課される危険をおかさざるを得なくなる。彼はオマハの戦況パネルをつかのま見上げ、テレスクリーンに映る相手のようすをうかがった。やはり宗《スン》はいた。そしてリヒテンシュタインの旗のもと、諍《いさか》いごとを見つければ何にでも首を突っこんでくる有名な傭兵、バールテク。ほかの三人は見かけない顔で、ひとりはチベットの民族衣装に身をつつんだ若い女だった。「中国のプロパガンダにしても見事なものだ」とリアダンは思った。「グーンホゴを信頼せよ。賭けにはかならず勝つ、か」

　中国人は観客の存在を不快に思い、煙幕を放出した。空中艦が風をこらえて静止している状態では、彼らにできることはあまりない。煙幕が五隻に近づくと、リアダンはジャンプした。彼は〈プロスペロー〉をマニュアルに切り替え、二つ三つ当て推量をしたうえで動いた。〈プロスペロー〉はぼろぼろの姿で煙幕の向こう側に現われた。二発のミサイルに貫かれているので、戦争が終わるとき、回収できるほどのものは残っているだろうかと、リアダンはいぶかった。

　しかし戦争は勝ったも同然だった。〈漢《ハン》〉と〈明《ミン》〉にはすでに大打撃を与えており、〈エアリエル〉の目を使って、これは観測済みだった。手負いの〈明《ミン》〉は南インド洋の冷たい冷たい海の上空で、高度を保とうとあがいている。バールテクが操縦を代わったなとリアダンは思った。不意に〈明《ミン》〉がミサイルを発射、〈エアリエル〉はあやうくかわした。艦の後方に見える炎のシーツから察すると、UWBは多数の観客を守るため非常用の武器でミサイルを要撃したらしい。閃光はずいぶん長くつづき、ビュースクリーンは乳白色にふるえながら輝いた。この要撃閃光をあまりにも長く見つめていた観客のなかには、頭痛に悩まされる人間がたくさん出るだろう。バールテクはどうやらチベット側が支払う罰金には無頓着らしい。

それにしても〈エアリエル〉の逃げ足のすばやいこと！

その間、〈漢《ハン》〉は落下しながらアメリカ側の一隻を攻撃していた。狙われたのは〈キャリバン〉で、左の翼を失い、高度を落としはじめている。リアダンの目は彼に代わって艦をあやつるロボットに向いた。とがめるようにロボットを一瞥したが、ことのなりゆきを想像するのに不得手なロボット・プログラマーたちを呪っても無駄だと悟り、あきらめた。

ＵＷＢ審判の顔と声がすべてのスクリーンに現われた。「〈キャリバン〉――アメリカ側。〈漢《ハン》〉――チベット側。両艦を戦場から撤去しなさい。砲撃をやめて離脱」

現行のスコアシステムでは、リアダンはつかみかけていた勝利を取り逃がしたことになる。彼がしなければいけないのは、二隻の敵艦を撃墜し、味方の艦の一隻を戦争がつづいているあいだ、ずっと宙にとどめておくことだ。そうすれば勝てる。しかし、いま白波の上で解体しかけている〈明《ミン》〉は、彼の最初の勝利になるはずだったもので、〈漢《ハン》〉もそれにつづく勝利であったはずなのだ。さて、これでまた最初からやりなおさなければならない。

彼は〈エアリエル〉をロボットに切り替えると、〈タイテーニア〉の操縦を肩代わりした。観客の密集する線に沿って、敵艦の一隻がするすると近づいた。攻撃はできない。テリトリーは方形であり、〈タイテーニア〉は隅に寄りすぎている。ミサイルを発射するなら、〈タイテーニア〉を海面すれすれまで下ろす必要がある。その作戦をとれば、逸れたミサイルは宇宙空間に逃がせる。

リアダンと敵は同時にダイブした。

彼のコマンドスクリーンが空白になった。代わって大統領の顔が現われた。大統領だけがその種の絶対的権利を持っている。

「どうだ、ようすは？　あまり順調ではないようだな」

リアダンは絶叫したかった。「画面から出ろ、このばか！」

だが相手は大統領である。大統領に向かってどなる人間はいない。

怒りで顔が蒼白になるのはわかっていたが、彼は穏やかな口調でいった。「画面から出てください。お願いします。こちらは大丈夫ですから」

大統領は画面から出ていき、リアダンは艦にもどったが、そのときには〈タイテーニア〉はまっ二つに切り裂かれていた。

荒々しい怒りにかられながらも、おもて向きは冷静に〈エアリエル〉に切り替えると、使いものにならなくなった〈タイテーニア〉を眼下の波間に沈めた。

リアダンもまた煙幕を吐きだし、煙はせまってきた。煙の上に出ると、二隻の中国艦が自分をさがしているのが見えた。ふたたび煙のなかにもどる。煙は薄れかけている。彼は斉射レバーをはじいた。すべてのミサイルがおなじ瞬間、ターゲットに命中するようにした装置である。ところが、あのばかな大統領のことを思いだし、うっかり誤まったレバー《自己破壊》をはじいてしまった。〈エアリエル〉はきれいな花火ショウをひとしきり見せて爆発した。近くにはオレンジの雲が二つ見える。〈エアリエル〉の前部甲板にあるビデオカメラによれば、彼は理屈のうえでは戦争に勝ったことになる。彼をさがしていた中国艦二隻も彼と運命をともにしたのだ。

最後に残った艦〈オベロン〉にカメラを切り替える。しかし彼の一隻に対して中国艦は二隻残っている。〈清《チン》〉と〈元《ユエン》〉である。

審判が現われた。「きみは《自己破壊》というコマンドを打ったが、これは認可戦争においては兵器とみとめられていない」

「エラーだ」リアダンは声を荒らげた。「わたしのテープを見てくれ。わたしが斉射レバーを叩こうとしているのは、見ればわかるだろう」

沈黙のいっときがあり、空白の画面がブーンと唸った。つぎの瞬間、審判がまた現われ、リアダンを待たせて、バールテクと宗《スン》に説明した。「ルールはここまでをカバーしきれていないんだ。これは手違いで、きみらの艦が彼に近づきすぎていた。彼は真上からきみらを追っていたのだ。これはまぐれ当たりと判定する」

さて、今後リアダンがなすべきは、この先六十七分間生き抜くことである——すなわち、艦を戦場にとどめておくことだ。

彼は観客の並びに沿ってそろそろと動きだした。距離が近いので、のけぞる観客もいた。審判を求める声がたくさん上がったが、百メートルの余裕をとるように、リアダンも注意していた。

〈清《チン》〉と〈元《ユエン》〉が接近してきた。ミサイルを避けるため、非常用ジェットで降下しなければならなかった。計算では〈清《チン》〉に残るミサイルは四発、〈元《ユエン》〉は三発のはずだったが、戦いの進行が速く、煙幕がかかりすぎているので、たしかなことはわからなかった。昔ながらのカードゲームに似た状況である。ときにはいちばん腕のいいプレイヤーさえ、カードの流れを記憶できなくなることがあるのだ。

ふたたびダイブする。

中国艦がつづいた。

一発のミサイルが右翼の昇降舵を吹きとばした。

リアダンはこれを利用した。損傷を受けたように〈オベロン〉をかしがせると、海面に向かって降下した。

ようすを見ようと〈元《ユエン》〉が追ってくるので、〈オベロン〉をいさぎよく敵にさしだした。胴体の向こうに昼の光が見えるような穴をあけたのだ。コントロールを失って、艦は観客のほうにただよいだした。UWBの保護兵器がはたらいて、すさまじい閃光がひらめいた。

〈オベロン〉は落下したが、海面にふれた瞬間、リアダンはエンジンを全速の逆回転に切り替え、貴重なミサイルのうち二発を海中に向けて発射した。とてつもない蒸気の雲が上がり、〈オベロン〉はいままで空中艦が昇ったことのないような速度で上昇した。艦はどこへ行こうとしているのか。ビデオはいまだに海面に向いており、彼はその逆に上昇している。彼はダメージ制御画面を見つめ、音声を《大》にした。

衝撃が到来した。

バリバリと音がして、〈オベロン〉がなにかに接触した。〈清《チン》〉にぶつかったとしか考えられない。

リアダンは推力を強め、逆推進のまま、艦の進路を鋭く切り替えた。体当たりした中国艦に向かって逆噴射をかけると、艦を容赦なく海面に向かって押しつづけた。二隻はもつれあったままだが、いまのところ火に包まれてはいない。ダメージ制御画面がとつぜんクリスマスツリーのように輝いた。見ると、艦の後部がすっぽりなくなっていた。

制御装置を指先でそっとなでながら、彼は《上昇》をコマンドした。目にはいるのは広々とした空と観客を乗せた飛行船だけ。飛行船は窓の左手だが、宙で横転したまま安定した姿勢を保っているように見えるので、おかしな気分になった。〈オベロン〉がなにか物体と分離した。

けっきょく〈清《チン》〉は、じかに見ることもなく撃破したことになる。

審判の姿が戦況パネルに現われた。「きみの艦が海面から離れた。もう一隻は失格だ。戦争は六十一分早く終了した。アメリカの勝利だ。チベットは敗れた」

審判は口調を変えた。「おめでとう、リアダンくん。向こうのパイロットたちもお祝いしたいといっている。どうかな？」

返事をする間もなく画面が空白になった。

大統領がまた優先権を使ったのだ。

リアダンは老紳士の泣き顔を愉しくながめた。「やったな、ジャック、よくやった。あんたならやれると思っていたよ」

リアダンは同意の笑顔をむりやりうかべると、仲のよい敵の顔に画面が切り替わるのを待った。バールテクはきっと自分を夕食に誘うだろう。この男はいつもそうなのだ。

マーク・エルフ
Mark Elf

伊藤典夫◎訳

月日はめぐり過ぎた。地球は生きつづけた。打ちのめされ嘖《さいな》まれる人類が、膨大な過去の輝かしい廃墟を這い抜けている、そのさなかにも。

1　貴婦人の来降

星々が音もなく初夏の夜空をめぐっていく。だが、こうした夜を六月《ジューン》の名で呼ぶことを、ひとはもうずいぶん昔に忘れていた。

レアードは目をとじたまま星空の観察にはいった。これはテレパスにすれば、きわどい恐ろしいゲームである。こうするうちにも、いつ空の引き裂ける感覚とともに、心が近い星々に像をむすんで、永久落下の悪夢に投げこまれないともかぎらない。あのむかつく、肝のつぶれる、おぞましい、息の詰まるような無限の転落状態を味わうたびに、彼はしばらくテレパシーから心を閉ざし、力の回復を待たねばならなくなるのだ。

いま心が探っているのは地球のすぐ真上の空で、そこでは捨てられたたくさんの宇宙ステーションが幾重もの軌道をとりながら、永遠の運行をつづけている。太古にくりかえされた原爆戦の名残である。

いま、そのひとつが見つかった。

あまりにも古いもので、もはや活動している極低温型コントロール装置はない。デザインはあきれるほど古式ゆかしいものだった。化学物質を排出するノズルは、かつて本体を大気圏内から打ち上げるために使われたものだ。

目をあけると、たちまち物体を見失った。

ふたたび目をとじ、勢いこんで夜空をまさぐり、めあての古代遺物をキャッチした。心が物体にとどくとともに、あごの筋肉がこわばった。内部にいのちを感じたのだ。太古のメカニズムそのものと同じくらい古い。

レアードはすぐさま、懇意の〈統《トン》〉コンピュータに連絡をとった。〈統《トン》〉の心にいま知った事実を注ぎこんだ。〈統《トン》〉はおおいに興味をそそられて、ひとつの軌道を送ってよこした。物体のえがくゆるい放物線パターンと交差して、それを地球の大気圏に連れもどす軌道である。

レアードは根の限りを尽くした。

見えない友人たちの協力をあおぐと、上空を目にもとまらずまたたき流れるガラクタのなかにまたも探りをいれた。やがて古代のマシンを見つけ、ひと押しに成功した。

こうしたいきさつを経て、ヒトラーの第三帝国をあとにしておよそ一万六千年後、カーロッタ・フォムマハトは、ひとの住む大地へと帰還の途についた。

この歳月、彼女は変わっていなかった。

地球は変わっていた。


太古のロケットは機首を下げた。四時間後には成層圏をかすめはじめ、太古のコントロール装置は、あらゆる変化をこばむ寒さと時のなかからよみがえった。凍結がゆるむにつれ、装置は動きだした。

コースが水平になった。

十五時間後、ロケットは目的地を探していた。

この何千年という歳月、宇宙空間の変化を知らぬ時のなかで死にきっていた電子コントロール装置は、ドイツ領土をさがしはじめた。電子通信スクランブラーにあるナチス特有のパターンをフィードバックによって選びだし、領土を見つけようというのだ。

見つかろうはずがない。

機械がどうしてそのようなことを知ろう。ロケットがパルドゥビツェの町を飛びたったのは一九四五年四月二日、赤軍によって、ドイツ軍の残り少ない隠れ家が掃討されているさなかのことである。もはやヒトラーも帝国《ライヒ》も、ヨーロッパもアメリカも、国家さえも存在しないなどということを、機械がどうして知ろう。機械は独軍のコードに合わせられている。反応するのは独軍のコードだけなのだ。

フィードバック機構はそんなことにはすこしも影響されなかった。

なんにせよ、独軍のコードをさがしつづけた。反応はない。ロケット内部の電子頭脳は軽いノイローゼ症状を呈しはじめた。怒りくるった猿さながらなにやらチーチーと独り言ふうにしゃべりちらすと、ひと休みし、またしゃべりだし、やがて漠然と電気的なものが感じられる方向に機首を向けた。ロケットは降下し、女はめざめた。

女は自分が父親の用意した箱のなかにいることを知っていた。自分が父親の嫌うナチ党員たちのような臆病者ではないことを知っていた。彼女はプロシアの高貴な軍人家庭の生まれである。箱には父親にいわれて入った。父の命じることにはいつも必ず従ってきた。それは彼女のような娘、貴族階級《ユンカー》の十六の娘にとっては、第一に守るべきルールだった。騒音が高まってきた。

電子のおしゃべりが盛んになり、激しいパチパチという音のメドレーとなった。

なにかとんでもないものが燃えている臭いがする。胸の悪くなるような、たまらないこの臭さは、ひとの肉か。自分の体ではないかと心配だったが、痛くはなかった。

「父さま《ファーティ》、父さま《ファーティ》、どうなっているの？」泣いて、父親を呼び求めた。

（父親は一万六千年以上も昔に亡くなっている。当然のことながら、返事はなかった）

ロケットがきりもみをはじめた。体を固定する太古の革のハーネスが破れた。ロケット内で彼女が占める区画は柩《ひつぎ》ほどの大きさもないのに、体はむごたらしい打ち身だらけになった。カーロッタは泣きだした。

吐いたが、ろくに出てくるものはなかった。やがて汚物のなかで体がすべるようになり、あまりにも単純な人間的反応に、不愉快さと恥ずかしさがこみあげた。

あらゆる騒音がひとつにかたまり、かん高い悲鳴へ登りつめた。最後におぼえているのは、前部の減速装置が噴射した音だ。金属疲労が生じているので、ノズルは前方に炎を噴いただけではなかった。ばらばらに砕けて、周囲にもとんだ。

墜落したとき、カーロッタは気を失っていた。それが命を救ったのだろう。体にすこしでも力がはいっていれば、筋肉は裂け、骨は折れていたにちがいない。

2 〈愚者〉が女を見つけた

金具や羽飾りを月光にかがやかせ、〈愚者〉は暗い森のなかを華麗な制服姿でかけまわっていた。いま世界の統治権は〈愚者〉たちに引き継がれており、〈真人〉たちはすでに遠い昔に政治や行政といった事柄に興味を失っていた。

脱出ハンドルの留め金がはずれたのはカーロッタの体重のせいで、彼女の意識した動作ではなかった。

　カーロッタは、ロケットから半分投げだされた格好で横たわった。左腕にひどいやけどをしていたが、これはロケットの熱い外面にふれてしまったためだ。

〈愚者〉は茂みをかきわけ、近づいた。

「わたしは第七十三地区の行政長官である」と男はしきたりどおりに名乗りをあげた。

　意識不明の娘は答えない。男はロケットのそばまで登り、夜の危険にさらされないように身をこごめると、左耳のうしろに埋めこまれた放射線カウンターの音を真剣に聞いていた。それから娘を器用に抱きあげ、そっと肩にかつぎ、きびすを返すと、茂みにかけもどり、今度は直角方向に曲がり、何歩か走り、心を決めかねるように周囲を見わたし、それからまた（あいかわらず不安そうに、あいかわらずウサギそっくりに）小川のほとりへ走った。

　男はポケットに手をつっこみ、軟膏を取りだした。彼は薬を腕のやけどに厚く塗った。このままおけば、痛みはとまり、皮膚は守られ、やけどは治っていくだろう。

　男はカーロッタの顔に冷たい水をかけた。彼女は息をふきかえした。

「ここはどこ？《ヴォー・ビン・イヒ》」とドイツ語でいった。


　世界の反対側でテレパスのレアードは、そのとき思念をロケットからそらせていた。カーロッタの問いを理解したかもしれないが、レアードはそこにいなかった。彼女のまわりはうっそうとした森であり、森は生命と怖れと敵意と無慈悲な破壊にみちていた。

〈愚者〉は自分のことばでしきりにしゃべりたてた。

カーロッタは男を見つめ、ロシア人だと思った。

ドイツ語できいた。「あなたはロシア人なの？　ドイツ人なの？　ヴラソフ将軍の軍に属するかた？　ここはプラハからどれくらいのところかしら？　わたしを丁重に扱ってください。重要人物なんだから……」

〈愚者〉は見つめている。

その顔がほころび、無邪気な底なしの色欲をあらわにした。〈真人〉たちは〈愚者〉の繁殖行動を抑える必要を感じなかった。どんな種類の人間であれ、けもの族や〈許されざる者〉たちやメンシェンイェーガーにまじって生きてゆくのはたやすいことではない。〈真人〉たちは〈愚者〉が子孫を残すことを望んだ。彼らがレポートをよこし、いくらかの食物や必需品をかき集め、世界のほかの居住者の気を散らしているかぎり、〈真人〉たちは高貴ながら疲れきった性情の欲するままに、静けさと瞑想の時をもつことができるのである）

この〈愚者〉は一党の典型だった。彼にすれば食物は食べるもの、水は飲むもの、女は欲望のはけ口でしかない。

選り好みはしなかった。

疲れ、混乱し、傷ついてはいるが、カーロッタは相手の表情を察した。

一万六千年まえには、ロシア人に犯されるか殺されるおそれがあった。ここにいる軍人はなんとも奇妙な小男で、肉づきがよく、にたにた笑いながら、ソ連の総大将も顔負けの数のメダルをぶらさげている。月光をたよりに見るかぎり、ひげもきれいに剃っており、感じはいいが、高い位にそぐわずお人よしで間抜けそうだった。もしかしたらロシア人はみんなこうなのかもしれない。カーロッタはそう思った。

相手の手がのびた。

疲れはひどかったが、彼女は男を平手打ちした。

男は頭が混乱してしまった。彼の知るところでは、〈愚者〉の女は見つかりしだい生け捕りにする権利がある。だが一方、〈真人〉の女にさわるのは死よりもおぞましい罪なのだ。それがこいつ――この者――この気迫――星の海から来降したこの生き物なのだろうか？

哀れみは色欲とおなじくらい古く情緒的なものである。色欲がひくにつれ、原初のままの人間らしい哀れみがとってかわった。男は袖なし胴着《ジャーキン》のポケットに手をつっこむと、食物を二、三きれ取りだした。

男はカーロッタのまえに食物をさしだした。

彼女は食べながら、まるで子供のように信頼しきって男を見上げた。

だしぬけに、森のなかで樹木のへし折れる音がした。

なんだろう、とカーロッタは思った。

男にはじめて出会ったとき、その顔は気づかわしげだった。つぎにはにこにこし、よくしゃべった。それから色欲をむきだしにした。だが最後にはたいへん紳士らしくなった。いまその顔はうつろで、脳も皮膚も骨も、すべてが聞くことに傾注されている。だが、木々の折れる音ではない――そのかなた、彼女の耳がとらえられないなにかに聞きいっているようだ。男はこちらをふりかえった。

「逃げなければ。逃げなければ。起きて、逃げろ。嘘じゃない、逃げるんだ！」

カーロッタはわけもわからず男のたわごとを聞いていた。

男はふたたびしゃがんで耳をすました。

見つめる顔にはやみくもな恐怖がうかんでいた。カーロッタは事情を察しようとしたが、解きほぐす糸口が見つからなかった。

さらに三人の異様な小男たちが、そっくりの服装で森からとびだしてきた。まるで鹿やエルクが山火事から逃げてきたようだった。三人とも走るのに精いっぱいで顔に表情はない。真正面しか向いていない目は、盲人を思わせた。木にぶつからないのは驚きだった。彼らは木の葉を舞いちらしながら、斜面をかけおりてきた。小川の水をはねあげながら、足もとも見ずにわたった。カーロッタのそばにいた〈愚者〉が、動物みたいな叫びをあげ、これに合流した。

最後に見えたのは、森のなかに消えていくうしろ姿だった。走る勢いで首がふれるので、羽飾りがひょうきんに見え隠れしていた。

森の奥、三人組がやってきた方角から、この世のものとは思えない不気味なヒュルヒュルという音が聞こえてくる。口笛を思わせる忍びやかな低い音で、かすかな機械装置のうなりをともなっている。

それはこの世に存在したすべての戦車を、一台の生きた戦車の霊に押しこめたような音だった。破壊をまぬがれたマシンの心臓部にいのちがこもり、幽霊さながらに、古い戦場の跡をさまよっているようだ。

音が近づくと、カーロッタはその方角に顔を向けた。立とうとしたが、体がいうことをきかない。彼女は危険と向かいあった（プロシア娘はみんな軍人の母親となるさだめなので、危険に面と向かい、決して逃げるなと教育されるのだ）。音がせまるにつれ、やわらかな電子音のかん高い狂躁的な問いかけが聞こえるようになった。むかし父の研究所で聞いたことのあるソナーの音に似ていた。第三帝国が秘密プロジェクト、北夜《ノルトナハト》計画を進めていたころだ。

マシンが森からあらわれた。

それはまさに幽霊を思わせた。

3　あらゆる人間に死を

カーロッタはマシンを見つめた。それにはバッタのような脚があり、体は全長三メートルの亀のようで、月光のもと、落ち着きなく動く三つの頭を持っていた。

外殻の前面のふちの下から、隠れていた腕がとびだし、おそいかかる動作をした。コブラよりも狂暴で、ジャガーよりもすばやく、月のおもてを翔けるコウモリより音をたてない。

「やめて！」カーロッタはドイツ語の金切り声をあげた。月光を浴びて、腕はとつぜん動きを止めた。

あまりにも急な停止だったので、金属が弓の弦のようにうなった。

マシンの三つの頭がそろってカーロッタのほうを向いた。

マシンはなにか驚きのようなものに打たれたようだった。口笛は心和らぐホロホロという音にまでおさまった。電子的なさえずりが急激に高まり、ふっつりと切れた。マシンは膝をついた。

カーロッタはマシンのところへ這っていった。

ドイツ語で、「あなたはなんなの？」

「わたしは第六ドイツ帝国に逆らうあらゆる人間に死をもたらすものだ」マシンはフルートを吹くような抑揚のないドイツ語でいった。「もし帝国関係者《ライヒスアンゲヘリガー》がわたしを識別したければ、型と番号は甲羅に書いてある」

マシンが低くかがんだので、カーロッタはその頭のひとつに手をかけ、月光をたよりに、外殻のふちを見ることができた。その首から頭にかけては、金属でできているにしては、思った以上にもろく、ひよわな感触だった。マシンは計り知れぬ年月を感じさせた。

「よく見えないわ」カーロッタは悲しげにいった。「明かりがほしい」

長く使われずにいたメカニズムがきしり、こすれあった。機械の腕がまた一本あらわれ、動きにつれて、ほとんど結晶化した土くれがこぼれた。腕の先端から光がにじみでた。しみとおるようなブルーの不思議な光だった。
小川、森、小さな峡谷、マシン、さらにはカーロッタ自身までもが、やわらかなしみとおるようなブルーの光に染まった。目にすこしも痛くない光で、安らぎさえおぼえる。その光で字を読むことができた。三つ首のすぐ上の甲羅には、こんな文字が複写されていた。

WAFFENAMT DES SECHSTEN DEUTSCHEN REICHES
BURG EISENHOWER, E.D. 2495
（第六ドイツ帝国兵器局、アイゼンホーヴァー城、二四九五年）

その下に、もっと大きなラテン文字で——

MENSCHENJÄGER MARK ELF

「〝人間狩猟機11号《メンシエンイエーガー・マーク・エルフ》〟って、どういう意味なのかしら？」
「それがわたしだ」とマシンはフルートの声音でいった。「おまえがドイツ人なら、なぜわたしのことを知らない？」

「なにをいってるの、わたしはドイツ人よ、馬鹿!」とカーロッタ。「ロシア人に見えて?」

「ロシア人とはなんだ?」

ブルーの光のなかで、カーロッタの心はとまどい、さまよい、おののいた。——周囲に現出した未知なるものにおののいた。

父であったハインツ・ホルスト・フォムマハト勲爵士《くんしやくし》、ノルトナハト計画専従の数理物理学教授にして博士が、ソ連軍人の手によるおのれの無残な死を予期してカーロッタを宇宙に打ち上げたとき、彼の話のなかに第六帝国や、そこの事物や人びとのこと、そもそも未来のことなどいっさい出てこなかった。もしかしたら世界は滅びたのかもしれない、という思いがうかんだ。あの変な小男たちはプラハ近くの者ではなく、ここは天国か地獄であって、自分は死んでいるか、ではなくて、ひょっとして生きているとすれば、どこか別世界または未来の地球にいるか、あるいは人知を超えた何物かのなか、それとも誰にも解き明かせない謎……

彼女はまた気を失った。

人間狩猟機《メンシェンイェーガー》には、彼女が意識不明だと知るよしもないので、かん高い単調なドイツ声でまじめに語りかけた。「ドイツ市民よ、安心してわたしの庇護を受けなさい。わたしはドイツ的思考を識別し、まことのドイツ的思考を持ちあわせない人間は皆殺しにするように作られている」

マシンはためらった。静かな森にパチパチというさえずりが騒々しくひびき、マシンはおのれの心を計っていた。こんなにも古くて新しい事態に対し、久しく使っていない記憶装置からことばを選びだすのは容易ではない。マシンはおのれのブルーの光のなかに立ちつくした。唯一聞こえるのは、小川がそのおだやかな非生命の営みをいやおうなくつづける音だけだ。木々の小鳥も、飛びまわる虫も、みんな恐ろしい口笛マシンの出現になりをひそめている。

メンシェンイェーガーの音声レセプターに、逃げる〈愚者〉たちの動きは、もう三キロも彼方ながら、かすかなパタパタという音となって聞こえていた。

マシンは二つの義務のはざまで迷っていた。ドイツ人ではない者を皆殺しにするという長年のなじみの仕事と、どこにいようが、すべてのドイツ人を援助するという忘れられていた太古の仕事である。またひとしきり電子的なさえずりがつづき、マシンはふたたび話しだした。抑揚のないドイツ語のきしりのかげに、奇妙な余韻がまじる。マシンが動きながら発していた口笛の名残――金属と電子がその途方もない力を結集する音だ。

マシンはいった。「あなたはドイツ人だ。ドイツ人がどこにもいなくなって久しい。わたしは地球を二千三百二十八周した。これまでに第六ドイツ帝国の敵を一万七千四百六十九人たしかに仕留め、ほかにおそらく四万二千と七人を殺している。自動修復センターには十一回帰った。〈真人〉と名乗る敵は、いつもわたしの手を逃れる。もう三千年あまり彼らをひとりも殺していない。またの名を〈許されざる者〉という普通の人間たちは、いちばん仕留めやすい獲物だ。だが〈愚者〉連中もよく見つけて殺す。わたしはドイツのために戦っているが、そのドイツがどこにも見つからない。ドイツにドイツ人はいない。どこにもドイツ人はいない。わたしはドイツ人の命令だけにしたがう。ところが、どこにもドイツ人はいない、ドイツ人はいない、ドイツ人はいない……」

電子頭脳のどこかに詰まりが生じたらしく、マシンはそれから三、四百回も〝ドイツ人はいない〟をくりかえした。

カーロッタに意識がもどったときも、夢心地の独り言はまだつづき、マシンは哀れな狂ったひたむきさで〝ドイツ人はいない〟をくりかえしていた。

「わたしはドイツ人よ」

「……ドイツ人はいない、ドイツ人はいない、あなたを除いて、あなたを除いて、あなたを除いて」

マシンの声は、キーッとかすれた音をたてて止んだ。

カーロッタは立ちあがろうとした。

マシンはようやくまた、ことばを探しあてた。「これから——わたしは——どうしたら——よいか？」

「わたしを助けて」カーロッタはきっぱりといった。

この命令は、太古のサイバネティック装置に有意義なフィードバックを与えたようだった。

「わたしには助けることはできない、第六ドイツ帝国人よ。それには救助機が必要だ。わたしは救助機ではない。わたしは人間狩りの装置——ドイツ帝国の敵を殲滅《せんめつ》するためにある」

「じゃ、救助機をつれてきて」

ブルーの光が消え、カーロッタは立ったまま闇のなかに取り残された。彼女の足はふるえていた。メンシェンイェーガーの声がひびいた。

「わたしは救助機ではない。救助機はない。どこにも救助機はない。どこにもドイツ人はいない、ドイツ人はいない、ドイツ人はいない、あなたを除いて。救助機に頼みなさい。わたしは行く。人を殺しに行く。第六帝国の敵である人間たちを殺さなければならない。わたしにできることはそれだけだ。わたしは永遠に戦える。わたしは人を見つけて殺す。またつぎに見つけて殺す。わたしは第六ドイツ帝国のために出発する」

口笛とパチパチがよみがえった。

信じがたい優美さを見せて、メンシェンイェーガーは猫のように身軽に小川をわたった。カーロッタは闇のなかに耳をすました。去年の枯れ葉をカサともさせず、マシンはみずみずしい葉の茂る木々の奥に消えた。

不意に静けさがおりた。

カーロッタの耳にはまだ、コンピュータの苦しげなパチパチという雑音が聞こえていた。ブルーの明かりがふたたびともり、森はこの世のものとは思えぬシルエットに満ちあふれた。マシンがもどってきた。

向こう岸に立ち、冷たく澄んだ歌うようなドイツ語で話しかけた。

「ドイツ人を見つけたからには、今後百年ごとにあなたに報告を入れる。これは間違いないことだ。おそらく間違いないことだろう。よくわからない。わたしは軍人に報告するように作られた。あなたは軍人ではない。しかしながら、あなたはドイツ人だ。だから百年ごとに報告を入れよう。それまでカスカスキア効果には気をつけるように」

カーロッタはまた腰を下ろし、〈愚者〉がくれた四角い乾燥食物のかけらを食べていた。それはチョコレートまがいの味がした。口いっぱいほおばったまま、彼女はメンシェンイェーガーに叫んだ。「それはなんなの《ヴァス・イスト・ダス》？」

どうやら通じたらしく、マシンは答えた。「カスカスキア効果はアメリカの兵器だ。アメリカ人はみんな消えてしまった。どこにもアメリカ人はいない、アメリカ人はいない、アメリカ人はいない――」

「同じことをいうのはやめなさい。それはどういう効果なの？」

「カスカスキア効果はメンシェンイェーガーを止め、〈真人〉を止め、けもの族を止める。それは感じることはできるが、見ることも量ることもできない。それは雲のように動く。心が清く、不満なく生きる単純な人びとだけが、その内側で暮らすことができる。鳥やふつうの動物も生きられる。カスカスキア効果は雲のようにあちこちを動きまわる。いま、数にして二十一以上、三十四以下のカスカスキア効果が、この惑星、地球の表面をゆっくりと移動している。止まったメンシェンイェーガーを補修と再生のために運んだことは多いが、修復センターではなんの故障も見つけられなかった。カスカスキア効果はわれわれをこわす。軍人はなにものにも背を向けるなと命じたが、そういうわけで、われわれは逃げる。逃げなければ、われわれは存在をやめてしまう。あなたはドイツ人だ。あなたもカスカスキア効果で死ぬと思う。さて、わたしは人間を狩りに行く。見つけたら殺す」

ブルーの光が消えた。

マシンは口笛を吹き、パチパチいいながら、暗い森の静けさのなかに入っていった。

4 〈中型の熊〉との対話

カーロッタはまったく成人していた。

彼女はすでに崩壊のはじまったヒトラー・ドイツの阿鼻叫喚《あびきょうかん》をあとに、ボヘミアの前哨基地から飛びたった。父・フォムマハト勲爵士の命じるままに、姉や妹と別れて乗りこんだロケットは、ドイツ国家社会党の月面基地第一号へ人員物資をとどける輸送機として設計されていた。

彼と弟ヨアヒム・フォムマハト教授・医学博士は、女たちをそれぞれのロケットにしっかりと固定した。

叔父の医学博士が彼女らに注射を打った。

カーラが最初に飛びたった。つぎにはユーリ、そしてカーロッタがつづいた。

その夜を境に、パルドゥビツェの有刺鉄線の砦は消え失せた。国防軍《ヴェールマハト》のトラック隊が、ソ連空軍や米軍戦闘爆撃機の空襲から逃げまどう単調なエンジン音も絶え、つぎの夜には、この謎めいた〝森〟がどこことも知れない場所に忽然とあらわれたのである。

カーロッタはまったく呆然としていた。

彼女は小川のほとりに柔らかそうな場所を見つけた。そこには古い落ち葉が分厚く積もっていた。身の危険を気づかうひまもなく、彼女は眠りに落ちた。

眠って数分もしないうちに、茂みがふたたび左右に分けられた。

今度は一頭の熊だった。闇のふちに立ち、小川の流れる月明かりの谷をながめている。〈愚者〉たちの物音もなければ、マンショニャッガー、つまり熊族いうところの人間狩猟機の口笛めいた音も聞こえない。まったく安全だと納得がいくと、熊は爪をちぢこめ、首から吊り下げた革袋にたくみに手をさしこんだ。そっと取りだしたものはメガネで、それをゆっくりと注意深くしょぼつく老眼にかけた。

それから女のそばにすわると、めざめを待った。

女は夜明けまで目をさまさなかった。

日ざしと鳥の歌声にカーロッタはめざめた。

（いまのはレアードの心が探っていたのか、——遠くを見とおす感覚に導かれて彼は知ったのか、古式ゆかしいロケットから女が魔法のように現われたと、——そして人類のいろんな他種族とはまったく異なる人間が、かつてメリーランド州と呼ばれた土地の小川のほとりで目覚めかけていると?)

カーロッタはめざめたが、気分が悪かった。

熱が出ていた。

背中が痛い。

まぶたは泡でふさがって、ろくに開かない。彼女が地上を発ってから、世界はありとあらゆる新種のアレルギー誘発物質をこしらえる時間をもった。四つの文明が興っては消えた。彼らと彼らの兵器なら、粘膜に炎症をおこす物質ぐらい残っていてもおかしくはなかった。

皮膚がむずむずする。

胃がもどしそうだった。

片腕はしびれ、なにかべとつく黒いものでおおわれていた。それが昨夜のやけどの跡で、〈愚者〉の薬が塗ってあるとは知らなかった。

服はひからび、ぼろぼろと体からはがれ落ちそうになっている。

あまりにも気分が悪いので、熊には気づいたが、逃げる体力はなかった。

ただ、もう一度目をとじた。

目をとじて寝ていると、ここがどこであるかがまた気になりだした。

熊が非の打ちどころがないドイツ語でいった。「ここは〈没我ゾーン〉の手前なんだ。あんたは〈愚者〉に救われた。たいへん不思議なことだが、メンシェンイェーガーを止めた。わたしは生まれてはじめてドイツ人の心をのぞき、〃マンショニャッガー〃は正しくはメンシェンイェーガー、人間狩猟機だと知った。ともかく自己紹介させてくれ。わたしはここらの森に住んでいる〈中型の熊〉だ」

　声がしゃべっているのはドイツ語であるばかりか、まさに正統的なドイツ語だった。カーロッタが生まれてこのかた、父親から聞いてきたドイツ語にそっくりだった。男らしい声で、自信に満ち、重々しく、安心感を与える。カーロッタは目をつむったまま、話し手が熊であったことにあらためて気づいた。メガネをかけていたのを思いだし、びっくりした。

　彼女は起きあがった。「なにか用事？」

「べつに」と熊は柔和にいった。

　熊と人間はしばらく見つめあった。

　やがてカーロッタがいった。「あなたは誰？　どこでドイツ語をおぼえたの？　わたしはどうなるのかしら？」

「お嬢《フロイライン》さんはそれを順番に答えるほうがお望みかね？」

「ばかなことをいわないで。順番なんかどうでもいいの。それにしても、おなかがすいた。なにか食べものはお持ち？」

　熊はやさしく答えた。「虫の幼虫さがしはお好きじゃないだろうね。ドイツ語はあんたの心を読んでおぼえたんだ。わたしみたいな熊は〈真人〉とは友達で、みんな有能なテレパスなんでね。〈愚者〉たちはわれわれをこわがっているが、こちらがこわいのはマンショニャッガーだ。なんにしても、あんたは心配することはない。もうすぐご夫君がやってくるはずだ」

カーロッタは水を飲もうと小川へ行きかけたところだった。熊の最後のせりふに彼女の足は止まった。

「わたしの夫？」かすれた声をあげた。

「あまりにも確からしくて事実というべきだな。レアードという〈真人〉が、あんたを地上に連れもどしたんだ。あんたの考えはちゃんと通じているし、野生の珍しい人間を見つけて、彼の喜んでいるようすが見てとれる。いまこの瞬間は、あんたが時代を超えて、人類に生命力をさずけに来てくれたのではないかと考えているよ。すばらしい子供たちが生まれるだろうと。いまわたしに、心を読むなといってきた。あんたに逃げられはしないかと心配なんだ」熊はくすりと笑った。

カーロッタは棒立ちのまま、口をぽかんとあけた。

「わたしの椅子にすわっていい」と〈中型の熊〉はいった。「それとも、レアードがつかまえにくるまで、そこにいるかね。どちらにしても、面倒を見てあげる。不快感は消える。病気は退散だ。また幸せになれるよ。わかっているんだ。なにしろわたしは、熊のなかでも有数の賢者なんだからな」

カーロッタは怒り、とまどい、おびえ、また気分が悪くなった。彼女は逃げだした。

体がなにかにぶつかったような衝撃があった。

説明されるまでもなく、熊の思念がのびひろがり、自分を包みこんだのだとわかった。

ガツン！　と来て、それだけだ。

熊の心がいかに心地よいものか、いままでカーロッタは考えたこともなかった。まるで大きなベッドに横たわり、子供が母親に看病されるのに似ていた。かわいがられ、かならず治ると確信するのだ。

怒りは流れ去った。恐怖は消えた。気分が楽になった。朝が美しく思われた。

自分もまた美しく思われ、ふりかえると――

青空の深みから、みるみる優雅に降下してくるのは、褐色に日焼けした若者の姿だ。満ち足りた思いが心にひた寄せた。あれがレアード、最愛の人。彼が降りてくる。降りてくる。

わたしはもう永遠に幸せ。

そのとおり、レアードだった。

そして彼女もまた。

昼下がりの女王

The Queen of the Afternoon

伊藤典夫◎訳

なによりも、めざめるにつれ、まず求めたのは家族の姿だった。彼女は呼びかけた。「母《ムッティ》さま、父《ファーティ》さま、カーロッタ、カーラ！　どこなの？」しかしもちろん叫びはドイツ語であり、彼女は育ちのよいプロシア娘だった。そこで記憶がもどった。

父親に命じられ、姉や妹とそれぞれの宇宙カプセルに乗りこんでから、いったいどれくらいの時がたったのか？　見当もつかなかった。父親のフォムマハト勲爵士《くんしゃくし》や叔父のヨアヒム・フォムマハト教授・医学博士でさえ——この二人の指揮のもとに一九四五年四月二日、ボヘミアのパルドゥビツェから打ち上げられたのだが——彼女たちが何千年という歳月を仮死状態で過ごすとは、よもや想像していなかった。だが、そのとおりとなったのだ。

午後の日ざしが戦《たたか》い樹《じゅ》の奥深い紫の葉むらに照り映え、オレンジや金色にきらめいている。チャルズは木立を見つめ、夜のながめを思った。入り日がオレンジから赤に変わり、闇が東の空をおおうころには、木立はまた静かな炎につつまれて輝きだすだろう。

植林されてどれくらい時代がたっているのか――〈真人〉たちがつけた名にしたがえば〝戦い樹〟。ある特別な目的のために生みだされたもので、この木々は雄大な根を地中に深々と下ろし、土や地下水のなかの放射能をさがしだしては、有毒物質を堅い実のなかに凝縮し、いつか将来、空からおりてくる水や地中に残る水がふたたびきれいになったとき、白蠟色の実を地上に落とすのだ。チャルズはなにも知らなかった。

だが、ひとつ知っていることがある。戦い樹にさわれば、直接さわれば、かならず死ぬということだ。

小枝を折りたい気持は強いが、その勇気はなかった。〝タムブ〟だというだけでなく、病気がこわかった。この数世代のあいだにチャルズの種族もずいぶん進歩して、ときには物怖じせず〈真人〉たちに面と向かい、議論までするようになった。だが病気と議論できるものではない。

〈真人〉のことを思ったとたん、なにか説明のつかないものがこみあげ、のどを詰まらせた。ひどく涙もろく、傷つきやすく、おどおどした気持になった。彼をとらえた切なさは一種の恋心だったが、それが恋のはずはないと思っていた。というのも、〈真人〉など遠くから見たことしかなかったからだ。

どうしてだろう？　チャルズは思った。〈真人〉のことばかり気にかかる。誰かが近くにいるんだろうか？

沈む夕日は、もう赤みがこくなって、見つめても目が痛くない。空中にただようなにかが、不安をかきたてた。チャルズは妹を呼んだ。

「オーダ！　オーダ！」

返事はない。

もう一度呼ぶ。「オーダ、オーダ！」

今度はやってくる音が聞こえた。下ばえを無造作にかきわけてくる。戦い樹に注意してくれればいいが、と思う。オーダはときどきせっかちすぎるのだ。

とつぜん目のまえにオーダがいた。

「わたしを呼んだ、チャルズ？　呼んだでしょ？　見つけものでもしたの？　別のところへ行きましょうか？　なにをしたい？　父さんや母さんはどこ？」

チャルズは思わず笑ってしまった。オーダはいつもこうなのだ。

「質問は一度にひとつにしてくれよ。木立をあんなふうに走りぬけて、焼け死ぬのがこわくないのかい？　タムブを信じたくないのはわかるけれど、病気にかかったらおしまいだぜ」

「そんなことないわ」オーダは首をふった。「そう、たぶん昔はね……昔はそうだったかもしれない」――と一歩ゆずって――「だけど兄さん、この千年間で木にふれて死んだ人を誰か知ってる？」

「知るわけないじゃないか、ばか。千年も生きてないんだもの」

オーダのせっかちぶりがもどった。「はぐらかさないで。それに、いいの、迷信だってわかったから。木をかすったりすることは、もうみんな経験してるでしょう。だからわたし、ある日、実を食べてみたの。なんともなかった」

チャルズは仰天した。「実を食べたって？」

「いったとおり。なんともなかったわ」

「オーダ、そのうち後悔することになるぜ」

彼女はほほえんだ。「そのつぎには、海底が草ばかりじゃない時代もあったなんていうんでしょ？」

チャルズはかっとなった。「とんでもない、それ以上さ。海底に草がいっぱい生えるようになったのは、戦い樹が植林されたのとおなじ理由――〈古代戦争〉の時代に、〈旧老〉たちが残した有毒物質を吸いこんでしまうためだということぐらい知ってるよ」

どれくらい口げんかをしていただろうか、ふとチャルズの耳は聞き慣れない音をとらえた。〈真人〉たちがなにか得体の知れない目的で上空を飛びかう音は知っている。シティに近づきすぎたとき、それが発する不気味なうなりも知っている。いまに残る数少ないマンショニャッガーが、非ドイツ人を見つけたら殺そうと、〈荒れ野〉を忍び歩くパチパチという音さえ知っている。哀れな盲目のマシンたち、だしぬくなんて造作ないことだ。

だがこの音。これは違っていた。いままでまったく聞いたことのない音だ。

口笛のような音が高まり、可聴域すれすれのあたりで脈打っている。音はまるで螺旋を描くように遠くなり近くなりしながら、ますます大きくなってきた。理解を超える脅威をまえにして、チャルズは生きた心地もなかった。

オーダも音に気づいた。口げんかも忘れ、兄の腕をつかんだ。「なんなの、チャルズ？　なんの音？」

答える声はためらいがちで、驚きにみちていた。「わからない」

「〈真人〉がなにかしているのかしら、いままで聞いたこともないようなことを？　わたしたちを傷つけたり奴隷にしたりするの？　捕まえる気かしら？　わたしたち捕まりたいの？　チャルズ、わたしたち捕まりたがってるの？　〈真人〉たちが来る音なのかしら？　〈真人〉の臭いがするみたい。まえに来たときにはわたしたちの仲間を捕まえて、どこかへ連れていって、変なことをして、そのせいでわたしたち〈真人〉そっくりになったんでしょ。ちがう、チャルズ？　今度もまた〈真人〉かしら？」

恐怖とはうらはらに、彼にはオーダが少々わずらわしかった。妹はしゃべりすぎる。音はやまず、強まってきた。ちょうど真上のように感じたが、なにも見えない。

オーダがいった。「チャルズ、なにかが見えるみたい。兄さんにも見える？」

とつぜん円いものが目にはいった。——ぼんやりした白い円み。水蒸気の尾がふくらみ、広がりながら近づいてくるのだ。それにつれて音量も上がり、とうとう鼓膜が破れんばかりになった。こんなものは、いままで彼の世界には……

ひとつの思いがひらめいた。なぐられたような衝撃だった。勇気も男らしさも、かつてないまでに打ち砕かれ、若さも強さも消え失せた。ことばさえまともに出てこない。

「オーダ、あれはもしかしたら――」

「なに？」

「もしかしたら、あれは太古からよみがえった古い古い兵器なんだろうか？　伝説がくどいほど予言していたように、ぼくらを滅ぼしに来たんだろうか？　きっと帰ってくると、みんながいっていた……」声は消えた。

どういう危険であれ、彼はまったく無力であり、自分を守るどころか、オーダを守るすべもないことを知っていた。

古代の兵器に対する防御策はない。ここがあそこより安全なわけではないし、あちらからこちらへ来ればすむというものではない。人びとはいまになっても、はるかな昔の兵器を恐れて暮らさなければならないのだ。チャルズが脅威を身近に感じたのははじめてだったが、話には聞いていた。彼はオーダの手をとった。

オーダは本物の危険と知って妙に勇気づくと、兄を土手の上に引っぱりあげ、天然井戸《セノーテ》（カルスト地方によく見られる、底に水のたまった深い穴。ユカタン半島に多い）から遠ざけた。チャルズは気もそぞろに、妹がなぜ水から離れたがるのか不思議に思った。腕をひっぱられ、チャルズはとなりにすわった。

両親や一族をさがしに行くには、はっきりいってもう遅すぎた。ときには家族全員を呼び集めるのにまる一日かかったりする。物体は容赦なく近づいており、虚脱状態のチャルズは口をつぐんでしまった。（ここでようすを見よう）彼が思いを投げると、オーダは思いを返してきた。（そうね、兄さん）

細長い箱が光る円いものを背にしてひたすら降下してくる。

なにか変だった。内部に人間がいるのは感じとれるのだが、その心は奇妙なぐあいに彼に対して閉ざされている。いままで感じたことのない質《たち》の心だった。〈真人〉が上空に飛んできたとき、彼らの心を読んだことはある。同族の心も知っている。鳥や獣の心もたいてい見分けられる。マンショニャッガーの機械の心をのぞき、その粗雑な電子的飢餓を感じとることもたやすい。

だが、ここ——ここには未精製で原初的な熱い心がある。それが閉ざされているのだ。箱はまぢかにせまった。この谷に墜落するのか、となりの谷か？　内部からの叫びがひどくかん高くなった。耳が痛くなり、熱と轟音《ごうおん》のために目がひりひりした。オーダのにぎる手の力が強くなった。

物体は地面に突っこんできた。

丘の斜面を切り裂き、天然井戸《セノーテ》のすぐ向こう側を通過した。オーダが本能的にどいていなければ、はねとばされていたところだと、チャルズはいまさらながらに思った。

二人はおそるおそる立ちあがった。

どういうふうにしたか、箱は減速したにちがいない。外壁は熱かったが、周囲の折れた木が燃えあがるほどの高温ではなかった。押しつぶされた葉むらから蒸気がたちのぼっている。

轟音はやんでいた。

チャルズとオーダは、物体から十背丈足らずの距離に近づいた。チャルズは思念を研ぎ澄ませ、箱にむけて送った。(きみは誰だ?)

なかの存在には、どうやら彼みたいな感応力はないらしい。取り乱した思考が、誰かれかまわず周囲の生き物たちにむけて放たれた。

(ばか、ばか、誰か助けてよ! ここから出してってたら!)

オーダも兄と同じように思考をとらえていた。オーダの心が割ってはいり、チャルズは妹の力強い澄んだ問いかけに舌を巻いた。単純だが、見事にきっぱりとしてたくましい。オーダはたったひとつの思いを送った。

(どうやるの?)

箱から、またも激しい要求の嵐が噴きだした。(ハンドルよ、ばか。外側のハンドル。ハンドルを引いて、わたしを出して!)

チャルズとオーダは顔を見あわせた。この〝生き物〟を外に出してよいものか、チャルズには自信がなかった。だが彼はさらに考えた。もしかしたら不愉快な思念が箱から放射されているのは、閉じこめられているせいなのかもしれない。彼自身、こんなふうに箱詰めにされるのはまっぴらだ。

チャルズとオーダは裂けた葉むらに思いきってさわり、おそるおそる歩み寄った。箱は黒くて古く、年寄りたちが〝鉄〟と呼んで、決して手をふれようとしないものに似ていた。ハンドルが二つ見つかったが、へこみと傷がいっぱいついていた。

ちらりとほほえみ、チャルズが妹にうなずいた。二人でひとつずつハンドルをとり、持ちあげた。

箱の側面がひび割れた。鉄は熱かったが、耐えがたいほどではなかった。錆びついたきしりとともに、太古の扉がはじけるように開いた。

なかをのぞきこむ。

若い女が横たわっていた。

体に毛はなく、頭にだけ長い毛が生えていた。

柔毛の代わりに、彼女は不思議な柔らかい物を体にまとっていたが、起きあがるにつれ、その物はこなごなに分解していった。

はじめ女はおびえていた。だがオーダとチャルズに目をとめると、笑いだした。思いがくっきりと、どこか残酷なひびきをおびて伝わってきた。（なんだ、ワンちゃんなら恥ずかしがることはないんだ）

オーダは気にもしないふうだが、チャルズは傷ついた。女は口を使ってしゃべっているが、ことばは二人にはわからない。チャルズたちは両側から女の腕をとり、地面へみちびいた。天然井戸《セノーテ》のふちに着くと、オーダは奇妙な女にすわるように手まねした。女はおとなしくしたがい、またことばをほとばしらせた。

オーダも兄とおなじように途方に暮れていたが、やがてにっこりした。念話は箱の内と外では通じた。いまやって、なぜいけない？　ひとつ問題は、この変な女が思考をコントロールするすべを知らないらしいことだ。考えはなにもかもまわりの世界——谷や夕空やセノーテに向けられている。ひとつひとつの思いをどなりまくっていることに気づかないらしい。

オーダは女に問いを送った。（あなたは誰？）

熱い見知らぬ心はすぐさま返事をかえした。（ユーリよ、もちろん）

チャルズがそこに割りこんだ。（なんにも〝もちろん〟なんてことはないよ）

（わたし、なにしているんだろう？）女の思いが流れた。（この犬ころ人間たちとテレパシーが通じているんだ）

女のほとばしる思念に、チャルズとオーダはめんくらったまま見つめた。

「心を閉めきる方法を知らないんだろうか？」とチャルズ。それに、箱のなかにいたときは、どうしてあんなに閉めきっていたんだろう？

（犬ころ人間。こんな人たちと付き合うのだとしたら、いったいここはどこなんだろう？ここは地球なの？　いままでどこにいたのかしら？　どれくらい行方不明になっていたの？ドイツはどこ？　カーロッタとカーラは？　父さまや母さまやヨアヒム叔父さんは？　犬ころ人間なんて！）

チャルズとオーダは、思いを無頓着にぶつけてくる心の鋭い刃先を感じた。彼女が（犬ころ人間）と考えるたびに、背後にひびく一種の笑いはしだいに残酷になっていく。ここにある心は、〈真人〉たちの一番まばゆい心にすこしもひけをとらないものだ。それは感じとれるものの、ちがいもあった。〈真人〉の心には一途な献身や油断のない英知がみなぎっているが、ここにはそういうものはない。

そのときチャルズはふと思いだした。まえに両親から、似たような心の話を聞いたことがあるのだ。

たき火から火の粉がはねとぶように、水たまりからしぶきが上がるように、ユーリは思いをほとばしらせる。チャルズはこわくなり、どうしたらよいのかわからなくなった。オーダはこの不思議な女に愛想を尽かしかけている。

そのときチャルズは腑に落ちた。ユーリはこわがっている。〈犬ころ人間〉と呼ぶのは、恐怖を隠すためなのだ。ここがどこかもわかっていない。

チャルズは、ユーリに思いを向けるのでもなく考えこんだ。（いくらこわいからといって、まぶしい鋭い思いをぼくらにぶつける権利はないはずだ）

気持が態度にはからずも出てしまったのか、ユーリは思いを受けとめたようだった。

彼女はまたしゃべりだし、理解できないことばをまきちらした。問いかけ、乞い求め、泣きつき、説きふせる声音だ。特定の人なり物なりをさがしもとめているらしい。あふれることばのなかに、〈真人〉の使う名前がいくつかまじっていた。親だろうか？　恋人だろうか？　子供だろうか？　なんにしても、あの金切り声をあげる箱にはいるまえに知っていた誰かららしい。女はこの箱にとらわれ、青空のかなたで暮らしていたのだ……それも、どれくらいの期間？

不意に女は黙りこくった。注意が別のものにそれたのだ。

戦い樹を指さしている。

日がとっぷり暮れ、木々が光りはじめたのだ。チャルズが生まれてからはいうまでもなく、遠い祖先の時代から変わることなく、木立には静かな火が息づいた。

指さしながら、ユーリがふたたびことばを発した。いくたびもくりかえす。それは「ヴァシダス（ドイツ語の「それはなに？」のなまったもの）」と聞こえた。

チャルズはすこし苛立ちを抑えきれなくなってきた。（なぜ自分で考えようとしないんだろう？）不思議なことに、彼女がしゃべりだすと心は読めなかった。

チャルズが疑問を向けたわけでもないのに、またユーリは察したらしい。そのとたん燃えるような思いが、たったひとつの観念が、疲れた女の脳から火炎流のように飛んできた――

（この世界はなんなの？）

やがて思いはわずかに焦点を変えた。（父さま《ファーティ》、父さま《ファーティ》、わたしはどこにいるの？　父さまはどこなの？　わたし、どうなっちゃったの？）その思いには行き場のない荒涼としたものが感じられた。

オーダが柔らかい手を女にさしのべた。ユーリがむきなおり、険しい、おびえた思考がまた頭をもたげた。だがオーダの共感たっぷりの態度がユーリに通じたようで、ほっとしたように力を抜いた。巨大な猛々しい思いは消えた。ユーリは泣きだした。長い腕でオーダを抱きしめた。オーダが背中をたたいてやると、むせび泣きはさらに激しくなった。

嗚咽《おえつ》のなかから、おかしな愛嬌のある思いがわきだした。情愛がこもり、もう軽蔑はどこにもない。（かわいいかわいい人間犬さん、わたしを助けて。あなたたちは人のいちばんの友達でしょう……助けて、さあ……）

チャルズは耳をぴんと立てた。なにか――というか誰か――が、丘を越えてやってくる。ユーリほど大きくかん高い思考なら、周囲数キロの生き物たちはみんな感じとるだろう。あの超然として薄気味悪い〈真人〉の関心さえ引きつけるかもしれない。

すこししてチャルズは緊張をといた。両親の歩みだとわかったからだ。彼は妹をふりかえった。

「聞こえたかい？」

オーダはほほえんだ。「父さんと母さんね。大きな思いがきっと聞こえたのよ」

チャルズは、近づく両親を誇らしくながめた。その誇りはしごく当然のものだった。父親のビルも母親のケイも感じやすく聡明そうで、それは見かけだけのものではない。おまけに毛色がよくマッチしていた。ビルの美しいカラメル色の毛には、左右の頬と鼻と尻尾の先だけ白と黒のぶちがはいっている。ケイは全身が子鹿のようなベージュ色で、澄んだグリーンの瞳とあざやかなコントラストを見せていた。

「二人ともだいじょうぶか？」ビルが近づき、声をかけた。「そちらは誰だね？〈真人〉のように見えるが。仲良くしてくれるかい？　ひどいことはしないか？　あの乱暴な思いをまきちらしていたのはこの人なんだろう？　丘一帯で感じとれたよ」

オーダがぷっとふきだした。「父さんはわたしとおんなじように質問が多いわ」

チャルズが答えた。「箱が空から降ってきて、この人がはいっていたということしかわからないんだ。降りてくるときの、あのキンキンいう音は聞いてるでしょう?」
ケイが笑った。「聞こえなかったらおかしいわよ」
「箱はここに落ちたんだ。斜面を削ったあとが残ってる」
箱が落下した区域は、黒ずんで近寄りがたかった。周辺の地面には、倒れた戦い樹が手のつけられない混乱を見せて光っている。
ビルはユーリを見やり、首をふった。「こんなにひどくぶつかって、なぜ死ななかったのかわからん」
ユーリはまた口を使ってしゃべりはじめたが、ようやくのみこめてきたらしい。自分の国のことばでいくら叫んでも、通じるわけがないのだ。その代わり、こう考えた。(おねがい、人間犬さん。わたしを助けてください。わたしのいうことわかって)
ビルは威厳を保とうとしたが、尻尾が勝手にふれるのにはがっかりした。これは抑えのきかない衝動らしい。腹だちと喜びのないまぜになったようなものを感じながら、ビルはこう思いを返した。(もちろんあなたの考えはわかるし、できるだけのことはする。しかし、そんなふうにあたり構わず乱暴に考えるのは遠慮してもらえないかな。あんまりまぶしく鋭い思いをぶつけられると、心が痛めつけられてしまうんだ)
ユーリは思いの激しさを抑えようと心がけた。彼女は希望を述べた。(わたしをドイツへ連れていって)
四人の〈無認可民〉——父と母と兄と妹——は、たがいに顔を見あわせた。ドイツがなんなのか見当もつかないのだ。

ユーリに向かい、女同士のよしみで念話をはじめたのはオーダだった。（ドイツがなんなのかわかるように、すこし頭に思いうかべてみて）

不思議な女のうちから、信じられないほど美しい心象が送られてきた。あざやかな風景がつぎからつぎへと現われ、四人はその壮麗さに目がくらんだ。チャルズたちは、太古の世界がまるごとよみがえるのを見た。緑にかこまれた世界に、都市が輝かしいたたずまいを見せていた。ものうげで超然とした〈真人〉の姿はない。代わりにユーリの心に見えるのは、ユーリと変わらない人びとだった。生気にみち、ときには荒々しく強引で、背筋がぴんとして背が高く、指は長い。もちろん〈無認可民〉のような尻尾も持ちあわせていない。子供たちは目を疑うほどかわいかった。

しかしなによりも驚くのは、その世界にたいへんな数の人間がいることだった。群衆は渡り鳥の群れよりも密集し、産卵期の鮭よりも混みあっていた。

チャルズは自分でもなかなか見聞のゆたかな若者だと思っていた。家族以外に会った者の数は五十人ぐらいになるし、〈真人〉が空を飛ぶ姿は何百回となく見ている。目もくらむばかりに光り輝くシティにもいくつか出くわしたし、その周囲を一度ならず歩き、彼には立ち入るすべがないことをたしかめもした。生まれ故郷の谷には満足している。あと何年かして大人になったら、近くの谷々へ出向き、嫁さがしをすることになるだろう。

ところが、ユーリの心が映しだす風景ときたら……こんな大群衆がどうやって暮らしているのか理解できなかった。毎朝どうやってあいさつしたらいいのか？　意見が一致することなどあるのだろうか？　おたがいの存在を感じ、おたがいの必要なものを察するのに、こんな有様でどうやって静かにできるのか？

とりわけ明るくあざやかなイメージがあった。小さな車輪のついた箱が人びとを乗せ、正気とは思えない速さで、どこまでもなめらかな道路をすっとばしていく。

「道路というのは、このためにあったんだ！」思わず独り言がもれた。

人びとにまじって、犬がたくさんいた。犬たちはチャルズの世界で見るようなものとまったくちがっていた。〈無認可民〉が下等な親類といってばかにする細長いカワウソみたいな生物からはほど遠い。といって〈無認可民〉自身にも似ていないし、姿かたちが〈真人〉とほとんど見分けのつかない改造動物でもなかった。そう、ユーリの世界の犬たちは、かけまわる幸せな生き物であり、たいした責任も負っていない。犬と人はたがいに好意を寄せあっているらしい。彼らは笑いも悲しみも分かちあっていた。

ドイツを心によみがえらせようと、ユーリは目をとじていた。精神集中がつづくうち、美しい幸せな情景のなかに別のものがはいってきた。――空から火を落とす恐ろしげな飛行物体。爆鳴と喧騒。見るも忌わしい顔、口の上に黒い毛の房を生やした顔からほとばしる叫び。暗夜に燃えひろがる火。皆殺し機械の轟音。この争乱のなかに、ユーリとユーリによく似た二人の娘のイメージが見える。女たちは父親らしい男にしたがって歩いていく。その先には、ユーリが乗って降りてきたものと同じような三つの鉄の箱が待っていた。そして闇がおりた。

それがドイツだった。

ユーリは地面にすわりこんだ。

四人は彼女の心にそっと探りをいれた。彼らにとって、それはダイヤモンドにふれるようだった。──森の奥、日に照らされた池そこのけに澄んで明るいが、送ってよこす光は照り返しではない。豊かな、晴れやかな、まばゆい光だ。落ち着きがもどったいま、四人は深みまでのぞきこむことができた。そこには飢えと苦痛と孤独が見えた。孤独があまりにも大きいので、四人はそれを和らげてやる方法を代わるがわる考えた。（愛だ）と誰もが思った。（愛が必要なんだ。それにもうひとつは、自分の同類）しかし〈古代人〉なんてどこにいるのか？〈真人〉が聞いてくれるだろうか？

ビルがいった。「方法はひとつだ。〈長老熊〉の家へ連れていくしかない。彼は〈真人〉たちとコネがある」

オーダが叫んだ。「でもこの人、悪いことなんにもしてないわ！」

父親はオーダを見つめた。「ダーリン、これはわたしらの手には負えないよ。この女は〈古代人〉で、宇宙で長いあいだ眠っていて、この世界へもどってきたんだ。見知っていた時代から何千年も過ぎている。それに気がつきだして、ショックを受けているのだと思う。これには手助けがいる。もしかしたらわたしらの種族はむかしは犬で、だからこの人は犬だと思っているんだ。それは気にするな。だが住む家は必要なわけで、わたしが知っている唯一の無認可家屋は〈長老熊〉のところだけだ」

チャルズは両親を見つめた。その目には悩みの色があった。「犬というのはなんの話だよ？　〈真人〉のことを思うと、考えがこんがらがってくるのはそのせいなの？　この人を見ていてもどぎまぎしてくる。ぼくがこの人に仕えたがっていると思う？」

「べつにそういうことじゃない」と父親。「遠い遠いむかしにあった気持の残りかすというだけだ。いま、わたしらはひとり立ちしている。だが、この人は問題がちがう。わたしらが扱うには大きすぎる。〈長老熊〉のところへ連れていったほうがいい。少なくとも彼には家があるからね」

気を失ったままのユーリは、チャルズたちには大荷物だった。それぞれが四肢を一本ずつ受けもち、苦労して運んだ。一夜の十分の一もかからず、一行は〈長老熊〉の家に着いた。さいわい途中、マンショニャッガーやその種の森の危険にはぶつからなかった。

戸口のまえに来て、四人は女をそっと地面に横たえた。

ビルがどなった。「熊じいさん、熊じいさん、おい、出てきてくれ！」

「誰だい？」なかから野太い声がひびいた。

「ビル一家だよ。〈古代人〉を連れてきたよ。出てきてくれ。あんたの助けがいる」

戸口にあふれていたぎらぎらした黄色い光が、とつぜん直視できる明るさにまで落ち、〈長老熊〉の見上げるような巨体が目のまえに立ちはだかった。

熊はベルトのケースからメガネを出して鼻にかけると、目を細くしてユーリを見た。

「こいつは驚いた。またひとり出てきたか。どこでこの昔の娘を見つけたね？」

大いばりでチャルズが口をひらいた。「空からキンキン鳴る箱に乗って降りてきたんだ」

熊は思慮深くうなずいた。

今度はビルがいった。「あんたは〝またひとり〟といったね。それはどういうことだ？」

熊のようすにためらいが走った。「それは聞かなかったことにしてくれ。〈真人〉にいうようなことをいってしまった。いまのは忘れてくれ」

「〈無認可民〉が知ってはならないという意味なのかね？」とビル。

熊は憮然とした顔でうなずいた。

ビルは物わかりがよかった。「では話してもいい時期になったら、話してくれるわけか？」

「もちろんだとも。ようし、それではうちの家政婦を呼んで、この子の世話をさせよう。ハーキー、ハーキー、来てくれないか」

ブロンドの女性が現われ、心配そうにのぞきこんだ。その青い瞳には、明らかにふつうとはちがう光があるが、日常生活にさしさわりはないらしい。

ビルがドアからあとずさった。「これは〈実験人間〉だ。猫じゃないか！」

熊はまったく無関心だ。「そのとおりさ。しかし見たとおり、目がまだ不完全でね。だから家政婦として家におくことも許されているし、名前にもキャットのCはついていない」

ビルは納得した。〈真人〉の下級民育種計画の過程で生じた失敗例はふつう廃棄されるのだが、必要最低限の仕事をこなせれば、殺されなくてすむこともある。熊は〈真人〉とコネがある。家政婦が入り用なら、できそこないの改造動物はもってこいの候補なのだ。ハーキーはユーリの動かぬ体の上にかがんだ。途方に暮れた顔でユーリをのぞきこむ。それから熊を見上げた。「わからない。どういうことなのかしらね」

「あとで」と熊。「みんなが帰ったらだ」

ハーキーは見えにくそうに闇のなかに目をこらし、犬の家族がいるのを察した。「ああ、そうね」とハーキー。

ビルとチャルズは不愉快そうな顔をした。オーダとケイは、軽く見られたことを気にしたふうもない。

父親のビルが手をふった。「さて、帰ろうか。大事にしてやってくれよ」

「ご苦労さま」と熊。「〈真人〉からおそらく褒美《ほうび》が出ると思うよ」

不本意ながら、ビルは尻尾がひとりでにふれだすのを感じた。

「あの人にまた会えるかしら？」オーダがいった。「また会えると思う？　わたし、あの人好きになっちゃった。大好き……」

「おそらくな」と父親。「誰が助けてくれたかは知っている。きっとわたしらをさがしに来るよ」

ユーリはゆっくりとめざめた。（ここはどこだろう？　なんというところ？）記憶がすこしもどった。（人間犬たち。みんなどこへ行ったんだろう？）ベッドぎわに誰かがいる気配。

濁った青い瞳が心配そうに彼女をのぞきこんでいた。

「わたしはハーキー」と女はいった。「熊じいさんのところの家政婦です」

まるで精神病院のなかでめざめたような気がした。ありえないことの連続なのだ。人間犬がいたと思ったら、今度は熊？　それに、この目の悪そうなブロンド女性は、とても人間とは思えない。

ハーキーはユーリの手の甲をそっとたたいた。「とまどってても無理はないわね」

ユーリはぎょっとした顔をした。「あなた、しゃべるのね！　あなたのしゃべることばがわかる。それ、ドイツ語だわ。テレパシーで通じあってるんじゃない」

「もちろんよ。わたしはほんとうのドイチ語をしゃべるの。これは熊じいさんの好きな言語のひとつだから」

「好きな言語……」ユーリはいいよどんだ。「わたし変になっちゃいそう」

「そうよね」ハーキーはまた彼女の手をたたいた。

ユーリは背をのばし、天井を見つめた。（どこか別世界に来てしまったんだ）

（いいえ）とハーキーが思いを返した。（でも、あなたがいないあいだに長い時間がたってしまったからね）

熊が部屋にはいってきた。「気分はなおったかな？」

ユーリはただうなずいた。

「朝になったら、これからの予定をたてよう。わたしは〈真人〉と多少つきあいがある。あんたをヴォマクトのところへ連れていくのが一番だと思う」

ユーリは稲妻に打たれたように起きあがった。「どういうことなの、フ、フォ、マ、ク、トって？　わたしの名前はフォムマハトだわ！」

「そんなことだろうと思った」と熊がいった。ハーキーは彼女のようすをベッドぎわで見ながら、分別たっぷりにうなずいた。

「きっとそうだと思ったわ」とハーキー。そして「あなたには熱いスープと休息が必要ね。朝になれば、気分も体もすっきりしているわよ」

長い年月の疲れが、ユーリの体の芯に降りたようだった。（休まなければ）と思った。（心のなかを整頓しよう）驚く暇もないほどとつぜんに、彼女は眠りに落ちていた。

ハーキーと熊はユーリの顔を観察した。「そっくりだ」と熊。ハーキーもうなずいた。

「心配なのは時代のずれだ。これは深刻だと思うかい？」

「さあね。わたしは人間じゃないから、人の悩みごとはわからない」ハーキーは身を起こし、すらりとした全身をのばした。「わかった！　わかったわ！　この人、わたしたちの反乱を手助けするために遣わされたのよ！」

「いいや。目的があって降りてきたにしては、宙ぶらりんでいた時間が長すぎる。それは手助けぐらいしてくれるかもしれない。いや、きっとしてくれるだろう。しかし、いまこの時点、この場所に降りてきたのは、計画的なものじゃない。偶然だと思うよ」

「わたしもときどきは人間の心がわかるけれど、今度はあんたのいうとおりだと思うわ。対面するときが見ものね！」

「うん、精神的ショックは大きいだろうがね。いろんな意味で」

ユーリが深い眠りからさめると、思慮深いハーキーがそばに控えていた。

ユーリは背伸びし、いまだにコントロールのきかない思念で問いかけた。（あなたはほんとうに猫なの？）

（そうよ）とハーキーの思いが返ってきた。（だけど、あなたはすこし心をしつける練習を積んだほうがいいわね。思いがみんなに聞こえてしまってる）

（ごめんなさい）とユーリは念話した。（このテレパシーというのに全然慣れなくて）

「そうね」ハーキーはドイツ語に切り換えた。

「どうしてドイツ語がわかるのか、まだ聞いていないわ」

「話せば、けっこう長い話なのよ。熊じいさんに教えてもらったの。それより、どうして彼がドイツ語をおぼえたのか、彼のほうから聞いたほうが早いわ」

「ちょっと待って。そういえば、眠るまえに聞いたことを思いだしてきた。熊じいさんがいっていた名前、わたしの名字《みょうじ》――フォムマハトによく似ていた」

ハーキーは話題を変えた。「あなたの着るものを仕立てておきましたよ。まえに着てたもののスタイルをまねるようにしたけど、ぼろぼろで、うまくできたかどうか自信がないわ」

喜ばせたいという思いがありありと感じられるので、ユーリはすぐに思いを伝えた。（体

に合えば、それで充分)

(ああ、それはぴったりよ) ハーキーが念話でいった。(サイズを計ったもの。さあ、お風呂と食事をすませたら、熊じいさんといっしょにあなたをシティに連れていきますからね。わたしみたいな下級民はふつうシティに入れないんだけど、今回は特例になりそう)

ハーキーの濁った青い瞳は、やさしさと知恵をたたえていた。ハーキーとは友達になれる、とユーリは思った。(そうですとも) とハーキーが念話を送ってよこし、ユーリはあらためて思念をコントロールしなければ、でなくとも放送しないように気をつけなければと思った。

(だんだんおぼえるわ) とハーキー。(すこし練習が必要なだけよ)

三人は歩いてシティに接近した。熊が道案内にたち、ユーリがあとにつづき、ハーキーがしんがりを受けもった。旅の途中、二台のマンショニャッガーに出会ったが、熊が純粋ドイチ語で遠くから話しかけると、音もなく向きを変え、立ち去った。

ユーリは見とれている。「あれはなんなの?」

「正しくは〝人間狩猟機《メンシェンイェーガー》〟といって、第六ドイツ帝国と思想的に折り合わない者を殺すためにつくられた機械だ。しかし、いま数はめっきり減った。ドイチ語を知ってるのがわれわれの仲間にも増えてきたからね。あのとき……あれから……」

「えっ?」

「シティへ行けばわかる事件が起きてからさ。さあ、さっさと行こう」

シティの周壁に近づくと、ブーンといううなりが聞こえ、三人を拒絶する強力なパワーが感じられるようになった。ユーリの髪は逆立ち、弱い電気ショックのちくちくする痛みを肌に感じた。どうやらシティの周辺には力の場が張りめぐらされているようだ。

「なにこれ？」ユーリは叫んだ。

「ただの静電気さ。これで〈荒れ野〉の侵攻を食いとめる」熊がなぐさめた。「心配しなさんな、わたしはダンパーを持ってる」

右手に持った小型の装置をまえにつきだし、ボタンを押すと、たちまち正面に通り道がひらけた。

周壁につくと、熊は上部のでっぱりにそって手をすべらせた。あるところまで来ると、手をとめ、首にぶらさげた変なかたちのキーを取った。

ユーリには壁のその個所がほかと違うようには見えなかったが、探りあてた隙間に熊がキーをさしこむと、周壁の一部がはねあがった。三人が通り抜けると、壁はまたもとどおりになった。

熊は二人を急がせ、埃っぽい通りを進んだ。たくさんの人がいたが、みんな超然として、そっけなく無関心に見えた。記憶にある活発なプロシア人たちとはおよそ似ていない。

やがて一行は古くていかめしい巨大な建物のドアのところに来た。ドアのわきに文字が刻まれていた。熊はユーリたちを奥へとうながす。

（あのう、〈長老熊〉さん、ちょっと読むひまをくださらない？）

（ただの熊じいでいいよ。ああ、そりゃもちろん読んでかまわない。今日これから知ること

を理解する助けにもなるはずだ)
銘文はドイツ語で、詩の形式をとっていた。相当に古く、百年以上もまえに刻まれたもののように見える。(事実そのとおりだったが、ユーリには知るよしもなかった)
ハーキーが目をあげた。「ああ、最初はね……」
「しいっ」と熊。
ユーリは無言で詩を読んだ。

若さは
薄れ、薄れ
わが身を流れゆく血のように
流れ去り……
現身《うつしみ》の残るのみ
輝ける顔は
涙と
過ぎ去る年を映す鏡のなかに
消えた
おお、若さよ
もすこしとどまっていておくれ!

微笑んでおくれ
おまえを賛美する
みじめな生き物のために……

「なんだかわからない」とユーリ。

「わかるさ」と熊がいった。「残念なことにね」

金色の縁どりのある明るいグリーンの礼服を着た役人が近づいてきた。

「ここにいらっしゃるのは久しぶりですね」と役人は敬意をこめて熊にいった。

「忙しかったものでね」熊は答えた。「あの方はお元気ですか？」

やりとりがテレパシーではなく、ドイツ語なのに気づき、ユーリはびっくりした。（この人たちはなぜみんなドイツ語を知っているんだろう？）うっかり思いを周囲にまきちらした。

（しいっ）ハーキーと熊から同時に警告がとんだ。

ユーリはきびしくさとされたように感じた。「ごめんなさい」思わず声をひそめた。「こんなことでは、いつになったらコツをおぼえるのかしら」

ハーキーはすぐに思いやりを見せた。「そう、コツなのよ。でも着いたころに比べると、ずっと上達しましたよ。気をつけることが肝心ね。思いをばらまいてしまったら大変だもの」

もうそれはいい」熊はいい、グリーンの礼服の役人にいった。「謁見はかないますかな？　「重要なことだと思いますので」

「すこし待たねばならないでしょう。しかし、あなたがいらしたとあれば、お許しが出ると思いますよ」

熊が得意そうな顔をしたのにユーリは気づいた。

三人はすわって待ち、ときおりハーキーがユーリの手をたたいて元気づけた。

役人はそんなに待たせずに現われた。「すぐにお目にかかるそうです」

役人に連れられて長い通路を抜けると大きな部屋があり、つきあたりに椅子をおいた台座があった。（玉座ほどいかめしくない）とユーリはひそかに思った。椅子のうしろにハンサムな若者が立っていた。〈真人〉だ。椅子には信じられないほど年取った女性がすわっていた。しわだらけの両手は鉤爪を思わせたが、やつれて老いた顔には、まだかつての美しさの名残が見えた。

ユーリの驚きととまどいは大きくなった。この女性は見覚えがある。なのに見覚えがないのだ。ユーリの分別は、過ぎた〝一日〟のおかげでずたずただったが、今度はショックに砕けちりそうになった。わけのわからぬ世界で、それが唯一なじみのあるものであるかのように、ユーリはハーキーの手に取りすがった。

女が話しだした。声は年老い、弱っているが、まぎれもないドイツ語だ。

「さて、ユーリ、とうとう来ましたね。地上に誘導中だとレアードから聞いていたけれど。あなたに会えてうれしいわ。無事でなにより」

世界がぐるぐるまわるような感覚がおそった。そうだ、見覚えがある、見覚えがある。だが信じられなかった。生き返ってからの短い時間に、たくさんのことが起こりすぎた。なにもかもが変わってしまった。

息をつぎ、おそるおそるささやいた。「カーロッタ？」

姉はうなずいた。「そう、ユーリ、わたしですよ。こちらはわたしの夫、レアード」彼女はうなずき、うしろに立つハンサムな若者を紹介した。「わたしは二百年まえに呼び寄せてもらったけれど、残念なことに〈古代人〉なので、地上から飛びたったあとに開発された若返り療法が効かないのです」

ユーリは泣きだした。「ああ、カーロッタ、信じろなんて無理よ。こんなに年とってしまって！　わたしより二つ年上なだけだったじゃない」

「ダーリン、わたしは幸せな二百年の人生を送ったわ。若返らせるのは無理だったけど、寿命をひきのばすことはできた。レアードにあなたを降ろしてくれるようにと頼んだのは、かならずしも愛他精神からじゃないのよ。カーラはまだ宇宙にいる。でも凍眠状態にはいったのはまだ十六のときだから、この仕事にはあなたのほうが適任だと思ったのです。

実のところ、連れもどしたことで恩恵を施したつもりはないの。これからあなたは年とっていくわけだから。でも永遠に凍眠状態でいるのも、生きていることにはならないわね」

だもの」

「もちろん、そうだわ」とユーリ。「それに、ふつうに暮らしていても、年とっていたわけ

カーロッタは身をのりだし、妹にキスした。

「少なくとも、また会えたわね」ユーリはため息をついた。

「ダーリン」とカーロッタ。「少ない時間でも、いっしょにいられるってすてきなことね。見たとおり、わたしはもう長くない。いまある科学技術を全部つぎこんでも、いつかは肉体を生かしておくことができないようなところに来るの。だから手助けが必要なのよ——反乱をおこす手助けが」

「反乱？」

「そう。ジウィンツ団を倒すためのね。彼らはチャイネシア人で、哲学者の集団なの。いま地球は彼らの牛耳《ぎゅうじ》るままで、わたしたちは——向こうの目には——彼らの補佐役《インストルメンタリティ》、警察力にすぎません。彼らが支配しているのは、人の肉体ではありません。魂のほうなの。ここではもう死語に近いわね。〝心〟と言い換えましょう。ジウィンツたちはみずからを〈完全者〉と名乗って、人を自分たちの思い描くとおりに改造しようとしている。だけど、よそよそしい、ぎすぎすした、血も涙もない輩《やから》です。

あらゆる人種から要員を登用しているけれど、人類の反応はあまりよくないの。ジウィンツ団がさだめる美的完成めざして励んでいるのは、ほんのひと握りだけ。だからジウィンツ団は薬物とアヘン剤の知識を利して、〈真人〉を薬漬けの投げやりな人びとに改造しようと

しています。――みんなを支配しやすくし、なにもかもを手中にするためにね。不幸なことに、わたしたちの子孫のなかにも――」といって、レアードを見やり――「巻きこまれた者が出てきています。

あなたが必要なのよ、ユーリ。古代世界からよみがえったあと、わたしはレアードといっしょに、この奴隷制から〈真人〉を解放するためにできるだけのことをしてきたわ。そう、奴隷制です。人から活力を奪い、生きる意味を奪いとる制度。昔ぴったりのことばがあったわ。おぼえていて？――〝ゾンビー〟」

「わたしに何をしてほしいというの？」

やりとりのあいだ、ハーキーと熊とレアードは沈黙を守っていた。

ここでレアードが口をひらいた。「カーロッタが来てくれるまで、わたしたちはジウィンツ団の手中で無気力に、無頓着に暮らしていた。人間であるというのが、本当はどういうことか知らなかったのだ。生きがいとはジウィンツ団に仕えることだと思っていた。もし連中が完全なら、われわれがほかに果たすことのできる機能があるのか？　彼らの必要にこたえる――都市を保守し、〈荒れ野〉の侵入をくいとめ、薬物を管理するのがわたしたちの義務だった。補佐役《インストルメンタリティ》の一部には、狩りをして〈無認可民〉や〈許されざる者〉、ひどいときには〈真人〉さえ捕まえ、実験用に研究所へ送ってしまう連中もいた。

しかしジウィンツ団を信じない人たちが、いまどれくらい増えてきたことだろう。ジウィンツ団の完全性など虚妄だ。――というより、われわれが人間的完成を超えたものを信じるようになったということか。われわれは一部の集団に奉仕してきた。本来なら人類に奉仕すべきだったんだ。

いま、この専制を終わらせるときが来たように思う。カーロッタとわたしには、いま同盟者がいる。子孫たちや〈許されざる者〉のなかにも仲間がいるし、見たとおり、〈無認可民〉をはじめ、動物人とも連絡をとりあっている。人間がむかし〝ペット〟を飼っていたころの絆がきっとまだ残っていたんだろう」

ユーリは見まわし、ハーキーがごろごろとのどを鳴らしているのに気づいた。「ええ、お話の意味はわかります」とユーリはいった。

レアードはつづけた。「われわれが考えているのは、本物の補佐役——〝補完機構《インストルメンタリティ》〟を設立することだ。ジウィンツ団のために奉仕する警察力じゃない。人類のためのものだ。人はもう決して自分の姿を裏切るようなことはしない。われわれはそう心に決めた。〝人類補完機構〟を設立する——慈愛にもとづく、専制的ではない組織だ」

カーロッタがうなずいた。その老いた顔は気づかわしげだった。「わたしはこの数日中に死に、あなたはレアードと結婚します。新しいヴォマクトとなるのです。あなたがわたしと同じような年になるころ、運さえよければ、あなたとわたしの子孫たちはジウィンツ団の勢力から地球を解放しているでしょう」

ユーリはまた話の筋道がわからなくなった。「あなたの夫と結婚する？」

ふたたびレアードが説明を受けもった。「わたしはきみのお姉さんを二百年あまりも愛してきた。きみとの愛もきっと育てられる。姉さんとこんなに似てるんだもの。不実だと思わないでくれ。きみを呼び寄せるまえに、カーロッタとずいぶん話しあったんだ。もし彼女が死ぬのでなければ、貞節を守った。だが、いまはきみが必要なのだ」

カーロッタが助け舟をだした。「そのとおりよ。レアードはわたしを幸せにしてくれた。あなたも一生幸せにしてくれるわ。ユーリ、将来の計画もなしに、あなたを呼び寄せるはずがないでしょう。手なずけられた薬漬けの〈真人〉と結婚したって、決して幸せになれない。わたしを信じて、お願い。これしか方法はないの」

ユーリは目に涙をいっぱいうかべた。「とうとうあなたと会えたのに、もう行ってしまうなんて……」

ハーキーにそっと手をたたかれ、見上げると、そこにはやはり涙をいっぱいためた濁った青い瞳があった。


それから三日後、カーロッタは死んだ。死の床にあっても彼女は笑みをうかべ、レアードとユーリは両側から手をとり、見送った。いまわの際《きわ》に口が動き、手が強く握りかえした。

「また会いましょう。星の海でね」

ユーリはこらえきれず泣きくずれた。

二人は結婚式を七日間延期し、喪に服した。シティのすべての門は開かれ、静電気がちくちくする力の場は切られた。なぜなら、さしものジウィンツ団さえ、動物人や〈許されざる者〉や一部の〈真人〉たちを押さえこむには限度があり、古代世界からやってきたこの女性への追悼の思いを禁じることはできなかったからである。

熊の悲嘆はことに大きかった。「このかたを見つけたのはわたしなんですよ、あなたがロケットを地上に降ろしたときに」と熊はレアードにいった。

「おぼえているよ」

(そうか、だから熊じいさんは〝またひとり〟といったのか)とビル。

ユーリは会葬者のなかにチャルズとオーダ、ビルとケイの姿を見つけ、(わたしの人間犬さんたち)と思った。だが思いはいま愛情にみちており、軽蔑はかけらもなかった。

オーダが尻尾をふった。(いいことを思いついたわ)彼女は念話でユーリにいった。(二日後に天然井戸《セノーテ》のところで待ちあわせない?)

(いいわ)とユーリは答え、はじめて思いが狙った相手だけに通じたのを知って、嬉しくなった。通じたことはレアードの顔を盗み見てわかった。彼女の心を読んだ表情がまったく見えなかったのだ。

セノーテでオーダとおちあう日、ユーリには、自分になにが期待されているやら――また自分がなにを期待しているのやら見当もつかなかった。

(人に思いを向けるときには慎重にやってね)とオーダが念話した。(ジウィンツ団がいつ空を通りかかるかしれないから)

(だんだんコツがのみこめてきたわ)ユーリはいい、オーダがうなずいた。

（わたしが考えたのは、戦い樹を利用するっていうこと。〈真人〉はまだ病気をこわがっている。だけどわたし知っているの、もう病気はないのよ。いつも木をかすって歩いて、あとでくよくよするのにうんざりしたものだから、実験のつもりで木の実をもいで食べてみたの。――そしたらなんともないじゃない。それからはわたし全然こわくないわ。だから、わたしたち反乱軍が戦い樹の森のなかで集まれば、ジウィンツ団の高官たちには絶対見つからないと思うの。そこまでは追いかけてこないから）

　ユーリの表情は明るくなった。（それは名案ね、レアードに話していい？）

（もちろん。昔からわたしたちの味方だもの。あなたの姉さんもね）

　ユーリはまた悲しくなった。（こんなに寂しいのってはじめて）

（とんでもない。あなたにはレアードがいるわ。わたしたちもいるし、熊じいさんも、ハーキーだっているじゃない。そのうちもっとたくさん増えるわ。さあ、今日は別れましょう）

　天然井戸《セノーテ》での待ち合わせから帰ると、レアードは二人の人物と熱心に話しこんでいた。ひとりは熊で、もうひとりは若い男だが、レアードと驚くほどよく似ていた。――またユーリの記憶にある娘時代のカーロッタの面影もあった。

　レアードはユーリにほほえみかけた。「こちらはきみの姪の息子、わたしの孫だ」

　ユーリの時間感覚と時代感覚はまたしてもショックを受けた。レアードは孫とほとんど同い年のように見えるのだ。（もうついて行けない）そう思い、うっかり思考をまきちらしてしまった。

「理解しにくいというのはわかる」レアードは彼女の手をとった。「カーロッタだって慣れるのに時間がかかった。だけど努力してくれ、お願いだから。きみにはどうしても協力してほしいし、わたしはもうきみなしではいられない。きみがいなければ、カーロッタの死に耐えられなかったと思う」

ユーリは納得できないものを感じた。「わたしはあなたの――」彼女にはいえなかった。代わりにこういった。「この人の名前は？」

「失礼。こちらはヨアヒムだ。きみの叔父さんの名前をもらった」

ヨアヒムはにっこりすると、軽くユーリを抱擁した。「この反乱にどうしてもあなたの協力がほしいのは、あなたの姉、ぼくの祖母を崇拝する念が世界に高まっているからなんです。彼女が〈古代人〉として地上にもどったとき、彼女を中心に宗教めいたものが生まれた。だからこそ彼女は〝ヴォマクト〟と呼ばれ、あなたもそう呼ばれるのです。ジウィンツ団の勢力に対抗するには、ここを結集点とするしかない。このシティはカーロッタお祖母さんの小さな王国で、ジウィンツ団さえ、みんなが参内するのを禁じることはできなかった。それは追悼式のようすからもわかるでしょう」

「ええ、いろんな種類の人たちから尊敬されていたようね。反乱側に味方したのなら、きっとそれが正しいんだと思う。カーロッタはいつも筋をとおす人だったから。それでは、わたしからオーダが考えた計画を話さなくては」ユーリは打ち明けた。

「それは名案かもしれん」と熊がいった。「〈真人〉は戦い樹の〝タムブ〟をいままできちすでメガネを落とした。いや、じっさいオーダの案の改良点まで見えてきたぞ」熊は興奮したようんと守ってきた。

「熊じいさんは興奮すると、いつもメガネを落とすね」ヨアヒムが拾いあげた。

「それはわたしが名案を思いついた証拠さ。なあ、マンショニャッガーを使ったらどうだろう？」

とまどい気味の視線が集まり、レアードがゆっくりといった。「あなたがなにを考えているかわかるような気がする。マンショニャッガーの数はもう少ないが、ドイツ語に反応するだけだから――」

「それに、ジウィンツ団の指導部は傲慢なチャイネシア人だから、ほかの言語を学ぼうとしない」熊がにこにこと割ってはいった。

「そう。だから、戦い樹の森のなかに本部をつくり、新しいヴォマクトが現われたというニュースを広めれば――」

「で、森のまわりにマンショニャッガーの群れを配置し――」

アイデアがとびかい、計画は形をとりだした。興奮は高まった。

「うまく行きそうな気がする」とレアード。

「ぼくも同感」ヨアヒムが請け合った。「ぼくは〈いとこ部隊〉を召集する。で、戦い樹林に本部の設立がすんだら、薬品センターを襲撃して抑制剤をみんなそちらに運びこもう。そこで廃棄してしまえばいい」

った者たちだ」とレアード。

「カーロッタとわたしのあいだに生まれた子孫のうち、ジウィンツ団の補佐組織に与《くみ》しなかった者たちだ」とレアード。

「どうしてそんなものに引っぱりこまれるのかしら」

レアードは肩をすくめた。「強欲、権力、あらゆる人間的な動機だろうね。永遠の命への幻想もあるかもしれない。子供たちの心のなかに理想の芽を育てようとしたが、権力の誘惑は大きかった。これは肝に銘じたほうがいい」

黒い口ひげをたくわえ、怒号する憎悪にみちた顔――遠い過去に埋もれた顔を思いうかべ、ユーリはうなずいた。


ハーキーと熊、チャルズとオーダ、ビルとケイは、ユーリを連れて戦い樹の森にはいった。はじめビルとケイは行きしぶった。オーダが実を食べたことを告白し、やっと納得したが、ビルの反応はまさに父親らしかった。

「どうしてそんな危険なことをした?」と娘に詰めよった。

オーダは目をむき、尻尾を激しくふった。「仕方がなかったのよ」

彼はハーキーを見やった。「さて、わたしの娘がやったとすると……」

ハーキーは猫背をまっすぐにのばした。「猫が好奇心旺盛だという説は誇張されて伝わりすぎてるわ。わたしたちはふつうもっと慎重です」

「べつにあんたを軽く見たんじゃない」ビルはあわてていい、尻尾を力なく垂らした。「よくある誤解ね」彼女がやさしくいい足すと、ビルは尻尾をぴんと立てた。

森のまん中にくると、彼らはピクニック・ランチを広げ、そのまわりに集まった。ユーリはおなかがすいていた。シティの食事はもっぱら合成食で、ビタミンたっぷりで健康にいいことは疑いないものの、古代プロシアの娘には物足りなかった。動物人たちは本物の食物を持ってきていたので、ユーリはたっぷりと食べた。

ユーリのはしゃぎようにいち早く気づいたのは熊だった。「ほら、これがやつらの手だ」

「やつらの手って？」口いっぱいにほおばって、ユーリはきいた。

「やつらが〈真人〉のおおかたをどんなふうに薬漬けにしているかということさ。〈真人〉は合成食に慣れすぎて、ジウィンツ団が抑制剤を食物に仕込んだときにも、変化に気づかなかったのだ。〈いとこ部隊〉が薬物を押さえてしまったあとで、〈真人〉連中の禁断症状があまりひどく出ないことをねがうね」

ビルが顔をあげた。「それは考えておくほうがいい。もし禁断症状がひどく出ると、相当数の〈真人〉がジウィンツ側に寝返って、薬物を奪回しようとするかもしれない」

熊はうなずいた。「それをわたしも考えていた」

数日後、レアードとヨアヒムと〈いとこ部隊〉が合流した。そのころにはユーリも、戦い樹の濃密な葉がつくる昼の闇や、夜間のほのかな明かりに慣れはじめていた。

レアードは彼女をいとおしげに見た。「会いたかったよ」と短くいった。「もう、きみなしではいられない気がする」

ユーリは赤くなり、話題を変えた。「あなたのほうの――というか、〈いとこ部隊〉の計画はうまくいったの?」

「ああ、うまくいった。ほとんど苦労はなかった。〈真人〉のほとんどが精神支配されるようになってずいぶん時代がたつので、ジウィンツの高官連中は相当に気を抜いていたよ。ヨアヒムが薬にやられてるふりをしただけで、薬品室に自由に立ち入りできた。数日かけて全部〈部隊〉のところへ運び、偽物とすりかえた。いつ発覚するだろうな」

「そのうち禁断症状がまとまって出はじめる」とヨアヒム。

ユーリの心の奥にひっかかっていた疑問が浮上してきた。「あなたの孫がいて、〈いとこ部隊〉があるわけでしょう。でも、あなたとカーロッタのあいだに生まれた子供たちはどこにいるの? いく人かいていいはずだけど」

レアードの表情が暗くなった。「もちろん。だが古代人の血が半分流れているので、若返り処置ができないばかりか、体質的に寿命をのばすことも不可能なんだ。みんな七、八十代で死んだ。カーロッタとわたしには悲しいことだった。きみも、もし子供ができるようなら、覚悟しておかなければいけない。だけどつぎの世代には、古代人の血も充分薄められるので、若返りは起こりやすくなる。ヨアヒムは百五十歳だ」

「それで、あなたは? あなたはいくつ?」

レアードは見つめた。「きみにはつらいかもしれない。わたしは三百歳を超えている」信じないわけではなかったが、理解したともいえなかった。レアードはこんなにも美しく若い。だがカーロッタは老いさらばえていたのだ。

ユーリは心にかかる蜘蛛の巣をはらいのけようとした。「手に入った精神抑制剤はどう処置するのかしら？」

やりとりの途中からオーダが聞いていた。目をかがやかせ、尻尾を盛んにふっている。

「わたしアイデアがあるわ」

「このあいだの名案ぐらいのやつだといいね」とレアード。

「そうだといい。ねえ、抑制剤を逆にジウィンツ一派にのませるというのはどうかしら？　きっと気がつかないと思う。そうすれば、戦う必要もなくなるわ。だんだん滅びていくと思う、でなければ……もしかして……宇宙に飛ばしてしまうというのはどう？　別の惑星へ？」

レアードはゆっくりとうなずいた。「きみはアイデアがいっぱいの人だね。なるほど、精神抑制剤を逆に彼らに与えるか……しかし、どうやって？」

「われわれは息があってるぞ」と熊がいい、オーダを指さした。「この子がなにか思いつくと、きまってわたしに連鎖反応が起きる」彼は注意深くメガネをかけた。「この地方の地形図がここにある。天然井戸《セノーテ》をのぞけば、この数十キロ四方に水はまったくない。抑制剤を——その全部をだ——セノーテに放りこみ、〈部隊〉がジウィンツたちの口にはいる合成食をすごくスパイシーにつくれば――問題はそれで解決だと思うね」

レアードがいった。「ジウィンツ組織に潜入している隊員がひとりいる。しかし、どうやって水を飲むように仕向ける？」

チャルズが横に立っていた。「昔の人が好きだったスパイスに、のどが渇いてしょうがないやつがあったと聞いたことあるよ。まだ海が草に埋まってない時代に、海水から採れたんだ。でも、丘みたいに盛りあがったところには、まだこびりついているって。たしか〝塩〟といってたな」

「いわれてみれば、わたしも聞いたことがある」熊は物知り顔でうなずいた。「それを実行すればいいわけだ。〝塩〟とはね。連中の食物にまぜこむ。つぎには、新しいヴォマクトが反乱軍の本隊といっしょにいるという情報を流して、彼らを森に誘いこむわけだ。危険だが、これが最良策、というか最良策の組み合わせか」

レアードが賛成した。「あなたのいうとおり、たしかに危険だ。しかし成功するかもしれないし、かりに失敗したとしても、捕まって処刑されることはないだろう。抑制剤をまたあてがうだけだ。五分以上の勝ち目はあると思うね。それに、もし〈真人〉の復興がうまくいかなくて、この無気力と無感情のくびきから解放されないとすれば、人類はこの数百年で滅亡だ。どうなろうと知ったことかという精神状態に、すでに来ているんだから」

この計画がどのように実行されたか、いまでは全世界が知っている。それはまさに熊の予言どおりとなった。塩分たっぷりの食事をとらされ、のどの渇きに苦しむジウィンツ団の高官たちは、われがちに天然井戸《セノーテ》の水を飲み、みるまに不活発になった。戦い樹のかげから反乱軍が蜂起したときも、彼らはほとんど抵抗を見せなかった。

ヨアヒムは悲しげだった。「ぼくの兄弟にジウィンツ側のやつがひとりいた」

レアードは彼の肩に手をかけ、なぐさめた。「なに、薬漬けにされてるだけじゃないか。回復すれば、力になってやれるかもしれない」

「そうだろうけど、ぼくの主義には反するね」

「あまり正義ぶるな、ヨアヒム。主義もいいが、更生というものがあるんだ」

こうして〝人類補完機構〟は発足した。やがて機構はあまたの世界を包含したものになる。ユーリはヴォマクトとしての功を賞され、補完機構の初代レイディのひとりとなった。レアードはその夫として、初代ロードのひとりに任ぜられた。

ユーリは長生きし、子孫のいくたりかが初期の偉大なスキャナーとして宇宙へ乗りだすのを見まもった。誇らしく思う彼女も、いまや年老いていた。レアードはもちろん変わりなく若いままだ。友人の動物人たちはすでにみんな死んで久しい。レアードはいまも愛してくれているが、ユーリには彼らの姿がないのは寂しかった。

とうとう、動きもままならぬほど年老いたとき、ユーリはレアードを呼んだ。彼女は夫の美しい顔を見あげた。「ダーリン、あなたはカーロッタのときと同じように、わたしをたいへん幸せにしてくれたわ。だけどわたしも年とって、もうあまり長くはないと思う。あなたはまだ若いし、生きいきしている。わたしも若返り処置を受けられたらいいと思うけれど、それは無理な相談だから、カーラを呼び寄せる時期だと思うの」

夫がたちどころに返事をしたので、ユーリの心はすこし傷ついた。「そうだね、カーラを呼んだほうがいい」

彼はつかのまユーリから顔をそむけた。

ユーリはかすかな涙声になった。「わかっているわ。あなたはきっとカーラを愛して、幸せにしてくれる」

返事のないまま時がたち、やがて彼がふりむいた。

そのときユーリは気づいた。レアードの顔にしわがあるのだ。――いままで気づかなかったしわが。

「いったいなにがあったの？」とユーリはきいた。

「ぼくのかけがえない最愛の人。きみを二度も失うことになるんだ。それは耐えられない。医者に頼んで、若返りを打ち消す薬を処方してもらった。一時間もしたら、きみと同じように年老いてくる。いっしょに旅立とう。どこかにカーロッタが待っていて、星の海でぼくら三人は手を取りあえるはずだ。カーラには彼女なりの伴侶や運命が見つかるだろう」

二人は並んですわり、降下してくるカーラの宇宙機を見まもった。

スキャナーに生きがいはない

Scanners Live in Vain

浅倉久志◎訳

ここでは、人類はまだ暗黒時代から抜けだす過程にある。この暗黒時代のことは、「マーク・エルフ」と「昼下がりの女王」という二つの短篇に、より詳しく描かれているが、それによると、〈けもの〉は突然変異した知能の高い動物であり、〝マンショニャッガー〟はむかしのドイツの殺人機械（ドイツ語のメンシェンイェーガー、つまり〝人間を狩るもの〟に由来する）である。スミスが一九四五年にこの作品を書いたころ、彼の家の近所に〝リトル・クランチ〟という名の見捨てられた商店があった。〝クランチ〟がなにを意味するのか、まったくわからなかったが、とにかくスミスはその言葉を使ったという。ヴォマクトの先祖の〝古代のある女性〟は、暗黒時代をあつかった作品の中で言及されるフォムマハト姉妹のひとりである。ただし、どのひとりであるかはわからない。

マーテルは怒っていた。血液を調節して怒りを引かせようともしなかった。視覚にたよらず、勘だけで、らんぼうに部屋を横切った。テーブルが倒れるのが見え、ルーシの表情からしても、大音響がしたにちがいないと気がついたとき、マーテルは自分の脚が折れていないかと下を見た。折れていない。骨のずいまでスキャナーである彼は、自分自身をも走査《スキャン》せずにはいられないのだ。その行動は、反射的で自動的なものだった。走査の項目には、両脚、腹部、計器類の並んだ胸ボックス、両手、両腕、顔、それに鏡に映る背中が含まれている。走査をすませたあと、マーテルはあらためて腹を立てた。わざと声を使って話しかけた。妻のルーシがその耳ざわりなひびきを嫌い、筆談を望んでいるのを、百も承知で。

「わからんか、クランチだ。どうしてもクランチするぞ。どうなろうとおれの勝手さ、ちがうか?」

ルーシの返事は、唇の動きで読み取るしかないので、彼にはとぎれとぎれにしかわからなかった。

「だいじな……わたしの夫……愛する権利……あぶない……度が過ぎ……あぶない……待って……」

彼は妻を見つめると、もう一度声を張り上げ、そのひびきで彼女を傷つけた。

「うるさい、クランチだというのに」

妻の表情をとらえて、マーテルは悲しくなり、いくらか口調をやわらげた。

「クランチがぼくにとってなにを意味するかを、きみはわかってくれないのか？ 自分の頭という恐ろしい牢獄から抜け出せることが？ 人間にもう一度もどること――きみの声を聞き、煙の匂いを嗅ぐことが？ 体でもう一度感じ、感じること――自分の足が地面を踏みしめるのを感じ、そよ風が顔をなぶるのを感じることが？ それがどんな意味を持っているか、きみはわかってくれないのか？」

目を見はったルーシの気づかわしげな顔が、ふたたび彼を怒りに押しもどした。ルーシの唇が動いたが、わずかな言葉しか読みとれなかった。

「……愛してる……あなたのためを思って……どうして人間にもどってほしくないなんて？ ……体がだいじ……あんまり度を過ごすと……彼がいったわ……みんなも……」

ルーシにどなりかえしてから、いまの声がことのほかひどかったらしいことを、彼はさとった。言葉以上に、声のひびきが妻を傷つけることは、よくわかっていた。

「ぼくがきみをスキャナーと結婚させたかったと思うのか？ スキャナーはヘイバーマンと

おなじくらいに下等なんだと、教えてやったろうが。そうさ、われわれは死んだ。死んでなきゃ、あの仕事はつとまらない。でなくて、だれが〈空のむこう〉《アップ・アンド・アウト》へ行ける？　なまの虚空がどんなものか、想像がつくか？　きみには前もって警告したはずだ。それでも、きみはぼくと結婚した。いいとも、きみは人間と結婚したんだ。だから、たのむよルーシ、ぼくを人間にもどしてくれ。きみの声を聞かせてくれ。生きていること、人間であることの温かみを、味わわさせてくれ。おねがいだ！」

ルーシの悲しげな同意の表情を見て、彼は議論に勝ったのを知った。もう、自分の声は使わなかった。そうする代わりに、胸にぶらさげた筆談板《タブレット》を持ち上げた。右人差し指のとがった爪——スキャナーの話す爪——を使って、ととのった文字をすばやくタブレットに書きつけた——《タノム、くらんち線ハ？》

ルーシはエプロンのポケットから金色の被覆に包まれた長い導線《ワイヤ》をとりだした。その一端についた力場球をカーペットの上にころがすと、すばやく、ていねいに、スキャナーの妻らしい従順さと手ぎわのよさで、クランチ線を彼の頭のまわりに巻き、首すじから胸へとらせん形に巻きつけていった。彼の胸にある計器盤の上は避けた。計器盤のまわりから放射状に走っている傷痕の上も避けた。その傷痕は、空へ昇り、むこうへ行った男たちの聖痕《せいこん》だった。その機械的に彼が片足を上げるのを待って、ルーシは彼の足のあいだにワイヤをくぐらせた。それからワイヤをぴんと引っぱった。つぎに、彼の心臓計の隣にある高負荷調節装置へ小さなプラグをさしこんだ。彼が腰をかけるのを手伝い、彼の両手の位置をきめ、椅子の上端についたカップに彼の頭をもたれさせてやった。それからルーシは、自分の唇の動きがよく見えるように、まっすぐ彼に向きなおった。彼女の表情は落ちついていた。

「用意はいい、あなた?」

ルーシはしゃがみこんで、ワイヤの一端についた球を拾い上げ、彼に背を向けて静かに立ち上がった。マーテルは妻を走査したが、そのうしろ姿からは悲しみしか読みとれなかった。スキャナーでなければ、それさえも見逃しただろう。ルーシがなにかいった——胸筋の動きが彼には見えるのだ。ルーシは、彼に顔を向けていないことに気づいて、唇の動きが見えるように向きなおった。

「用意はいい?」

彼は微笑で〝うん〟と答えた。

ルーシはまた彼に背を向けた。(ルーシは、ワイヤを巻かれた彼の姿を見ることに耐えられないのだ)彼女はワイヤにくっついた球を軽く投げ上げた。球は力場にとらえられて、宙にうかんだ。だしぬけに球がぼうっと輝く。それだけだった。それだけ——いや、そのほかに、とつぜん彼の五感にもどってきた赤くきな臭い轟《とどろ》きがあった。荒々しい苦痛の閾《いき》を越えて、それはもどってきた。

1

ワイヤの中で目覚めたとき、彼はいまクランチに入ったばかりとは思えない気分だった。今週もう二度目のクランチなのに、調子は上々だ。じっと椅子にもたれる。彼の耳は、空気が部屋の中のものをなでていく音を、ごくんごくんと飲みこんだ。隣の部屋にいるルーシの呼吸も聞こえる。ワイヤを冷ますために、吊しているところなのだ。だれの家庭にもあるさまざまな匂いを、彼は嗅ぎわけた――滅菌バーナーのぴりっとしたさわやかさ、給湿装置のつんとくる甘酸っぱさ、いまさっき食べおわったディナーの香り、衣服の、家具の、人間そのものの匂い。そのすべてが純粋な喜びだった。彼はおはこの歌のひとくさりを口ずさんだ

――

へイバーマンに乾杯だ、〈空のむこう〉！
空の――おお――むこう――おお！　空のむこう！

ルーシが隣の部屋でクスクス笑うのが聞こえた。戸口に近づいてくる衣ずれの音に、彼はほくそ笑んだ。

ルーシはちょっぴりいびつな微笑をうかべた。

「ごきげんね。でも、ほんとにだいじょうぶ？」

この五感の饗宴《きょうえん》の中でも、マーテルは走査を忘れなかった。熟練した手ぎわで、電光石火

の点検をおこなった。彼の目は計器盤の示度をひと掃《は》きした。なにも異常はない。神経圧迫の示度が、〝危険〟の手前をうろついているだけだ。しかし、神経計を気にしても、しかたがない。クランチはいつもそうなる。クランチ線を使う以上、神経計にそれが出るのは避けられない。いつかそのうち、神経計が〝過負荷〟まで振れてから、逆もどりして〝死亡〟に落ちつく日がやってくる。ヘイバーマンの最期とは、そういうものだ。しかし、なにもかも手に入れようとするのはむりだ。〈空のむこう〉へ行くものは、虚空で生きる代償を払わなくてはならない。

とにかく、なにをくよくよすることがある？　彼はスキャナーだ。しかも腕ききなのは、自分でもよく知っている。もし、その彼が自分自身を走査できなければ、ほかにだれができるというのか？　このクランチはそれほど危険じゃない。危険は危険でも、それほどじゃない。

ルーシは手をさしのべて、彼の髪の毛をくしゃくしゃにした。彼の考えをただ追うだけでなしに、すっかり読みとっていたようだった。

「でもやっちゃいけないことなのよ！　知ってるくせに！」

「だが、やっちゃったんだ！」

マーテルはにっと妻に笑いかけた。

まだどこかわざとらしい陽気さで、ルーシはいった。

「じゃあ、思いきり楽しみましょうよ。冷蔵庫の中にはなんでもあるわ——どれもあなたの好物ばっかり。それに、匂いでいっぱいの新しいレコードが二枚。ためしにかけてみたんだけど、わたしでも気に入ったわ。ねえ、わたしってそれほど——」

「どれが？」

「どれがって、なにが？」

　マーテルは彼女の肩に片手をのせて、足を引きひき部屋を出た。（いまでは、足の裏にこたえる床、頬にあたる風を感じると、ある当惑とぎごちなさにおそわれずにはいられない。まるでクランチが現実で、ヘイバーマンであることが悪夢のように思える。だが、彼はやはりヘイバーマンであり、スキャナーなのだ）

「わかるだろう、ルーシ……その匂いさ、新しい匂い。そのレコードのどの匂いが気に入ったんだい？」

「えーっと」しばらく思案してから、「そういえばラムチョップというのがあって、これがとてもふしぎな——」

　彼は口をはさんだ。

「なんだ、そのラムチョって？」

「それはあとのお楽しみ。自分で嗅いで、当ててみて。すこしヒントをあげる。それは何百年も何千年も昔の匂いなの。古い本の中で、それが見つかったんですって」

「ラムチョって、けものかい？」

「教えてあげない。もうしばらくのご辛抱」

ルーシは笑うと、彼が腰をかけるのを手伝い、彼の前に料理を並べた。マーテルとしては、まずディナーをやりなおしたかった。さっき食べたいろいろのきれいな料理をもう一度口に入れ、生き返った唇と舌でゆっくり味わってみたかった。

ルーシがミュージック線をとり出して、その端についた球を力場の中に投げ上げたとき、マーテルは新しい匂いのことを催促してみた。ルーシは細長いガラスのレコードを出してきて、最初のひとつをトランスミッターにセットした。

「さあ、嗅いでみて！」

奇妙な匂い、背すじがぞくぞくし、胸がわくわくする匂いが、部屋の中を漂った。それはこの世界の何物にも、そして〈空のむこう〉の何物にも似ていないようだった。だが、なんとなく覚えがある。口の中につばきが湧いた。胸がどきどきした。彼は心臓計を走査した。(思ったとおりだ、脈拍が上がっている) それにしても、この匂いはなんだろう？　彼は大げさに首をかしげ、妻の両手をわしづかみにすると、その目をのぞきこんで、唸るようにいった。

「こら、教えるんだ！　教えないと、頭から食っちまうぞ！」

「あたったわ！」

「なに？」

「あたったのよ。わたしを食べたいと思うはず。だって、食肉の匂いだもの」

「ショクニク？　だれだい？」

「人の名前じゃないの」ルーシは物知り顔で教えた。「けものよ。むかしの人たちが食べていたけもの。ラムというのは小さなヒツジ――ヒツジは、ほら、〈荒れ野〉でみたことがあるでしょ？　それからチョップというのは、真中の一部分――ここ！」

彼女は自分の胸を指さした。

マーテルは彼女の話を聞いていなかった。すべての計器がいっせいに〝注意〟へ、そしてあるものは〝危険〟へと、振れ動いたのだ。彼は自分の心とたたかい、肉体を興奮過度に押しやっている咆哮《ほうこう》をしずめようとした。こんなことなら、スキャナーのままでいるほうが――ヘイバーマン方式で、完全に自分の肉体の外に立ち、目だけでそれを点検するほうが、どんなに楽かもしれない。それなら、肉体の制御も簡単だし、あの虚空の長い苦痛の中でも、冷静に肉体を支配できる。だが、いまはちがう。自分が現にひとつの肉体であって、その肉体が自分を支配し、しかも、心の動きひとつで、肉体がわっとパニックにおちいりかねないのだ！　これはひどい。

マーテルは、ヘイバーマン手術を受ける前のこと、〈空のむこう〉に適するように体を切り裂かれる以前の日々を、思い出そうとした。あのころの自分は、いつもこうした感情――心から体へ、体から心へとほとばしって、走査もできないほどの混乱をもたらす感情の激流に動かされていたのだろうか？　しかし、あのころは、まだスキャナーではなかったのだ。

なにが彼をうちのめしたのかは、わかっていた。自分の脈拍のごーっという轟きの中で、彼はそれをさとった。〈空のむこう〉の悪夢の中で、この匂いは彼の体にむりやり入りこんできたことがある。船が金星のむこうで燃えはじめ、ヘイバーマンたちが、融け崩れていく金属と素手でたたかったときだ。あのときも彼は走査をした——すべての計器が〝危険〟を指していた。まわりでは、みんなの胸ボックスが〝過負荷〟に跳ね上がっては、〝死〟へと降りていく。その中で、彼はふわふわ漂う死体をかきわけながら、順々にヘイバーマンたちを走査して、本人の気づかない脚の骨折を留め金で締めつけ、計器がどうしようもなく〝過負荷〟に近づいているものたちには、睡眠バルブを開いてやった。ヘイバーマンたちが作業をつづけようとして、スキャナーである彼を罵る中で、職業的な情熱をかきたてられ、彼らを虚空の大いなる苦痛の中でなんとか生きのびさせようと奮闘している最中に、マーテルはこの匂いを嗅いだことがある。この匂いは、彼の改造された神経を力ずくでさかのぼり、ヘイバーマン神経遮断《ブロック》を跳び越え、肉体と精神の訓練という防壁のすべてを突き破って、入りこんできた。荒れ狂う災厄の中で、彼はありありとこの匂いを嗅いだのだ。いま、不快なクランチのように思い出したその匂いは、周囲で猛威をふるっている悪夢の光景と結びついていた。彼はあのとき、しばらく作業を中断してまで、自分自身を走査してみたほどだった。ひょっとすると第一効果がヘイバーマン神経遮断のすべてを突破しておそいかかり、虚空の苦痛で彼を殺すのではないかと、心配になったのだった。だが、彼の計器はどれもじっとじっと〝危険〟にとどまって、〝過負荷〟には近づかなかった。彼は仕事をやりとげ、その功績で感状をもらった。燃える船のことさえ、やがては忘れてしまった。

その匂い以外はすべて。

そして、いま、その匂いがまたもどってきたのだ――火と混じった肉の匂いが……。ルーシが彼を見まもる顔には、妻らしい気づかいがこもっていた。どうやらルーシは彼がクランチの度を過ごしたのを自覚して、ヘイバーマンにもどろうと決めた、と思っているらしい。ルーシはわざと明るい声を出した。

「ねえ、あなた、すこし休んだほうがいいわ」

彼はささやきかけた。

「切って――くれ――あの――匂い」

ルーシはさからわなかった。だまってトランスミッターを切った。それだけでなく、部屋のむこうまで足を運んで、室内調節を強めもした。やがて、そよ風が床の上を掃《は》いて、匂いを天井に追いやりはじめた。

彼は立ち上がった。くたびれて、体がこわばっていた。(計器は正常だった。まだ鼓動が速いのと、神経計が〝危険〟の近くをうろついているのを別にすれば) 彼は悲しげにいった。

「ごめんよ、ルーシ。やっぱりクランチしちゃいけなかったのかな。こんなにすぐにくり返しては。しかし、わかってくれ、ぼくはヘイバーマンのみじめさから逃げ出したかったんだ。いったいどうしたらきみに近づける？　どうしたら人間になれる？――自分の声も聞こえず、自分のいのちが血管をめぐっているのさえ感じられないのに？　ぼくはきみが大好きなんだ、ルーシ。それなのに、きみのそばにも寄れないのか？」

彼女の誇りは、訓練でたたきこまれた、自動的なものだった。

「でも、あなたはスキャナーよ！」

「ぼくがスキャナーなのはわかってる。だからどうだというんだ？」

自分を安心させようと千回もくり返した物語のように、彼女はきまり文句を唱えた。

「御身《おんみ》こそ勇者の中の勇者、達人の中の達人。全人類はスキャナーに、あまたの世界のつなぎ手に、最高の敬意をささぐ。スキャナーはヘイバーマンの保護者。〈空のむこう〉の裁判官。スキャナーは、人びとがひたすら死を願う場所で、人びとのいのちを守る。スキャナーは人類のもっとも名誉ある者。補完機構の主任たちさえ、御身《おんみ》には惜しみなく敬意を払う！」

かたくなな悲しみをこめて、彼は反論した。

「ルーシ、そんな文句はもう聞きあきたよ。しかし、それがわれわれにどんな報酬を――」

「〝スキャナーは報酬を超えて働く。彼らは人類の強き守護者〟――それを忘れたの？」

「だが、ぼくたちの人生はどうなるんだ、ルーシ？　スキャナーの妻になって、きみになんの楽しみがある？　なぜぼくと結婚した？　ぼくはクランチするときしか、人間じゃないんだぜ。それ以外のときは――なんだか知ってるだろう。機械さ。機械にされた人間。いったん殺されてから、作業のために生かされている人間さ。ぼくの失ったものがわからないか？」

「わかるわよ、あなた。もちろん、わかるけど――」

彼はつづけた――「ぼくが子供のころのことを忘れたとでも思うのかい？　ヘイバーマン

でなくて人間であるのがどんなことか、それを忘れたとでも思うのかい？　両足が地面を踏みしめるのを感じながら歩くことを？　自分が生きてるかどうかを知ろうと一分おきに計器をながめたりせずに、まともでちゃんとした苦痛を感じることを？　たとえば、自分の死んだことが、どうしてぼくにわかる？　それを考えてみたことがあるかい、ルーシ？　自分の死んだことが、どうしてぼくにわかる？」

　彼女は夫の支離滅裂な訴えを聞きながして、なだめるようにいった。「まあ、おすわりなさい。いま、なにか飲み物を作るわ。あなたは過労なのよ」

　自動的に、彼は走査した。

「いや、そうじゃない！　聞いてくれ。虚空での労役を課せられた乗員たちにとりかこまれて、〈空のむこう〉にいるのが、どんな気持のものだと思う？　あの連中が眠っているのを見まもるのが、どんな気持のものだと思う？　虚空の苦痛が全身を打ちつけ、ヘイバーマン神経遮断《ブロック》を突き破ろうとするのを感じとりながら、くる月もくる月も走査、走査、走査を好きでやっていると思うか？　そうしなければならないから相手の目を覚ましたのに、そうしたために憎まれる仕事を、好きでやっていると思うか？　きみはヘイバーマンの喧嘩を見たことがあるか？――強い男たちがなぐりあい、どちらも苦痛を知らないために、どちらかが〝過負荷〟になるまで格闘がつづくのを？　それをどう思う、ルーシ？」勝ちほこったように、彼はつけたした。「ぼくが一カ月にたった二回だけクランチして、人間にもどるのを、きみは責められるか？」

「責めてなんかいないわ、あなた。あなたのクランチを二人で楽しみましょう。さあ、すわってちょうだい。飲み物を作るから」

彼が腰をおろし、頬づえをつくあいだに、ルーシはびんから出した天然果実と安全なアルカロイドを使って、飲み物をこしらえた。マーテルは落ちつきのないようすで妻をながめ、スキャナーと結婚したことで彼女に同情した。それから、理不尽とは知りつつ、同情を迫られたことに反発した。

ルーシが彼に向きなおって飲み物を渡そうとしたとき、ふいに電話が鳴って、二人をぎくりとさせた。鳴るはずがない。スイッチを切っておいたのに、ふたたび電話が鳴った。緊急回路にちがいなかった。ルーシの先を越して、マーテルはつかつかと電話機に近づき、画面をのぞいた。ヴォマクトの顔が彼を見かえした。

スキャナーのしきたりで、先任のスキャナーにぶっきらぼうな態度をとることも、特別な場合には許されている。いまがまさしくそのときだ。

ヴォマクトがなにか言いかける前に、マーテルはたった二言を画面に投げつけた。相手が読唇できようができまいが、知ったことではなかった。

「クランチ中。失礼」

彼はスイッチを切って、ルーシのそばにもどった。

また電話が鳴った。

ルーシが優しくいった。

「こんどはわたしが出てみるわ。ほら、これでも飲んで、ゆっくりすわっててちょうだい」

「あんなもの、ほっとけ」彼女の夫はいった。「クランチ中に電話してくる権利なんか、だれにもない。やつもそれはわきまえているはずだ。わきまえていて当然だ」

また電話が鳴った。激昂したマーテルは、立ち上がって、電話機に歩みよった。スイッチを入れる。ヴォマクトが画面に出た。マーテルが口を切ろうとする前に、ヴォマクトは話す爪を心臓計と平行の高さに上げた。マーテルはいつもの規律にもどった。

「スキャナー・マーテル、命令を待ちます」

唇がおもおもしく動いた。「緊急事態発生」

「わたしはクランチ中ですが」

「緊急事態発生」

「首席、おわかりにならないのですか？」マーテルは、ヴォマクトがまちがいなく唇の動きを読みとれるように、ゆっくり発音した。「わたし……は……クランチ……中……です。虚空に……対する……適性を……欠いています！」

ヴォマクトはくり返した。「緊急事態発生。本部に出頭せよ」

「しかし、首席、こんなことは前例がない――」

「そうだ、マーテル。前例のない緊急事態だ。本部へ出頭せよ」瞳をかすかにやわらげて、ヴォマクトはつけたした。「クランチ中断の必要はない。そのまま出頭してよろしい」

こんどはマーテルが電話を切られた。スクリーンが灰色になった。

彼はルーシをふりかえった。彼の声からはもう怒りは消えていた。ルーシがそばにやってきた。彼女は夫にキスをし、夫の髪をくしゃくしゃにした。彼女にはこれだけしかいえなかった。

「残念ね」

夫の落胆を思いやりながら、ルーシはもう一度キスをした。

「気をつけていってらっしゃい。待ってるわ」

マーテルは走査をすませ、透明なエアコートを着こんだ。窓ぎわで立ちどまり、手を振る。ルーシが、「おだいじに！」とさけんだ。体が風を切りはじめたとき、彼はひとりごちた。

「空を飛ぶ感じを味わうなんて――十一年間ではじめてだ。しかし、自分の生きてることが感じられると、すごく飛びやすい！」

本部の建物が、はるか彼方に、白く重々しく輝いている。マーテルは瞳をこらした。〈空のむこう〉からやってくる船のライトも見えなかったし、制御できなくなった宇宙火災の身ぶるいする閃光もなかった。あらゆるものが、非番の夜にふさわしく、静まりかえっていた。

それなのに、ヴォマクトは召集をかけたのだ。ヴォマクトはその緊急事態を、宇宙空間よりも優先するものといった。そんなものがあるはずはない。しかし、ヴォマクトは現にそういったのだ。

2

　マーテルが到着したときには、すでにスキャナーの約半数、二十人あまりが集まっていた。彼は話す爪をさしあげて、あいさつした。ほとんどのスキャナーは、二人ずつ向かい合わせになり、唇を読んで話しあっていた。もっと年長の気短な何人かは、タブレットになにかを走り書きしては、それをほかの人びとの目の前に突きつけてまわっている。どの顔も、ヘイバーマン特有の、どんよりと生気のない、弛緩《しかん》した表情だった。彼が広間に入っていくと、ほかの連中の大半が、形のある言葉では表現できないことをめいめいに考え、孤立した心の奥底でひそかな笑いをもらしたのを、マーテルは感じとった。スキャナーがクランチ状態のままで集会に現われるのは、もうずっと前から絶えてなかったことなのだ。

　ヴォマクトはそこにいなかった——おそらく、まだほかのみんなに召集をかけている最中なのだろう、とマーテルは思った。電話のライトが点滅していた。ベルが鳴った。ここにいるみんなの中で、そのけたたましい音が聞こえるのは自分だけだとさとって、マーテルは妙な気分になった。なぜ一般人がヘイバーマンやスキャナーのグループに近づきたがらないのか、そのわけがわかるような気がした。マーテルは話し相手がいないかと、まわりを見まわした。

　友人のチャンがいた。チャンは、年をとった短気なスキャナーに、自分もなぜヴォマクトに呼び出されたかよく知らないと、けんめいに説明しているところだった。その先に目をやったマーテルは、パリジアンスキーを見つけた。彼はそっちへ近づいた。足の動きを目でたしかめる必要のない、内部知覚を備えたものだけに許された巧みな足どりで、人びとのあいだを縫っていった。何人かは死んだ顔で彼を見つめ、そしてほほえみかけようとした。だが、完全な筋肉の制御がきかないので、彼らの顔は不気味な仮面のように歪んでしまった。(たいていのスキャナーは、顔面が思いのままにならないのを知っているので、表情を作るようなむだなまねはしない。マーテルは自分自身に言いきかせた――これからは、クランチ中以外、おれは絶対に笑わないぞ)

パリジアンスキーは、話す爪のあいさつを彼に送った。顔と顔が向きあうのを待って、こうたずねてきた。

「クランチしたままできたのか?」

パリジアンスキーは自分の声が聞こえないので、その言葉は、こわれたキイキイという電話のようにけたたましくひびいた。マーテルはぎくりとしたが、相手の質問が好意から出たものなのはわかった。この大男のポーランド人以上に人のいいやつは、どこを探してもいないだろう。

「ヴォマクトに呼ばれた。緊急事態だそうだ」

「クランチ中だといってやったのか?」

「うん」

「それでも来いと?」

「うん」

「じゃ、この一件は――虚空とは無関係なんだな？　おまえは〈空のむこう〉へ行けないんだろう？　一般人とおなじ体だろうが？」

「そうだよ」

「すると、なぜおれたちを呼んだのかな？」

うっかりヘイバーマン以前の癖が出て、パリジアンスキーは質問のしぐさで腕を振った。その手が、うしろにいた老人の背中にぶつかった。部屋じゅうに聞こえるほどの大きな音がしたが、それを聞いたのはマーテルだけだった。本能的にマーテルがパリジアンスキーと老人を走査すると、むこうの二人も彼に走査のお返しをした。そのあとで、はじめて老人はマーテルになぜ走査したのかとたずねた。マーテルがクランチ中であることを説明すると、老人はさっそくその場を離れた。クランチ中のスキャナーが集会に出席していることを、みんなに触れまわりにいったのだ。

しかし、このちょっとしたセンセーションも、緊急事態のことで頭がいっぱいなスキャナーたちの注意を、いつまでもひきつけることはできなかった。去年はじめて宇宙に出たばかりの青年が、大げさな身ぶりでパリジアンスキーとマーテルのあいだに割りこんできた。青年は大げさな身ぶりで、自分のタブレットを二人に見せた。

《ヴマト、狂気？》

年長の二人はかぶりを振った。マーテルは、その青年がヘイバーマンになってまもないことを思い出し、ぶっきらぼうな否定を親しみのある微笑でやわらげた。彼は正常な声でこういった。

「ヴォマクトはスキャナーの最長老だ。彼が気が狂うなんて考えられない。だって、自分の計器を見れば、まっさきに気がつくはずだろう？」

マーテルは、若いスキャナーがそのコメントを理解できるように、もう一度ゆっくり唇を動かしてやらねばならなかった。青年は微笑しようとして、自分の顔をおどけた仮面に変えてしまった。だが、タブレットを持ちあげて、こう書いた。

《ナルホド》

チャンがさっきの話し相手と別れて、こっちへやってきた。中国の血の半分混じった顔が、暖かい夜の中でつやつや光っている。（なぜもっと大ぜいの中国人がスキャナーにならないのか、ふしぎだな、とマーテルは思った。いや、べつにふしぎじゃないかもしれない。ヘイバーマンの割り当てだって、一度も消化したことがないんだから。中国人は人生を楽しみすぎるんだ。その代わり、スキャナーになる連中は、粒よりだけど）チャンはマーテルがクランチしたままなのを見てとって、声で話しかけてきた。

「前代未聞だね。ルーシがきみをさらわれて、ごきげんななめだったろう」

「いや、なっとくしてくれたよ。しかし、ふしぎだな、チャン」

「なにが？」

「ぼくはクランチ中だから、音が聞こえる。きみの声はまともだ。どうやってそれをおぼえ

「一般人のような話し方を?」

「サウンドトラックで練習したのさ。きみが気づくとはな。どの星を探しても、普通人のふりをして通用するスキャナーは、わたしだけだと思うよ。鏡とサウンドトラック。それで演技を研究したんだ」

「するとやっぱり……？」

「そうだ。わたしにはなんの感覚もない。きみたちとおなじで、味も、音も、匂いも、なにもわからない。こんな話し方ができたからって、自分の役には立たないさ。だが、まわりの人たちの気分がよくなるのは、たしかだね」

「ぼくがそうできれば、ルーシの人生もちがってくるだろうな」

チャンは賢《さか》しげにうなずいた。「うちのおやじがうるさくてね。こういうんだ。〝おまえはスキャナーになったのが自慢かもしれん。わしはおまえが人間でないのが悲しい。欠点を隠せ〟そこでそうしてみたのさ。こっちはおやじに、〈空のむこう〉のことや、そこで起こったことを話してやりたいんだが、むこうは無関心でね。〝孔子様は飛行機だけでよしとされた。わしもそれでけっこう〟だとさ。あの古狸め！　古代中国文字も読めないくせに、きっすいの中国人を気取るんだからな。しかし、あれでなかなかうがったことをいうんだよ。それに、二百に手の届こうという老人にしては、こまめに外を飛びまわるしね」

マーテルはそれを想像してほほえんだ。

「例の飛行機でかい？」

チャンはほほえみかえした。彼の顔面筋肉の習練ぶりは、驚くべきものだった。知らない人間が見れば、チャンがヘイバーマンだとは、その目と頬と唇の動きがすべて冷静な知的計算によるものだとは、とうてい気がつかないだろう。彼の表情はそれほど自然で生き生きしていた。パリジアンスキーやほかの一同の死んだ冷たい顔に目をやったマーテルは、ふとチャンに妬ましさを感じた。この自分がまともに見えることは、わかっている。だが、それは当然じゃないか。クランチ中なのだから。パリジアンスキーに向きなおって、彼はいった。

「チャンのおやじさんの話、見ていたか？　あのご老体で飛行機を乗りまわすんだとさ」

パリジアンスキーはしきりに口を動かしたが、出てきた音はなんの意味かよくわからなかった。彼はタブレットを持ちあげて、マーテルに見せた。

《ブンブン。ハッハ。爺サン、ヤルナ》

その瞬間、マーテルは廊下の足音に気づいた。彼はドアのほうを見ないではいられなかった。ほかのみんなの目も、彼の視線の方角を追った。

ヴォマクトが入ってきた。

一同はすり足で四列横隊に整列した。彼らはおたがいを走査した。たくさんの手が、すでに負荷のかかりはじめている胸ボックスに伸びて、電気化学調節のつまみをいじった。ひとりのスキャナーは、指が一本折れているのを相棒に発見されて、手当てを受け、副木をあてがってもらった。

ヴォマクトは職杖をとり出した。その上端についたキューブから赤い閃光が輝くのといっしょに、一同は隊列をととのえ、いっせいに身ぶりで合図をした。
《準備完了！》
ヴォマクトは、つぎの姿勢でそれに答えた。《首席のわたしが、指揮をとる》という意味である。
話す爪がいっせいに上にあがった。《異議なし。指揮にしたがう》
ヴォマクトは右腕を上げ、手首から先を下に折り曲げて、なにかを探すような奇妙な動作をした。その意味は――《一般人が入っていないか？　ギルド外のヘイバーマンが入っていないか？　スキャナー以外のじゃまものはいないか？》
出席者の中で、クランチ中のマーテルだけに、足をひきずる奇怪な音が聞こえた。みんなが鋭くおたがいの顔をたしかめあい、ベルト・ライトで大広間の薄暗い四隅を照らしながら、その場でぐるりと一回転したのだ。ふたたび一同が向きなおるのを待って、ヴォマクトは新しいサインを送った。
《よろしい。では、わたしにつづいて唱和を》
マーテルは、自分だけがくつろいでいるのに気づいた。ほかのみんなには、くつろぎの意味すらわからないだろう。心が頭蓋の中に閉じこめられて、両眼とだけつながり、あとの肉体とは、非知覚神経と胸の計器盤とをコントロールする以外に、つながりを持てないのだから。マーテルは、クランチ中の自分が、ヴォマクトの声を待ちうけているのに気づいた。首席はしばらく前からしゃべっている。だが、その唇からはなんの音も洩れてこない。（ヴォ

マクトは、前から声を出す手間をはぶいているのだ)

「……はじめて〈空のむこう〉を渡り、月に達したる人びとは、そこになにを見いだせしや？」

「なにものをも見いださず」一同の唇が沈黙のコーラスを返した。

「彼らはさらに彼方、火星と金星におもむきぬ。年々歳々、船はおもむけど、宇宙紀の元年にいたるまで還るものなし。この年、はじめて一隻の船、第一効果とともに還りたりき。スキャナーよ、問う、第一効果とはなんぞや？」

「だれひとり、知るものなし」

「だれひとり、永久に知ることなからん。変数のあまりに多きがゆえに。われら、なんによって第一効果を知るや？」

「虚空の大いなる苦痛によって」とコーラスが答えた。

「ほかにいかなるしるしありや？」

「ひたすらなる、おお、ひたすらなる死の願いなり」

ふたたびヴォマクトが――「その死の願いを封じたる人の名は？」

「ヘンリー・ヘイバーマン。宇宙紀三年に、第一効果を征服せる人」

「スキャナーよ、問う、彼はなにをなせしや？」

「彼はヘイバーマンを創りたりき」

「いかにして、おおスキャナーよ、ヘイバーマンは創られしや？」

「彼らは切断によって創られたりき。脳は肺と心臓より切り離さる。脳は耳と鼻より切り離さる。脳は口と腹より切り離さる。脳は欲望と苦痛より切り離さる。脳は世界より切り離さる。両眼のみ残して。生ける肉体の制御の道のみ残して」

「おおスキャナーよ、いかにして肉体は制御さるるや？」

「肉体に埋めたる箱、胸に埋めたる機械、生ける肉体を統べる指標、肉体を生かす指標によって」

「いかにしてヘイバーマンは生をたもつや？」

「ヘイバーマンは箱の制御によって生をたもつ」

「ヘイバーマンは、そもいずこより来たりしや？」

マーテルにとって、そのつぎの応答は、部屋じゅうに反響する調子はずれの咆哮だった。自分たちも一種のヘイバーマンであるスキャナーたちが、唇の動きに声を加えたのだ。

「ヘイバーマンは人類の浮きかす。ヘイバーマンは弱き者、残酷なる者、欺かれやすき者、社会に不向きなる者。ヘイバーマンは死より重き刑を宣告されたる者。ヘイバーマンは心の中にのみ生きる者。虚空のために殺され、虚空のために生きる者。あまたの世界をつなぐ船を操る者。一般人が航宙の冷たき眠りにつくあいだも、大いなる苦痛の中に生きる者」

「わが兄弟、スキャナーよ、いまこそ問う。われらはヘイバーマンなりや、否や？」

「われらは肉体においてはヘイバーマン。われらは脳と肉体を切り離されたり。われらは〈空のむこう〉におもむく用意あり。われらはみなヘイバーマン手術を受けたりき」

ヴォマクトは目をぎらぎらと光らせながら、儀式的な問いを発した。

「されば、われらはヘイバーマンなりや？」

ふたたび応答のコーラスには、マーテルだけに聞こえるわれ鐘《がね》のような咆哮が加わった。

「われらはヘイバーマンにして、またそれ以上の、それ以上の者。われらは選ばれたる者、おのれの意志もてヘイバーマンとなりし者。われらは人類の補完機構の使者」

「人びとの、われらを讃うべき言葉は？」

「人びとの、われらを讃うべき言葉は――〝御身《おんみ》こそ勇者の中の勇者、達人の中の達人。全人類はスキャナーに、あまたの世界のつなぎ手に、最高の敬意をささぐ。スキャナーはヘイバーマンの保護者。〈空のむこう〉の裁判官。スキャナーは、人びとがひたすら死を願う場所で、人びとのいのちを守る。スキャナーは人類のもっとも名誉ある者。補完機構の主任たちさえ、御身《おんみ》には惜しみなく敬意を払う！〟」

ヴォマクトは姿勢を正した――

「スキャナーの秘密の義務とは？」

「われらが掟を秘して、それを知る者あらば、そのいのちを断つ」

「いのちを断つはいかに？」

「〝過負荷〟に二度、而《しこう》して〝死〟」

「ヘイバーマン死すとき、われらの義務は？」

スキャナーたちはいっせいに唇をかたく結んだ。（沈黙が答えなのだ）マーテルは――規約を知りつくしているので――この問答にちょっぴり退屈しはじめ、そしてチャンが荒い呼吸をしているのに気づいた。彼は手をのばして、チャンの肺臓コントロールを調節してやり、チャンの感謝のまなざしを受け取った。ヴォマクトはこの中断に気づいて、二人をにらみつけた。マーテルは肩の力を抜いて、ほかのみんなの死人に似た静止状態をまねようとした。クランチ中だと、それはおそろしくむずかしい芸当だった。

「もし、部外者を死なせたるとき、われらの義務は？」

「スキャナーこぞりて補完機構に報告すべし。スキャナーこぞりて処罰を受くべし。スキャナーこぞりて事件を処理すべし」

「もし、その処罰、苛酷なるときは？」

「船、行かざるのみ」

「もし、スキャナー敬われざるときは？」

「船、行かざるのみ」

「もし、スキャナー報われざるときは？」

「船、行かざるのみ」

「もし、部外者と補完機構が、かりそめにも、スキャナーへの正当なる感謝を忘れたるときは？」

「船、行かざるのみ」

「而《しこう》して、おおスキャナーよ、船、もし行かざれば？」

「あまたの世界は潰《つい》え去らん。〈荒れ野〉はふたたび広がり、〈古代機械〉と〈けもの〉はよみがえらん」

「スキャナー第一の義務は？」

「〈空のむこう〉にありて、眠らざること」

「スキャナー第二の義務は？」

「〈空のむこう〉にありて恐れざること」

「スキャナー第三の義務は？」

「ユースタス・クランチの線を心して用い、濫用をつつしむこと」

何人かの目がちらとマーテルを見やってから、つぎのコーラスに移った。

「自宅にあるとき、友人に囲まれたるときのみに、クランチを行なうこと。回想のため、休息のため、子をもうけるためにのみ、その目的をかぎること」

「スキャナーの言葉は？」

「死に囲まれるとも誠実を失わず」

「スキャナーの信条は？」

「沈黙に囲まれるとも覚醒を忘れず」

「スキャナーの職務は？」

「〈空のむこう〉の高みにありても労働、地の底の深みにありても忠誠」

「いかにしてスキャナーを知るや？」

「われらはわれら自身を知る。われらは生ける死者なり。われらはタブレットと爪もて語る」

「この規約とは？」

「この規約とは、スキャナーの年経りたる知恵なり。われら相互の忠誠をつねに心にとどめ、心を励ますべく、手短に語られたる教えなり」

本来なら、ここで、問答はこう結ばれるはずだった。

「われら、規約を唱えおわりぬ。スキャナーへの任務と命令を待つ」

しかし、ヴォマクトはこういった――しかもくり返して。

「緊急事態。緊急事態」

スキャナーたちは彼に合図を送った――《準備完了！》

ヴォマクトの唇が、全員の注目を浴びて動いた――「この中に、アダム・ストーンの研究を知っているものはいるか？」

マーテルは、何人かの唇が動いて、こう答えるのを見てとった。

「〈赤い小惑星〉。虚空の縁に住んでいる部外者です」

「そのアダム・ストーンが、補完機構に研究が完成したと届け出た。それによると、彼は虚空の苦痛を遮断する方法を発見したと称している。〈空のむこう〉を、一般人でも目覚めて働けるような安全な場に変えることができる、と称している。もはやスキャナーの必要はない、と称している」

ベルト・ライトが、部屋のそこかしこでパッとついた。スキャナーたちが発言の権利を求めているのだ。ヴォマクトは、年長のひとりにうなずいてみせた。

「スキャナー・スミス、発言を」

スミスは足もとを確かめながら、ゆっくりと照明の中へと進んだ。それから、一同に自分の顔が見えるように向きなおり、口をひらいた。

「わたしは言いたい。これは嘘だ。ストーンは嘘つきだ。補完機構がそんな男に惑わされてはならない」

スミスは言葉を切った。それから、大半の者の目には入らなかった聴衆からのある質問に答えて、こういった。

「わたしはスキャナーの秘密の義務を発動したい」

スミスは、緊急動議のしるしに、右手を高く上げた。

「提案する。ストーンを殺すべきだ」

3

まだクランチしたままのマーテルは、周囲からの野次や、怒号や、金切り声や、唸りや、うめき声に、ぞっと身ぶるいした。スキャナーたちが興奮にわれを忘れ、無感覚な肉体に鞭うって、おたがいの聞こえない耳になんとか声を届かせようとしているのだ。ベルト・ライトが、部屋のいたるところで、狂ったように点滅していた。演壇に殺到したスキャナーたちが発言権を得ようと上でもみあったが、やがてパリジアンスキーが——巨体を利して——ほかの連中を下に押しのけ、一同に向きなおった。

「スキャナーの兄弟たちよ、わたしに注目してほしい」

床の上では、押しのけられた連中が、まだ無感覚な体でもみあいへしあっていた。とうとうヴォマクトがたまりかねて、パリジアンスキーの前に進み出ると、一同に向かっていった。

「スキャナーよ、スキャナーらしくせんか！　彼に注目したまえ」

パリジアンスキーは演説上手ではなかった。唇の動きが速すぎるのだ。おまけに手をやたらに動かすので、みんなの視線は唇よりもそっちに集まることになる。それでもマーテルは、だいたいの意味を聞きとることができた。

「……はいけない。ストーンは成功したのかもしれない。もし成功したなら、それはスキャナーの終わりを意味する。ヘイバーマンの終わりを意味する。もうわれわれは〈空のむこう〉でたたかう必要がなくなる。ほんの数時間か数日だけを人間らしく過ごすために、クランチ線のお世話にならなくてもすむ。みんなが一般人になれるのだ。だれもが、もう二度とクランチしなくてすむのだ。人間が人間になれる。ヘイバーマンも、むかし死刑のあった時代のように、あっさりひと思いに殺されて、いまのような生殺しの憂き目にあわなくてすむ。〈空のむこう〉で働かされずにすむ。大いなる苦痛もなくなるのだ——それを考えてくれ！

大いなる……苦痛が……なくなるのだ！　どうしてストーンが嘘つきだと断言――」
ベルト・ライトがいくつか、まともに彼の目を狙って照らされた。（これはスキャナーがスキャナーに与える最大の侮辱なのだ）
ヴォマクトがふたたび権威にものをいわせた。彼はパリジアンスキーの前に歩みより、一同には見えないなにごとかをいった。パリジアンスキーが壇から下りると、ヴォマクトはふたたび一同に語りかけた。
「いま見たところ、スキャナーの中には、われらが兄弟パリジアンスキーの意見に反対の者もいるようだ。ついては、演壇の使用を一時中止して、しばらく私的な討論の時間としよう。十五分後に、公式集会を再開する」
マーテルは、降壇してみんなの中へ入っていたヴォマクトを、きょろきょろ探しまわった。ようやくヴォマクトの姿を見つけると、彼はすばやく自分のタブレットに文字を書きつけ、首席の目の前にさし出す機会をうかがった。こう書いたのである。
《クランチ中。帰宅ヲ許可サレタシ。命令ヲ待ツ》
クランチ中であることは、マーテルにふしぎな効果をおよぼした。彼がこれまでに出席した集会のほとんどは、ヘイバーマンの胸のうちにある永遠の闇を照らしてくる、おごそかで心強い儀式だった。クランチしていないときの彼は、大理石の胸像が大理石の台座を気にしないのと同様に、自分の体を意識しなかった。彼はみんなといっしょに立ちつづけた。みんなといっしょに、なんの苦もなく何時間をも立ちつづけ、そして長々しい儀式が両眼の奥にある恐ろしい孤独をやわらげてくれるのを、そして、スキャナーという呪われた者の集団が、不具という職業上の必要条件によって、永久に敬意を払われていることを自覚したのだった。

だが、こんどはちがう。クランチ中なので、匂いと音と味の知覚を完全に備えているため、彼の反応はどちらかといえば一般人に近いものだった。いまの彼には、友人や同僚たちが、虐げられた幽霊の群れで、逃れえぬ劫罰を無意味な儀式という虚勢でごまかしているようにしか見えない。いったんヘイバーマンになった以上、そこにどんな違いがある？　なぜヘイバーマンとスキャナーのことをこんなにくどくどと語るのか？　ヘイバーマンは犯罪者と異端者、スキャナーは自発志願した紳士だが、どちらも苦しみはおなじだ——ただ、スキャナーには、短時間にしろクランチという特典があるのに、ヘイバーマンのほうは、船が入港するとあっさり接続を切られて生体保存され、ふたたび彼らを目覚めさせて呪われた作業につかせるような事故やトラブルが起きるまで、そのままほうっておかれる。町でヘイバーマンを見かけることはめったにない——もし、あるとしたら、それはよほど特別な功績か勇敢な行動を認められて、機械化された肉体という恐ろしい牢獄の中から、人類の世界をひと目見ることを許された、世にもまれなヘイバーマンなのだ。それなのに、ヘイバーマンに憐れみをかけたスキャナーが、これまでひとりとしていたろうか？　職務の上での通りいっぺんの褒め言葉以外に、ヘイバーマンを讃えたスキャナーがあったろうか？　ひとつの同業組合《ギルド》、ひとつの社会階級としてのスキャナーが、これまでヘイバーマンたちのために、なにをしてやったろう？　なにかしてやるどころか、スキャナーといっしょに長く働いて、その走査のコツを見よう見まねで覚えたヘイバーマンが、スキャナーの意志にそむいて、自分の意志で生きようとすると、手首のひとひねりで彼らを殺してしまうのだ。部外者、つまり一般人に、船内でどんなことが起きているかがどうしてわかる？　部外者はそれぞれのシリンダーの中で眠り、彼らの目的地の世界がどこであるにせよ、そこに着くまでは慈悲深い無意識状態でいられるのだ。船内で生きつづけなければならない者たちのことが、部外者にどうしてわかる？〈空のむこう〉のことを知っている部外者が、どこにいるだろう？　果てしない虚空に輝く星ぼしの酷烈な美しさを見られる部外者が、どこにいるだろう？　部外者に、大いなる苦痛のなにがわかる？　骨髄の中の静かな疼きからはじまり、あらゆる神経細胞と脳細胞と体の触覚点に疲労と吐き気がとりつくのが前ぶれで、やがて生命そのものが沈黙と死への激しい飢えに変わっていく、あの苦痛を？

彼はスキャナー。そう、たしかにスキャナーだ。まだ正常だった体で、日ざしを浴びながら、補完機構の下部主任の前でこう宣誓した瞬間から、スキャナーになったのだ。

「わたしは自分の名誉と生命にかけて、人類の前に誓う。わたしは人類の福祉のために、進んでこの体をささげる。この危険で厳格な栄誉を受けるにあたり、わたしは自分の権利のことごとくすべてを、光栄ある補完機構の主任たちと、光栄あるスキャナー友愛組合にゆだねる」

彼はそう誓った。

そしてヘイバーマン手術を受けた。

彼は地獄をおぼえている。彼の場合はそれほどひどい経験はしていないが、それでもその地獄は、もう一億年ものあいだ、一睡もせずにつづいているように思える。彼は目で感じることをまなんだ。体のほかの部分から目を絶縁するため、眼球のうしろに厚いアイ・プレートを埋めこまれたにもかかわらず、見ることをまなんだ。皮膚を観察することをまなんだ。いまでもおぼえているが、シャツが濡れているのに気づいて、走査鏡をひっぱり出してみて、びっくりしたことがある。振動する機械にもたれていたため、脇腹がすっかりむけていたのだ。（いまの彼にはそんなことは絶対に起こらない。自分の計器を読むのに熟練しているから）彼は〈空のむこう〉へ行ったときのことを、そして、ふつうの意味で、触覚、嗅覚、聴覚のすべてを取り去られているはずなのに、大いなる苦痛が体の中にまで打ちつけてきたことを思い出した。彼はヘイバーマンを殺し、一般人を生かし、光栄あるスキャナー・パイロットのそばに何カ月も立ちつづけ、そのあいだ二人とも一睡もしなかったことを思い出した。第四地球に上陸したことを思い出し、そこでの体験が楽しめず、スキャナーが報われないものなんだとさとった日を思い出した。

いま、マーテルは、大ぜいのスキャナーの中に立っている。歩けばぎごちなく、立ちどまればぴくりとも動かない彼らが、マーテルは嫌でたまらなかった。彼らの肉体が知らずに発散している奇妙で雑多な匂いが、嫌でたまらなかった。耳の聞こえない彼らが知らずに出している唸りや呻きやガアガア声が、嫌でたまらなかった。彼らと、そして自分自身が、嫌でたまらなかった。

どうしてこんな自分に、ルーシはがまんできるのか？　ルーシに求愛したころのマーテルは、何週間ものあいだ胸ボックスが〝危険〟を指し示すのもかまわず、クランチ線を違反承知で持ち歩き、クランチの終わるはしからつぎのクランチに入って、すべての計器が〝過負荷〟へと近づくのを苦にもしなかった。もしもルーシがうんといったらどんなことになるかを、深く考えもせずに、彼女を口説いた。彼女は承諾した。

「そして、ふたりはいつまでもしあわせに暮らしました」大昔の本ならそうなるところだが、現実のふたりにどうしてそれができる？　去年まる一年でマーテルがクランチ線を使えたのは、たったの十八日。それでもルーシは彼を愛してきた。いまなお愛している。マーテルにはよくわかるのだ。彼が〈空のむこう〉にいる長い月日のあいだ、ルーシはたえず彼の身を案じてくれている。たとえ彼がヘイバーマンの状態であるときにも、家庭が彼にとってなにかの意味を持つようにと努力し、たとえ料理を味わってもらえなくても美しく盛りつけ、たとえキスを受けられなくても自分を美しく装う——もっとも、ヘイバーマンの肉体は家具と似たりよったりなのだから、キスされないほうがましかもしれない。とにかく、ルーシはしんぼう強いのだ。

そこへこんどはアダム・ストーン！　（マーテルはタブレットの文字を消した。いまさら、どうして帰れる？）

神よ、アダム・ストーンに祝福を！

マーテルは自分がちょっぴり哀れに思えてならなかった。もうこれからは、崇高な義務のために、一般人の時間で二百年かそこら、彼自身の時間で数えて二百万もの個人的な永劫を、旅する必要もない。のうのうと骨休めができる。深空間のことは忘れ、〈空のむこう〉を一般人にまかせることができる。好きなだけクランチできる。ほとんど――そう、ほとんど――正常に近い生活が送れる。それが一年つづくか、五年つづくか、それとも数ヵ月で終わるかは、わからない。しかし、すくなくともルーシといっしょに暮らせる。彼女といっしょに〈荒れ野〉へ入りこむことができる。そこではまだ〈けもの〉や〈古代機械〉が、暗いところをうろついているのだ。巣穴から飛び出してくる古代のマンショニャッガーに投げ槍をほうったり、いまなお〈荒れ野〉をさまよっている〈許されざる者〉の部族に熱球を投げつけたり、そんな狩りの興奮の中で、彼は死ぬことになるかもしれない。しかし、虚空の静寂と苦痛の中で指針の動きを見まもるのとはちがって、そこには生きた人生と、まともな死がある！

さっきからマーテルはそわそわ歩きまわっていた。彼の耳は正常な話し声に同調されているので、仲間たちの唇の動きを見つめる気分にはなれなかった。いま、彼らはひとつの決定に達したらしい。ヴォマクトが演壇に近づいていく。マーテルはチャンの姿を探しあてて、その隣に立った。チャンがささやいた。

「宙ぶらりんの水みたいに、そわそわしてるじゃないか！　どうしたんだ？　クランチが切れてきたのか？」

ふたりは同時にマーテルを走査したが、計器の針は静止したままで、クランチの解けてきた気配はなかった。

演壇の大きなライトがぱっと輝いて、みんなに集合を呼びかけた。一同はふたたび整列した。ヴォマクトが、痩せて年老いた顔を光の中に突き出して、口をひらいた。

「スキャナーの兄弟たちよ、投票を求めたい」

ヴォマクトはそこで例の姿勢をとり、こんな意味を伝えた――《首席のわたしが指揮をとる》

ベルト・ライトがひとつ、ぱっと点《つ》いて異議を表わした。

それはヘンダースン老人だった。ヘンダースンは演壇に進み出ると、ヴォマクトに話しかけ、そして――ヴォマクトが許可のうなずきを与えるのを待って――一同のほうに向きなおり、質問をくり返した。

「いま虚空に出ているスキャナーたちを、だれが代弁するのか？」

それに答えるベルト・ライトはなく、手も上がらなかった。

ヘンダースンとヴォマクトは向かいあって、しばらく話をかわした。それからヘンダースンが、ふたたび一同に向きなおった。

「わたしは首席の指揮権にはしたがうが、友愛組合の集会にはしたがえない。六十八名のスキャナーのうち、出席者はたったの四十七名、しかもそのうち一名はクランチ中で、不適格だ。そこでわたしはいま首席に、これをたんなる集会とはせず、緊急委員会としてはどうかと提案した。光栄あるスキャナー諸君、ご理解とご賛同がいただけるだろうか？」

同意のしるしに、何人かの手が上がった。

チャンがマーテルに耳打ちしてきた。

「ごたいそうなこった！　集会と委員会と、どこがどう違うっていうんだい？」

マーテルはその言葉に同感だったが、それ以上に、チャンがヘイバーマンでありながら、ここまで自分の声をコントロールできることに感心した。

ヴォマクトがふたたび議長の役割にもどった。

「ではいまから、アダム・ストーンの件について投票を行なう。

第一に、ストーンの研究が成功しておらず、彼の主張が虚偽だということは、充分考えられる。これは、われわれのスキャナーとしての実経験に照らしても明らかだ。虚空の苦痛は、走査任務の一部にしかすぎない」（だが、本質的な一部、すべての根本じゃないか、とマーテルは思った）「そして、ストーンに虚空の規律の問題が解決できないことは、断言していい」

「また例のごたくか」チャンがマーテルにしか聞こえないささやき声でいった。

「わが組合の規律は、深空間を戦争と紛糾から守りぬいてきた。六十八名の規律正しい男たちが、すべての深空間を支配している。われわれは、宣誓とヘイバーマン手術によって、いっさいの地上的感情を取り去られたのだ。

したがって、もしアダム・ストーンが虚空の苦痛を征服し、それによって部外者にわが友愛組合を解散させ、あまたの世界を蝕んでいる紛争と荒廃を虚空に持ちこむ意図ならば、わたしはアダム・ストーンがまちがっていると言いたい。もし、アダム・ストーンが成功すれば、スキャナーには生きがいがなくなるのだ！

第二に、もしアダム・ストーンがまだ虚空の苦痛を征服していないとしても、彼の言動はあまたの世界に大きな混乱をよびおこすだろう。補完機構と下部主任たちも、人類の船を操作するのに必要なヘイバーマンを、従来ほど大ぜい提供してくれなくなるだろう。根も葉もない噂が飛びかい、志願者は減る。なによりも悪いのは、この種のばかげた異端邪説が横行した場合、友愛組合の規律が乱れかねないことだ。

したがって、もしアダム・ストーンが成功すれば、わが友愛組合の破滅を来たすおそれがあり、生かしてはおけない。

わたしはアダム・ストーンの死を提議する」

そういうと、ヴォマクトはサインを送った——《光栄あるスキャナー諸君よ、どうか票決を》

4

マーテルは荒々しくベルト・ライトをさぐった。チャンは、先を読んでいたらしく、すでにライトを持って、用意していた。そのまぶしい光線が〝反対〟のしるしに、真上の天井を照らした。マーテルもライトをとり出し、光線を真上に向けて、反対を表明した。それから、彼はぐるりを見まわした。四十七名の出席者のうち、点いているライトはほんの五つか六つしかなかった。

さらに二つのライトが加わった。ヴォマクトは凍った死体のように突っ立っていた。目だけが、ライトを探し求めて、一同の上を往き来していた。いくつかのライトが、また加わった。やがてヴォマクトは、投票締切りの姿勢をとった。

《スキャナー諸君、票数をかぞえよ》

三人の年長者が壇上に登り、ヴォマクトと並んだ。彼らは部屋の中を見わたした。（マーテルは思った――この呪われた幽霊どもは、本物の人間のいのち、生きた人間のいのちを、投票で左右しようとしている！　やつらにそんな権利はない！　補完機構に訴えてやる！）だが、マーテルは自分がそうしないだろうことを知っていた。彼はルーシのことを思い、彼女がアダム・ストーンの勝利によって得るかもしれないもののことを考えた。そうすると、胸がはりさけるようなこの投票の愚かしさに、とてもがまんできなくなった。

三人の計算係が手を上げて、票数がおたがいに一致したことを示した――《反対十五票》

ヴォマクトが一礼して、三人を退らせた。それからふたたび正面を向き、例の姿勢をとった――《首席のわたしが指揮をとる》

自分の無鉄砲さにあきれながらも、マーテルはベルト・ライトをぱっと点けた。そんな行動をすれば、横からだれかの手が伸びて心臓計のダイヤルを〝過負荷〟へとまわされても、文句がいえないのは知っていた。チャンの手がエアコートをつかもうとするのが、感じられた。しかし、彼はチャンの手をすりぬけ、スキャナーに似つかわしくないスピードで、演壇へと走った。走りながら、どう訴えたものかと考えた。常識を説いてもむだだ。いまはだめだ。法律論でいかなくては。

彼は壇上に跳びあがり、ヴォマクトの横である姿勢をとった——《スキャナー諸君、これは規約違反だ！》

マーテルはしきたりを破って、その姿勢のまま発言した。

「委員会には多数決で死をきめる権限はない。それには総会で、三分の二の賛成票が必要だ」

彼はヴォマクトの体がうしろからぶつかってくるのを感じ、自分が壇から床にころがり落ちて、両膝と触覚のある両手をしたたかに打ったのを感じた。彼は助けおこされ、そして走査を受けた。あまり見おぼえのないスキャナーが、彼の計器を調べ、つまみを絞った。たちまちマーテルは、自分が穏やかで冷静な気分になっていくのを感じ、そんな気持になる自分をおぞましく思った。

彼は演壇を見上げた。ヴォマクトが、《静まれ！》を意味する姿勢をとりつづけている。

スキャナーたちは列をととのえた。マーテルの両脇にいたふたりのスキャナーが、彼の両腕をかかえこんだ。マーテルは大声でわめいたが、ふたりは顔をそむけて、意思伝達の手段を封じてしまった。

部屋の中が静まるのを見きわめて、ヴォマクトはふたたび発言した。

「ひとりのスキャナーが、クランチ状態のまま、ここに出席している。光栄あるスキャナー諸君、このことでわたしはお詫びしたい。これは、われわれの良き友、すぐれたスキャナーであるマーテルの落ち度ではない。彼は命令でここへ出席したのだ。わたしは彼にクランチを解くなと命じた。むりにヘイバーマンにもどらせるのは、気の毒だったからだ。彼がしあわせな結婚生活を送っているのはみんなも知ってのとおりだし、その勇気ある実験を成功させてやりたいと、だれもが思っている。わたしはマーテルが好きだ。彼の判断力も尊重している。だから、出席してもらいたかった。諸君もおなじ気持だったろう。だが、マーテルはクランチ中だ。スキャナーの崇高な義務に参加できる状態ではない。そこで、あらゆる点から見て公正と思われる解決策を提案したい。つまり、スキャナー・マーテルを、規約違反のかどで議事から除外するのだ。この違反は、もしマーテルがクランチ中でなければ、許しがたいものだったろう。

しかし、同時に、マーテルに対して公平を期するため、わたしはこのすぐれた、だが資格に欠ける友人が、きわめて不穏当なやりかたで提出した問題点に、検討を加えることを提案する」

ヴォマクトは合図をした――《光栄あるスキャナー諸君、どうか投票を》

マーテルは自分のベルト・ライトに手を伸ばそうとした。死んだ強い手が彼をしっかりと押さえつけていて、いくら抵抗してもむだだった。ただひとつのライトが天井を照らしている。チャンのものにちがいない。

ヴォマクトは、またもや光の中に顔を突き出した。

「ここに出席のすぐれたスキャナー諸君から一般的提案についての同意を得られたので、つぎの提議に移ろう。この委員会が正式総会の全権限を持つことを宣言し、また、この委員会がもし誤りを犯した場合、それはすべてわたしの責任であり、次回総会での問責に服すること、ただし、スキャナーの閉ざされた秘密集団を除く、いかなる外部の問責にもしたがわないことを、明らかにしたい」

こんどは明らかな勝利を見てとって、ヴォマクトは華やかな身ぶりで、《投票開始》の合図をした。

ちらほらとライトが点いただけだった。明らかに四分の一にも満たない少数だ。

ヴォマクトはふたたび口をひらいた。高くなめらかなひたいと、死んだように弛緩した頰骨に光があたった。肉のそげた頰とあごはなかば影になり、低い明かりが、休息のときでさえ冷酷に結ばれた唇を、スポットライトのように浮かびあがらせていた。(ヴォマクトは、ある非合法かつ不可解な方法で、数百年の歳月を一夜にして旅した、古代のある女性の子孫だといわれている。レイディ・ヴォマクトというその女性の名は、すでに伝説となってしまった。しかし、彼女の血と、古風な支配欲は、この子孫のものいわぬすぐれた肉体の中に生きている。マーテルは演壇を見上げながら、大昔のその伝説が信じられる気持になり、どういう突然変異が、ヴォマクト一族を、人類の中の猛獣に仕立て上げたのだろうかと、いぶかしんだ）唇を大きく動かしながら、しかし依然として声は出さずに、ヴォマクトは一同に訴えた。

「光栄ある委員会は、異端者にして仇敵であるアダム・ストーンに死の宣告をすることを、ここにあらためて確認したい」

ふたたび《投票開始》の姿勢。

ふたたびチャンのライトだけが、孤独な抗議を示して輝いた。

ヴォマクトは、そこで最後の動議を提出した。

「では、この死刑の監督者として、首席スキャナーを指名するよう、要請したい。そして監督者に、スキャナーの意志と尊厳を明らかにしうる、ひとりまたはそれ以上の執行人の指名権限を与えるよう、要請したい。執行の方法はさておき、その行為に対して、わたしは責任を負いたい。これは人類の保護、スキャナーの名誉のための、気高い行為だ。しかし、その方法については、手近な最善の方法を使うべきだとしかいえない。この混みあった、監視の厳しい地球で、どれが部外者を殺す正しい方法なのか、だれにわかる？　これはシリンダー内の睡眠者を排出したり、ヘイバーマンの指針を上昇させたりするような、単純な問題ではない。地上で人びとが死ぬときは、〈空のむこう〉のようにはいかない。人びとはいやいやながらに死ぬのだ。地球上で人を殺すことは、われわれの本来の任務ではない。おお、わが兄弟のスキャナーたちよ、諸君もそれはよくご存じだろう。だから、わたしを選び、そのわたしに、もっとも執行人にふさわしい人物を選ばせるべきだ。秘密を知るものが多いほど、発覚の危険も多い。もし、わたしひとりの責任でことに当たれば、裏切りもわたしひとりにかぎられ、もし補完機構が事件の調査にきたときも、諸君に累がおよぶことはない」

（おまえの選んだ殺人者はどうなる？——とマーテルは思った。その男もやはり秘密を知ることになるじゃないか——おまえが永久にその男の口を封じないかぎりは）

ヴォマクトは例の姿勢をとった——《光栄あるスキャナー諸君、どうか投票を》

反対のライトがただひとつ輝いた——こんどもチャンのそれだ。

マーテルはヴォマクトの死人に似た顔に、残酷なほくそ笑みを見たように思った。おのれの正しさを信じ、軍隊的な権威をふるってその正しさを支持確認させた男の微笑だった。

死人の手は彼を放さなかった。

マーテルは自由の身になろうと、最後の抵抗をした。

死人の手は彼を放さなかった。万力のように締めつけて、その持ち主の目がよしというまでは放さない。でなくて、どうして幾月も幾月もの航宙作業に耐えられよう？

マーテルはしかたなくさけんだ。

「光栄あるスキャナー諸君、これは体《てい》のいい殺人だ」

聞く耳はなかった。クランチ状態にあるのは、彼ひとりだけなのだ。

それでもマーテルはもう一度さけんだ。

「わが友愛組合を自滅させる気か」

なにも起こらない。

彼の声は広間の隅から隅へとこだました。だれもふりむかない。だれも彼と目を合わさない。

マーテルは気がついた。話をするために二人ずつ向かいあったスキャナーたちが、みんな彼と目を合わすのを避けている。だれも彼の言葉を読みとりたがっていないのだ。友人たちの冷たい顔の奥にあるのが、同情か、でなければ面白半分の興味なのを、マーテルは知っていた。友人たちが彼をクランチ状態――滑稽で、正常で、人間そっくりで、一時的にスキャナーでなくなった男、と見なしているのを、知っていた。しかし、この問題に関しては、スキャナーの知恵が役に立たないことをも、彼は知っていた。この謀殺が一般人のあいだでよびおこすだろう衝撃と怒りを、自分の血をつうじて実感できるのは、クランチ中のスキャナーだけなのだ。彼は友愛組合が自滅に近づいているのを、そして法律の最古の特権が、死の独占権であることを知っていた。〈戦国時代〉の古代国家でさえ――〈けもの〉の出現以前、人類が〈空のむこう〉へ進出する以前の古代人でさえ――そのことは知っていたのだ。古代人はそれをなんといったか？　〃国家のみが人を殺せる〃だ。国家はなくなったが、補完機構は残った。そして、補完機構が、地上で起きた事件の中に自分たちの権限を超える存在を許すわけがない。虚空での死は、スキャナーの問題、スキャナーの権利だ。すべての人間が、もし目覚めれば、たちどころに大いなる苦痛のために死ぬ――そんな場所に、どうして補完機構がその法律を強制できるだろう？　賢明にも補完機構はスキャナーたちに虚空をまかせ、賢明にも友愛組合は地上の問題に介入せずにすごしてきた。だが、いま友愛組合は、不法集団としての一歩を踏み出そうとしている。〈許されざる者〉の部族とかわるところのない、愚かしくも向こう見ずな無頼漢の一味になりさがる気か！

マーテルがそれをさとったのは、クランチしているおかげだった。もしヘイバーマンのままなら、彼は頭だけで考え、心と内臓と血で考えはしなかっただろう。どうしてほかのスキャナーたちに、この気持がわかる？

ヴォマクトが最後の登壇をした──《委員会は決定を下した。その意志は実行されなくてはならない》

口頭で、ヴォマクトはつけ加えた。

「首席スキャナーとして、わたしは諸君の忠誠と沈黙を要求する」

それを合図に、ふたりのスキャナーがマーテルの腕をはなした。マーテルは痺れた両手をこすりあわせたり振ったりして、冷たくなった指先に血を通わせた。体が自由になったからには、まだなにかできることはないだろうか？　彼は自分を走査した──クランチ状態はまだつづいている。きょう一日はもつかもしれない。むろん、ヘイバーマンにもどってもやれないことはないが、爪とタブレットにたよって話をしなければならず、なにかと不自由だ。

彼はチャンがいないかと見まわした。チャンは静かな片隅で、身じろぎもせずに、しんぼう強く立っていた。マーテルは、これ以上よけいな注意をひかないように、ゆっくりと移動した。チャンと向かいあい、自分の顔に明かりがあたるように位置をかえてから、はっきり一語一語をしゃべった。

「これからどうする？　まさか、あの連中がアダム・ストーンを殺すのを、黙って見逃すっもりじゃないだろうな？　ストーンの研究がもし成功したら、われわれにとってどんな意味をもつかは、わかっているだろう？　もうスキャナーは要らない。ヘイバーマンも要らない。〈空のむこう〉の苦痛もない。いいかい、もしみんながぼくのようにクランチしていたら、この集会に使われた偏狭で血迷った論理じゃなく、人間らしい見方でこの問題を見ただろう。彼らをなんとかして止めなくちゃならない。どうすればぼくらにそれができる？　なにをすればいい？　パリジアンスキーはどう思ってる？　誰が選ばれたんだ？」

「どの質問に答えようかね？」

マーテルは笑った。（こんなときでも、笑うことはいいものだった。人間らしい気分になれた）

「ぼくに協力してくれるか？」

チャンの目が、マーテルの顔をすばやく一瞥《いちべつ》してから答えた。

「いや、だめだ、だめだ」

「協力してくれないのか？」

「だめだ」

「なぜだめなんだ、チャン？　なぜ？」

「わたしはスキャナーだ。投票の結果は出た。きみも、もしこんな異常な状態でなければ、おなじことをするだろう」

「異常な状態であるものか。クランチ中だというだけだ。つまり、一般人の見方で、物事を見られるというだけのことだ。ぼくは愚かしさを見た。無謀さも。そして手前勝手さも。これは殺人だ」

「殺人とはなんだろう？　きみは人を殺さなかったか？　きみは一般人じゃない。スキャナーなんだ。気をつけないと、これからやろうとしていることを、あとで後悔する羽目になるぞ」

「じゃ、なぜさっきヴォマクトに反対の投票をしたんだ？　アダム・ストーンがわれわれみんなにどんな意味をもつか、きみも理解していたんじゃないのか？　スキャナーには生きがいがなくなる。なんとありがたいことじゃないか！　それがわからないのか？」

「わからない」

「だが、ぼくと話しあっているじゃないか、チャン。いまでも友だちだろう？」

「もちろん話しあう。いまでも友だちだ。あたりまえじゃないか」

「しかし、きみはなにをするつもりだ？」

「なにもしないよ、マーテル。なにも」

「ぼくに協力してくれないか？」

「だめだ」

「ストーンを救うために、といっても？」

「だめだ」

「では、パリジアンスキーに協力をたのもう」

「むだだよ」

「なぜむだなんだ？　いまの彼は、きみより人間らしいぜ」

「彼は決して協力するまい。なぜなら、彼がその仕事に当たったからだ。ヴォマクトは彼を指名して、アダム・ストーン殺害を命じたんだよ」

マーテルは口をひらきかけて途中でやめ、だしぬけに新しい姿勢をとった。――《ありがとう、兄弟よ。では、さようなら》

窓ぎわで、マーテルはくるりと室内に向きなおった。ヴォマクトの目は彼にそそがれていた。マーテルは《ありがとう、兄弟よ。では、さようなら》の姿勢をとり、先任者に対する尊敬の会釈をつけたした。ヴォマクトが彼の身ぶりを読みとり、冷酷な唇を動かすのが見えた。マーテルは、「……気をつけて……」という言葉をそこに見たような気がしたが、聞きかえしはしなかった。そのままあとずさって、窓から飛び出した。

いったん窓の下の死角に入ると、マーテルはエアコートを最大速度に調節した。のんびりと空中を泳ぎながら、自分自身を充分に走査し、アドレナリン摂取量を絞った。それから発進の動作をすると、冷たい風が流れ水のように頭に当たりはじめた。

アダム・ストーンは大ダウンポートにいるはずだ。

きっとそこにいるにちがいない。

今夜、アダム・ストーンはさだめし驚くのではなかろうか？　なにしろ、スキャナー最初の脱党者という、世にも奇妙な生き物と出会うのだから。（マーテルは、それが自分自身のことなのを、だしぬけに実感した。スキャナーの裏切り者、マーテル！ 奇妙で嫌なひびきのする言葉。しかし、人類の忠実な友、マーテル、ならどうだ？　それで埋め合わせがつくのでは？　それに、もし勝てば、ルーシをかちとれる。もし負けても、失うものはなにもない――しがない、消耗品のヘイバーマンがひとり失われるだけだ。たまたまそれが自分自身だとしても。しかし、人類に対する、友愛組合に対する、ルーシに対する、莫大な報償に比べれば、それがなんだというのか？）


マーテルは心の中でひとりごちた。

「アダム・ストーンは、今夜ふたりの客を迎えることになる。ふたりのスキャナー。おたがいに友人のスキャナーがふたり」

彼はパリジアンスキーがまだ友人でいてくれることを願った。

「そして世界の運命は、ふたりのどちらが先に着くかにかかっているのだ」

行く手のもやを通して、大ダウンポートの明かりが、切子面のように輝きはじめた。都市の外郭に立ち並んだ塔が見えた。燐光を放っている外壁も、ちらと目に入った。〈荒れ野〉を遮断し、〈けもの〉や〈古代機械〉や〈許されざる者〉を防いでいるバリヤーなのだ。

もう一度マーテルは運命の支配者たちに祈った。

「どうか一般人になりすませますように！」

5

大ダウンポートの中では、マーテルが思っていたよりも面倒は少なかった。彼は胸の計器類が隠れるように、エアコートを肩からはおった。つぎに走査鏡をとり出し、内部から顔のメーキャップをはじめた。血液と神経に調和と生気をつけたしていくうちに、やがて顔がほてり、肌に健康な汗がにじんできた。これなら、長い夜間飛行を終えたばかりの一般人そっくりに見えるはずだ。

服装の乱れを直し、タブレットを上着の下に隠したあと、〈話す爪〉をどうするかという問題に直面した。もし爪をそのままにしておけば、スキャナーであることを見破られる。敬意は払われるものの、正体を知られてしまう。補完機構がアダム・ストーンの身辺につけているだろう護衛たちに、制止されるかもしれない。もし爪を折れば——だが、そんなことができるか！　友愛組合の歴史をつうじて、自発的に爪を折ったスキャナーはひとりもいない。それは辞職を意味するが、スキャナーにそんなものはない。唯一の出口は〈空のむこう〉の死だけなのだ！　マーテルは指を口にくわえ、爪を嚙み切った。おかしな形になった指を見て、ひとりため息をついた。

彼は都市の入口に近づくと、手を上着の中にすべりこませ、筋力を正常の四倍に上げた。それから走査をしかけて、計器がエアコートに隠されていることに気づいた。こうなったら、ひとまとめに危険をおかすしかない。

監視装置が検問ワイヤを使って彼を止まらせた。とつぜん金属球がマーテルの胸にドンと当たった。

「あなたは人間か？」

見えない声がそうたずねた。（もし、ヘイバーマン状態のスキャナーだったら、自分の持つ場電荷で金属球が発光しただろうことを、マーテルは知っていた）

「わたしは人間だ」

マーテルは自分の声質に自信があった。それでも、マンショニャッガーや、〈けもの〉や、〈許されざる者〉とまちがわれないことを祈った。彼らは人間の声をまねて、人類の都市や港に入りこもうとするのだ。

「名前、番号、階級、目的、職務、出発時間を」

「マーテル」彼は昔の番号を思い出さねばならなかった。スキャナー三四ではまずい。「サンワード四二三四。宇宙紀一八二年生まれ。階級、下部主任補」これは嘘ではなく、マーテルの実際の階級だった。「目的、貴市区域内での個人的かつ合法的要件。補完機構の職務ではない。大アウトポートの出発時間、二〇一九時」

彼の言葉がそのまま信じてもらえるか、それとも大アウトポートに照会がいくかに、すべてはかかっている。

単調で事務的な声がひびいた。

「当市での滞在希望期間は？」

マーテルは慣用句を使った。

「貴市の寛容を求めたい」

つめたい夜気の中で、マーテルは待った。頭上はるか、もやの切れ目には、スキャナーの空にぎらつく毒々しい輝きが見える。星ぼしはおれの敵だ、とマーテルは思った。おれは星ぼしを支配したが、星ぼしはおれを憎んでいる。はっ、古代人みたいな言い草だぞ。本の中の文句みたいだ。クランチのしすぎかな。

声が返ってきた。

「サンワード四二三四＝一八二、下部主任補マーテル、当市の門をくぐってよろしい。ようこそ。食物、衣服、現金、同伴者の希望は？」

いたって愛想のない、事務的な声だ。スキャナーの肩書きで都市に入るときとは、えらい違いだ！　それだと、小役人たちが走り出てきて、不機嫌な顔を自分たちのベルト・ライトで照らし、なにも聞こえないスキャナーの耳へどなるようにして、ばかていねいな歓迎のあいさつを述べるのだ。すると、これが下部主任補の受ける扱いなのか。事務的だが、これも悪くはない。悪くはない。

マーテルは答えた。

「必要品は持ってきたが、貴市の好意をかりたいことがひとつある。友人のアダム・ストーンがここにいる。緊急で個人的な合法的要件で、彼にぜひとも会いたいのだが」

声は答えた。

「アダム・ストーンと面会の予約はされたか？」

「いや」

「では、当市が彼に連絡しよう。彼の番号は？」

「忘れた」

「忘れた？　アダム・ストーンは補完機構の重要人物ではないのか？　あなたはほんとうに友人なのか？」

「もちろんだ」マーテルはちょっぴり憤慨を声にこもらせた。「監視者よ、疑うのなら、きみの上司を呼びたまえ」

「疑うわけではない。なぜ番号を知らないのか？　記録に番号をそえる必要がある」

「われわれは子供のころの友人だ。彼はこんど——」〈空のむこう〉と言いかけて、マーテルはそれがスキャナーのあいだでしか使われない言葉なのを思い出した。「彼は地球から地球への跳躍を終えて、帰ってきたばかりだ。わたしは幼なじみの彼にどうしても会いたい。彼の親類縁者からのことづけもたのまれてきた。願わくは補完機構の加護のあらんことを！」

「了解。アダム・ストーンを探そう」

わずかな危険ではあったが、金属球が非人間識別の警報をひびかせる危険をおかして、マーテルは上着の中にあるスキャナー用通話器のスイッチを入れた。光の針が震えながら彼の言葉を待っているのが見える。先のなまった指でその上に字を書こうとしかけて、これではだめだ、と気がついた。一瞬うろたえてから、彼は櫛をとり出した。この櫛の歯のとがりぐあいなら、充分に字が書けるだろう。

《非緊急。すきゃなー・まーてるヨリすきゃなー・ぱりじあんすきーヘ》

針が震え、応答の文字がぼうっと輝いて、消えていった。

《すきゃなー・ぱりじあんすきー勤務中ノタメ連絡不能。通話ハすきゃなー中継所デ取リツグ》

マーテルは通話器を切った。

パリジアンスキーはどこかこの近くにいる。警報が発令されるのを承知の上で、強引に都市の外壁を飛び越え、小役人たちに上空で追いつかれたところで、スキャナーの権利をふりかざしたのだろうか？　まさか。そのためには、ほかのスキャナーが何人かパリジアンスキーに連れ立って、ニュース映画見物とか、〈快楽ギャラリー〉の美女たちをながめるとか、ヘイバーマンに残された数少ない貧弱な娯楽を求めにきたと、みんなで言いはらなくてはならない。パリジアンスキーはどこか近くにいるが、勝手には動きまわれないはずだ。スキャナー本部が彼を勤務中と登録し、都市から都市へと彼の動きを記録しているのだから。

声がもどってきた。そこには困惑がこもっていた。

「アダム・ストーンを探しあて、就寝中を起きてもらった。彼は、失礼だがマーテルという人物は知らない、という。アダム・ストーンを訪ねるのは、明朝にしてもらえないか。それなら当局はあなたを歓迎するが」

マーテルはとほうに暮れた。人間をまねるだけでもむずかしいのに、人間をまねて嘘をつかなくてはならない。マーテルはこうくり返すしかなかった。

「彼にマーテルだと伝えてくれ。ルーシの夫だと」

「よろしい」

ふたたび静寂、そして敵意にみちた星ぼし、そしてパリジアンスキーがしだいに近づいてくるという予感。マーテルは心臓の鼓動が速くなるのを感じた。胸ボックスをちらと盗み見して、心臓調節を一ポイント下げた。充分な走査はできなかったが、それで気分はらくになった。

こんどの声は、懸念が晴れたように明るかった。

「アダム・ストーンはあなたに会うことを承諾した。大ダウンポートにようこそ」

小さな金属球が音もなく地上に落ち、導線がするすると闇の中にひっこんだ。細くまばゆい光の弧がマーテルのすぐ前の地上から上に伸び、市街をひと掃《は》きして、高いタワーのひとつに落ちついた——明らかにホステルらしいが、マーテルの一度も入ったことのない建物だ。マーテルはエアコートをバラスト代わりに胸に抱くと、光のビームの上にすばやく両足をのせた。自分の体が風を切って運ばれていくのが感じられ、入口の窓が飢えた口のようにだしぬけに目の前に現われた。

タワーの警備員が入口に立っていた。

「お待ちしていました。武器はお持ちですか？」

「いや」

マーテルは、自分の体力だけをたよりにしていてよかったと思いながら、そう答えた。

警備員は彼を案内して、検問スクリーンの前を通りすぎた。マーテルは、その画面の上を警報パターンがさっと横切るのに気づいた。彼の計器盤が探知され、スキャナーだと識別されたのだ。しかし、警備員は気づかない。

警備員はあるドアの前でとまった。

「アダム・ストーンは武器を持っています。補完機構の権限と当市の許可による合法的な武装です。それを頭においで、入ってください」

マーテルはわかったというしるしにうなずいてから、ドアをくぐった。

アダム・ストーンは、温厚そうな、ずんぐりした小男だった。灰色の髪が狭いひたいの上に突っ立っている。顔ぜんたいが赤らんで、いかにも陽気そうだ。見たところ、〈快楽ギャラリー〉の愉快な案内人という感じで、〈空のむこう〉の縁に住み、ヘイバーマンという保護もなしに大いなる苦痛と戦っていた男には見えなかった。

ストーンはマーテルを見つめた。いぶかしげで、やや気分を害した表情だが、敵意はうかがえなかった。

マーテルはいきなり本題に入った。

「ぼくを知らなくて当然です。あれは嘘でした。ぼくの名はマーテル、あなたに危害を加えるつもりはありません。しかし、あれは嘘でした。どうか勘弁してください。武器はそのままで。なんならぼくを狙ったままでも――」

　ストーンは微笑した。

「現にそうしているよ」

　マーテルは、ストーンの有能そうな肉づきのいい手に、小さなワイヤポイントが握られているのを知った。

「よろしい。ぼくに対する警戒をつづけてください。そのほうが、これからぼくのいうことを信用してもらえる。ただ、お願いだから、秘話バリヤーを張ってくれませんか。人目を避けたいのです。ことは生死に関する問題なので」

「その前に――だれの生死だね？」

　ストーンの顔はあいかわらず穏やかで、声も平静だった。

「あなたとぼく、そしてあまたの世界の生死です」

「謎めいた言葉だが、まあいいだろう」ストーンは入口のほうに声をかけた。「秘話バリヤーを」

　とつぜんブーンと音がするのといっしょに、さまざまな夜の小さい物音が、部屋の空気から消えていった。

　アダム・ストーンがいった。

「さて、きみは何者だ？　なんの用でここへ？」

「ぼくはスキャナー三四号です」

「きみがスキャナー？　まさか」

答える代わりに、マーテルは上着の前をはだけ、胸ボックスを見せた。ストーンはびっくりした顔つきだった。マーテルは説明した。

「いまクランチ中なんです。見たことがないんですか？」

「人間ではね。動物では見たが。いや、驚いたよ！　しかし――なにが望みなんだね？」

「真実です。ぼくが怖いですか？」

「いや、これがある」ストーンはワイヤポイントを握りなおした。「しかし、真実は話すよ」

「あなたが大いなる苦痛を征服したというのは、ほんとうですか？」

ストーンはためらった。答える言葉を選んでいるようだった。

「早く。どうしてそんなことができるのかを、聞かせてくれませんか。ぼくがなっとくできるように」

「わたしは宇宙船を生命で満たしたのだ」

「生命？」

「生命だ。大いなる苦痛の正体は知らないが、大量の動物や植物を宇宙に送り出して実験をつづけるうちに、集団のまん中にいたものがいちばん長く生きのびることはわかった。わたしは宇宙船を作り――もちろん、小さなものだよ――それにウサギやサルをのせて――」

「〈けもの〉ですか、それは？」

「そう、小さな〈けもの〉だ。そして、送り出された〈けもの〉は、みんな無事に帰ってきた。それは、船の外壁を生命で満たしてあったからだ。手をかえ品をかえて実験してみた結果、最適だとわかったのは、水中に棲むある種の生物だった。カキだよ。カキの養殖床だ。外側のカキは大いなる苦痛の中で死ぬ。内側のカキは生き残る。乗客はぶじだ」

「しかし、〈けもの〉だからでは？」

「〈けもの〉だけではない。このわたしもだ」

「あなたが！」

「わたしは虚空をひとりで越えてきた。きみたちのいう〈空のむこう〉をひとりで横切ったのだ。目覚め、そして眠りながら。わたしは無事だった。もしそれが信じられないなら、スキャナーの兄弟たちにきいてみればいい。明日の朝、わたしの船を見にきたまえ。そのときなら、よろこんできみと会うよ。スキャナーの兄弟たちにもな。わたしは補完機構の主任たちの前で、実地にそれを証明してみせるつもりだ」

マーテルは質問をくり返した。

「あなたひとりでここまで旅したのですか？」

アダム・ストーンは不機嫌になった。

「そう、ひとりでだ。疑うなら、帰ってスキャナーの記録簿を調べるがいい。わたしが瓶詰めにされて虚空を渡ったのでないことは、すぐにわかる」

マーテルの顔は晴れやかに輝いた。

「信じますよ。やはりほんとうだったんだ。もうスキャナーは要らない。ヘイバーマンも。そしてクランチも」

ストーンは意味ありげにドアのほうを見やった。

マーテルにはそのほのめかしが通じなかった。

「あなたにぜひとも知らせたいことが――」

「それは明朝にしてほしいな。いまはクランチをたのしみたまえ。たのしいものなんだろう？　医学的にはよく知っているんだがね。実際面にはうといので」

「たのしいですよ。正常にもどることでもある――いっときだけ。だが、そんなことより聞いてください。スキャナーたちはあなたを殺そうと誓った。あなたの研究も」

「なに！」

「集会の投票でそんな決定が出たのです。あなたはスキャナーを不要にする、とみんなはいう。もし走査技術が失われ、スキャナーの生きがいがなくなれば、あなたによって〈古代戦争〉が世界によみがえる、と！」

アダム・ストーンは不安そうだったが、度を失いはしなかった。

「きみもスキャナーだ。わたしを殺すつもりか――やってみるか？」

「ばかなことを。ぼくは友愛組合を裏切って、知らせにきたんだ。ぼくが逃げたら、すぐに警備員たちを呼びなさい。警備員たちを身辺から離さないように。ぼくは暗殺者を食いとめる努力をします」

マーテルは窓におぼろな影を見た。ストーンが向きなおるより早く、ワイヤポイントはその手からさらいとられた。おぼろな影がじょじょに固まって、パリジアンスキーの姿になった。

　マーテルはパリジアンスキーがなにをしているかをさとった――〝高速度〟だ。

クランチ中なのを考えずに、マーテルは胸に手をやり、自分自身を〝高速度〟に切りかえた。大いなる苦痛に似て、しかもそれ以上に熱い炎の波が、全身にうちよせた。彼は必死に自分の顔を読みやすく保ちながら、パリジアンスキーの正面に立って、サインを送った。

《緊急事態》

　正常速度で動いているストーンの体が、漂う雲のようにゆっくり遠のいていく一方で、パリジアンスキーは口をひらいた。

「どいてくれ。おれには任務がある」

「知ってる。それをいま、ここへ止めにきたんだ。やめろ。やめろ。やめろ。ストーンは正しい」

　パリジアンスキーの唇の動きが、全身を包みこむ苦痛の中で、かろうじて読みとれた。

（マーテルは思った――神よ、神よ、古代人の神よ！　いましばらくの命を！　いましばらくの〝過負荷〟に耐える命を！）パリジアンスキーはこういっている。

「どいてくれ。友愛組合の命令だ、じゃまをするな！」

　そして、パリジアンスキーはサインを送った。

《義務ノ名ニオイテ協力ヲ要求スル》

マーテルはシロップのような空気の中で息をあえがせた。彼は最後の努力をした。

「パリジアンスキー、友よ、わが友よ。やめろ。やめろ」（スキャナーがスキャナーを殺した前例は、いまだかつてない）

パリジアンスキーがサインをよこした。

《キミハ不適格ダ。ワタシニマカセロ》

マーテルは、この世界でこれがはじめてか！　と思いながら、手をのばし、パリジアンスキーの脳ボックスのつまみを〝過負荷〟へとひき上げた。パリジアンスキーの目が、恐怖と理解を示してぎらついた。彼の体はふわふわと床に落下していった。

マーテルには、自分の胸ボックスに手をのばすだけの力が、かろうじて残されていた。意識の薄れゆく先はヘイバーマンか死か、どちらともわからなかったが、自分の指先が速度調節のつまみをさぐり、もとにもどしているのは感じられた。彼は口をひらこうとした。こういおうとした。

「スキャナーを呼んでくれ。助けがいる。スキャナーを……」

だが、闇がぐるりを包みこみ、麻痺と静寂が彼をわしづかみにした。

目覚めたマーテルは、すぐそばにルーシの顔を見出した。

彼はいっそう大きく目を見ひらいた。まだ耳が聞こえる——ルーシのしあわせそうなすすり泣き、彼女ののどが空気をとらえるたびに胸から出る音が聞こえるのだ。

マーテルは弱々しく声を出した。

「まだクランチが？　生きてるのか？」

ルーシの顔のそばに、もうひとつの顔がもやもやとうかんだ。アダム・ストーンだった。ストーンの太い声は、マーテルの耳に届く前に、広大な虚空にひびき渡るように思えた。マーテルはストーンの唇を読もうとしたが、できなかった。あきらめて、声に聞きいることにした。

「……クランチじゃない！　わかるかね？　きみはクランチしていない！」

マーテルはこう言おうとした。

「だが、耳が聞こえる！　感覚がある！」

相手は言葉がなくても、彼の言いたい意味をつかんだようだった。

アダム・ストーンはまた話しはじめた。

「きみはヘイバーマンからもとにもどされたんだ。きみが最初だよ。実際に復元が成功するかどうかは、わたしにもわからなかったが、理論的にはすっかり完成していた。補完機構がスキャナーたちをむだにするはずはない。きみだってそう思うだろう？　きみたちは正常な体にもどるんだよ。ヘイバーマンたちは、いま乗り組んでいる宇宙船が入港するのを待って、できるだけ早く死なせてやることになった。彼らはもうこれ以上生きる必要がないからだ。しかし、スキャナーたちはもとの体に復元される。きみが最初だ。わかるかね？　きみが最初なんだ。さあ、もう気をらくにしたまえ」

　アダム・ストーンはほほえんだ。ストーンのうしろに、マーテルは補完機構のある主任の顔がおぼろげに見えたような気がした。その顔も彼にむかってほほえみかけていたが、やがてどちらの顔もすうっと上に消えていった。

　マーテルは頭を持ちあげて、自分を走査しようとした。だが、できなかった。ルーシは自分を抑えながら彼を見つめていたが、その表情には愛するものの当惑があった。ルーシはいった。

「だいじなわたしの夫！　あなたはもどってきたのよ！　ずっといつまでも！」

　それでも、マーテルは、自分のボックスを見ようとした。ようやく、ぎごちない手の動きで、胸のあたりをさぐる。そこにはなにもなかった。計器類はなくなっていた。彼は正常な体にもどり、しかもまだ生きているのだ。

　深く弱々しい平安にみたされた心の中で、新しい不安な考えが形をとった。彼は指を使って書こうとした。ルーシがそうしてほしがっている方法だ。しかし、いまの彼にはとがった爪も、スキャナーのタブレットもない。声を使わなくてはならない。彼は体力をふるいおこして、ささやいた。

「スキャナーは？」

「え、なあに？　なんていったの？」

「スキャナー」

「スキャナー。ああ、わかったわ。それなら安心なさい。中には〝高速度〟に切りかえて逃げた人たちもいて、逮捕しなければならなかったらしいけれど。でも、補完機構はみんなをつかまえたわ――地上にいた人たちはぜんぶね。そして、いまはみんな、とても喜んでいるのよ。ねえ、知ってる、あなた？」ルーシは笑った。「中には正常な体にもどりたがらない人たちもいたんですって。でも、ストーンと主任たちがよく言い聞かせたの」

「ヴォマクトは？」

「彼も元気よ。いまクランチ中で、復元手術をまってるわ。ねえ、彼はスキャナーたちに新しい仕事をもらってくれたのよ。あなたがたはみんな航宙主任代理。すてきじゃない？　でも、ヴォマクトだけはちゃっかり航宙主任なの。みんながパイロットになるわけだから、友愛組合の組織もそのままで残るのよ。それと、チャンはいま手術を受けているところ。もうすぐ会えるでしょう」

ルーシの顔は急に悲しげになった。真剣な顔でマーテルを見つめながら、彼女はいった。

「いま話しておこうかしら。でないと、かえって心配するわね。実は事故がひとつあったの。たったひとつだけ。あなたがお友だちといっしょにアダム・ストーンを訪ねたとき、お友だちのほうはあんまり大喜びしたものだから、つい走査を忘れて、〝過負荷〟で亡くなったの」

「ストーンを訪ねた？」

「ええ。おぼえていない？　あなたのお友だちよ」

マーテルがまだけげんな表情をしているので、ルーシはつけ加えた。

「パリジアンスキー」

星の海に魂の帆をかけた女

The Lady Who Sailed *The Soul*

伊藤典夫◎訳

本篇は、夫人ジュヌヴィーヴ・ラインバーガーとの合作である。（原稿には「ジュヌヴィーヴ・ラインバーガーとP・M・A作」とさえ記されている）夫の死後、夫人は未完のスミス作品をひとつ完成させ、現在はつぎの作品にとりかかっている。〝スピールティア〟は、ドイツ語ではたんに〝遊戯動物〟の意。この物語の時代には〈荒れ野〉は開拓され、〈けもの〉もマンショニャッガーも姿を消している。贅沢な暮らしもよみがえった――ひょっとしたら、目にあまるほどに！

1

物語は語られている――どのように語られているのか？　ヘレン・アメリカとミスター・グレイ＝ノー＝モアのことは、だれもが知っている。だが、それが実際どういうものであったのか、正確な事実を知る者はいない。二人の名前は、きらめく無窮《むきゅう》のロマンスの宝石に飾られている。二人がエロイーズとアベラールにたとえられることもある。（この古代の物語は、地中深く埋もれた図書館の本の中から発見された）やがて来る時代は、二人の生涯を、ゴー・キャプテン・タリアーノとレイディ・ドロレス・オーのこの世ならぬ、みにくい／美しい物語になぞらえることになるだろう。

そうした中で、ひときわ印象づけられるものが二つある。ひとつは彼らの育《はぐく》んだ愛であり、もうひとつは巨大な帆――人類が星の海へ飛びたつ助けになった金属繊維のつばさのイメージだ。

彼の名をいってみたまえ、人びとの口からは彼女の名が出るだろう。彼女の名をいってみたまえ、彼の名が返ってくるだろう。彼は母なる星をめざした最初の船乗り《セイラー》、そして彼女は星の海に魂の帆をかけたレイディなのだ。

二人の写真が今日残っていないことは幸運といわねばならない。この物語のロマンチックなヒーローは、若々しい外見とはうらはらに早くも老いこんだ男であり、問題のロマンスが訪れたときもまだひどく病《や》んでいた。一方のヘレン・アメリカは奇形だった。といっても、かわいらしい奇形であり、人類の嘲笑のまっただ中に生まれた、強情できまじめで哀れな小人のブルネットだった。のちに女優たちが演じた、背の高い、自信たっぷりのヒロインとは似ても似つかなかった。

しかし彼女はすばらしい船乗りだった。それだけはまちがいない。そして彼女は、のちの世代が越えることも忘れることもできないひたむきな愛をもって、ミスター・グレイ＝ノー＝モアに持てるすべてを捧げたのだ。歴史は二人の名前や姿から古錆びをかきおとしはするだろう。だが歴史にできるのは、せいぜい彼らの愛に輝きを添えることぐらいのものなのだ。

ヘレン・アメリカとミスター・グレイ＝ノー＝モア——二人がともに船乗りであったことは、忘れてはならない。

2

少女は、スピールティアで遊んでいた。ニワトリの格好をさせるのに飽きると、少女はまたそれをけものの形にもどした。耳を引っぱり、いっぱいにまでひろげると、動物おもちゃはなんとも奇妙なものになった。そよ風が吹いてスピールティアは倒れた。だが機嫌よく起きあがり、絨緞の上で満足そうに草をはむ動作をしている。

少女がとつぜん手をたたき、質問を投げかけた。

「ママ、船乗り《セイラー》ってなあに？」

「むかし、そういう人たちがいたのよ、ダーリン、ずっとずっとむかしにね。その人たちはとても勇気があって、星の海へ船でのりだしていったの。人間をはじめて太陽系のそとへ運んだ船よ。それにはね、大きな帆《セイル》がついていたの。どんなふうに動いたのかママは知らないけど、光があと押ししてくれたらしいわ。片道の旅に、一生の四分の一もかかったんですって。そのころの人間の寿命は百六十年ぐらいだから、片道四十年よね。だけど、もう、だれも船乗りにならなくてもいいの」

「そうよね」と少女はいった。「すぐ行けるんだもの。あたし、火星へ連れてってもらったでしょ、新地球《ニュー・アース》へも連れてってもらったでしょ、ねえ、ママ？　ほかのどこだって、すぐ行けちゃうわ。それも、お日さまが沈まないうちに」

「そうよ、平面航法があるんですものね、ハニー。でも、それは平面航法のしかたなんてだれも知らなかった、ずっとむかしのことなの。今のわたしたちみたいに行くことはできないでしょう、だからその時代の人たちは、かわりにとっても大きな帆を作ったの。地球の上では作れないような、大きな大きな帆。あんまり大きくて、地球と火星のまん中に行って作らなきゃいけなかったくらい。それから知ってるかな、おかしなことがおこったのよ……世界が凍ってしまったお話、聞いたことがあるかしら？」

「ううん、ママ。どんなお話？」

「そうね、これもずっとむかし、そういう帆のひとつが流されて、それが作るのにとても手間のかかる帆だったものだから、こわさないように残しておこうとしたことがあったの。ところがその大きな帆が、地球と太陽のあいだにはいってしまったのよ。お日さまは隠れてしまって、いつまでたっても夜。地球の上は寒くなる。原子力発電所がありったけの力をだして活動するものだから、空気には変なにおいがしてくる。みんなは心配になって、あわてて二、三日で帆をどけさせたの。そうして、またお日さまが照るようになったというわけ」

「ママ、女の人は船乗りにならなかったの？」

なんともいえない表情が母親の顔に浮かんだ。「ひとりだけいたわ。あなたが大きくなったら、お話ししてあげるわね。その人はヘレン・アメリカという名前で、〈魂《ソウル》〉という船で星へ行ったの。女の人でそんなことをしたのは、その人だけ。とってもすてきなお話よ」

母親はハンカチを目におしあてた。

少女がいった。「ママ、いま聞かせて。どんなお話なの？」

すると母親は表情をひきしめ、こういった、「ハニー、お話の中にはね、小さなころ聞いてもしかたがないものがあるの。でも大きくなったら、きっとお話ししてあげるわ」

母親は正直な女性であった。彼女はちょっと考えたのち、こうつけ加えた、「……あなたがその前に本で読んでいなければね」

3

ヘレン・アメリカは、人類の歴史にその名をとどめる運命になっていた。だが彼女の人生のスタートは恵まれたものではなかった。名前そのものが、ひとつの不幸であったからだ。彼女の父親のことはだれも知らない。役人たちも、その点をあえて詮索しようとはしなかった。

母親については疑いの余地はなかった。母親は、かの有名な女丈夫モナ・マガリッジ。両性の失われた独自性の回復をめざして、百回もキャンペーンをくりひろげた女性であった。限界を知らぬ女性解放論者モナ・マガリッジ、この世で唯一無二のミス・マガリッジ。そんな評判がとどろいているので、ある記者会見の席上、彼女が赤んぼうをみごもっていることを公表したときには、それだけでとびきりのニュースになった。

モナ・マガリッジはさらにその先を行った。彼女は記者団にむかって、父親は認知されてはならないという固い信念を披瀝《ひれき》した。また、女性は同一の男性とのあいだに続けて子供をもうけるべきではなく、人類を多様化し美化するためにも、父親のそれぞれ異なる子供を産むように指導されるべきである、と宣言したのだ。そしてとどめを刺すように、こう発表した。彼女、ミス・マガリッジはすでに完全な父親を選びおえている、したがって近い将来、当然のことながら、この世に二人とない完全な子供が誕生するであろう、と。

骨ばったブロンドの自信家ミス・マガリッジは、結婚やファミリー・ネームを無意味なものとして否定し、生まれてくる赤んぼうが男の子ならジョン・アメリカ、女の子ならヘレン・アメリカと名づけると語った。

こうして小さなヘレン・アメリカは、報道陣が分娩室のそとで待機するなか、この世に産みおとされることになった。ニュース・スクリーンは、体重三キログラムのかわいい赤んぼうをうつしだした。「女の子だ」「完全な子供だ」「パパはだれだろう?」

それはたんなる発端にすぎなかった。モナ・マガリッジは戦闘的だった。赤んぼうの写真が飽きるほどとられたのちも、彼女は依然として、こんなにすばらしい子は今まで生まれたことがないといいはっていた。彼女は赤んぼうのこのうえなく優れた特徴をつぎつぎとあげた。子供を溺愛する母親の愚かしさを臆面もなくさらけだす一方、偉大なる改革者として、自分こそ、この盲愛に気づいた最初の人間であると思いこんでいるのだった。

子供の立場にたつとき、これを逆境と表現するのは控え目にすぎよう。

ヘレン・アメリカは、周囲の心ない中傷に打ち勝った、たぐい稀な生きた標本例となった。四つになるころには、ヘレンは六カ国語をあやつり、古代火星人文書の解読をはじめていた。彼女は五歳で小学校に入学した。同級生たちはたちまち歌をこしらえた——

ヘレン、ヘレン
うすのろデブ
パパがだれかも
わからない！

ヘレンはこのすべてに耐え、遺伝子に異常でもあったのだろうか、こぢんまりとまとまった娘——くそまじめな小人のブルネットに成長した。勉強に熱中し、マスコミにつきまとわれるうちに、彼女は人に対して距離をおいた慎重な態度をとるようになり、救いがたい孤独におちこんでいった。

ヘレン・アメリカが十六になった年、母親モナ・マガリッジが不幸な最期をとげた。事件の発端は駆落ちであった。人類はこれまで完全な結婚がありうることを見過ごしていた、自分は完全な夫を見出した、そんな声明を残して男と恋の逃避行に出たのである。完全な夫として名ざされた男は、腕のいい機械研磨工だった。男にはすでに妻と四人の子供がいた。ビール好きの男で、ミス・マガリッジへの彼の愛情は、気さくな仲間意識と、包容力ある財産への抜け目ない関心とをつきまぜたようなものであるらしかった。二人が駆落ちに使った惑星間ヨットは、無許可飛行の条項に抵触していた。警察には、新郎の妻と子供たちから通報がすでにとどいていた。結果はロボット貨物船との衝突となって現われ、あとには識別不能の死体が残された。

十六歳の有名人ヘレン・アメリカは、十七の年にはすでに忘れられ、ひとりぼっちになっていた。

4

それは船乗り《セイラー》の時代であった。教千の写真偵察および測定ミサイルが、星々からの収穫をたずさえて到着しはじめていた。惑星がつぎつぎと人類の掌中《しょうちゅう》に入っていった。星間探測ミサイルが持ち帰る写真、大気標本、重力測定値、雲量、化学組成、等々のデータのおかげで、数多くの新世界の様相が知られるようになった。二百ないし三百年の旅を終えて帰還したミサイルのうち、五機が新地球《ニュー・アース》に関する情報をもたらした。それは、地球と非常によく似た植民可能の惑星だった。

船乗りの第一陣が出発して以来、すでに百年近くが過ぎようとしていた。彼らが乗る船の帆はまだ小さく、五千平方キロを超えるものはなかった。だが帆はじょじょに大きくなった。断熱パッキングの技術と、個別ポッドによる船客の輸送で、死亡率は激減した。とはいえ、船乗りが地球へ帰ってきたとなると、これは大ニュースだった。異なる太陽のもとで生まれ育った男がひとり、はじめて母なる惑星にもどったのだ。彼は、一ヵ月の苦しみと痛みに耐えてきた男だった。光圧で飛行する巨大な帆船に、人工凍眠処置をうけた植民者を乗せ、客観時間にして四十年も、荒漠とした銀河系の虚無をわたってきた男だった。

人類は船乗りの外貌を知るようになった。地上を歩くとき、男にはすり足をするくせが見られた。首は激しくぎくしゃくと機械的に動いた。男は若者でもなければ老人でもなかった。一種の限定された意識を可能にする薬品のおかげで、四十年のあいだ覚醒状態をたもってきたのである。心理学者たちが補完機構の当該局のために、つぎには報道関係者向けに、男に質問を重ねるうち、彼がその四十年をおよそ一ヵ月と見ていることが明らかになった。彼が帰りの旅をもはや志願しなかったのは、現実に四十年も年をとってしまったからである。希望にみちた多感な若者でありながら、彼はたった一度の苦しい経験により、人生の四分の一を燃焼してしまった老人であった。

同じころ、ヘレン・アメリカはケンブリッジ大学に入学した。そのレイディ・ジョーンズ学寮《カレッジ》は、大西洋岸世界では屈指の女子大であった。ケンブリッジは原史時代の伝統を再現しており、新イギリス人は持ちまえの技巧の妙をとりもどし、そうした伝統を、今に残る最古の風習と結びつけるのに成功していた。

話される言語は、もちろん国際的な地球語であり古代英語ではなかったが、学生たちは、（地球に暗黒と災厄が訪れる以前の考古学的資料に基づいて再建された）この大学で生活できることを誇りにしていた。このルネッサンスの中で、ヘレンはわずかながら光を放った。

マスコミは、考えうるかぎりの残酷なやり方でヘレンを監視した。ヘレンの名をよみがえらせ、母親の物語を掘りおこしたと思うと、またも顧みなくなった。ヘレンは六つの職種のいずれかを希望していたが、その六番目に〝船乗り〟があった。たまたま彼女は、願書を提出した最初の女性であった。もっとも、資格のとれる若さで、同時に科学面での諸条件を満たしている女性が、彼女ひとりであったというそれだけの理由にすぎないのだが。

じっさいに顔を合わせる前から、ヘレンと彼の写真は、並んでスクリーンを飾っていた。だが現実のヘレンは、有名人志向にはおよそ縁のない女性だった。子供のころから、〝ヘレン、ヘレン、うすのろデブ〟の被害にあってきたため、彼女は冷たい職業的な分野でしか人と競争することはなかった。ヘレンは、女傑であった今は亡き母を憎み、愛し、なつかしんだ。母親のような女にはなるまいと思うあまり、彼女はモナの生きたアンチテーゼとなった。

母親は不格好なブロンドの大女——あまり女らしくないため女性解放論者になったような女だった。ヘレンは女らしさのことなど少しも気にかけなかった。自分自身の問題だけで精いっぱいだったのだ。太っていれば、ヘレンは丸顔であるかもしれない。だが彼女は太ってはいなかった。まっ黒な髪、ダークブラウンの目、骨太ではあるが痩せた体、彼女は未知の父親の遺伝的な再現だった。教師たちはしばしば彼女をおそれた。彼女は色白の静かな娘、与えられた問題をつねに理解している娘であった。

学友たちは何週間か彼女を冗談の種にしたが、やがてそのほとんどが手を組んで、無遠慮なマスコミをしめだすようになった。死んで久しいモナのばかばかしい行状を報じたニュースフレームが現われると、レイディ・ジョーンズの構内にはこんなささやきが流れた——

「ヘレンに教えちゃだめよ……あの連中がまたほじくりはじめたわ」

「ヘレンにフレームを見せないようにしてね。非並立科学の方面では、あの人は第一人者なんだから、優等卒業試験の前にショックを与えてはかわいそう……」

学友たちが気をくばったので、ヘレンがニュースフレームの中に自分の顔を見つけたのは、まったくの偶然だった。となりには男の顔があった。お猿さんみたい、とヘレンは思った。ついで見出しが目に入った、**《完全な娘、船乗りを志願。ミスター・グレイ＝ノー＝モアは完全な娘とデートすべきか？》**ヘレンの頬は、やりばのない当惑と怒りに燃えた。しかし十代のころなら相手の男を憎みもしようが、いまの彼女はあまりにも自己を抑制する修練を積みすぎていた。彼の落ち度でないことは知っていた。通信社がよこす愚かな、あつかましい男女が悪いのでもなかった。時代と習慣と人間そのものが悪いのである。だが、彼女もおのれに忠実であるほかはなかった——それがなにを意味するか知るときは、永久に来ないにしても。

5

二人のデートは、いざそのときが来ると、悪夢の様相をおびていた。

ある通信社が女性記者をよこし、ニュー・マドリードへの一週間無料招待を通知してきたのだ。

星の海からきた船乗りと同伴で。

ヘレンは拒絶した。

すると彼のほうも拒絶した。その拒絶のしかたが、ヘレンの好みからすると、ほんの少々性急すぎた。ヘレンは男に興味を持った。

二週間が過ぎるころ、通信社の経営担当重役のオフィスに、会計係が二通の書類を持ちこんだ。それは、ヘレン・アメリカとミスター・グレイ＝ノー＝モアに、ニュー・マドリードでの最高の特別待遇を約束する確約書であった。会計係がいった、「これが、補完機構からギフトの認可を受け、交付されているのですが、キャンセルいたしましょうか？」重役はその日のニュースのすべてを処理してしまったところで、慈悲深くなっていた。衝動的に、重役は命じた、「そうだな。二人に渡しなさい。公表はしない。今度は手をひこう。むこうがいやなら、われわれはつきまとわない。その線で行くんだ。それだけだ。行っていい」

書類はヘレンのところにもどった。彼女は大学はじまって以来の成績をおさめたところで、休息を必要としていた。通信社の女から書類をわたされると、こういった。

「これ、なんかのいたずら？」

そうではないと聞かされると、つぎにこうきいた。

「あの人は来るの？」

〝あの船乗り〟とはいえなかった——人が噂をするときのいいかたに、それはあまりにも似ていた——それに、男のもうひとつの名をそのとき本当に思いだせなかったのだ。

　女は知らなかった。

「どうしてもその人に会わなくてはいけない？」

「いいえ」と女はいった。このギフトに付帯条件はついていない。

　ヘレンは冷たく笑った。「いいわ、いただくわ、ありがとう。でも、ひとりでも——いい、ひとりでもよ——カメラマンがいたら、わたしは帰るわよ。なんの理由がなくても、帰ってしまうかもしれなくてよ。それでいい？」

　それでよいのだった。

　四日後、ヘレンはニュー・マドリードの楽園世界におり、ダンス・マスターから、ひとりの男を紹介された。張りつめた表情の、一風変わった老人で、黒い髪をしていた。

「新進の科学者ヘレン・アメリカ——星の海の船乗りミスター・グレイ＝ノー＝モア」

　ダンス・マスターは抜け目なく二人に目をやると、心得きった温かい笑みをうかべた。そして職業的なきまり文句をつけ加えた。

「お二人を引き合わせる光栄を得ましたので、わたしはここでひきさがります」

　二人はダイニング・ルームのつきあたりに取り残された。船乗りは刺すような視線をヘレンに向けると、こういった。「きみはどういう人なんだろう？　どこかで会ったことがあるのかな？　きみを覚えておいたほうがいいんだろうか？　地球には人がたくさんいすぎる。

これからなにをしようとしているんだろう？　なにをすることになっているんだろう？　すわりますか？」

以上の質問のすべてに、ヘレンは「はい」と一度だけ答えた。このたったひとつの「はい」が、遠い未来まで、何百人もの大女優によってさまざまに解釈され、発声されることになろうとは、夢にも思わなかった。

二人はすわった。

その後のできごとは、どちらにもたしかな記憶はない。

ヘレンは、男を回復センターの傷病者かなにかのようになだめなければならなかった。料理をいちいち説明し、それでも彼が選びかねているのを見ると選択装置に肩がわりさせた。だれもが知っている食事のマナー、たとえばナプキンをひろげるときには一度立つとか、食べ残しは溶解トレイに、銀器は転送器に入れるといったことを彼が忘れているのに気づくと、思いやりのある言葉で注意した。

男の顔からようやく緊張がとれ、老人ぽさは薄れた。

自身ばかげた質問を一千回もされてきたことも忘れて、ヘレンはきいた。

「どうして船乗りになったんですか？」

未知の言語で話しかけられたように、意味をおしはかりかねて男は目をまるくした。やがて、つぶやいた。

「きみ――きみも――そうしないほうがよかったという意見なのか？」

ヘレンはうかつさに気づき、思わず手を口もとにあげた。

「いいえ、そんな、とんでもない。わたしも船乗りになりたいと思っているものだから」

男はその若い／老いた目を見開いたまま、思慮深くヘレンを見た。ひたと見据えるというのでもない。ひとつひとつの単語の意味は理解できるが、その総和はちんぷんかんぷんとでもいうように、彼女の言葉の理解に苦しんでいるようすだった。ふしぎなことに、ヘレンの中には相手の視線を避けようとする気は起きなかった。ふたたびヘレンは、またたかぬ星をちりばめた漆黒の虚無の中で、巨大な帆をあやつってきたこの男の持つ名状しがたい異質さを観察するチャンスに恵まれた。男は少年のように若かった。〝もう白髪まじりではない《グレイ＝ノー＝モア》〟の名の由来となった髪は、つやのある黒だった。ひげは永久的に除去されたにちがいない、皮膚は中年の女のようにきめこまかく、なめらかだったが、まぎれもない小皺がきざまれており、その時代の男たちが好んで残すひげのたぐいは、どこにも見られなかった。皮膚は時の試練を経ぬままに老化していた。筋肉もまた老化していたが、そこには人生経験をうかがわせるものは見あたらなかった。

　母親がさまざまな狂信者とかかわりあったため、ヘレンは鋭い人間観察家に成長していた。人びとの筋肉には各人の秘めたる歴史が刻まれており、道ですれちがう赤の他人でさえ、（本人が望むと否とにかかわらず）そのもっとも内なる秘密を明かしていることを、ヘレンは知っていた。正しい光のもとで注意深く観察しさえすれば、その人の日常を彩る恐怖や希望や喜びを知り、その人がひた隠しにしている肉体的快楽のよりどころと結果を見抜き、その人に影響を与えた人びとのおぼろげな、しかし長く消えることのない反映を読みとることができるのだ。

ミスター・グレイ＝ノー＝モアには、そうしたものがまったく欠けていた。彼には年齢はあったが、年齢の傷痕はなかった。成人ではあったが、成長のあとを示すものはなかった。ほとんどの人びとが充分すぎるほどの人生を味わいながら、若さを保っている時代に、人生を味わうことなく生きてきた男だった。

これほど母親と正反対の人物に出会うのは初めてであり、彼女が望むと否とにかかわらず、この男が自分の将来に大きな意味を持つであろうことを、ヘレンはとらえどころのない不安とともに予感していた。彼女がその男に見たのは、不相応に年老いた独身青年、人生の手ごたえある報償と挫折を捨て、その愛を空虚と恐怖に捧げた男だった。恋人に与える空間を無限に持ちながら、その空間が彼を非情に消耗させてしまったのだ。若者でありながら彼は老人であり、老人でありながら彼は若者だった。

このような老いと若さの結合を、ヘレンは今まで見たことがなかった。だがそれは、この世界の人間すべてにいえることだろう。ほとんどの人びとが人生の終わりに来てようやく見いだす悲哀と共感と知恵を、彼は人生の始まりにおいてすでに身につけてしまったのだ。

沈黙を破ったのは男のほうだった。「いまきみも、たしか、船乗りを志願したといったね？」

答えはヘレン自身にも、おさなく間が抜けて聞こえた。「資格のとれる若さで、必要な科学知識も習得しているのは、女としてはわたしがはじめてだったから……」

「じゃ、きみはよほど特別なお嬢さんだ」と男はおだやかな口調でいった。星から来たこの若い老人は、〝完全な子供〟の噂を一度も聞いたことがないのだ。あまい、それでいてせつないほど現実的な希望が、ヘレンのうちにわきあがり、胸をときめかせた。人びとの嘲笑を一身に浴びて生まれた娘、アメリカ全体を父に持つ娘、あまりにも有名で孤独で人並みはずれていたため、人並みで幸福で無名で純真であるような状態を想像することもできなかった娘、そんな彼女のことをこの男は知らないのだ。

あたしをふつうの目で見てくれるのは、星から来たこのかしこい片端者だけなんだわ、とヘレンは思ったが、男に対してはただこういった、「〝特別〟とかそういうことじゃないの。この地球に飽きただけ。死ぬほかにも地球を離れる方法はある、というわけで星に行ってみることにしたの。あなたが考えているほど失うものは多くないわ……」モナ・マガリッジのことを話しそうになり、ヘレンはあわてて口をつぐんだ。

思いやりのある灰色の瞳がヘレンを見つめ、その瞬間、主導権は男のほうにわたっていた。ヘレンは男の目を見つめた。それは、狭苦しいキャビンの漆黒に近い闇のなかで、四十年間見開かれていた目だった。ほの白い計器群は、長い時を経て視線がそれるまで、燃えさかる太陽さながらに疲れた網膜を照らしつづけている。ときおり暗い虚無に目をやれば、そこに見えるのは、計器群の反映と重なりあった巨大な帆の輪郭。完全な暗黒を背に薄暗く浮かびあがる帆は、光圧を吸収し、測り知れぬ沈黙の支配する大海を想像を絶するスピードでつき進んでいる。しかしそのとおりのことを、ヘレンはこれからしようというのだ。

灰色の目の凝視が、口もとにうかぶ微笑にやわらいだ。その若い／老いた顔、作りからいえば男性的で、きめこまかさからいえば女性的なその顔の微笑は、途方もない優しさをのぞかせていた。そんなふうに微笑されると、彼女は泣きだしてしまいたくなるのだった。人間は星の海でこんなことを学ぶのだろうか？　相手のことを心から気づかい、むさぼり食うのではなく愛するために人に接することを学ぶのだろうか？

男はおさえた声音でいった、「信じるよ。きみは、ぼくが信じた最初の人だ。こんなぼくを見ても、まだ船乗りになりたいという人たちがたくさんいた。どういうことなのかわかりもしないのに、そういうんだ。ぼくはそういう連中が大嫌いだ。けれど、きみは――きみは違う。もしかしたら本当に星へ飛んでいくかもしれない。そうしないでほしいと願うけど」

夢からさめたように、男は豪華なダイニング・ルームを見まわした。金ぴかのロボット・ウエイターたちが、いかにも無関心に優雅に待機している。つねに客から見えるところにいながら、決して目ざわりにならないように設計されているのだ。こうした美的効果を達成するのはむずかしいが、デザイナーはみごとに成功していた。

その夜のできごとは、名曲が演奏されるように必然的に進んだ。二人は、ニュー・マドリードの建設者がホテルのかたわらに作った〝人里はなれた浜辺〟に出た。二人はすこしのあいだ言葉を交わし、たがいに見つめあい、それまでの二人からは考えられない揺るぎない確信をもって愛しあった。彼はやさしかった。この性的にすれた社会で、ヘレンがはじめて出会い、はじめて求めた恋人が自分だとは、彼には知るよしもなかった。（モナ・マガリッジの娘が、どうして恋人や夫や子供を求められよう？）

あくる日の午後、ヘレンはその時代の自由を行使して、彼に結婚を申しこんだ。二人は個人専用の浜辺にふたたびもどっていた。中部スペインの肌寒い高原の一郭に建設されたその浜辺は、高性能ミニ天候制御装置の奇蹟により、ポリネシアの昼さがりの気候を保っていた。

ヘレンは結婚を申しこみ、彼は六十五歳の男が十八歳の娘に対してするように、できるかぎりのやさしい言葉と態度で辞退した。ヘレンは無理強いはしなかった。二人はほろにがい恋愛関係をつづけた。

二人は人工の渚の人工の砂の上にすわり、人工的に暖められた海水を足ではねかした。飽きると、ニュー・マドリードを視界から隠す人工の砂丘に横になった。

「もう一度きいていいかしら」とヘレンがいった。「なぜ船乗りになったの？」

「簡単には答えられないな。冒険、ということはあるかもしれない。すくなくとも一部はね。それに地球も見たかったし、ポッドは金がかかるだろう。だけど――もう残りの一生を楽に暮らせるだけ稼いだよ。今度は船客として、四十年かけてじゃなく一カ月で新地球《ニュー・アース》に帰れる――まばたきするくらいの時間で人工凍眠にはいり、断熱ポッドに移され、このつぎの船で出発さ。どこかの馬鹿に船を操縦させて、目がさめたときには故郷に着いている」

ヘレンはうなずいた。知っていることばかりだったが黙っていた。船乗りに会って以来、帆船のことを調べていたのだ。

「星の海をわたっているときだけど――それがどんなふうか、ちょっとだけでも説明できる？」

彼の顔に、自分の内部を見つめる表情が現われた。以後の彼の声は、はるかかなたから聞こえてくるようだった。

「ときどきほんの一瞬——それとも何週間かな——船の中ではなんともいえない——やってよかった——そう思えることもあるよ。神経の末端が長く長くのびて、星にとどくんだ……そんな感じがする。自分がものすごく大きくなったように感じるんだ」彼の声はしだいに浜辺にもどってきた。「ありふれたいいかたかもしれないけど、むかしの自分ではなくなってしまう。わかりきった肉体的な変化というようなものじゃなくて——自分を発見する——というか、自分を失うのかもしれない。だからなんだ」彼は砂丘のかげのニュー・マドリードを手で指し示した。「こういうところは嫌いだ。新地球《ニュー・アース》は、そう、むかしの地球みたいなところなんじゃないかな。なにか新鮮なんだ。だけど、ここは……」

「わかるわ」とヘレン・アメリカはいった。彼女には理解できた。いくぶん退廃した、いくぶん堕落した、あまりにも快適すぎる地球の雰囲気は、星から来たこの男にとって息の詰まるようなものにちがいない。

「むこうではね、きみには信じられないかもしれないけど、海が冷たすぎて泳げないこともあるんだ。音楽は機械が作りだすものじゃないし、快楽だって人工的に植えつけられるんじゃなくて、ぼくらの体の中からわきあがってくるものなんだ。ぼくは新地球《ニュー・アース》へ帰らなくちゃいけない」

ヘレンはいっとき無言のまま、心の痛みを鎮めるのに専心した。

「わたし……わたしは……」といいかけた。

「わかってる」彼は声を強め、どなりつけるようにいい、ヘレンに向きなおった。「だけど、きみと結婚することはできないんだ！　きみは若すぎる。まだ長い人生がある。ぼくはその四分の一を棒にふってしまった。いや、そうじゃない。棒にふったわけじゃないんだ。今までなかったようななにかが自分のものになったと思えば、すこしも惜しくはないよ。きみと会うこともできたし」

「でも、もし――」彼女はふたたび口をひらき、反論しようとした。

「もういいよ。気まずくなるだけだ。来週にはポッドの中で凍りついて、つぎの船の出発を待つことになる。これ以上は耐えられないし、弱気が出てくるかもしれない。ぼくの決断はまちがっているかもしれない。しかし、ぼくらは今こうしていっしょにいる。別々の人生を生きたって、共通の思い出を分かちあえるんだ。ほかのことは考えちゃいけない。ほかにはなにもないんだし、ぼくらにできることはないんだ」

二人がもはや持つことのない赤んぼうのことを、ヘレンは――そのときも、それからも――彼には話さなかった。そう、赤んぼうを口実にすることもできただろう。彼を引きとめることもできただろう。名誉を重んじる彼が、妊娠と聞いて結婚に応じないはずはない。しかしその若さにもかかわらず、ヘレンの愛は、この手段に訴えることを許さなかった。彼の自由意志で自分を選んでもらいたかった。彼女なしではいられないという理由から、結婚してほしかった。彼がそう決意していたなら、赤んぼうは、結婚を祝福するもうひとつの贈り物となったにちがいない。

もちろん、別の方法もある。父親の認知なしに子供を産めばいいのだ。だが彼女はモナ・マガリッジではなかった。ヘレン・アメリカであることの恐怖と不安と孤独を知りすぎている彼女には、そんな赤んぼうをもうひとりこの世に産みおとす勇気はなかった。しかも自分が選んだ道には、赤んぼうをうけいれる余地はないのだ。そこで、彼女は自分にできる唯一の行動をとった。ニュー・マドリードでの滞在期間が終わると、ヘレンは心のこもったさよならをうけいれた。言葉もなく涙も流さず、ヘレンは去った。その足で北極圏へむかうと、とある悪名高い楽園都市で、羞恥と不安と激しくつきあげる後悔のなか、秘密の医療機関に出頭し、胎児を抹消した。そしてケンブリッジにもどり、星の海に帆をかける最初の女性としての地位をかためた。

6

当時、補完機構を統轄していた長官は、ウェイトと呼ばれる男であった。ウェイトは決して残忍な性格ではなかったが、心情の温かさや、若者の冒険心を重んじることで知られているわけでもなかった。補佐官がウェイトにいった、「この女が、新地球《ニュー・アース》行き帆船の操縦を望んでいるのですが、行かせてもよろしいですか？」

「とめる理由もないだろう。それは個人の自由だ。育ちもいい、教養もある。失敗しても結果がわかるのは、八十年かそこらたって船が帰還したときだ。成功すれば、今までがやがや不平をいいたててきた女たちの一部は、静かになるだろう」長官はデスクから乗りだした。

「ただし彼女が試験にうかればの話だぞ。もうひとつ、出発がオーケイになったとしても、囚人は積みこむな。いい植民者になる囚人を、こんないいかげんな旅に送りだすのはもったいない。これは一種の博打《ばくち》だ。狂信者ならよかろう。その連中はありあまっている。二、三万は待機してるんじゃないかね？」

「はい、二万六千二百名おります。最近加わった者は計算に含めておりませんが」

「よかろう」と補完機構の長官はいった。「女にその連中と新しい船をくれてやれ。船は命名してあるのか？」

「いいえ」と補佐官はいった。

「じゃ、命名したまえ」

補佐官はきょとんと見つめた。

年長の官僚の顔に、さげすみを含んだ、抜け目ない笑みがうかんだ。

「そうか、では命名しよう。〈魂《ソウル》〉と名づける。星の海に〈魂《ソウル》〉を飛ばすんだ。ヘレン・アメリカが望むなら、天使の役を与えよう。かわいそうに、この地球では生きていてもどうにもならんだろう、あんなふうに生まれ育ったんではな。それに矯正したり、人格改造するわけにもいかん、あんなにたくましい豊かな人格を。だれの益にもならん。自己に忠実であるからといって、罰することはできない。行かせなさい。したいことをさせてやろう」

ウェイトは体をおこし、補佐官を見つめるときっぱりとくりかえした——

「したいことをさせてやろう——ただし、資格試験にパスすればだ」

7

ヘレン・アメリカは試験にパスした。

科学者や技術者たちは、なんとか思いとどまらせようとした。

ひとりの技術者がいった、「これがどういうことなのか、きみにはわからないのかね？　たった一ヵ月のうちに、生涯の四十年間が失われてしまうんだ。発つときは若い娘。着いたときには六十歳の女だよ。ま、それでもあと百年かそこらの余生は送れるわけだが……。それに、これは苦痛をともなう。たくさんの生命がきみに預けられる。何万という数だ。地球からの貨物も積みこまれる。三万個のポッドを、十六本のケーブルにくりつけて引っぱっていくのだ。きみの生活空間は、コントロール・キャビンの中だけ。ロボットは必要なだけ提供しよう。一ダースというところかな。帆には、大檣帆《メーンスル》と前檣帆《フォースル》がある。その二つは最後まで保持しなければならない」

「わかっています。本を読みましたから」とヘレン・アメリカはいった。「そして、光の力で船を飛ばすんですね。赤外線を帆にうけたら進む。電波干渉があったら、帆を引く。もし帆が故障をおこしたら、生命の続くかぎり待つ」

技術者はややむっとした顔をした。「べつに悲劇的に見ることはない。悲劇なんて作ろうと思えば、すぐにできるものだ。悲劇の人物になるために、三万人の生命と、地球からの大量の船荷まで巻きぞえにしてくれてはこまるね。水に溺れるならここでもできるし、むかしの本にある日本人みたいに火山に身投げしてもいい。悲劇はそんなに辛《つら》いものじゃない。いちばん辛いのは、成功の望みがなくても、闘いつづけなくてはいけないということだ。成功するあてのない可能性に賭け、絶望への誘惑にさからいながら、どこまでも、どこまでも前進しなくてはならないのだ。

前檣帆《フォースル》のはたらきを説明しよう。この帆はいちばん広い部分で、さしわたし三万二千キロメートル。幅はだんだん狭くなっていくが、全長は十三万キロにちょっと欠けるくらいだろう。小型サーボ・ロボットで、この帆はたたむことも広げることもできる。サーボ・ロボットはみんな電波操縦だ。電波は節約したほうがいい。原子力を使っていても、バッテリーは四十年が限度だ。そのおかげで、きみは生きられるんだからな」

「はい」ヘレン・アメリカは恐縮していった。

「きみの職務がなんであるか、決して忘れてはいけない。きみが船に乗るのは、きみのほうが安上がりだからだ。きみのほうが機械よりはるかに軽いからだ。重さ五十キロの万能コンピュータは存在しない。きみがやるのだ。消耗品だからこそ、きみは行くのだ。星にむかうものには、三分の一の確率で死が待っている。だからといって、自分を英雄視してはならない。行く理由はただ、きみが若いからだ。人に与えられる生命、ありあまる生命があるからだ。そしてもうひとつ、神経が丈夫だからだ。わかるかね？」

「はい、わかっています」

「理由はほかにもある。きみなら四十年間で目標に到達できるからだ。自動操縦装置をとりつけて、帆をあやつらせることもできる。それでもなんとか着くだろう――たぶん。そうすると百年から百二十年、あるいはそれ以上もかかってしまう。断熱ポッドは消耗し、船客の大半は蘇生させても使いものにならなくなる。熱の漏出によって、計画全体が失敗に終わる公算も大きい。きみの直面する悲劇と問題は、ほとんど帆の操作だということを忘れないように。帆の操作、それだけだ。それがきみの大きな仕事なんだ」

ヘレンはほほえんだ。彼女は、豊かな黒い髪と、茶色の目と、くっきりした眉を持つ小さな娘である。だがほほえむと、まるで子供、それもどちらかといえば愛くるしい子供のように見えた。ヘレンはいった、「わたしの仕事は、帆を操作することです。わかりました」

8

整備空域では、作業は急速に進められていたが、急いでいるようすはなかった。最終訓練を控えたヘレンに、技術者たちは二回にわたって休暇をとるようにすすめた。ヘレンは忠告に従わなかった。ただ出発したいだけだった。永久に地球を去るつもりでいる、と人びとが考えていることをヘレンは知っていた。あのモナ・マガリッジの娘というだけが理由ではない、と考えていることも知っていた。だがヘレンは、自分自身でありたいと努力しているだけだった。世間は信じてはいないが、世間などどうでもよいことだった。

三回目に休暇をすすめられたときには、言葉は命令的だった。二カ月の休暇のほとんどは憂鬱《ゆううつ》の一語につきたが、最後に訪れたヘスペリデス諸島のすばらしさに、気分はいくらか好転した。それは、地球港《アースポート》の重みでバーミューダの南にうかびあがった小さな島々の集まりだった。

ヘレンは、いつでも出発できる完全な体調で基地に帰った。

年かさの医師は率直だった。

「われわれがこれからきみになにをしようとしているか、ほんとうにわかっているのかね？きみの一生の四十年を一カ月につめこもうとしているのだよ」

ヘレンが青ざめた表情でうなずくのを見て、医師はつづけた、「その四十年を与えるには、きみの生理機能を遅くしなければならない。四十年分の呼吸を一カ月で行なうには、五百倍の労力が要求される。それに耐えられる肺はない。同時に、きみの体は水分を循環させる。食物も摂取しなければならない。大部分は蛋白質ということになる。ある種の水化物もまじる。ビタミンも必要だ。

われわれはきみの頭脳の反応速度を遅くする。現在の五百分の一ぐらいにね。ただし、仕事ができなくなるほどではない。だれかが帆を操作しなくてはいけないのだからね。

というわけで、きみがためらったり、考えだしたりすると、それだけで数週間かかるようになる。それにともなって、きみの動作も鈍くなる。だが部分部分が、ぜんぶ同じ割合で遅くなるわけじゃない。たとえば水の摂取は、現在の約八十分の一に減る。食物は約三百分の一だ。

また、四十年分の水をきみが飲むわけにもいかない。水は循環させる。排泄されたものを浄化し、また体内にもどすんだ。きみが循環系を切断しないかぎりね。

きみは丸一ヵ月間、完全に目覚めた状態をつづける。手術台の上で、麻酔なしの手術を受けながら、同時に人類がこれまで直面したもっとも困難な仕事にたちむかうんだ。

きみの仕事は三つある。天測と、人間や荷物のポッドをくりつけたケーブルの点検、それに帆の調整だ。きみが目標に近づけば、出迎えが来るはずだ。むこうが死に絶えていないかぎりはね。

すくなくとも、たいていの場合はそうなっている。

必ず着陸できるという保証はない。出迎えが来ないときには、その太陽系を去り、自殺するか、でなければ生きながらえる手段を講じる。独力で三万人の人間をおろすことは不可能だ。

しかしその前に、きみには大変な仕事が待っている。この制御装置をきみの体内に取りつけなければならない。胸の動脈にバルブを埋めこむことから始める。つぎに水分を供給するカテーテルをさしこむ。股関節のすぐ手前のところには、人工肛門をつける。水分の摂取は、ある程度の心理的な重要性を持っている。だからきみに必要な水分の五百分の一は、カップから飲むことになる。残りは直接血液中に送りこまれる。食物の十分の一についても同様だ。わかるかね？」

「つまり」とヘレンはいった。「十分の一は直接口から食べて、残りは静脈注射となるわけですね」

「そのとおり」と医師はいった。「体内に注入するんだ。そのなかには濃縮栄養もある。強壮剤もはいっている。管はみな二重接続になっている。ふつうの状態では、管は生命維持装置につながっている。この装置が、後方にあってきみの肉体を支える。管は、星の海をたったひとりで飛ぶ人間のへその緒だ。きみのいのちだ。

もし管が切れたり、きみが倒れたりすると、一年かそこらは気を失うことになるだろう。そのときには、いちはやく小型装置がはたらきだす。きみの背中のパックだ。

地球上では、きみの体重と同じぐらいの重さがある。モデル・パックで訓練したはずだから、知っているとは思うがね。宇宙では楽に扱えるはずだ。主観時間にして約二時間は、それで生命を保つことができる。心理的な時間経過を正確にはかる時計は開発されていない。だから時計のかわりに、われわれはきみの脈拍を記録するオドメーターをとりつける。一万回単位で目盛りが刻んであるから、それからなにか情報がつかめるだろう。

どのような情報かはこちらには見当もつかないが、ないよりはマシなはずだ」

医師はヘレンに鋭い視線を投げ、並んだ器具のほうをふりかえると、手もとの部分が円盤になったきらめく注射針をとりあげた。

「さて、とりかかろうか。これをきみの脳にさしこむ。化学薬品の一種だよ」

ヘレンがさえぎった。「開頭手術はしないとおっしゃってましたね」

「注射だけさ。きみの心にはいりこむには、この方法しかない。四十年間が主観時間で一カ月に感じられるように、思考のはたらきをおそくするんだ」医師は陰気な微笑をうかべた。

だがヘレンの一歩もひきさがらない、勇気ある態度と、けなげな、女らしい決意に気づくにつれ、その微笑は温かいものに変わった。

「不平はいいません。辛《つら》いのは結婚だって同じです。星がわたしの夫なんです」ひとりの船乗りのおもかげが心をよぎった。だが口には出さなかった。

医師はつづけた。「精神病的な要素はすでに計算に入っている。正気を保てると思うのがまちがいだ。そのあたりは気にしないほうがいい。帆を操作しながら、たったひとりで生きていくためには、どうしても狂人になる必要がある。でなければ、一カ月も生きてはいられないだろう。ただ問題は、その一カ月が、きみには四十年間だとわかってしまうことだ。キャビンに鏡はないが、つるつるしたパネルを見れば顔かたちはわかる。

あまり気持のいい眺めではないだろうね。動きをゆるめて自分を見るたびに、年とっていくのがわかるんだから。そのあたりの影響がどう出るかはなんとも言えない。男の場合、よくなかったことはたしかだ。

ただ毛髪にかぎれば、男性ほど面倒ではないはずだ。今までの例では、毛根をみんな焼いてしまった。そうでもしなければ、ひげに埋まってしまうからね。それに毛髪をのびほうだいにしておけば、栄養分もたいへんな無駄づかいになる。船乗りの活動する速度に合わせて、さっさと毛髪を刈ったり剃ったりしていく機械もない。きみの場合は、頭部の髪の発育をとめるだけでよいだろう。また同じ色の髪が生えてくるかどうかは、むこうに着けばわかる。地球にきた船乗りに会ったことはあるかね？」

医師は二人の出会いを知っていた。だがヘレンを星の海へ呼んでいるのが、その船乗りであることまでは知らなかった。ヘレンはかろうじて動揺をおさえ、ほほえんだ。「はい。新しい髪をもらったんですね。ここの専門家が頭皮の移植手術をして。おぼえています。どなたかがやったと聞きました。すると黒い髪が生えてきたので、グレイ＝ノー＝モアのニックネームがついた、と」

「つぎの火曜日までにきみのほうの覚悟ができていたら、こちらはいつでもとりかかれる。その日までに大丈夫かな、レイディ？」

ヘレンはなぜかしっくりしない気持で、このまじめくさった老人の〝レイディ〟という敬称を聞いた。だが彼女は、それが個人に対してというより職業に対する敬称であることを知っていた。

「火曜日でけっこうです」いまや古代の遺物となりつつある七曜をあえて使う老人の古風さに、ヘレンは好感を持った。それはこの老人が大学で教える必要不可欠な学問のほかに、高雅な瑣末《さまつ》知識をも受けいれられる広い心の持ち主であることを示す証拠なのだ。

9

二週間後は、キャビンのクロノメーターによれば二十一年後。ヘレンは帆の点検のため、何万回目かの首ふり動作にはいった。

背中がズキンズキンと激しく痛む。

心臓が高速のバイブレーターさながらに休みなく轟音《ごうおん》をあげ、意識がとらえる時間経過とは別に一秒一秒を刻んでいる。手首を見おろせば、そこにはオドメーターの針があり、数十万回の脈動をゆっくりと記録している。

喉もとで聞こえる絶えまない笛の音は、すさまじい速さで吸いこまれ吐きだされる空気の音だ。

また首のあたりにも疼くような痛みがあり、太い管を通じて大量のどろどろした水分が直接頸動脈に送りこまれている。

腹の中は、まるでだれかが焚火《たきび》をしているよう。排泄チューブは自動的に機能しているが、その部分はまるで燃える石炭を押しつけられているかのように痛む。膀胱に接続されたカテーテルは、まっ赤に焼けた針で乱暴につつかれている感じ。頭痛がし、視界はかすんでいた。だが、それでも計器を見、帆を監視することはできた。ときおり帆の背後に、人間と貨物の描きだす広大な混沌が、ほこりの雲のようにうっすらと浮かびあがる。

ヘレンはすわることもできなかった。痛すぎるのだ。

体を楽にするたったひとつの方法は、胸板の下側をパネルに、疲れたひたいをダイヤルに押しつけ、計器パネルにもたれかかることだけ。

そんなふうに体を休め、ふたたび起きあがったところ、二カ月半が過ぎていたこともあった。しかし休息はなんの効果もなく、〝見かけの重量〟ダイヤルのガラス面に映る歪んだ顔が、しだいに年老いてゆくのが見えた。かすんだ視界にうつる両腕は、温度の変化によって緊張と弛緩《しかん》をくりかえしている。

もう一度帆をながめたのち、前檣帆《フォースル》を一部たたむことにした。サーボ・ロボットの助けを借りて、疲れた体をコントロール・パネルにひきずってゆく。目的にかなうコントロール装置を選びだすと、装置を一週間ばかり作動させた。心臓のうなりと喉を通り抜ける風の音を聞き、伸びるそばから欠け落ちてゆく指の爪をながめながら待ちうける。しばらくして、正しいボタンを押したのかどうか不安になり、もう一度押したが、何事も起こらなかった。

さらに一回押す。反応はない。

マスター・パネルにもどると、計器の示数を読みなおし、光の方向を確認し、それまで見落としていた微量の赤外圧を検出した。帆の片側をゆるめて飛んでいたため、船の速度がいつのまにか光速に近いところまであがっていたのだ。帆のかげでポッド群は、時と永劫から守られて、ほとんど完全な無重量状態の中を従順にただよっている。

入念に調べる。計器の読みは間違っていなかった。

帆に故障があるのだ。

非常パネルにもどり、ボタンを押した。なにも起こらない。

修理ロボットを出すと、故障のあると思われる方向に発射し、全速で指令をテープにパンチした。ロボットは飛びたち、一瞬（三日）のち報告を送ってきた。修理ロボットに通じたパネルが警報を発した、「誘導不能」

第二のロボットを送る。それもまた効果はなかった。

第三の、最後のロボットを送る。まばゆい文字「誘導不能」がともった。彼女は三台のサーボ・ロボットを帆の裏側にまわし、引っぱらせた。

それでも帆は正しい角度をとらない。

力なく立ちつくし、途方にくれてヘレンは祈った。「わたしのためじゃありません、神様。わたしは与えられた人生が嫌いだといって、逃げだしてきた女です。わたしはこの船に乗る魂たちのために祈ります。自分なりのやり方で信心する勇気があったからこそ、ほかの星の光を必要とした哀れな愚かな人たちのために、おねがいします。神様、わたしをお助けください」根をかぎりに祈り、祈りが聞きとどけられるのを待った。

それも無駄だった。万策尽きて、ヘレンはひとり取り残された。

ここに太陽はない。存在するのは、ただ狭苦しいキャビンと彼女ひとり。いまだかつて女性がだれひとり味わったことのない孤独。心には数分としか感じられないのに、筋肉が数日をかけてざわめき、波打ち、新しい態勢に入ってゆくのがわかる。気をゆるめまいとヘレンは身を乗りだし、最後の最後になって、おせっかいやきの役人のひとりが銃をおいていったことを思いだした。

なぜ銃が必要なのか、そのときには判断に苦しんだものだった。

それがヒントを与えた。銃の射程距離は三十万キロメートル。照準は自動的に定められる。膝をつくと、生命維持装置に接続された排泄チューブと栄養チューブとカテーテル・チューブとヘルメット・ワイヤをひきずって、サーボ・ロボット操縦用パネルの下にもぐりこみ、手書きの便覧をひっぱりだした。ようやく銃をコントロールする正しい周波数がわかった。

ヘレンは銃をとると、窓に近づいた。

最後の瞬間、考えがひらめいた。「窓を吹きとばせというのかしら。窓を傷つけずに撃てるようにデザインされているのかもしれない。そうでなくては、なんの役にも立たないじゃない」

ヘレンは一週間かそこら思い迷った。

いざ撃とうとしてふりかえると、かたわらには愛する船乗り、星の海からきた船乗り、ミスター・グレイ＝ノー＝モアがいた。「そんなことをしてもだめだ」と船乗りはいった。

その姿はくっきりとしてハンサムだった。ニュー・マドリードで見たときと少しも変わらなかった。チューブを引きずってもいない。震えてもいない。胸をふつうに上下させ、一時間かそこらに一度ずつ息をしている。ヘレンは心の一部で、それが幻覚であることを知っていた。別の部分では、それを現実と信じていた。発狂しているのだが、いまこのとき発狂していることを彼女は嬉しく思い、幻覚の指図にしたがった。銃を再調整し、キャビンの壁を通して発射できるようにすると、歪んだ動かない帆のかなたにある修理メカニズムにむけて低出力のエネルギーを放射した。

低出力であったことが幸いした。技術的に予測されるものとはまったく性質の異なる故障だったらしい。銃は正体不明の障害物をきれいに取り除き、サーボ・ロボットにあと始末をまかせた。怒り狂う蟻の群れさながらに、ロボットたちはふたたび仕事に取り組んだ。宇宙空間にただよう小さな物体に対しては、防備体制ができている。ロボットたちは右に左に飛び、かけまわった。

とつぜん星からの風が広大な帆に吹きよせるのが感じられ、宗教的な畏怖の念に近いとまどいがおそった。帆は定位置におさまった。一瞬かすかな重力が生じ、体が重くなった。〈魂《ソウル》〉はふたたび定められた航路を進みはじめた。

10

ろう」

「女だ」と新地球《ニュー・アース》の人びとが彼に教えた。「女が来たんだ。十八かそこらで飛び立ったんだ

ミスター・グレイ＝ノー＝モアは信じなかった。

だが病院に足を運び、ヘレン・アメリカに再会した。

「来たわよ、船乗りさん。わたしも飛んだの」とヘレンはいった。顔はチョークのように血の気がない。だが表情ははたちそこその娘であり、体は六十歳の健康な女だった。

一方ミスター・グレイ＝ノー＝モアのほうはポッドで帰郷したので、すこしも変わっていなかった。

ヘレンを見つめる。目が細くなり、立場はとつぜん逆転して、今度は彼のほうがベッドのかたわらにひざまずき、ヘレンの両手を涙で濡らしていた。

とりとめのない言葉が口をついて出た。「きみから逃げたのは、好きで好きでたまらなかったからなんだ。ここなら追って来られないだろうと、ぼくは帰ってきた。もし追ってきたとしても、きみは若いままだし、ぼくはまだ年寄りすぎる。だけど、きみは〈魂《ソウル》〉に帆をかけてやってきた。ぼくみたいな者のところへ」

新地球の看護婦は、星の海の船乗りたちに適用される規則を知らなかった。看護婦はひっそりと病室をあとにした。いま見たばかりの愛の情景にほのぼのとした憐れみをかきたてられ、顔にはほほえみが浮かんでいた。だが彼女は現実家であり、利にさとい女だった。通信

社にいる友人を呼びだすと、こう伝えた。「もしかすると、これ史上最大のロマンスじゃないかしら。すぐここに来れば、ヘレン・アメリカとミスター・グレイ＝ノー＝モアの大スクープが直接取材できるわよ。いま二人は出会ったばかり。前にどこかで顔ぐらいは見てるらしいけど、出会って、ひと目ぼれしたらしいの」

二人がかつて地球で愛を誓いあった仲であることを、看護婦は知らなかった。ヘレン・アメリカが氷のような決意をひめて孤独な旅をなしとげたことを、看護婦は知らなかった。星をちりばめた暗い虚無を旅するヘレンに、ミスター・グレイ＝ノー＝モアの常軌を逸した幻覚が二十年間ずっとつきそっていたことを、看護婦は知らなかった。

11

少女はおとなになり、結婚し、自分もまた幼い娘を持つ身となった。母親はすこしも変わらなかったが、スピールティアはひどく年老いてしまっていた。むかしの驚くべき適応力は失われ、ここ数年、それは青い目をした金髪少女の姿のまま凍りついている。はだかでいるのを見るにしのびなかったのだろう、母親はスピールティアにあざやかなブルーのジャンパードレスを着せ、それにマッチするパンティーをはかせていた。小さなおもちゃは、小さな両手両足でゆっくりとフロアをはっている。戯画化された人間の顔が盲《めし》いた目をあげ、かなきり声でミルクをねだった。

若い母親がいった、「ママ、そんなもの捨ててしまいなさいよ。もう使いものにならないし、時代物の家具のそばにいるのを見ると気味がわるくなってくるわ」

「あんなに好きだったのに」と年かさの女はいった。

「それは、小さいころはかわいかったわ。でも、あたしもう子供じゃないのよ。それに、そんなこわれたおもちゃ」

スピールティアは懸命に立ちあがると、女主人の足首につかまった。年かさの女はおもちゃをそっとどかせ、ミルクを入れた皿と、指ぬきくらいの大きさのカップをおいた。スピールティアは、誕生時に動機づけされた会釈を行なおうとし、足をすべらせて倒れ、泣きだした。母親が起こすと、それはミルクをカップにすくいとり、小さな歯のない口でちゅうちゅう吸いはじめた。

「おぼえてる、ママ——」と若い女はいい、口ごもった。

「おぼえてるってなにを?」

「ヘレン・アメリカとミスター・グレイ＝ノー＝モアの話、あれが起こったばかりのころにしてくれたでしょう」

「ええ、そんなこともあったかもしれないわね」

「全部は話してくれなかったじゃない」と若い女はとがめるようにいった。

「それはそうよ。まだ子供だったんですもの」

「でも、ひどい話ね。いやらしい人たち、船乗りのおそろしい生活。どうしてあんな話を理想化して、ロマンスだなんていうのか――」

「でも、そうだわ。今でもそう思うわ」

「ロマンスなんかであるものですか。そのすりきれたスピールティアみたいなものよ」小さな年老いた生きているおもちゃは、ミルクのわきで眠りこんでいる。「気味がわるいわ。捨ててしまって。いっしょに船乗りなんかも捨ててしまったほうがいいのよ」

「まあ、乱暴ね」

「ママのほうこそ、センチメンタルなおばあさんよ」

「みんな、そうじゃないの」母親はあたたかい声で笑い、眠っているスピールティアをさりげなく拾うと、踏まれたり傷つけられたりしないようにソファにそっとのせた。

12

外部の人間は、物語のほんとうの結末を知らない。

結婚から一世紀あまりのち、ヘレンは死の床にあった。愛する船乗りに見守られ、彼女は幸福な死を迎えていた。二人が宇宙空間を征服できたのなら、死をも征服できるかもしれない。彼女はそう信じていた。

愛にみちた、しあわせな、疲れきった心は死を前にしてかすみがちで、彼女はこの数十年ふれられたことのなかった話題をとりあげた。

「あなたは来てくれたわね。〈魂《ソウル》〉に乗ったわたしのところへ。ひとりぼっちで、銃の使いかたもわからず途方にくれていたとき、あなたはそばにいてくれたわね」

「あのときぼくが行ったのなら、またきっと行く。きみがどこにいようとね。きみはぼくの最愛の人、ぼくの心の支え、ぼくのかけがえのない妻なんだ。きみほど勇敢な女性はいない、きみほど勇気のあるレイディはいない。きみはぼくのものだ。ぼくのために宇宙をわたってきた。きみは星の海に魂の帆をかけたレイディなんだ」

声はとぎれた。だが彼の表情は穏やかなままだった。これほど自信ありげに、しあわせそうに死んでゆく人を、彼は今まで見たことがなかった。

人びとが降った日

When the People Fell

伊藤典夫◎訳

「あんた想像ができるか、酸性の霧を通して、人間の雨が降ってくるところを？　想像がつくかい、何千何万という肉体が、武器もなんにもなしに、手に負えない怪物どもを制圧するところを？　想像がつくか――」

「あのう、ですね」と記者がさえぎる。

「話の腰を折るなって！　あんたはくだらん質問ばかりする。いったとおりだ、わしはグーンホゴをじかに見た。金星を乗っ取るところを見てるんだ。そのことをきいてくれ！」

記者は、老人から過ぎ去った時代の思い出話を聞こうとやってきたのである。どなられるとは心外だった。

ドビンズ・ベネット老人は心理的優位に立ったとみるや、すかさず先手をとった。「あんた想像がつくかい、ショーハイス連中がパラシュートにぶらさがり、なかには死体もたくさんまざって、それがみんな緑の空から舞いおりてくるところを？　想像がつくか、母親たちが泣きながら降りてくるところを？　かわいそうな無抵抗の怪物どもの上に、人間の雨が降りそそぐのだ」

　記者はおだやかな口調で、ショーハイスとはなにかとたずねた。

「昔のチャイネシア語で子供という意味さ」とドビンズ・ベネットはいった。「最後の国家が分解して滅びるところを見たというのに、あんたがききたいのは流行《はや》りの服とか物のことだ。ほんとうの歴史は本には絶対出てこない。ショッキングすぎるんだ。あんたの質問は見当がつくよ。ご婦人がたの新しいストライプのパンタロンをどう思うかなんて、そんなことだろう」

「いいえ」と、いいながら記者は顔を赤くした。その質問は彼のノートにあり、赤面したことが悔まれた。

「あんた、グーンホゴがなにをしたか知ってるのか？」

「なんでしたっけ？」グーンホゴとはなんだったかと、記者は必死に記憶をさぐった。

「金星を乗っ取ったんだ」老人の声はいくらか落ち着いた。

　さらに声をやわらげ、記者がきく。「ほんとうですか？」

「ほんとうだとも！」ドビンズ・ベネットは奮然といった。

「その場にいらしたわけですか？」

「そうさ、グーンホゴが金星を乗っ取ったとき、わしはあそこにいた」と老人。「あの場にいたし、あんなにすさまじかった光景はない。わしが何者かは知ってるな。いままであんたの予想もつかん数の世界を見てきたが、それにしても、ナンディャやニーディャやショーハイスが空から降ってきたあの日、あれほどの地獄絵には人間はまず出会えるものじゃない。地上ではラウディどもが、昔とちっとも変わりなく――」

記者はやんわりと制した。まるで外国語を聞かされているようだ。老人が話しているのは三百年前のできごとなのである。記者の仕事はドビンズ・ベネットからとっておきの話を聞きだし、現代の人間がわかることばに置き換えることなのだ。

「そもそもの始まりから聞かせていただけますか」と記者はうやうやしくいった。

「もちろんだとも。あれはテルザと結婚したときだ。あんなにかわいい娘には会ったことがなかった。テルザはスキャナーをたくさん出した名家、あのヴォマクトの出で、父親は重要人物だ。いいかい、わしは三十二だった。人間三十二といえば年をくったと思う。ほんとは老けちゃいない、気分でそう思うだけなんだが、そこへ父親が出てきて、テルザと結婚してやってほしい、あれはこじれた娘で男の支えが必要だというんだ。母星《くに》の法廷で、精神的に不安定と判定されたために、補完機構が命令したという。彼女が連れあいを見つけ、その男が適当な後見役を引き継ぐまで、父親の保護下に置いておくようにとな。あんたみたいな若い人からすれば、まあ、古い習慣だと思うが――」

記者がふたたびさえぎった。「すみません、おじいさん。あなたは四百歳を超えるお年で、グーンホゴが金星を乗っ取った時代をご存じのたったひとりの方なんですよ。そのグーンホゴとは、たしか政府でしたね？」

「誰だって知ってることさ」老人はぶっきらぼうにいった。「グーンホゴってのは、一種の分離したチャイネシア政府だ。百七十億の人口が、地球上のせまいひとつの区域にかたまって住んでいた。ほとんどの連中はあんたやわしみたいに英語をしゃべるんだが、独自の言語も持っていて、いろいろ変てこな単語がいまの時代にまで伝わってるよ。当時はまだ他の連中と混ざってもいない。ところが、そこへウェイワンジャンその人の命令がくだり、人間の雨が降りだしたわけだ。まさに空からなだれ落ちてきたな。あんなものは二度と――」

記者はたびたび割ってはいり、話をすこしずつ引きださなければならなかった。本人にはあまり実感はないようだが、ベネット老がつかう用語はすべて歴史のなかに埋没してしまっており、いまの時代の人間にわかるようにするには解説が必要だった。だが老人の記憶力はすばらしく、語り口の鋭さや明快さに衰えはなかった……

ドビンズ・ベネット青年は実験区Aに赴任して幾日もたたないうちに、テルザ・ヴォマクトこそ、いままで出会ったなかでいちばん美しい女性であることに気づいた。十四歳にして、テルザはすっかり成熟していた。ヴォマクト一族には、そんなふうに成熟する者がたしかにいた。それはもしかしたら、この一族が、幾十世紀もむかしにいた無登録の法外者たちの子孫であることと関係があるのかもしれない。伝えられるところによれば、彼らはまた、太古の失われた世界とも謎めいた絆で結ばれているという。暦《こよみ》の年がまだ途切れずにつづき、たくさんの国家が並び立っていたころの世界と、である。

ドビンズ・ベネットは彼女と恋に落ち、そんな自分にわれながらあきれた。彼女はあまりにも美しく、スキャナー・ヴォマクトの実の娘だとはにわかに納得できなかった。スキャナーは筋骨たくましい男なのだ。

ときにはロマンスは早手まわしに進みすぎることがある。ドビンズの例がまさにそうで、あるとき彼はスキャナー・ヴォマクトの呼びだしを受け、こういいわたされた。「娘のテルザと結婚してやってもらいたい。彼女《あれ》のほうがきみを受けいれるかどうかはわからんが、もし彼女がその気になるなら、心から祝福しよう……」

ドビンズは信じられなかった。なぜ上級のスキャナーが青二才の技術者に好意を示すのか、理由を知りたいと思った。

スキャナーはただ微笑した。こういった。「わたしはきみよりずっと年上だ。しかしサンタクララ薬というものが新しく見つかって、人間の寿命が何百年も延びようとしている時代に、百二十で死んだら、人生の盛りで死んだように見えるかもしれないな。きみは四百か五百まで生きるだろう。だが、わたしの寿命はもう尽きかけている。妻はとうに死んで、子供はほかにいない。それに、テルザがある特別なかたちで父親を必要としているのはたしかなのだ。心理学の検査で、精神的に不安定だとわかったものでね。さあ、実験区の外にでも連れていってやったらどうかね？　ドームを出る通行証はいつでも取れる。外に出てラウディたちと遊んできなさい」

ドビンズ・ベネットは侮辱された気がした。これではまるでバケツをわたされ、砂場遊びをしてこいといわれたみたいではないか。だが反面、考えてみれば、求婚期間中のままごとのお膳立てはととのったわけで、老人がよかれと思ってしていることもまちがいなかった。すべてが起こった日、彼とテルザはドームの外にいた。二人はラウディたちをいじめて遊んでいた。

ラウディは殺さないかぎり危険ではない。たたき落とすも、押しのけるも、縛りあげるも自由だ。しばらくすると逃げだして、また気ままな暮らしにもどっていく。その暮らしがどんなものかは、ある特殊な生態学者が研究するまでわからなかった。彼らは直径九十センチで、金星の地上わずか二メートルの高さにふわふわと浮かび、微生物を食べている。長いあいだ人びとは、ラウディを生かしておく放射線があるのだと考えていた。とにかく、ものすごい繁殖率なのだ。彼らを押したり突いたりするのは、他愛ないが楽しかった。だが、できるのはせいぜいそれだけだった。

知的な反応が返ってこないのである。

一度ずいぶん昔、実験用に研究所に連れてこられた一ぴきのラウディが、タイプライターに明々白々なメッセージを打ちだしたことがある。文章はこう読めた。「きみたち地球人はどうしてわれわれをほうって、地球に帰ってくれないのだ？　われわれはちゃんと――」

それがこの三百年で、彼らから引きだしえたメッセージのほぼすべてだった。研究結果は、好意的に見ればこうなる。彼らはそれなりに高度な知能をそなえている。だが彼らにおいては、意思決定メカニズムが人間心理と根本的にちがうため、刺激を与えても地球人のような反応は得られない。

ラウディの名前は、古いチャイネシア語から来ている。意味は「故老」。ウェイワンジャンと称せられる最高指導者の命令一下、金星に最初の前哨基地を設営したのがチャイネシア人であったため、その用語が残ったのだ。

ドビンズとテルザは、ラウディたちを押しのけて丘陵を登ると、谷間を見下ろし、川とも沼地ともつかぬあたりに目をこらした。二人ともずぶ濡れで、空気コンバーターはべとつき、頬を流れる汗がむずがゆい。おもてでは飲食は――少なくとも多少の安全を考慮するかぎり――できないため、この徒歩行はおせじにもピクニックとは呼べなかった。ままごと遊びも、とびきりきれいな女の子が相手なら、それなりに新鮮さはある。――だがドビンズは、さすがにうんざりしはじめていた。

テルザはこの拒絶を肌に感じた。感じやすい動物のように、彼女は急に怒りだし、すねた。

「わたしに無理につきあわなくてもよかったのよ！」

「来たくて来たんだよ。だけど、いまは疲れて家に帰りたいんだ」

「子供あつかいしたっていいの。だったら、わたしと遊んで。女として見てくれるのでもいいの。だったら、紳士らしくして。でも、そのあいだでいつもシーソーされるのはいや。わたしがちょっとハッピーな気持になると、あなたは中年っぽく保護者ぶるのね。わたし、そんなの嫌い」

「きみのお父さんが――」いったとたん、彼は失敗に気づいた。

「父があああだ父がこうだ。わたしと結婚する気があるのなら、自分の力でしなさいよ」テルザはにらみつけ舌をつきだすと、砂丘をかけのぼって消えた。

ドビンズ・ベネットは困りはてた。どうしたらよいのかわからなかった。身に危険はない。ラウディは人を傷つけることはないからだ。彼はテルザをこらしめてやることに決め、勝手に道をさがすがいいと、ひとり帰途についた。もしほんとうに道に迷っても、地区捜索隊がすぐに見つけてくれる。

彼はゲートにもどった。

ゲートがどこも封鎖され、非常灯がついているのを見たとき、彼はたいへんな間違いをしでかしたことを知った。

心が重く沈むのをおぼえながら、最後の数メートルをかけだす。セラミックのとびらを素手でたたくうち、それはわずかに開いて彼を通した。

「どうした？」と彼はゲート保安員にきいた。

保安員がなにかつぶやいたが、聞きとれない。

「はっきりしてくれ！」ドビンズはどなった。「どういうことなんだ？」

「グーンホゴがもどってくる、占拠する気だ」

「そんなばかな」とドビンズ。「できるはずが――」ことばを切った。いや、できるのか？

「もうグーンホゴのものだ」保安員はいいはった。「丸ごと譲られた。地球管理委員会が、連中にまかせる票決を下したんだ。ウェイワンジャンは即刻人員の輸送を決めた。こちらに送られてくる」

「チャイネシア人が金星になんの用がある？　ラウディを一ぴき殺せば、千エーカーの土地が汚染される。押しのけても、またふわふわともどってくる。かき集めるわけにはいかない。ここに住むのなら、そういった問題の解決が先だ。だが解決にはまだほど遠い」いいながらも、ドビンズの頭は怒りと困惑でいっぱいだった。

ゲート保安員は首をふった。「おれにいうな。放送でそういってるのを聞いただけだ。みんなも興奮しているよ」

一時間足らずで、人びとの雨が降りだした。

ドビンズはレーダー室に上がり、上空のようすを見た。レーダー係はデスクを指でたたきながら、こういった。「こんなことは千年に一度あるかないかだろう、いや、千年以上か。あの空の上にあるのはなんだと思う？　あれはみんな戦艦だ、最後のきたない戦争のあとに残った戦艦の群れだ。あのなかにチャイネシア人がいるのはわかってた。知らん者はなかった。まるで博物館みたいなものだ。いまはもう連中に武器はない。だけど、いいか――何百万、何千万という人間が、この金星上空で待機してるんだ。なにをしでかすつもりなのか、さっぱりわからんよ！」

男は口をつぐみ、一枚のスクリーンを指さした。「いいか、まだらに飛んでるのが見えるだろう。たがいのうしろにまわりこむんで、かたまりになるんだ。画面がこんなふうに見えるのははじめてだ」

ドビンズはスクリーンを見た。操作員のことばどおり、全面が輝点《ブリップ》に埋まっていた。見まもるうち、ひとりが叫びだした。「あの左下のミルクみたいなのはなんだ？　見ろ、ほら——ほら、流れだしてる。あの点々の集団から、どういうわけか流れだしてるんだ。レーダー画面にどうやって物を流す？　ふつうは見えないものだろう？」

レーダー係はスクリーンを見つめた。「知らんね。あれがなにかもわからん。調べてみなければなんともいえん。とにかく成行きを見てみよう」

スキャナー・ヴォマクトが部屋にはいってきた。経験を積んだすばやい視線をスクリーンに投げると、こういった。「前代未聞のことだが、どうやら人間を落としているようだな。それも、たくさんの数だ。何千何万、何百万、いや、何千万かもしれん。とにかく大人口がここに降りようとしている。いっしょに来なさい、きみたち二人。外に出て、見てみよう。誰かに手を貸してやれるかもしれん」

そのころには良心のうずきは、ドビンズにとって耐えがたいものになっていた。テルザを外に置いてきたとヴォマクトに伝えたいものの、その決心がつかないでいた。置き去りにしたことを恥じたばかりでなく、子供の秘密を父親に告げ口することもおとなげない気がしたのだ。ドビンズはやっと口をひらいた。

「お嬢さんはまだ外部にいます」

ヴォマクトはいかめしく彼に対した。巨大な目は途方もなく冷ややかで威圧的だが、なめらかな声は抑制されていた。

「娘を見つけなさい」スキャナーがつぎにいったことばの調子は、ドビンズの背筋に戦慄を走らせた。「もし連れて帰ってくるなら、なにもかもうまくいく」

ドビンズは、命令を受けたようにうなずいた。

「わたしも出て、なにができるか考えてみる」とヴォマクトはいった。「だが娘の捜索はきみにまかせる」

彼らは階下におりると、長時間空気コンバーターをかぶり、霧のなかでも帰還できる小型探査機を装着し、行動を起こした。ゲートのまえに来たとき、保安員が声をかけた。「少々お待ちを、サー＝マスター。映話連絡がはいっています。管制室をお呼びになってください」

スキャナー・ヴォマクトを軽々しく呼びだすことはできない。呼びだすのはよくよくの場合だ。彼は通話装置をとると、腹だたしげに話しだした。

保安室の壁の映話スクリーンに、レーダー係が現われた。「いま上空に来ています」

「なにが来ているって？」

「チャイネシア人です。降りてきます。数は見当がつきません。われわれの頭上だけでも二千隻の戦艦が滞空していて、ほかの地域を合わせれば何万隻になるか。降下しています。着地するところをごらんになりたいなら、早く外部へ」

ヴォマクトとドビンズは外に出た。

チャイネシア人は降下してきた。ミルク色の曇り空から、人体が雨と降りそそいでくる。

何千何万という人びとが、みんなシャボン玉のようなプラスチックのパラシュートにぶらさがっている。彼らは降下してきた。

ドビンズとヴォマクトは、首のない男が舞いおりてくるのを見た。吊索にからまって、首がねじ切れてしまったのだ。

近くに女が落ちた。降下の途中、喉に不器用にテープ留めした呼吸チューブがはずれ、吹きだす血で窒息しかけていた。女はよろめきながら近づいた。しゃべろうとするが、血のよだれとともに低いうめきがもれるだけで、やがて泥のなかに倒れ伏した。

赤んぼうが二人落下した。付き添っていた大人は、どこかへ吹き飛ばされたのだろう。ヴォマクトがかけよって抱きあげ、ちょうど降りてきたチャイネシア人の男の腕に押しつけた。男は赤んぼうを見、なにをする気かとヴォマクトにさげすみの目を向けると、泣きわめく赤子を金星の冷たいぬかるみの上に置き、非情な一瞥《いちべつ》をくれて、思惑ありげにどこかへ走り去った。

ドビンズが赤んぼうを抱きあげようとしたが、ヴォマクトが制した。「よせ、見るだけにするんだ。全員の面倒は見きれん」

チャイネシア人に突拍子もない社会習性がいろいろあることは、つとに知られていた。だがナンディやニーディやショーハイスが有毒な空から降ってこようとは、誰ひとり考えていなかった。グーンホゴ以外、人間生命をこのように無謀に扱うものはない。ナンディは男、ニーディは女、ショーハイスは幼い子供のことである。そしてグーンホゴは、過ぎ去った多数国家の時代の名残をとどめる名前だ。意味は共和国とか国家とか政府とか、そういったものらしい。なんであれ、それは地球管理委員会の承認のもと、チャイネシアをチャイネシアふうに統治する組織だった。

　そしてグーンホゴの最高指導者は、通称ウェイワンジャンといった。

　ウェイワンジャンは金星へは来なかった。彼はただ人びとを送ってよこした。金星の地表にむけて民衆を投下すると、その惑星への植民を可能にする唯一の武器——民衆自身——によって、金星のエコロジーに取り組もうとした。人間の腕だけを使えば、ラウディ、つまり金星を最初に探査したチャイネシア隊が「故老」と名づけた生物は、危険ではないからだ。

　ラウディは、殺さないようにそっと集めなければならない。死ねば、一ぴき一ぴきが各千エーカーの土地を汚染する。人間の体と腕だけで、広大な、血のかよう囲いをつくり、そのなかに封じこめるのが最善の方法なのである。

　スキャナー・ヴォマクトがいきなりかけだした。

　怪我をしたチャイネシア人の男が落下し、うしろでパラシュートがつぶれかけていた。男は半ズボンをはき、ベルトにナイフをさし、腰に水筒をぶらさげていた。耳のわきに空気コンバーターを取り付けており、そのチューブが喉に通じている。男はわけのわからないことを叫ぶと、片足を引きずりながら立ち去った。

　ヴォマクトとドビンズの周囲では、人間の落下がひきもきらずに続いている。

霧にかすんだ大気のなかで、自動処理パラシュートがシャボン玉のように割れていく。地面にふれると、ほとんどすぐだ。静電気の化学的特性を利用して、うまい仕掛けを発明した者がいるらしい。

二人が見まもるうちにも、空気は人いきれで重くよどんできた。一度、ヴォマクトが何かに押し倒された。見れば、紐でくくられた二人のチャイネシア人の子供だった。

ドビンズは人びとに質問をぶつけた。「なにをする気なんだ？　どこへ行く？　指導者はいるのか？」

泣き声や叫びがちんぷんかんぷんの言語で返ってくるだけだった。ときどき英語で「こっちだ！」とか「ほっといてくれ！」とか「どんどん行け！」といったどなり声がはいるが、それがすべてだ。

実験は成功した。

その一日だけで、八千二百万人が降下した。

無限につづくかと思えた四時間ののち、ドビンズは冷えきった地獄の片隅にテルザを見つけた。金星の気候は温暖だが、着のみ着のままのチャイネシア人たちの苦しみが彼の血を冷やしたのだ。

テルザがかけよってきた。

口もきけない状態だった。

彼の胸に顔を埋め、すすり泣いた。やっとこれだけいった。「わたし——わたし——助けようとしたのよ。だけど、あんまりいっぱい、いっぱい、いっぱいすぎて！」ことばの終わりは悲鳴のように高くなった。

ドビンズは彼女を連れて実験区にもどった。

ことばは必要なかった。テルザは全身で、彼の愛を、彼の存在が与える安らぎを求め、彼とともに暮らす生き方を選んでいた。

二人が落下区域を出るときには、というか、金星全土がそうなったような印象だったが、パターンがすでに形をとりだしていた。ラウディの囲いこみがはじまったのだ。

ゲート保安員が二人をなかに入れると、テルザは声もなく彼にキスした。ことばは要らなかった。そして彼女は部屋へかけこんだ。

翌日、実験区Aの住人たちは、植民者になにか力を貸せないものかと、ドームの外に出た。手も足も出なかった。相手があまりにも多すぎた。数百万が金星の山や谷にちらばり、泥沼をはだしでわたり、異邦の泥を踏みしめ、異質の草木を踏みにじっていくのだ。彼らはなにを食べてよいかも知らない。行き先も知らなければ、指導者もいなかった。

彼らに与えられた命令はひとつ。ラウディをいくつかの大きな群れにまとめ、手で囲って動けなくすることだけだった。

ラウディの抵抗はなかった。

地球時間で四、五日の猶予期間をおいて、グーンホゴは小型偵察車を送ってよこした。車には、まったく毛色のちがうチャイネシア人が乗っていた。——教養ある、残忍で、気取った、軍服姿の男たちである。彼らはやるべきことを心得ていた。成し遂げるためには、同胞のいかなる犠牲も惜しまない覚悟でいた。

彼らは指令をたずさえていた。彼らは人びとを集団に分けた。ナンディやニーディたちが地球上のどの地方の出であるかは問わない。自分のショーハイスを見つけようが、他人のを引き取ろうが知るところではなかった。人びとは仕事をあてがわれ、働きだした。人間の肉体は、機械には及びもつかないことをやってのけた。——ラウディたちをがっちりと優しく囲いこむと、飢えるままにおき、最後の一ぴきまで消滅させたのだ。

水田が奇跡のように出現した。

スキャナー・ヴォマクトもあっけにとられた。グーンホゴの生化学者たちは、金星の土壌に合った米の品種改良に成功していたのだ。にもかかわらず苗は偵察車に積んだ箱から供給されたし、人びとは同胞の死体を乗りこえ、泣きながら植えつけをしなければならなかった。

金星のバクテリアでは人間は死なず、死体は腐敗もしないのである。問題が持ちあがり、解決された。巨大なそりが大人や子供の死体——降下に失敗したり、溺死したり、踏み殺されたりした者——を、公表されない目的地へ運んでいった。ドビンズの見るところでは、おそらく地球型の有機ゴミとなり、金星の土壌に加えられるのだろうが、そのことはテルザには話さなかった。

労働はつづいた。

ナンディやニーディたちは交替で仕事についた。暗くて物が見えなくなると、見ようともせず働いた。――さわったり叫んだりして接触をとったのだ。にわか仕立ての現場監督が金切り声で指揮をとった。労働者たちは指先をふれあって列をつくった。田畑の開墾はつづいた。

「雄大な話さ」と老人はいった。「たった一日で八千二百万人が降りてきたんだ。あとで聞くと、ウェイワンジャンは、七千万は死んでもかまわんといったそうだ。グーンホゴの前進基地をつくるには、千二百万で充分というわけだ。チャイネシア人は金星を乗っ取った。丸ごとそっくりな。

しかしナンディやニーディやショーハイスが空から降ってくるあの光景だけは、わしは生涯忘れんだろう。その男や女や子供がみんな、哀れなおびえたチャイネシア人の顔のわけさ。金星の変てこな空気のせいで、肌は淡褐色というより緑に見えた。その連中がまわりじゅうに落ちてくるんだ。

これは知ってるかな、兄さん？」とドビンズ・ベネットは、五世紀になんなんとする時を生きてきたこの老人は、たずねた。

「なんでしょう？」と記者はいった。

「このようなことは、どこの世界へ行こうが二度と起こらんということさ。なぜなら独立したグーンホゴなどというものは、もうどこにも残ってないからだ。あるのはたったひとつ、補完機構だけで、やつらは人間種属が遠いむかしにどうだったかなんて知っちゃない。荒っぽい時代だったよ、わしが生きてきた時代はな。人が偉大なことをしようとまだ張りきっていた時代だ」

ドビンズ・ベネットはまどろんだように見えたが、不意にがばっと身を起こした。「ほんとうさ、空が人で埋まっていた。水のように落ちてきた。雨のように降ってきた。わしはアフリカのおっかない蟻も見ているが、ぞろぞろ動く恐ろしさでは宇宙であれに匹敵するものはないね。ただしこいつは星の海なんぞ超越している。わしはアルファ・ケンタウリ近辺のいろんな狂った世界も見ているが、金星に人が降ったあのときみたいなものには出くわしたことがなかった。たった一日で八千二百万、しかもかわいいテルザはその渦中で行方不明ときてる。

だが米は芽を吹いた。それからラウディども、人間の壁が生きた腕で囲ううちに死んでいった。まさに人間の壁さ、立っていたやつが倒れればすぐにまた代わりが立つんだ。でも、誰もが人間だった。暗がりでわめいているときでもな。暴力はいっさいなしの戦《いくさ》をしながらも、たがいに助けあおうとしていた。みんな人間らしかった。だからこそ戦《いくさ》に勝ったのだ。狂った信じられん話だが、彼らは勝ったんだ。機械や科学ならあと千年もかかりそうな仕事を、取るに足らん人間が成し遂げたわけだ……

いちばん笑ったのは、あるナンディが最初に建てた家を見たときだ。金星の雨の降るなかにな。ちょうど巡回中で、ヴォマクトや青ざめた悲しそうなテルザもいっしょだった。家というほどのものじゃない、金星のひねこびた木材を寄せ集めたものさ。それが目のまえにある。その男が建てたんだ、にこにこ顔の半裸のナンディが……。わしらは戸口に行くと、〝なにを建てたんだね、避難所か病院か？〟と英語できいた。

そのチャイネシア人はにやりとした。〝いや、博打場《ばくち》さ〟と男はいったよ。

ヴォマクトは腑に落ちない顔をした。〝博打？〟

〝そうとも〟とナンディはいった。〝慣れない土地に来たら、まず最初にいるのは博打場だ。心配事を取り除いてくれるからね〟」


「それでおしまいですか？」と記者はいった。

個人的な部分はこのさい関係ない、とドビンズ・ベネットはつぶやいた。そして、こうつけ加えた。「そのうち、わしの孫の孫の孫の、そのまた孫の孫たちと会うだろう。何代目になるかは自分で数えたらいい。彼らの顔を見れば、わしがヴォマクト・ファミリーの一員になったことはすぐにわかるはずだ。テルザは一部始終を見た。人びとが世界を建設する現場を見た。苦しみぬいて作るところをだ。テルザはあの夜のことを終生忘れなかった。薄明かりの泥のなかにころがっている赤んぼうの死骸、ゆっくり融けていくパラシュートのロープ。ニーディたちの泣き声も聞いた。困ったナンディがなぐさめ、どこかへ連れていく声も。冷酷でばりっとした身なりの士官たちが、偵察車からおりたつ姿も忘れなかった。ドームに帰ってからは、稲が育つのを見た。グーンホゴが金星をチャイネシア人の土地にするのを見た

「あなたご自身にはなにがありました？」と記者はいった。

「べつになにも。わしらにできる仕事はないから、実験区Aをたたんだだけだ。で、わしはわけだ」

テルザと結婚した。わしはあとでよくテルザにな、〝きみはそんなに手に負えない娘じゃないぜ！〟といったものさ。するとテルザはすなおに認めて、もう違うと答えたよ。人の雨が降ったあんな夜は、誰だって魂を試されるし、テルザにとってもそうだった。大きな試練にあって、そいつをパスしたわけだ。よくいってたよ。〝わたし見たのよ。人が降るところを見て、もう二度と誰かが苦しむのを見たくない。あなたのそばにおいて、ドビンズ、永遠にそばにおいて〟とな。

永遠とはいかなかった。だが幸せで楽しい三百年だった。そして四度目のダイヤモンド婚式を祝ったあと、テルザは死んだ」とドビンズ・ベネットはいった。「すばらしいことだと思わんかい、兄さん？」

すばらしいことだ、と記者は答えた。だが記事を編集長のところへ持っていくと、記録保管室にしまえと命じられた。楽しい読み物とはいえないし、もはや大衆の興味をひきそうにもなかったからだ。

青をこころに、一、二と数えよ

Think Blue, Count Two

伊藤典夫◎訳

1

　大型船が平面航法によって星の海にささやくようになる以前、人びとは大きな帆の助けを借りて星から星へ飛んでいた。だだっ広い薄膜を宇宙空間にはりわたし、長い頑丈な耐寒性の索具につなぎとめたものである。帆をあやつり、針路をチェックし、乗客の監視にあたるのは、小型の宇宙艇に乗った船乗り《セイラー》であり、乗客たちは小さな断熱ポッドに密閉され、長大な糸に点々と連なる結び目さながら、船のあとにつき従った。乗客たちはなにも知らず、ただ地球で眠りにおち、四十年、五十年、あるいは二百年後、不思議な新世界でめざめるのだった。

　素朴な方法にはちがいない。だが、これは成果をあげた。

　ヘレン・アメリカはそんな船に乗って、ミスター・グレイ＝ノー＝モアのあとを追った。スキャナーたちはそんな船を使って、宇宙空間に年ふりた権勢をふるった。二百を超える惑星がこうした形で植民され、なかには、のちに銀河文明の宝物蔵となるオールド・ノース・

オーストラリアも含まれていた。

移民ポートは、ひと続きの低い角ばったビルの集まりだった。――それとはおよそ異なるのが地球港《アースポート》で、こちらは凍りついた核爆発のように雲をついてそびえていた。

移民ポートは、暗く、くすんで、もの寂しく、能率がいい。四方の壁が古い血のように赤黒いのは、そのほうが暖房費が安くつくからだ。ロケットなどもみにくく単純で、修理ピットは機械工場のように見ばえがしない。地球にも観光客に誇れる名所がいくつかある。移民ポートはそのなかに含まれてはいない。そこで働く人びとは、本物の仕事をする特権にあずかり、職業人としての名誉を勝ちとる。そこへやってくる人びとは、まもなく意識をなくす。地球上での最後の思い出は、病室めいた小さな部屋と小さなベッド、音楽がすこしと会話がすこし、それに眠りと(もしかしたら)寒さだけだ。

彼らは移民ポートからポッドへ向かい、封印される。ポッドはロケットに運ばれ、ロケットは帆かけ船へと向かう。これが昔ながらの星への渡航法である。

新方式はすばらしい。人はただ快適なラウンジにおちつくか、カード・ゲームに興じるか、食事を一、二度するだけでいい。支払わねばならない旅費は、惑星の富の半分、または一点の過失もなく〝優秀〟の折り紙つきで通した二百年の年功だけだ。

光子帆船はちがっていた。チャンスは誰にも平等だった。

肌も髪もつやつやとした、ひとりの気のいい若者が、新世界へ旅立った。もうひとり、髪に白いもののまじる年かさの男が、行をともにした。いっしょに旅立つ人びとは、ほかに三万を数えた。また、地球上でもっとも美しい娘もいた。

地球はその娘を引きとめることもできた。だが新世界は彼女を必要としていた。

行くほかはなかった。

彼女は光を受けて飛ぶ船に乗った。その船で宇宙をわたるのだ。――危険が常に待ちうける宇宙空間を。

宇宙では、ときに奇怪な道具を使わざるをえなくなる。――美しい少女の絶叫、死んで久しいネズミの積層加工された脳、コンピュータの身も世もない号泣。宇宙では、休息、交替、救援、修理はまず望めない。危険はすべて予測しなければならず、でなければ命を失う。そして最大の障害は、人間みずからが生みだす危険なのである。


「美人だ」と第一の技術者がいった。

「ただの子供だよ」と第二がいった。

「飛びたって二百年もたてば、子供っぽさなんかなくなってしまうだろう」

「だが、いまは子供だ」第二の技術者はそういい、ほほえんだ。「青い目をしたきれいなお人形さ。おずおずと大人の世界に踏みだしかけたところだ」ため息をついた。

「どうせ冷凍されるんだ」

「ずっとじゃない」と第二。「ときどきは目がさめることもある。起こされるんだ。機械が解凍する。〈オールド・トゥエンティ・トゥ〉で起きた犯罪のことは覚えているな。いい連中だったが、取り合わせが悪かった。で、なにもかもが行き違いになっていったんだ――見苦しく残酷な方向にな」

二人とも〈オールド・トウェンティ・トゥ〉のことは覚えていた。この地獄船は、ビーコンを受けて救助が着くまで、長いこと星の海を漂流していた。救助はあまりに遅すぎた。船体は傷ひとつなかった。帆は正しい角度を向いていた。万を数える凍眠者たちは、ひとり乗りの断熱ポッドで船のうしろに数珠つながりになり、良好な状態にあるはずだった。だが、外空間にあまりにも長くさらされたため、ほとんどの人体は傷んでいた。船の内部――問題はそこにあった。操帆手《セイラー》がしくじったか、あるいは死んだかしたのだ。補充要員の乗客たちが凍眠から呼びもどされていた。彼らはたがいにウマが合わなかったらしい。あるいは変な意味で、ウマが合いすぎたのか。はるかな星の海で、こわれやすい狭いキャビンに閉じこめられ、乗客たちは新しい犯罪をつぎつぎと思いつくと、たがい同士に仕掛けあったのだ。――百万年の歴史を積んだ地球の悪でさえ、人類から引きだしえなかったような犯罪を。

調査にあたる捜査官たちは、補充クルーの目覚めからはじまる事件の経過をたどりなおしていったが、やがてひどく気分を悪くした。そのうち二人は白紙化を願いでて、どうやらこの職から引退してしまったようである。

いま二人の技術者は、〈オールド・トウェンティ・トゥ〉の件をすべて頭においたうえで、台上に眠る十五歳の女を見つめた。ここにいるのはおとなの女なのか？　年端もいかない少女か？　もし航行中めざめたら、なにが起こるだろう？

彼女はひそやかに息をしている。

技術者たちは交互に彼女を点検し、やがて第一が口をひらいた。

「心理保護士を呼んだほうがいい。これはそちらの仕事だ」

「できるものならな」と第二がいった。

心理保護士は、その番号名前が数字のティガ＝ベラスで終わる男だったが、それから三十分後、機嫌よく部屋にはいってきた。夢見るような目の老人で、物腰はきびきびと隙がなく、おそらくは四度目の回春期にあるようだった。老人は横たわる美少女を見やり、大きく息を吸った。

「これをなんだって――船にだと？」

「いや」と第一の技術者。「美人コンテストさ」

「からかわんでくれ」と心理保護士はいった。「連中はこんなにきれいな娘を本気で〈空のむこう〉に送りだす気なのか？」

「血統用なんだ」と第二の技術者がいった。「ヴェレルト・スヘメリングにわたった人間たちがひどく醜くなってきて、もっと器量のいい者がほしいと、〈でっかいチカチカ《ビッグ・ブリンク》〉に信号を送ってきた。補完機構はそれに答えたわけさ。今度の船に乗る連中は美男美女ばかりだ」

「そんなにたいせつな娘なら、なぜ冷却してポッドに入れない？　そうすれば着くか着かないか、どっちかですむ。これだけの器量よしなら」とティガ＝ベラス、「どこに行ってもトラブルが起きるぞ。船だけの話じゃない。この子の名前番号は？」

「そこの表示画面にある」と第一の技術者がいった。「全部そこに出るよ。ほかの客の資料もほしいだろう。それも全部リストにはいって画面に出てくる」

「ヴィーシイ＝クーシイ」と心理保護士は読みあげた。「というか、５＝６。間の抜けた名前だが、ちょっとかわいいじゃないか」老人は眠る少女にあらためて目をやると、背中を丸め、補充クルーに選ばれた乗客の経歴資料を読む作業にはいった。この少女が全行程を眠りとおすのではなく、なぜ非常用に待機させられるのか、理由は十行も読み進まないうちにはっきりした。彼女の肉親愛ポテンシャルは九九九・九九九だった。つまりノーマルな成人男女なら、会って数分のうちに彼女を実の娘のように見ることができ、また進んでそう思いこむということだ。彼女個人はべつになにができるわけでもない。知識もなければ熟練した技能もない。だが年上の人間は、いつのまにか新しい生きがいを植えつけられ、またかなりの確率で猛然と闘争心をふるいおこすのだ。彼女を守るために。そして間接的には、自分自身のために。

それだけのことだが、キャビンに配属するには充分に特殊な資格だった。古代の詩的な断片にある〝古き古き大地が生んだ娘たちの、なかでももっとも美しい娘〟――彼女はまさにその文字どおりの例証といえた。

ティガ＝ベラスがノートを取りおえるころには、勤務時間はほとんど終わっていた。技術者たちの口出しはなかった。老人は愛らしい少女をもう一度見ようとふりかえった。少女は消えていた。第二の技術者は去り、第一が手を洗っている。

「冷却にまわしたんじゃなかろうな？」ティガ＝ベラスは叫んだ。「わたしのほうも彼女にほどこす処置がある。安全機構をちゃんと働かせるんだったら」

「それは承知だ」と第一の技術者がいった。「二分間残してあるよ」

「たった二分の処置で四百五十年の旅にそなえるわけか！」

「それ以上必要か」技術者のことばは、文型を別にすれば、問いかけですらなかった。

「どうだろう？」ティガ＝ベラスは顔をほころばせた。「そう、必要ないね。あの娘は、わたしの寿命が尽きたあともずっと無事でいるだろう」

「あんたはいつ死ぬんだね？」技術者が打ち解けた口調できいた。

「あと七十三年と二カ月と四日だ」ティガ＝ベラスは機嫌よく答えた。「もう四回目で最後だからな」

「そうだと思った。あんたは立派だ。そんなふうに旅立つ人間はいない。いい勉強になるよ。あんたにまかせれば、あの娘《こ》も安心だ」

2

二人は処置室をあとにし、さわやかな、安らぎにみちた夜の地表へ昇った。

あくる日の遅く、ティガ＝ベラスは上機嫌ではいってきた。左手にはドラマ・スプールを持っている。市販標準サイズのやつだ。右手には黒いプラスチック・キューブがあり、各面の接触子がゆらめく微光をはなっていた。二人の技術者は老人を丁重に迎えた。

ティガ＝ベラスは興奮と喜びを隠せなかった。

「あのきれいな娘を救えそうだ。この方法を取れば、肉親愛ポテンシャルは下がらない。それどころか、あんな九の連続じゃなくて、「一〇〇〇ポイント・ゼロ・ゼロに近づく。ネズミの脳を使うことにしたよ」

「凍っているんなら、コンピュータには入らないぜ」と第一の技術者。「非常用品のほうにまわさなきゃ」

「この脳は凍らせてないよ」ティガ＝ベラスが奮然といった。「積層加工だ。高純繊維《セリユプライム》でかためて、七千層ぐらい貼りあわせてある。その一枚一枚が、ほぼ分子二個の厚さだ。このネズミはつぶれん。いや、じっさい、これから永遠にものを考えつづけるだろう。電圧を上げないかぎり、あまりたくさん考えはしないが、それでも考えはするんだ。しかも、つぶれん。セラミック・プラスチックだから、大型兵器を使わないかぎりこわせんだろう」

「接触子は……？」と第二の技術者。

「そこは通させない」とティガ＝ベラス。「このネズミは娘のパーソナリティに波長を合わせてあって、千メートル以内なら必ず受信する。だから船内のどこに置いてもいい。ケースも強化した。接触子は外側に貼りつけてあるだけだ。内部の鉄ニッケル対応接点に通じてる。

さっきもいったが、このネズミは人類の最後のひとりがどこかの惑星で死に絶えたあとも、まだ考えつづけるんだ。その娘のことばかりをな。永遠にだよ」

「永遠とは、またとてつもなく長い時間だな」第一の技術者はぶるっと身をふるわせた。

「必要な安全期間は二千年そこそこなのに。当の女の子だって、どこか故障が起これば千年ぐらいでつぶれちまうだろう」

「心配ご無用。本人がつぶれようがつぶれまいが、安全機構は働きつづけるさ」ティガ＝ベラスはキューブに語りかけた。「ネズ公、おまえはヴィーシイといっしょに行くんだ。もし〈オールド・トゥウェンティ・トゥ〉の二の舞を踏むようなら、いっさいがっさいを陽気な園遊会にしてしまえ。アイスクリームからなにから、西風への賛歌までな」ティガ＝ベラスは男たちに目を上げ、言わでものことを付け加えた。「やつには聞こえんがね」

「あたりまえだ」第一の技術者はひどくそっけなくいった。

三人の目がいっせいにキューブに集まった。みごとな技術の結晶だ。心理保護士が自慢するのもうなずけた。

「ネズミはまだ入り用かい？」と第一の技術者。

「うん」とティガ＝ベラス。「四十メガダインで三分の一ミリセコンドだ。ネズ公の左の脳皮質にあの娘《こ》の半生を転写したい。特にほしいのは彼女の絶叫だ。生後十カ月のとき、ものすごい声で泣いた。口のなかになにかが入ってね。十のときには、自分のところの昇降シャフトの空気が止まったと思いこんで叫んでる。もちろん錯覚だ。でなければ、いま生きちゃいない。みんな記録にある。そういう悲鳴をネズミに移したいんだ。それから四つの誕生日に、赤いくつをプレゼントにもらった。処置の時間を二分間くれ。キーは《マーシャと月人たち》の全巻にプリントしておいた。去年やった若い女の子向けの連続ドラマでは、これがいちばんの出来なんだ。ヴィーシイも見た。このつぎも見るだろう。だが今度はネズミがからんでくる。これを忘れるなんて、雪玉が地獄でころがるほどの確率だろうよ」

とたんに第一の技術者が「なんだって？」ときいた。

「ん？」とティガ＝ベラス。

「いまなんていった、その、最後の文句？」

「あんた耳が遠いのか？」

「ちがうよ」技術者は憮然としている。「いまのことばの意味がわからなくてね」

「彼女がこれを忘れるなんて、雪玉《スノーボール》が地獄でころがるほどの確率だろうよ、といったんだ」

「うん、たしかにそう聞こえた。その雪玉《スノーボール》ってのはなんだ？ 地獄《ヘル》とは？ どれくらい忘れなくなるって？」

第二の技術者が勢いこんで口をはさんだ。「おれ知ってるよ。雪玉《スノーボール》というのは、海王星の氷の形成物だ。地獄《ヘル》というのは、クフ7からそう遠くない惑星の名前さ。この二つがどうつながるのか、それはわからんが」

ティガ＝ベラスは老人特有のうんざりした驚き顔で二人を見やった。説明する気にもなれないので、やさしくこう切りかえた。

「うんちくを傾けるのはまたあとだ。ネズミとつながってるかぎり、ヴィーシイは安全だと言いたかっただけさ。ネズミは彼女も含めて誰よりも長く保つし、若い女の子なら《マーシャと月人たち》は忘れっこない。毎回のエピソードを二度ずつ見てるくらいのファンならな。あの娘《こ》はその口なんだ」

「この娘のせいで、ほかの乗客が無防備になるおそれは？　それでは意味がないぞ」と第一の技術者がいった。

「それは全然ない」

「出力をもう一度教えてくれ」と第一の技術者。

「ネズミ――四十メガダインで三分の一ミリセコンド」

「それでは月の向こうまで聞こえちまうぜ。許可もなしに、みんなの頭にそんなものは送りこめない。補完機構から特別許可を取ってやろうか？」

「たった三分の一ミリセコンドのことでか？」

二人の男はつかのま顔を見合わせた。だが、やがて技術者のほうがひたいにしわを寄せ、口もとに笑みをうかべはじめ、二人は同時に笑いだした。第二の技術者が事情を呑みこめないようすなので、ティガ＝ベラスが説明にまわった。

「娘のいままでの人生を、最大出力で三分の一ミリセコンドに詰めこむわけさ。それがキューブ内のネズミの脳に流しこまれる。三分の一ミリセコンドでの通常の人体の反応はどんなふうだと思う？」

「十五ミリセコンドで――」第二の技術者が話しはじめ、口をつぐんだ。

「そうだ」とティガ＝ベラス。「十五ミリセコンド以内なら、ひとはなにも感じない。このネズミはたんに薄く伸ばされ、積層化されているだけじゃない。速いんだ。積層加工によって、反応がシナプス以上に速くなる。娘を連れてきてくれ」

第一の技術者はすでに彼女のところに向かっていた。

第二の技術者はふりかえり、もうひとつ質問した。「このネズミは死んでるのかい？」

「いや。うん、そうだな。そうとも言えんか。なにを聞きたい？　そんなことわかるか」ティガ＝ベラスはそれをひと息にいった。

年下の男はのみこめない表情をしたが、部屋にはすでに美少女をのせたカウチが運ばれていた。皮膚は冷えきってピンクから象牙色に変わり、呼吸ももはや肉眼では認められない。だが美貌はまだ失われていなかった。深層冷却はまだ始まっていないのだ。

第一の技術者が口笛をふいた。「ネズミ――三分の一ミリセコンド、四十メガダインね。女性、時間おなじ、出力最大。女の入力、二分間、強さは？」

「いくらでも」とティガ＝ベラス。「どれくらいでもいい。きみらが深層書きこみに使っている強さだ」

「完了」と技術者。

「キューブを持って」とティガ＝ベラス。

技術者はキューブを受けとると、棺桶型の凍眠器のなか、少女の頭のわきにはめこんだ。「さらば、不死のネズ公よ」とティガ＝ベラスがいった。「おれが死んだあとも、このきれいな娘のことを考えていてくれ。百万年見つづけたあとでも《マーシャと月人たち》に飽いたりはしないでな……」

「テープをくれ」と第二の技術者。男はティガ＝ベラスからドラマ・スプールを受けとると、再生装置にかけた。標準型の装置だが、出力ケーブルは家庭用のとは比べものにならないほど太い。

「合図のコードはあるのか？」と第一の技術者がいった。

「短い詩なんだ」ティガ＝ベラスはポケットに手をいれた。「声に出して読むなよ。ひとが読みちがえたのを、娘が聞いてしまう可能性がある。そうなったら、娘とネズミ脳のあいだにヘテロダイン効果が起こってしまう」

二人は紙きれを見た。きれいな古めかしい書体で、こんな詩句が書かれていた。

　お嬢さん、もしあなたに
　うるさくつきまとう男がいたら
　　　青をこころに
　　一、二と数え
赤いくつをさがしてごらん

技術者たちは温かい笑い声をあげた。「それでよし」と第一がいった。

ティガ＝ベラスは照れたように笑顔で感謝した。

「両方ともスイッチを入れてくれ」と技術者たちにいうと、「さよなら、娘さん」とつぶやいた。「さよなら、ネズ公。七十四年したら、また会おうな」


男たちの脳裏に見えない光がひらめき、部屋が明滅した。

月の軌道上で、ひとりの航法士がふと母親の赤いくつのことを思った。

地球上では二百万人が「一、二」と数えだし、なぜ数えたのだろうと、みんなが首をひねった。

とある軌道船では、一羽の色あざやかな若いインコが詩の全体を朗唱し、いったいなんのつもりかと船のクルーをめんくらわせた。

ほかに付随現象はなかった。

すさまじい加圧に、娘は棺のなかで弓なりにのけぞった。電極がこめかみの皮膚を焼いた。娘の冷えた生身のなかで、その個所だけが鮮紅色に浮きあがっている。

キューブからは、死せる生きネズミ／生ける死にネズミの気配はない。

第二の技術者がヴィーシイのやけどに軟膏を塗っているあいだ、ティガ＝ベラスはヘッドセットをかぶると、棺桶型の凍眠ベッドのなかに手をさしいれ、はめこまれたキューブの位置をずらさないよう、そっと端末部にさわった。

　彼は満足そうにうなずき、うしろにさがった。

「女の子のほうはちゃんと入力されたかな？」

「深層冷却に移すまえに、照らし合わせをやるさ」

「《マーシャと月人たち》をか、えっ？」

「これは見逃せないぜ」と第一の技術者がいった。「なにか抜けてるところがあったら教えてやるよ。ないと思うが」

　ティガ＝ベラスは愛らしい愛らしい娘に最後の一瞥《いちべつ》をくれた。七十三年と二ヵ月と三日か、と心に思った。娘のほうは、地球制度のかなたで、もしかしたら一千年の命を授けられるだろう。そして、ネズミの脳には百万年があるのだ。

　ヴィーシイは彼らを知らなかった。――第一の技術者のことも、第二の技術者のことも、心理保護士のティガ＝ベラスのことさえ知らなかった。

3

　けれども命の尽きる日まで、彼女は《マーシャと月人たち》のなかに、目のさめるようなきれいな青い光と、催眠的な「一・二、一・二」のくりかえし、それに地球の内外を問わず、どんな少女が見てもうっとりするような赤いいくつのイメージがあることを知っていた。

三百二十六年後、彼女にめざめの時が来た。

凍眠装置のふたはすでに開いていた。

全身のあらゆる筋肉や神経がうずいている。

船は緊急事態をけたたましく告げており、起きなければならなかった。

彼女は眠りたかった。眠るか、でなければ死にたかった。

船の悲鳴はつづいている。

起きなければ。

棺桶ベッドのふちに腕を上げる。ベッドから出入りするコツは、地底で眠りにつき、冷却されるまえの長い訓練期間にみっちり学んでいた。なにをつかめばよいか、あとになにが来るかは承知している。彼女は斜めに体を起こし、目をあけた。

黄色い強い明かりが照らしていた。彼女はまた目をとじた。

今度は近くから声がひびいた。「ストローを口にくわえて」声はそう聞こえた。

ヴィーシイはうめき声をあげた。

声はあれこれしゃべりつづけている。

なにやら細い堅いものが、口もとに押しつけられた。

彼女は目をあけた。

人間の頭とおぼしいものが光をさえぎった。

また別の医者が出てきたのかと、彼女は目をすがめた。ちがう、ここは船のなかだ。顔に焦点が合った。

たいへん若く、たいへんハンサムな顔だった。その目がのぞきこむ。ハンサムでいて心配げな顔など、いままで見たことがなかった。しかもその両方がなみなみではないのだ。もっとよく見ようと彼女は目をこらし、気がつくとほほえんでいた。

飲用チューブが歯のあいだにはいってきた。本能的に吸いつく。スープのようだが、ちょっと薬くさい味がした。

顔は声をともなっていた。「起きて。起きて。ぐずぐずしてたってなんの得にもならないぜ。起きたらすぐに運動しなきゃ」

彼女はチューブを口から出し、あえぐようにいった。「あなた誰なの？」

「ぼくはトレーセ。あっちにいるのはタラタシャーだ。もう二カ月まえに起きて、ロボットたちの命令系統を編成しなおしている。きみの助けがいるんだ」

「助け」とつぶやく。「わたしの助け？」

トレーセの顔がくしゃっとしわを寄せ、さわやかな笑みをうかべた。「うん、きみが必要になってきてね。ロボットを調整したつもりでいても、それを監視する三人目の人間がいなくては。それに、さびしかったし。タラタシャーと二人だけじゃ、たいして気分もはずまない。だから補充クルーのリストを見て、きみを起こすことに決めたんだ」彼は親しげに握手を求めてきた。

身を起こすと、もうひとりの男タラタシャーが見えた。彼女は思わず身をすくめた。こんなに醜い男を見たことがなかった。グレイの髪は短く刈っている。脂肪で埋まったような眼窩の奥から、小さな金壺《かなつぼ》まなこがのぞいている。頬は巨大な肉垂れとなって、顔の両側にぶらさがっている。加えて、顔は左右がちぐはぐだった。片側はしゃんと目覚めているようだが、もうひとつの側は、苦悶ともつかぬ絶え間ないけいれんに歪んでいるのだ。彼女はこらえかね、手を口もとに上げた。そして手の甲をくちびるにあてたまま、つぎのことばを発した。

「わたし――わたし、この船にいるのは、みんなきれいな人だと思っていた」

タラタシャーの片面は微笑にほころんだが、片面は心の痛手に凍りついたままだった。

「そうさ」流れでる低い声は、それ自体決して耳ざわりではなかった。「そうだったんだ、昔はね。凍眠中には、必ずいくらか傷む人体が出てくる。わたしの顔に慣れるには、ちょっと時間がかかるだろう」彼は冷たく笑った。「自分でも慣れるのにしばらくかかった。二カ月でなんとか落ち着いたよ。とにかく、お目にかかれて嬉しい。もしかしたらあんたも、わたしに会って嬉しいと思ってくれるかな――しばらくしたら。これでどうだい、えっ、トレーセ?」

「なにが?」ききかえしたトレーセは、この成行きを柔和な目で心配そうに見守っていたのだった。

「彼女さ。じつに手ぎわがいい。若者らしい単刀直入な外交術だ。昔はハンサムだったのに、といってくれる。もう違うんだ、とわたしは答える。それにしても、この娘《こ》はなんだ？」

トレーセは彼女のほうに向いた。「手を貸してあげよう。すわりたまえ」

彼女はベッドのふちにすわった。

トレーセは無言のまま、吸い口の付いた液嚢《えきのう》を少女にわたし、彼女はふたたび栄養液を飲みはじめた。その目が幼な子のように二人の男を見上げた。まなざしはあどけなく不安げで、それは困った問題にはじめて出くわした子猫のようにも見えた。

「きみは何者なんだ？」とトレーセ。

彼女はつかのまチューブからくちびるを離した。「女よ」

タラタシャーの片面が、如才《じょさい》ない笑みをうかべた。残りの半面は筋肉の動きにわずかにつられたが、なんの表情も見せない。「それはわかる」と冷たくいった。「きみはなんの訓練を受けたかということなんだ」

「つまりさ」とトレーセが弁解がましくいった。

彼女はまたチューブから口を離した。「なにも」といった。

男たちは笑った――二人ともだ。はじめにタラタシャーが、この世の悪意をこりかためたような声音で笑った。つぎにはトレーセが笑ったが、自分なりの笑いを見つけるには少々若すぎた。だから彼の笑いも残酷だった。タラタシャーの笑いには、どこか男くさくいかがわしく剣呑《けんのん》で秘密めかしたものがあり、若い女が苦痛と屈辱の果てに見いだすすべてを、すでに知っているかに見えた。その瞬間の彼は、女にとって古今の男がそうであったような異質の存在であり、ひそかな動機と隠れた欲望を内にかかえ、女が持たず、また持つ気もないぎらつく鋭い思考につき動かされる生き物だった。あるいはそれは、肉体の歪み以上かもしれなかった。

　ヴィーシイの過去には、この笑いが恐怖の引き金となるような経験はなにもない。だが百万年にわたって積み上げられた女性の本能は、悪に目をつむり、つぎなるトラブルに身構え、そのときの最善を期待する道をとった。性のことは、本やテープを通じてすべて知っている。この笑いは赤んぼうや恋とはかかわりない。あるのは軽蔑と力と残忍さ——たんに男であるゆえの残忍さだけだ。いっとき二人への嫌悪の念がつきあげたが、心理保護士が心に組みこんだ安全機構を発動させるほど激しいものではなかった。かわりに彼女は、縦十メートル、横四メートルのキャビンを見まわした。

　いまはここがわが家だ。もしかしたら永遠に。凍眠者たちがどこかにいるはずだが、ベッドは見当たらなかった。いま彼女にあるすべては、この小さな居住空間と二人の男——温かい笑み、きれいな声、興味深げなグレイ・ブルーの目のトレーセと、崩れた顔のタラタシャー。それに、彼らの笑い。敵意とあざけりを内に秘めた、あのいやらしいほど謎めいた男くさい笑い声だけなのだ。

　でも人生はひとつ、と彼女は思った。がんばって生きなくては。ここで。

　タラタシャーが笑いをやめ、うって変わった声で話しだした。

「気晴らしやゲームはあとでいくらもできる。仕事をかたづけるほうが先だ。光子帆の集光力が落ちて、針路を変えにくくなっている。主帆《メンスル》が隕石に破られたんだ。修理は無理だ。幅二万マイルもあったんじゃあな。そこで仮帆装をおこなう——昔の船では応急修理のことをそういった」

「帆はどういう仕掛けになっているの？」自分の質問にたいして興味が持てず、ヴィーシイは悲しかった。長期凍眠の痛みと苦しみが、よくない影響をおよぼしはじめている。

タラタシャーがいった。「単純だ。帆はコーティングしてある。軌道に上がるには、われわれはロケットを使った。帆にかかる光圧は、面によって差がある。片面の光圧が高く、その裏面が無圧に近ければ、船は動くしかない。星間物質はたいへん微細なので、船の足を引っぱるほどではない。帆はいつでもいちばん明るい光源から離れようとする。最初の八十年間でいうなら、光源は太陽だった。そのうち太陽のほかにも、いくつか明るい星を使うようになった。いまあと押しの光だけは充分以上なので、無圧面を一刻も早くゴールに向け、集光面をもっと弱い光源のほうに向けないと、どんどんはずれていってしまうわけだ。操帆手《セイラー》は、なにが原因か知らないが死んでしまった。船の自動メカニズムがわれわれを起こし、航法パネルが状況を説明してくれた。だから、ここにいる。ロボットたちを調整しなくては」

「だけど、どうなってしまったの？　ロボットにやらせればいいでしょう？　どうして人間を起こす必要があったの？　かしこい機械のはずなのに」ことにヴィーシイ自身は、どうして自分が起こされたのか不思議でならなかった。だが答えはうすうす見当がつき——起こしたのは男たちだ、ロボットではない——それを彼らに言わせたくなかった。男くさい笑い声がいかに醜くひびいたか、まだ彼女は覚えていた。

「ロボットたちは帆を裂くようにはプログラムされていない。——修理するだけだ。被害をそのままにしておいて、新しい部分を付け足す仕事にかかりきるよう条件づけを変えなければならない」

「なにか食べ物をいただけない？」とヴィーシイはきいた。

「ぼくにまかせてくれ！」トレーセが叫ぶ。

「よかろう」とタラタシャーはいった。

彼女が食事をとるあいだに、作業の細かい打ち合わせがはじまり、話しあいはおだやかに進んだ。ヴィーシイは真底ほっとした。男たちが自分をパートナーに受けいれてくれたと実感したからだ。

作業計画が完成するころには、帆をぴっちり張りなおすのに、通常日にして三十五ないし四十二日かかりそうなことがはっきりしてきた。外側で働くのはロボットだが、帆は一枚一枚が縦七万、横二万マイルの広さなのである。

四十二日とは！

作業は四十二日どころではなかった。

一年と三日後にようやく終わった。

その間、キャビンの人間関係に大きな変化はなかった。タラタシャーは彼女に近づかず、ときおり聞くに堪えないことばを投げるだけだった。顔をもとどおりにする薬は薬品キャビネットにもなかったが、一部に麻薬効果のあるものが見つかり、睡眠は長くたっぷりとっていた。

トレーセは早くから彼女の恋人になったが、二人のロマンスは無邪気なもので、草原や、楡《にれ》の木かげや、地球の清い川のほとりにふさわしかった。

あるとき男たちが争いをはじめ、ヴィーシイが大声で制止したことがあった。

「やめなさい！　やめなさい！　まさか、こんなことをするなんて！」

二人がなぐりあいをやめると、彼女は不思議そうに――

「喧嘩はできないと思ってた。箱があるはずよ。安全装置が。出発のとき備えつけてもらったものが」

答えるタラタシャーの声音には、底知れぬ醜さと冷たさがあった。「それはやつらのほうの計算だ。そんなものは何カ月もまえに船から投棄してしまったよ。あっては迷惑だ」

トレーセの顔色の変わりようは、うっかり〈いにしえの没我の地〉に踏みこんだかのように劇的だった。身じろぎもせず目を見ひらき、おびえきった声をようやく発した。

「だから――ぼくらは――争いを――やったんだ！」

「あの箱のことかい？　きれいに処分しておいたよ」

「しかし」と、あえぐように、「ひとりひとりに守護の箱があるんだ。ぼくらはそれに守られていた――ぼくら自身から。ああ神よ、みんなをお助けください！」

「なんだ、カミとは?」とタラタシャー。

「なんでもない。昔の用語だ。まえにロボットから聞いた。だけど、これからどうしたらいいだろう? あなたはどうする気なんだ?」と、責めるようにタラタシャーに。

「わたしか」とタラタシャー。「わたしはなにもしない。なにも起こってないんだから」動きのある顔の半面が、おぞましい笑みにゆがんだ。

ヴィーシイは二人を見まもった。

はっきりとはわからない。だが恐怖はあった。得体の知れない危険への。

タラタシャーが例の醜い、男くさい笑い声をあげた。だが今度のトレーセは仲間入りせず、ぽかんと口をあけて相手を見つめた。

タラタシャーはずぶとく見過ごす態度に出た。「当直明けだ。わたしは寝るよ」

ヴィーシイはうなずき、おやすみなさいをいおうとしたが、ことばが出てこなかった。恐怖もあり、好奇心も手伝っていた。この二つのうちでは、好奇心のほうが始末がわるい。周囲には三万余の人びとがいる。だが、生きてこの場にいるのは二人だけなのだ。彼らはヴィーシイの知らないなにかを知っている。

その事実をひけらかすように、タラタシャーが命令口調でいった。「明日の食卓には、なにか特別な取り合わせを願いたいものだな。忘れるんじゃないぞ、小娘」

彼は壁をのぼり、中にはいった。

ヴィーシイがトレーセのほうを向くと、腕に身を投げてきたのは彼のほうだった。

「こわくてたまらないよ。宇宙にあるものならともかく、ぼくら自身に立ち向かうなんて。操帆手《セイラー》はどうも自殺したんじゃないかと思えてきた。彼の心理保護箱もこわれたんだ。いまのぼくらには、もう自分たちしかいない」

ヴィーシイは無意識にキャビンを見まわした。「いままでとおなじよ。わたしたち三人きりと、この小さな部屋と、外側の〈空のむこう〉だけ」

「きみは平気なのかい、ダーリン？」トレーセは彼女の両肩をつかんだ。「あの小さな箱がぼくらを守ってくれていたんだぜ。だけど、それもない。ぼくらは無力だ。自分から自分を守る手だては、もうどこにもないんだ。人間みたいにひとを傷つける生き物がどこにいる？人間みたいにひとを殺せる生き物がいるか？　自分にとって、自分以上に危険な存在がどこに見つかる？」

彼女は逃れようとした。「そこまでいうことはないわ」

答えるかわりに、トレーセは彼女を引きよせた。服を引き裂きはじめた。ジャケットとショーツは彼のとおなじオムニ繊維で、体にぴったり合っている。彼女はもがいたが、すこしもこわいとは思わなかった。トレーセを哀れむ気持のほうが強く、唯一の気がかりは、タラタシャーが目をさまし、助けに来たらどうしようという思いだけだった。それだけは願いさげだ。

トレーセを抑えるのはむずかしくなかった。

彼が落ち着くと、二人はいっしょに大きな椅子にただよい着いた。

彼の顔も、ヴィーシイの顔とおなじように涙のしみあとだらけだった。

その夜、二人は愛しあわなかった。

ささやき声で、かすれ声で、彼は〈オールド・トゥェンティ・トゥ〉のことを語って聞かせた。人びとが星の海へと進出したこと。ひとの内なる太古のものがめざめ、心の深淵のほうが宇宙の常闇《とこやみ》よりはるかに恐ろしいとわかったこと。宇宙は犯罪をおかさない。ただ殺すだけだ。自然は死を運びはする。だが世界から世界へ犯罪を運ぶのはひとだけなのだ。箱がなければ、ひとは自分すら知らないおのれの底なしの深みをのぞきこむしかない。

ヴィーシイは丸ごとわかったわけではないが、わかろうとつとめ、またわかるところは吸収した。

トレーセは眠りにおちながら――それは彼の当直が終わって長い時間がたったころだったが――いくたびもいくたびもつぶやいていた。

「ヴィーシイ、ヴィーシイ、ぼくをぼくから守ってくれ！　この先恐ろしいことをしないように、いま、いま、いまなにができるんだ？　なにがぼくにできる？　ぼくはぼくがこわくなってきたよ、ヴィーシイ。こわいんだ、〈オールド・トゥェンティ・トゥ〉が。ヴィーシイ、ヴィーシイ、きっと助けてくれるね。ぼくになにができるだろう、いま、いま、いま……？」

ヴィーシイに答えはなく、トレーセが眠ると彼女も眠った。黄色い明かりはしばらく二人を照らしていた。ロボット・パネルは、直《オン》の態勢にある人間がいないのを読みとって、船と帆をすべて自動制御に切り替えた。

朝になってタラタシャーが二人を起こした。

箱のことは、その日も、それにつづく日々も、まったく話題にのぼらなかった。話すことはなにもなかったからだ。

だが男たち二人は、まるで種類のちがう獣のように相手をうかがい、ヴィーシイ自身も彼らに気を配るようになった。なにか狂った生きいきしたものが、部屋に侵入してきたのだ。あふれるばかりの生気に満ちた意想外の存在が……。それには臭いもない。見えもしない。指でふれることもできない。にもかかわらず、それは生なましく身近にあった。おそらくこれが、かつて〝危険〟と呼ばれたものなのかもしれなかった。

ヴィーシイは分けへだてなく男たちと仲よくしようとした。そうすれば多少は不安もやわらいだ。だがトレーセは不機嫌になり、やきもちを焼く一方で、タラタシャーは不誠実な半面笑いをうかべるばかりだった。

4

危険は不意にやってきた。

タラタシャーの両手が彼女の上にあり、睡眠ベッドから引っぱりだそうとしていた。

彼女は抵抗したが、タラタシャーは機械のように容赦なかった。ヴィーシイを引きずりだし、彼女の体を半回転させると、宙に浮かべた。こうすればフロアに着くのに一、二分はかかるので、またもどってきて彼女をどうにかしようという気らしい。わけもわからず空中でもがくうち、トレーセの目が自分を追ってぐるぐるまわっているのに気づいた。自分がトレーセの全身を見ていたと知るには、一秒の何分の一か遅れた。彼は非常用のワイヤでしばられており、ワイヤは壁の支柱の一本にくくりつけられていた。身動きならないのは、むしろ彼のほうなのだ。

冷たい深い恐怖がのしかかった。

「これが犯罪？」空《くう》に向かってつぶやく。「犯罪というのは、いまあなたがしているようなことなの？」

タラタシャーはそれには答えず、彼女の両肩を恐ろしい力でつかんだ。そして体ごとこちらに向けた。

ヴィーシイは彼を平手打ちした。彼のびんたが返ってきた。あまりの強さに、あごが割れたように痛んだ。

うっかり自分を傷つけたことは何回かある。そのたびに医師ロボットがかけつけ、手当てをしてくれた。だが他人に傷つけられたことは一度もなかった。ひとを傷つける――そんなの聞いたことがない、男の人たちのするゲームではあるまいし！　起こったことがない。起こりえない。それが起こったのだ。

トレーセから聞いた〈オールド・トウェンティ・トゥ〉の物語が、いっきによみがえった。人びとが宇宙に出て、おのれの外界を失ったときなにが起こったか。彼らが内から呼びおこした悪は、百万年余をかけたひとへの進化ののちも、まだつけまわし、まといついていた——この宇宙空間まで。

犯罪が帰ってきたのだ。

彼女はやっとこれだけをタラタシャーにいった。「あなたは犯罪をおかす気なのね？　この船で。わたしに」

顔の半面が、笑いともつかぬ永遠のけいれんに凍りついたままでは、表情を読むことはむずかしい。いま二人は向きあっていた。ヴィーシイの顔は彼の平手打ちで熱っぽいが、タラタシャーの正常な半面は、彼女にぶたれたというのに、それらしい痕《あと》もなかった。現われているのは、ただ力と緊張、それにまったく見当ちがいの、想像もつかぬなにかへの順応の色だけだ。

やがて答えた声は、おのれの精神世界の驚異に酔っているかのようだった。

「おれは思いどおりのことをする。思い、い、い、どおりのことをな。わかるか？」

「一言頼めばいいじゃないの」彼女はなんとか声をふりしぼった。「トレーセとわたしは、あなたの望みどおりのことをするわ。どうせ三人しかいない小さな船だし、どことも知れない宇宙のまん中だもの。したいことをしてはいけない理由がある？　彼を放して。それから、わたしにいえばいいの。あなたの思いどおりにする。なんでも。あなたには権利があるわ」

笑い声は、狂った悲鳴に似ていた。

顔を近づけると、シューッと息だけの怒りの音を発し、唾のしぶきを彼女の頬や耳にとばした。

「権利などに用はない！」タラタシャーはどなった。「自分のものなどいらん。正しくやろうとも思ってない。貴様たちの声が聞こえていなかったと思うか？　毎晩毎晩、キャビンが暗くなるとはじまるひそひそ声の睦言《むつごと》が。おれがなぜキューブを船から投げ捨てたと思う？　なぜ支配力を持ちたかったと思う？」

「わからない」答えながらも、彼女は悲しくふがいなかった。だが希望を捨てなかった。相手がしゃべっているかぎり、いつかはしゃべり疲れて、理性を取りもどす見込みもある。ロボットの回路がショートし、仲間のロボットたちが取り押さえに出動した話を、まえに聞いたことがある。だが同じことが人間にも通じるとは思えなかった。

タラタシャーがうなり声をあげた。その声には、ひとの歴史がこめられていた。多くを約束しながら、わずかしか与えない人生への怒り。ひとを成長させる一方で、足をすくいにかかる時の流れへの絶望。彼は宙にくつろぐと、体がフロアへただようにまかせた。そこには磁気カーペットが敷かれており、服に織りこまれた微細な鉄のフィラメントを吸い寄せるのだ。

「おまえは、やつがこれを乗り越えると思っているだろう？」タラタシャーが他人事のようにいった。

ヴィーシイはうなずいた。

「理性に返って、自分たちを解放してくれると思っているだろう？」

ふたたびうなずく。

「こうも思っている。——タラタシャー、やつもヴェレルト・スヘメリングに着けば立ちなおり、医者が顔をもとどおりにしてくれて、またみんな幸せになれると。そう思っているな？」

さらにうなずく。背後で、さるぐつわされたトレーセが大きなうめき声をあげたが、彼女はタラタシャーから、その崩れた恐ろしい顔から、目をはなせなかった。

「さあね、そうはならんだろうよ、ヴィーシイ」宣告する声はおだやかだった。

「ヴィーシイ、おまえは向こうに着くことはない。おれはすべきことをする。人間がいままで宇宙でやりもしなかったようなことを、おまえに対してやりつくし、死体を廃棄ドアから投げ捨ててやる。トレーセは一部始終を見せてから殺してやる。そのあと、おれがどうするかわかるか？」

なにか異様な情感に——おそらく恐怖だろう——彼女の喉もとの筋肉が引きつりはじめた。口がからからに乾いている。かすれ声でようやくいった。「いいえ、なんだかさっぱり……」

タラタシャーは、自分の内をのぞきこむような表情になった。

「おれにもわからん。ただ、したくないことなのはたしかだ。したいとは全然思わない。残酷だし取り散らかるし、終わったあとには話し相手も残らない。だが、どうしてもやらなきゃならん。不思議なことだが、それが正義なんだ。おまえが死ぬのは、おまえが悪だからだ。おれも悪にはちがいない。だが、おまえが死んでくれれば、おれの悪もいくらかは拭《ぬぐ》われる」

見上げる表情は明るく、正気のようにも見えた。「なんの話をしているかわかるか？　ちょっとぐらいは理解できるか？」

「い、い、いいえ」くやしいけれど、どもってしまった。

タラタシャーの目は彼女からそれて、いまだ形をなさぬ犯罪の顔を見つめ、ほとんど上機嫌と聞こえる声でいった。

「わかったほうが身のためかもしれんよ。そのためにおまえは死ぬんだし、彼も道連れになるんだからな。遠い昔、おまえはおれにひどい仕打ちをした。卑劣な、許されん仕打ちをした。いま、ここにいるおまえではない。その種のむごいことをするには、まだ小さいし知恵も足らん。手を下したのはこのおまえではなく、ほんとうの真実のおまえだ。だからこそ、おれはおまえを切り裂き、焼き、首を絞め、薬で生き返ったところでまた焼き、首を絞め、切り刻んでやるわけさ。肉体がすりきれるまで。で、体がひくつきもしなくなったら、おれは非常服を着て、おまえの死体を宇宙に送りだしてやる。こいつといっしょにだ。生きていようが知ったことじゃない。服なしでは、せいぜいふた息の命だろう。おれにとって、わずかなりとも正義が回復されるのはそのときだ。ひとはそれを犯罪と呼んできた。だが、ただの正義さ。心の奥底から発する正義なんだ。わかるか、ヴィーシイ？」

うなずく。首をふる。またうなずく。どう答えてよいか、わからなかった。

「そのあとも、しなければならんことがいっぱいある」タラタシャーは猫が喉を鳴らすような声でつづけた。「この船の外に、おれの犯罪を待っているものがあるんだが、わかるか？」

彼女が首をふるので、タラタシャーはみずから答えた。

「この船のうしろには、三万の人間がポッドで数珠つなぎになっている。そこから二人ずつ船に入れる。若い女ばかりだ。ほかは宇宙にほうりだす。で、女たちを使って探りだすわけさ。――いままで知らずにいた心の奥底の目的をな。ほんと知らずにいたんだ、ヴィーシイ、宇宙に出ておまえに会うまで」

考えに没入するにつれ、声には夢見るようなひびきがこもった。顔の半面はやむことない笑いに引きつっているが、自在に動く半面は物思いに沈むような色をおび、もし彼女に機転と想像力さえあるなら、理解できる部分が彼のなかにまだ見つかりそうな気がした。

喉はからからだったが、彼女はかすれた声をしぼりだした。

「わたしが嫌い？　わたしを傷つける理由を教えて。あなたは若い女が憎いの？」

「女が憎いのじゃない」彼はいきりたった。「おれは自分が憎いのだ。宇宙に出てそれがわかった。おまえは人間ではない。若い女は人間とはちがう。柔らかくきれいでキュートで、抱くと心地よくて温かいかもしれん。だが感情がないんだ。おれだって顔が崩れるまえはハ

ンサムだったが、それは問題じゃない。若い女が人間じゃないことは、まえからわかってい
た。いってみればロボットみたいなものさ。この世のありったけの力を自由にしながら、心
配ごとはこれっぽちもない。男はいうなりになるか、ひれ伏すか、苦しむだけで、それは男
が苦しみ、悲しみ、服従するようにできているからだ。女がにこりとしたりきれいな足を組
むなりすれば、男は自分の欲するすべてを投げだし、女の奴隷になりたい一心で戦いはじめ
る。そして女が」——ここへ来て、彼の声はかん高い悲鳴になった——「そして女がおとな
になると、子供を産み、若い女をもっと増やして男たちを悩ませ、犠牲者を増やし、虐待と
隷属を広げていく。おまえは残酷だよ、ヴィーシイ！　あまりにも残酷なので自分でも気づ
かないのだ。おれがどんなに焦がれているか知っていたら、おまえも人間並みに苦しんだだ
ろう。だが、おまえは苦しまなかった。若い女だからだ。しかしまあ、これから思い知らせ
てやる。おまえは苦しみながら死んでいくんだ。だが男がどういう思いでいるか、それがわ
かるまでは死なせない」
「タラ」彼女はめったに使わないニックネームで呼びかけた。「タラ、それはちがうわ。わ
たし、あなたを苦しめる気なんかなかった」
「そりゃ、なかったろうさ」返事はにべもなかった。「若い女は自分がなにをしているかな
ど知ってはいない。それが若い女の条件なんだ。蛇よりたちが悪く、機械より始末におえ
ん」宇宙のはるかな深みで、彼はすっかり狂い、錯乱していた。不意に立った拍子に宙には
ねあがり、天井に手をついて衝突をくいとめた。

キャビンの隅ではじまった物音が、二人の注意をつかのま引きつけた。トレーセがワイヤのなかでもがいていた。だが逃れられない。ヴィーシイがトレーセのほうに身を投げたが、タラタシャーがその肩をつかまえて止めた。そしてねじるように彼女の体の向きを変えた。らんらんと輝く目が、痛ましく歪んだ顔の奥からこちらをにらんでいた。

ときおりヴィーシイは、死とはどんなものかと考えをめぐらすことがあった。だが、いま彼女は思った。

（これなんだ）

彼女の肉体は宇宙船のキャビンのなかで、いまだにタラタシャーと戦っている。トレーセは縛られ、さるぐつわをかまされ、うめいている。タラタシャーの目をかきむしろうとしながらも、死のことを考えたとたん彼女は遠くへ運ばれていた。遠い、遠い、心の内側へ。彼女自身の内部へ。そこへは他人は決して踏みこむことはない――何事が起ころうとも。その間近な深淵から、ことばが浮かびあがってきた――

お嬢さん、もしあなたに
うるさくつきまとう男がいたら
　青をこころに
　一、二と数え
赤いくつをさがしてごらん……

青を思いうかべるのに苦労はなかった。彼女はただキャビンの黄色い明かりが青に変わるところを想像した。「一、二」と数えるのは、この世でいちばん簡単なことだった。そしてタラタシャーが自由のきく手をつかもうと迫った刹那《せつな》、やっと彼女は《マーシャと月人たち》のなかから、あのきれいな、きれいな赤いくつを思いだすのに成功した。

照明がつかのま薄れ、巨大な声が制御パネルからとどろいた。

「非常事態、非常事態！　人間！　人間に異常発生！」

タラタシャーがぎくりとして彼女を放した。

パネルが哀れっぽい音をサイレンさながらに浴びせかけた。まるでコンピュータが悲嘆にくれ、号泣《ごうきゅう》しているかのようだった。

熱っぽい饒舌《じょうぜつ》な怒りが消え失せ、タラタシャーはまじまじと彼女を見つめると、毒気の抜けた声でたずねた。「おまえのキューブ。おれは取り忘れたのか、おまえのキューブを？」

壁にノックがあった。おもての底なしの虚無から伝わってくるノック。どことも知れぬところに生じたノック。

見たこともない人物が船内にはいってきた。人物は二重の壁をうす霧かなにかのように抜けて現われた。

人物は男だった。中年の男で、目鼻立ちは鋭く、胴体や四肢はたくましく、古めかしい服に身をつつんでいた。ベルトにはありとあらゆる武器をはさみ、片手には鞭があった。

「おい、きみ」と怪人はタラタシャーにいった。「その男をほどけ」

男が鞭の柄で示す場所には、縛られ、さるぐつわをかまされたトレーセがいた。

タラタシャーが驚きから立ちなおった。

「貴様はキューブの幽霊だ。現実じゃない！」

鞭がひゅっと鳴り、タラタシャーの手首に赤い一直線のみみずばれが現われた。口がきけるようになるころには、周囲に血のしずくが浮かびはじめていた。

ヴィーシイはことばもなかった。心も体もからっぽのようだった。

フロアに沈みながら見ていると、タラタシャーはぶるっと身をふり、トレーセに歩みより、結び目を解きはじめた。

さるぐつわがはずされると、トレーセが――タラタシャーにではなく怪人に向かって――たずねた。

「あなたは誰なんだ？」

「わたしは存在しない」と見知らぬ男はいった。「だが、その気になれば、きみたちを誰でも殺せる。わたしのいうとおりにするがいい。よく聞きなさい。きみもだ」男はなかば体をまわして、ヴィーシイを見つめた。「きみも聞くんだ。わたしを呼んだ張本人だからな」

三人は聞く姿勢をとった。争いは忘れられていた。トレーセは手首をもみ、手をふって、血の循環をよくしている。

怪人はうやうやしく優雅に向きを変えると、ほぼタラタシャーひとりを相手に話しだした。

「わたしはその若い婦人のキューブに発している。明かりが薄れるのに気がついたかね？ティガ＝ベラスは偽のキューブを彼女の凍眠ベッドにいれたが、わたしのほうは船内に隠したのだ。彼女がわたしにキー思念をよこし、その数分の一マイクロボルトがわたしの端末に巨大な電流を呼びこんだ。わたしはなにか小動物の脳からできているが、人格と体力はティガ＝ベラスに負っている。わたしは十億年はもつ。電流が最大に達したとき、わたしはきみたちの精神のひずみとして機能しはじめた。わたしは存在しない」男はとりわけタラタシャーに向かって語りかけた。「だが、もし仮想のピストルできみの頭を撃ちぬく用事ができたら、わたしのコントロール・パワーの強さから見て、きみの骨はわたしの命令に従うぞ。頭に穴があき、血と脳が流れだす。ちょうどいま、きみの手から血が流れているようにだ。自分の手を見て、よければ信じてくれ」

タラタシャーは目もくれない。

怪人はことばを選ぶようにゆっくりとつづけた。「弾丸は、わたしのピストルからは出てこない。光線も、衝撃も、なにもない。なにも発射されない。だが思考は信じなくとも、きみの血と肉は信じる。きみがどう思おうが、きみの骨格は信じるだろう。きみの体にある細胞のひとつひとつ、生きていると感じるすべてと、わたしは通じあうのだ、わたしが〝弾丸〟を思いさえすれば、きみの骨は割れて仮想の傷口をあける。皮膚はやぶれ、血はほとばしり、脳はとびちる。物理的な力じゃなく、わたしから通達を受けるんだ。直接にさ、馬鹿者。本物の暴力ではないかもしれないが、わたしの用はそれで足りる。さて、わかってきたかな？　手首を見たまえ」

　タラタシャーの目は男に釘付けになっている。変てこな冷めた声で「信じるよ」といった。「きっとおれは狂ってるんだ。あんた、おれを殺す気か？」

「わからない」と男。

　トレーセがいった。「教えてください、あなたは人間ですか、機械ですか？」

「わからない」男はおなじことばを返した。

「あなたの名前は？」とヴィーシイがきいた。「あなたを作って送りだした人たちから、名前をもらったでしょう？」

「わたしの名は」と怪人は彼女に会釈して、「シサンだ」

「はじめまして。よろしく、シサン」トレーセが自分の手をさしだす。

　二人は握手した。

「あなたの手を感じた」トレーセがびっくりした顔であとの二人をふりかえった。「彼の手を感じたよ、ほんとうなんだ。いまのいままで、あなたは宇宙でなにをしてたんだ？」

　男は微笑した。「わたしには仕事がある。する話はない」

「こうして乗っ取ったいま、われわれになにをさせたい？」タラタシャーがきいた。

「乗っ取ってはいない」とシサン。「きみたちは自分のすべきことをするだけだ。それが自然の姿ではないのかね？」

「でも、おねがいだから――」とヴィーシイ。

怪人はいつのまにか消え失せ、船のキャビンはまた彼ら三人だけになった。トレーセのワイヤとさるぐつわはとうとうカーペットに舞いおりたが、タラの血はまだふわふわと近くの宙に浮かんでいた。

タラタシャーが重苦しい口調でいった。「さて、ひと騒ぎが終わった。おれが狂っていたという気か？」

「狂っていた？」とヴィーシイ。「わたし、そのことば聞いたことない」

「考え方が損傷を受けてる、ということさ」トレーセが説明した。そしてタラタシャーに向くと、真剣に話しだした。「ぼくが思うに――」だが、ことばは制御パネルにさえぎられた。小さなベルが鳴り、表示が点灯した。全員がそれを見た。〈来客あり〉と、かがやく表示は告げていた。

貯蔵庫のドアがあき、美しい女がキャビンにはいってきた。女は三人を旧知のように見つめた。ヴィーシイとトレーセはぎょっとして好奇の目を向けたが、タラタシャーは死人のように血の気をなくした。

5

ヴィーシイは、女のドレスが一世代もまえの流行なのに気づいた。いまではストーリー・

ボックスでしか見かけないスタイルだ。ドレスの背中はなかった。大胆な模様化粧が、背骨から扇状にほどこしてある。体の前面では、ドレスを吊る磁気タブはふつう胸の脂肪の薄い部分に埋めこまれるが、彼女の場合はタブが鎖骨付近にあるので、ドレスは胸を大きくおおい、古風にとりすました感じを与えた。磁気タブは脇腹のふつうの位置にもあり、そこから下がるたっぷりしたハーフ・スカートは、自然のプリーツを伸びやかに広げていた。女は外世界産の珊瑚でできたネックレスと、それと対のブレスレットをしていた。ヴィーシイには目もくれない。タラタシャーのもとへ直行し、話しかけるようすには有無をいわさぬ愛情がこもっていた。

「タル、いい子になさい。あなたがしているのは悪いことですよ」

「ママ」タラタシャーは息をのんだ。「ママ、死んだじゃないか！」

「口答えはやめなさい」女はぴしゃりといった。「いい子にするの。女の子の面倒をちゃんとみてあげて。どこにいるかしら、その女の子は？」見まわし、ヴィーシイに気づいた。「あの子ね。あの女の子に親切にするんですよ。そうしてくれないと、お母さんは胸が裂けるほど悲しいし、お母さんの人生を破滅させてしまう。ちょうどお父さんがそうしたみたいにね。こんなことは二度といわせないでちょうだい」

女はかがみこんでタラタシャーのひたいにキスした。そのときヴィーシイには、一瞬だが彼の顔の両面が同時に引きつったように見えた。

女は立って見まわし、トレーセとヴィーシイにていねいに会釈すると、貯蔵庫へ向かい、うしろ手にドアをしめた。

タラタシャーがはじかれたようにあとを追い、乱暴にドアをあけ、ばたんとしめた。

トレーセが声をかけた。「長居するな。凍えてしまうぞ」

トレーセはつぎにヴィーシイにいった。「これはきみのキューブのしわざだ。あのシサン、あんなに強力な守護者は見たことがない。きみの心理保護士はきっと天才だったんだね。それから、あいつのほうだけど、どういうことなのかわかるかい?」と、しまったドアにあごをしゃくり、「まえに漠然とだが聞いたことがある。彼は実の母に育てられたんだ。アステロイド・ベルトに生まれたので、母親が手放さなかったらしい」

「というと、あの人のほんとうの母親のこと?」とヴィーシイ。

「そう、血のつながった母親だ」

「なんてきたならしい! そんなの聞いたこともないわ」

タラタシャーが部屋にもどったが、二人にはなんの説明もしなかった。

母親の出現はそれきりで終わった。

だが、キューブに刷りこまれた非在の男、シサンは、その後も三人へのにらみをきかせつづけた。

三日後、今度はマーシャその人が現われ、月人たちとの冒険を三十分ほどヴィーシイに話すと、ふたたび消えた。マーシャは現実っぽさをひけらかすようなことはしなかった。現実というには、あまりにも美人すぎた。ふさふさした黄色い髪が形のよい頭から豊かに流れ落ち、黒みがかった眉が澄んだ茶色の目の上でアーチを描き、ひとを魅了するいたずらっぽい微笑がヴィーシイ、トレーセ、タラタシャーの心をなごませた。マーシャは自分がストーリー・ボックス向け連続ドラマの架空のヒロインであることをすなおにみとめた。タラタシャーは、シサンと母親のまぼろしが消えて以来、すっかり落ち着いていた。この現象の行き着く先に興味をおぼえたようすで、彼はそのあたりを根掘り葉掘りマーシャに質問した。

マーシャのほうも気軽にそれに答えた。

「きみは何者だ？」とタラタシャー。顔のよい半面がうかべる人なつっこい笑みは、しかめっつらよりよほど恐ろしげだった。

「女の子よ、バカね」とマーシャ。

「だが、きみは現実じゃない」タラタシャーはいいはる。

「そうよ」と彼女はみとめた。「だけど、あなたはどうなの？」彼女は少女らしい屈託ない笑い声をあげた。ティーンエイジャーが、大のおとなをパラドックスのお返しで立ち往生させた図だ。

「とぼけないでくれ」相手も執念深い。「きみはヴィーシイがストーリー・ボックスで見たただの幻影で、ありもしない赤いくつをわたすために現われたんだ」

「わたしがいなくなったあとでも、くつにはさわれてよ」

「それはキューブが船内のなにかを材料に作ったということさ」タラタシャーはここぞとば

かりにいった。

「それじゃいけない？　わたし船のことはなにも知らない。きっと作るんでしょ」

「しかし、くつは現実でも、きみはちがうぞ。ここを〝去った〟あと、どこへ行く？」

「知らない。わたしはヴィーシイのところに遊びに来たの。ここを出たら、わたしがさっきまでいたところにもどるんじゃないかしら」

「それはどこだ？」

「どこでもないところよ」答えるマーシャの姿は実体感にみちている。

「どこでもないところだと？　では、無だと認めるわけか？」

「そう思うなら、そう認めたっていいわ。だけどわたしには、この会話の意味がよくわからないの。あなたはここに来るまえは、どこにいたわけ？」

「ここか？　この船に来るまえか？　地球にいたよ」

「この宇宙に現われるまえは、どこにいた？」

「生まれてないから、どこにも存在していない」

「そうか。わたしとおなじね――ちょっと違いもあるけど。わたしが存在するまえは、わたしは存在しなかったの。いまは存在するから、ここにいる。わたしはヴィーシイの人格のこだまで、彼女に手助けして、かわいい少女だということを忘れないようにしているの。わたしだって、あなたとおなじように自分を生きいきと感じているわ。ほーら、わたしの勝ち！」

マーシャは月人たちとの冒険談をふたたびはじめ、ヴィーシイは、ストーリー・ボックス版から削られた細かいエピソードに夢中で聞きいった。話が終わると、マーシャは二人の男と握手し、ヴィーシイには左の頬に軽いキスを送って、隔壁に消えた。外には厳寒の虚無があり、天空の眺望をさえぎるのは、星々を隠す菱形の帆の群れだけだった。

タラタシャーがこぶしを手のひらに打ちつけた。「科学の進歩も極まれりだ。やつらの予防策のおかげで殺されてしまうぞ」

「あなたはなにをやろうとしていたんだっけ？」トレーセが感情をころした声でいった。

タラタシャーはむすっと口をつぐんだ。

そして、まぼろしたちが出現をはじめて十日目、最後のまぼろしが現われた。キューブはその力を利して電撃的な決断を下したのだ。どうやらキューブと船内コンピュータは、おたがいに欠けたデータの埋め合わせをやったらしかった。

今回は宇宙船のキャプテンで、髪は灰色、顔はしわだらけ、背筋はしゃんとし、一千の世界の陽に焼けていた。

「わたしが何者かは承知だね」

「はい、キャプテンです」とヴィーシイはいった。

「あんたなんか知らんし、信じる気にもなれない」とタラタシャー。

「手の傷は治ったか？」たずねる声にはすごみがあった。

タラタシャーは口をつぐんだ。

キャプテンは三人の注意をうながした。「聞きなさい。いまのコースを取るかぎり、きみたちは生きてはどの星にも着けない。トレーセには、長期タイマーを九十五年間隔でセットしてもらいたいと思う。そのあとは彼の指図で、きみたちの誰か二人が五年間ずつ当直にあたってもらうことにする。帆の位置を決めたり、ポッド索のからみを見つけたり、通報ビーコンを送るには、それくらいで充分だろう。本来、この船には操帆手《セイラー》が必要なんだが、誰かをそれに仕立てあげるには設備が足りない。だから、きみたち三人が凍眠ベッドで眠っているあいだは、ロボット制御に賭けるほかない。はじめにいた操帆手《セイラー》は血栓《けっせん》を起こして死に、きみたちがめざめるまえにロボットが船外に——」

トレーセがびくりとした。「自殺したんだと思っていた」

「とんでもない」とキャプテン。「さて聞きなさい。もしわたしの命令に従うなら、きみたちの旅は三回の眠りで終わる。従わないなら、決して向こうに着けない」

「わたしはいいが」とタラタシャー。「この娘は、まだ人生に花があるうちにヴェレルト・スヘメリングに行かせたいと思う。面倒を見ろと、あんたの仲間に命令されたんだが、なるほどいい考えだ」

「ぼくも賛成だ」とトレーセ。「マーシャという子と話しているのを見て、まだほんの子供なんだとはじめて気がついた始末さ。もしかしたらぼくも、いつか彼女みたいな娘を持つかもしれない」

キャプテンはこうした発言にはなにも答えず、かしこい老人の幸福そうな笑みを満面にうかべた。

一時間後、船内の点検はすべて終わった。三人はそれぞれの凍眠ベッドにはいるばかりとなった。キャプテンも別れを告げる用意をはじめている。

タラタシャーが口をひらいた。「あのう、聞かずにはいられないんだが、あなたは何者ですか？」

「キャプテンさ」と、キャプテンはすぐさま答えた。

「わたしのいう意味はわかるはずだ」と、うんざり顔でタラがいった。

キャプテンは自分の内側に目を注いでいるようすだった。「わたしはかりそめの模造人格で、シサンという人格が、きみたちの心のなかから作りだしたものだ。シサンは船内にいるが、隠れているので、きみたちが危害を加えることはできない。シサンには、ある人間の人格――名をティガ＝ベラスという、現実にいた人間の人格が刷りこまれている。またほかに、数人の優秀な宇宙船オフィサーの人格が刷りこまれ、その種の事態が生じた場合にそなえてある。シサンはほんのわずかな静電気で起動し、正しい態勢につくと、トリガー・メカニズムによって船から必要なだけの電力を引きだせる」

「しかし彼は何者なんだ？　あなたは何者だ？」くりかえすタラタシャーの声は懇願するようだった。「恐ろしい罪を犯す寸前に、あんたたち幽霊が現われて救ってくれた。あんたたちは幻想なのか？　本物なのか？」

「それは哲学の領分だな。わたしは科学の産物だ。そういうことは知らない」

「お願いです」とヴィーシイ。「あなた自身にはどんなふうに思えるか教えてくれますか？ どういうことかではなくて、どう思えるかを」

キャプテンはがっくりと肩を落とした。規律という突っかい棒がはずれ、とつぜん老いを意識したかのようだった。「話したりなにかしているときは、どこのキャプテンともおなじだと思う。だが立ちどまって考えはじめると、ひどくうろたえてしまう。自分がきみたちの精神のこだまで、キューブに仕込まれた経験や知恵と結びついているにすぎないことがわかっているのだ。だから、現実の人たちとおなじことをやるのだと思うね。あまり深くは考えない。自分のことに専念するだけだ」彼は身をひきしめ、背筋を伸ばすと、元のキャプテンにかえり、「自分のことにな」とくりかえした。

「それからシサン」とトレーセ。「どう思いますか、彼のことは？」

畏敬の表情──ほとんど恐怖に近いもの──が、キャプテンの顔にうかんだ。「彼だと？ ああ、あの男か」驚きが声に深みを与え、宇宙船の狭いキャビンにこだまをひびかせた。「シサンか。彼はすべての思考をなすもの、存在における〝ある〟というそれ自体、行為をなすものさ。彼の力はきみの想像の限界を超えたものだ。きみたちの生きている精神から、生きたわたしをこうして作りだしたんだからな。ところが」と、うなるように声を荒らげ、「やつは、死んだネズミの脳をプラスチックで積層加工しただけの存在で、わたしには自分が何者かさっぱりわからんのだよ。みなさん、おやすみ！」

キャプテンは制帽をかぶりなおすと、隔壁をつきぬけて歩き去った。ヴィーシイは観測席にかけよったが、船外にはなにも見つからなかった。なにもない。少なくともキャプテンはいなかった。

「さて、いわれたとおりにするしかないか？」とタラタシャーがいった。

三人はいわれたとおりにし、凍眠ベッドにはいった。タラタシャーが電極をまちがいなくヴィーシイとトレーセに取りつけ、つぎに自分も横になって電極をつけた。三人は明るく声をかけあいながら、ふたを閉じた。

そして眠りについた。

6

終着点では、ヴェレルト・スヘメリングの人びとがみずから出動し、ポッドと帆と船の回収にあたった。凍眠者たちの覚醒は、全員が無事地上に降ろされるまでおこなわれなかった。

三人のキャビンメートはいっしょに起こされた。ヴィーシイもトレーセもタラタシャーも、操帆手《セイラー》の死や帆の修理や旅の途中の事件などについて答えるのに忙殺され、おたがいに話しあう暇はなかった。ヴィーシイは、タラタシャーがなかなかハンサムになったのに気づいた。宇宙港の医師たちが顔を復元したのだろう、いまの彼は、どこか妙に威厳のある老青年だった。ようやくトレーセが時間を見つけて声をかけた。

「さよなら、お嬢さん。しばらく学校にかよって、それからすてきな彼氏を見つけるんだね。ごめんよ」

「なにがごめんなの?」いたたまれない不安が心にわきあがった。

「あのトラブルが起きるまで、きみといちゃついてたことさ。きみはまだ子供なんだ。でも、いい子だ」彼はヴィーシイの髪に指を走らせ、きびすを返すと歩き去った。

彼女は見捨てられ、部屋のまん中に立ちつくした。泣けたらいいのにと思った。あの旅で自分はどんな役目を果たしたのだろう?

いつのまにか、タラタシャーがそばに立っていた。

彼は手をさしだした。ヴィーシイはその手をとった。

「時間をかけるさ、お嬢さん」

また子供あつかい? と心に思う。そして彼には、気をつかいながらこういった。「わたしたち、また会えるかもしれないわね。とても小さな世界ですもの」

その顔が、不思議に好ましい笑みにかがやいた。顔の半面から麻痺がとれると、こんなにすてきな違いが出てくるものか。彼はすこしも老けては見えなかった。老いているわけではなかった。

その声が切迫した調子をおびた。「ヴィーシイ、わたしが覚えているということは覚えていてくれ。あのときなにが起ころうとしたかは覚えている。なにが見えたように思えたかも覚えている。もしかしたら三人ともあれを見たんだ。この地上では、もう見ることもないだろう。だけど覚えていてほしい。きみはわれわれみんなを救った。わたしもだ。それからトレーセも、うしろにつづく三万の人びともね」

「わたしが？　わたしがなにかしたのかしら？」

「きみが救援ダイヤルをまわしたんだ。シサンを呼びさました。どれもきみを通して出てきたものだ。きみが誠実で優しくて人なつっこいたちでなかったら、すごく聡明な人ではなかったら、どんなキューブだって反応しなかったろう。死んだネズミが奇跡を起こしたんじゃない。われわれを救ったのは、きみの心と善良さだ。キューブはただ効果音を添えただけさ。ほんとうだよ。もしきみがいなかったら、二人の死人が、三万の傷んだ人体を道連れにして〈大いなる無〉へ船出していただろう。きみはわれわれみんなを救った。自分ではわからなくても、救ったことはたしかなんだ」

役人が彼の腕をたたいた。「ちょっと待ってください」タラはきっぱりと、だが如才なく答えた。

そしてヴィーシイには、「以上さ。だと思う」と結んだ。

すると彼女のなかに、つむじまがりな思いがわいた。気まずくなるのを覚悟で、こう問いかけていた。「では、あの話はどうなったの……あなたがしていた……若い女の……？」

「覚えているよ」彼の顔がほんの一瞬ゆがみ、かつての醜さがよみがえったかに見えた。

「覚えてる。だけど、あれは間違いだ。わたしは間違っていた」

ヴィーシイは彼を見つめ、心のうちで青い空と、背後の二つのドアと、荷物のなかにある赤いくつのことを思った。奇跡らしいものは起きない。シサンも見えなければ、声も聞こえず、魔法のキューブもない。

そのかわり彼が向きを変え、彼女のところへもどってきた。「そうだ。来週になったらどこかで会おう。デスクの連中に聞けば、この先どこに落ち着くかわかるだろうし、おたがい見つけやすくなる。ちょっと質問攻めにしてやるか」

二人は並んで入星管理デスクへ向かった。

大佐は無の極から帰った

The Colonel Came Back from the Nothing-at-All

伊藤典夫◎訳

1　孤独な裸者

われわれはドアののぞき穴から病室内部をながめた。

ハーケニング大佐はまたもパジャマをやぶって脱ぎ捨て、うつぶせにフロアに横たわっていた。

体は硬直している。

顔を無理な角度で左に向けているので、首の筋肉が浮きあがっていた。右腕が体から真横に出ている。肘のところで直角に曲がり、前腕と手は真上を指し示していた。左腕も体から突き出ているが、ここでは手と前腕は体と平行に真下を向いている。

両脚は、疾走の体勢のグロテスクなパロディとなっていた。

といっても、ハーケニング大佐は走っているのではなかった。

フロアにうつぶせなのだ。

まっ平らに、まるで第三の次元からむりやり抜けだし、たて横の面のなかだけに収まりたがっているようだ。グロスベックがあとずさり、ティモフェエフにのぞき穴をゆずった。

「やはり、はだかの女が必要だ」とグロスベックはいった。グロスベックはいつも基本原理に向かう。

われわれにはアトロピンがあり、スルギタルがあり、ジギタリン系化合物の一族、種々雑多な麻薬、電気療法、水治療法、低周波療法、温熱ショック、視聴覚ショック、機械的催眠、ガス催眠があった。

どれひとつとして、ハーケニング大佐にはなんの効果も及ぼさなかった。

われわれが起こそうとすると、彼は横になろうとした。服を着せると、ずたずたに引き裂いた。

すでに夫人は呼び寄せて、面会もすんでいた。彼女は歓びのあまりに泣いた。なぜなら世間の人びとは、彼女の夫が広大な恐ろしい虚無のなかで死んだと決めつけ、英雄に祭りあげていたからだ。この奇跡の生還に、地球の七大陸および金星と火星のコロニーはどよめいた。ハーケニングはテスト・パイロットであり、彼が乗った新装置は、補完機構研究局のあるチームが開発したものだった。

これはふつう時間形成《クロノプラスト》と呼ばれたが、平面化《プレイノフォーム》の名にこだわる少数派もいた。

わたしには理論はちんぷんかんぷんであるものの、目的は単純明解だった。大ざっぱにまとめればこうなる。つまり、物質界に属する生きた人体を二次元のフレームに圧縮し、そうなった瞬間、生命とその物質的な付属物を二次元域にすべりこませ、気の遠くなるような遥かな宇宙空間の一点に転位させるというものだ。現段階のテクノロジーを使うだけでは、いちばん近い恒星アルファ・ケンタウリに行くにも最低一世紀はかかってしまう。

ハーケニング家のデズモンドは、補完機構長官会議から大佐の名誉階級を受けていたが、彼は当代ではトップランクの航宙士のひとりだった。視力はよく、冷静沈着であり、肉体は非の打ちどころなく、経験も第一級だ。これ以上なにが望めようか？

人類はハーケニングをちっぽけな宇宙船に乗せて送りだした。ふつうの個人住宅のエレベーターほどの大きさしかない宇宙船である。地球と月のあいだのどこか、何億というテレビデオ観衆が行くえを見まもるなかで、彼は消え失せた。

おそらくは時間形成装置《クロノプラスト》を起動し、平面化《プレイノフォーム》をなしとげたのだろう。

われわれは二度と彼の機を見ることはなかった。

だが大佐はひょっこりと現われた。

彼はニューヨークのセントラル・パークに横たわっていた。これは〈太古の廃墟〉から約百マイル西にある。

彼が取っていたグロテスクな姿勢は、われわれがいましがた病院の独房で見たのとそっくり同じ、あの人間ヒトデを思わせるかたちだった。

四カ月が過ぎたが、大佐の治療にはほとんど手がついていなかった。

生かしておくだけなら、さして苦労はなかった。というのは、延命に必須の養分は直腸と静脈内への大量点滴で補っていたからだ。彼は逆らわなかった。あえて服を着せたり、水平面からはずれた姿勢に長時間とどめておこうとしないかぎり、暴れることもなかった。

長いあいだ立てたままで置かれると、狂った静かなぎらつく怒りを見せてつかのま目をさまし、看護人たちや拘束衣やその他じゃまになるものと争った。

一度、これは見るもおぞましい体験だったが、哀れな男はまる一週間、帆布の拘束衣にしっかりと封じこめられたまま、その一刻一刻をもがきあがき、悪夢の姿勢にもどろうと苦しんでいた。

先週の夫人の面会も実りのないもので、グロスベックが今週実行しそうな提案とほとんど差はなかった。

大佐は夫人をまえにしても、われわれ医師のときとおなじように無関心だった。

もし彼が星の世界から帰ってきたのなら、月のかなたの極寒から帰ってきたのなら、〈空のむこう〉の恐怖の境から帰ってきたのなら、いまの時代には未知の方法を使って帰ってきたのなら、彼であって彼ではない姿となって帰ってきたのなら、いま人類にあるお粗末な刺激法の知識ぐらいで、どうやって彼を覚醒できるというのか？

何千回めかの容態の確認が終わり、ティモフェエフとグロスベックがふりかえると、わたしは二人に、もう尋常なやり方は通用しそうにないと話した。

「最初からやりなおそう。ここに男がいる。存在するはずのない男だ。なぜなら、誰も星の世界から生まれたままのすっぱだかで帰れはしないし、外宇宙からセントラル・パークにかすり傷もなしにふんわり着陸できるはずもない。したがってあの部屋には誰もいず、きみたちもわたしもなにを話しているわけでもなく、問題はなにひとつない。これは正しいか？」

「いいえ」と二人は声をそろえた。

わたしは二人のうちでより頑固なグロスベックのほうを向いた。「では、きみらしい考え方をしろ。彼はあそこにいる、大前提。あそこにいるはずがない、小前提。われわれは存在しない。Q・E・D、証明終わり。これならすこしはしっくり来るか？」

「いいえ、サー＝ドクター、主任リーダー」とグロスベック。腹を立てながらも、礼儀はなおざりにしない。「あなたはこの症例の文脈全体をぶちこわそうという気だ。そうしておいて、こっちを常識はずれな治療法のただなかに引っぱりこもうとしておられる。主よ＝天《ロード・アンド・ヘヴン》よ、まったく！　これ以上は動きませんよ。あの男は狂っている。彼がどうやってセントラル・パークに転がりこんだかなど知ったことじゃない。それは技術者たちの問題だ。医学的な問題ではない。彼の狂気こそが医学的な問題なのです。治療にあたることもできるし、治療を避けることもできる。しかし医学と工学をごっちゃにしたら、どこにも行き着く見込みは――」

「そこまで深刻ではないよ」ティモフェエフが穏やかにさえぎった。

年長の助手として、この男にはわたしを短い肩書きで呼ぶ資格がある。「ご意見には賛成です、サー＝ドクター・アンダースン。たしかにいま患者の精神状態と健康状態は、工学とまざってしまっている。とにかくクロノプラストで飛びだした最初の人間で、われわれにしろ技術者にしろ誰にしろ、なにが起こったのか想像もつかないんだから。技術者たちはマシンを発見できず、こちらは彼の意識を発見できないでいる。マシンのことは技術者にまかせ、医学面だけに専念したほうがいいでしょう」

わたしはなにもいわず、助手たちが蒸気を吹きあげるままにおき、興奮したどなり声がやみ、彼らがわたしといっしょに推論をはじめるのを待った。

二人はこちらを見ると、しぶしぶながら黙り、この不愉快な症例の主導権をわたしにまかせた。

「独房を開けていい」とわたしはいった。「あの姿勢では逃げはしない。ただ平らになりたがっているだけだ」

「地獄に落ちたパンケーキ以上にぺしゃんこにね」とグロスベック。「しかし平らなままにしておいては、どこにも行き着けない。彼もまえには人間だったんで、人間が人間にもどる唯一の道は、彼の人間的な面に訴えかけることだ。どこかは知らないが、行った先ではまりこんだ仮想の平面などは関係ない」

グロスベックは引きつった笑みをうかべた。激昂《げきこう》する癖をユーモラスに思う余裕がときにはあるのだ。「あの男は宇宙の床下に抜けてしまったようなものでしょう、サー＝ドクター、主任リーダー？」

「それはうまい言い方だ」とわたし。「きみの裸女のアイデアをあとでやってみたまえ。しかしあまり効果はないと思うな。彼はあのグロテスクな姿勢を取るという以外には、最下等の無脊椎動物ほども脳を使っていない。考えていないのなら、ものも見ていない。見ていないのなら、ことさら女が目につくはずはない。体はどこも悪くないんだ。変調は脳のなかにある。わたしはやはり、どうやって脳に踏みこむかの問題だと思うね」

「というか、どうやって魂に踏みこむかですな」とティモフェエフは息をついた。彼のフルネームはハーバート・フーヴァー・ティモフェエフ（第三十一代アメリカ大統領フーヴァーにちなむ。フーヴァーは一九二〇年代、商務長官のころ、ロシアに大規模な食糧援助をした）といい、ロシアのもっとも信心深い地方の出である。「魂を忘れてはいけないときもあるわけで、ドクター……」

われわれは独房へはいると、手をつかねて裸体の男を見つめた。

患者はひっそりと息をしている。目はあいていた。まばたきをさせることも不可能で、フラッシュ電球さえ役に立たなかった。患者がグロテスクで原初的な人間性をとりもどすのは、その平らな姿勢を崩されるときだった。彼の精神は動きだし、知能レベルからいえば、おびえ、取り乱し、一時的に狂ったリスとおなじくらいの高さに上昇した。服を着せられたり姿勢をなおされたりすると、激しく抵抗し、まわりの物や人間をやみくもにたたいた。

かわいそうなハーケニング大佐！　われわれ三人は地球でも最高レベルにある医師のはずなのに、彼には手も足も出ないのである。

われわれは彼のもがき方にまで興味を持ち、抵抗するさなかの筋肉や眼球の動きから、行った先、積んできた経験の手がかりをつかもうとした。これもまた空《むな》しかった。もがき方は生後九カ月の赤んぼうに似て、成人の体力はあるものの、それを無作為に使うのだった。

われわれは、彼から声ひとつ聞きだしていなかった。

暴れるときは呼吸が荒くなった。唾のあぶくがあふれた。唇には細かい泡がたまった。両手が不器用に動いて、あてがわれたシャツやローブや歩行器をはがそうとした。手袋や靴を脱ぐときには、手足の爪で自分の肌を傷つけることもあった。

彼はかならずもとの姿勢にもどった――

フロアに。

うつぶせに。

四肢を鉤十字《スヴァスティカ》のかたちにねじ曲げて。

こうして外宇宙から帰ってきた男がいる。最初の生還者だが、必ずしも帰ってきたわけではないのだ。

打つ手もなく立っているとき、その日はじめての建設的提案がティモフェエフから出た。

「準テレパスを使う勇気はありますか？」

グロスベックはぎくりとした顔をした。

わたしは肝《きも》を据え、その件を考えた。準テレパスは悪名が高かった。テレパシー能力はあってもそれが真正ではなく、十全な精神交流ができないとわかれば、病院に来て能力の除去手術を受けなければいけないとされているのだ。

古代法の下では、たくさんの準テレパスが人びとの目をくらまし、逃げのびた。

このあぶない半端なテレパシー能力を武器に、彼らは最悪のまやかしといかさま行為にのめりこんだ。死者と話すふりをしたり、神経症患者を精神病に追いやったり、ひと握りの病人を治しても、その一件について十件はへまをしたり、要するに社会の公序良俗を乱す存在だった。

だが、あらゆる手だてが失敗したとあれば……

2　準テレパス

一日後、われわれはハーケニングの独房にもどり、前日とほとんどおなじ位置に立った。三人はフロアの裸の男を囲んだ。ただし四番めの人物として、少女が同行していた。

彼女を見つけてきたのはティモフェエフである。少女は彼とおなじ教団、ポスト・ソビエト東方クエーカー正教の信者だった。彼らは改良英語《アングリック》でしゃべると、すぐに見分けがついた。相手を呼びかけるのにthee（御身《おんみ》）の代わりにthou（おみ）という古代英語を使ったからである。

ティモフェエフはわたしを見た。

わたしは控えめにうなずいた。

彼は少女のほうを向いた。「この人の手助けはできそうかな、シスター？」

まだ十二歳を出ていないだろう。頬のこけた長い顔をした少女だった。唇は柔らかく動きもなめらかそうで、すばしこいグレイ・グリーンの目をし、ぼさぼさの髪を肩に下ろしていた。両手は表現豊かに細く長くのびていた。狂気の深みに迷いこんだはだかの男を見ても、動じたようすはまったく見せなかった。

少女はフロアに膝をつくと、ハーケニング大佐の耳にじかに優しく話しかけた。

「わたしの声が聞こえますか、ブラザー？　おみのお手伝いに来ましたよ。わたしはおみの妹のリアナです。神の愛の下《もと》なるおみの妹です。肉なる者より生まれたおみの妹です。大空の下なるおみの妹ですよ。妹なるわたしが、おみを助けに来ましたよ。わたしはおみの妹です、ブラザー。おみの妹ですよ。すこし目をあけてくだされば、わたしがお手伝いできます。すこし目をあけてください、妹のことばに。すこし目覚めてください、愛と希望のために。目覚めてください、愛がとどくように。すこし目をあけ、愛がもっとおみの目を覚ますようにしてください。すこし目をあけてください、人びとがおみのそばに行けるように。目をあけてください、ふたたびもどれるように、人間界にもどれるように。人間界は温かいところです。友情は温かいものです。おみの友はおみの妹リアナですよ。おみの友はここにいます。すこし目をあけてください、おみの友のことばに……」

話すうち、少女は左手をそっと動かし、われわれに部屋から出るようにとうながした。わたしは二人の仲間にうなずくと、あごをしゃくって、廊下に出るように合図した。われわれはドアのすぐ外にとどまり、のぞきこめるようにした。

少女は歌うような呼びかけをいつ果てるともなくつづけている。

グロスベックは身をかたくし、まるで少女が正規の医学へ押し入ってきたとでもいわんばかりににらんでいる。ティモフェエフは見かけだけは機嫌よく、慈悲深く、超俗的でありたいようすだが、我を忘れ、ただもう興奮している。わたしはひどく疲れ、いつ少女を止めようかと考えはじめていた。見たかぎりでは、成果が上がっているようすはない。

ことは少女自身がけりをつけた。

急に少女が泣きだした。

泣きながら話しつづけた。嗚咽《おえつ》にとぎれがちで、涙はあふれて頬を伝い、すぐ下にある大佐の顔にしたたった。

まるで琺瑯《ほうろう》引きのコンクリートを相手にしているようなものだった。

息をしているのは見えるが、瞳孔は動かない。この数週間と変わりなく、生気は見られなかった。生気はないが、死んでいるわけでもない。

変化はなかった。やがて少女は泣き声と語りかけをやめると、われわれの待つ廊下へ出てきた。

少女はわたしに面と向かっていった。「おみは勇敢な方ですか、サー＝ドクター、主任リーダー？」

たわけた質問だ。こんな質問にどう答えろというのか。こういうだけだった。「そう思うがね。なにを考えているんだ？」

「みなさん三人」と魔女のように厳粛に、少女はいった。「みなさん三人にお願いします。

ピンライターのヘルメットをかぶり、わたしといっしょに地獄へ旅立っていただきたいのです。あの魂は迷っています。わたしの知らない力によって、星の海のかなたに凍りついています。星ぼしがこの人の魂をつかまえ、がんじがらめにしているので、おみがご覧のこの哀れな大佐ブラザーは、まことこの世にありながら、魂は星ぼしのかなたの不浄な歓びに泣き、神のご慈悲と人びとの友情から断ち切られているのです。おお、勇敢なお方、サー＝ドクター、主任リーダー、わたしとともに地獄へ旅立っていただけますか？」

よろしいというほかになんと答えられようか？

3　帰　還

その夜遅く、われわれは〈無の極〉から帰ってきた。ピンライターのヘルメットが五個用意された。がさつな手段、自然のテレパシーの補正用具、ひとつの心のシナプス群を他人の心のなかに投げこみ、われわれ五人が考えを共有するのを助ける装置だ。

グロスベックやティモフェエフの心とじかに接触するのは、わたしにははじめてだった。これには驚かされた。

ティモフェエフはとことん清潔で、洗いざらしのリネンのように白く単純だった。じっさい単純な男なのだ。日常生活のどたばたや重圧は、彼のうちにまでは及んでいなかった。

グロスベックは違っていた。活発な男で、ニワトリたちが農家の庭いっぱいに放し飼いにされているみたいにばたばたと騒がしく荒っぽかった。心は汚れたところもあれば、清潔なところもあった。明るく、臭く、はつらつとして、鮮烈で、動きをやめなかった。

わたし自身の心のエコーも二人から返ってきた。ティモフェエフには、わたしは冷たく気位が高く、よそよそしく謎めいて見えるらしい。グロスベックには、わたしはずっしりとした石炭の塊のように映っていた。グロスベックにはわたしの心はあまり見えていず、見る気もないようだった。

われわれ三人はリアナに向かって感覚をのばし、リアナの心の感触を探る過程で、大佐の心にぶつかった……

こんなにすさまじいものに出会ったことはない。

それはむきだしの快感だった。

医者として、わたしは快感にはよく出会う。――身を滅ぼすモルヒネの快感、殺し荒しつくすフェニーネの快感、さらには脳に埋めこまれた電極の快感さえも。

医者の義務として、わたしは法律のもとで、極悪人たちがみずから死に向かう現場にも立ち会ってきた。われわれの役目は単純なものだった。脳の快楽中枢に細いワイヤをじかに差し入れたのだ。それから悪人が自分の頭を適正な位相と電圧にある電界のなかに傾けた。単純な手続きだ。数時間後、男は快感のただなかで死んだ。

大佐の心はそんなものではなかった。

この快感は人間的なものではないのだ。

リアナがどこか近くにいて、わたしが思いをキャッチすると彼女がいった。「あそこへ行かなければなりません、サー＝ドクターのみなさん、主任リーダーのみなさん。いっしょに行かなければ。この四人で、誰も行かなかったところ、なにもない極へ。希望のありか、苦痛の中心へ、この人を返してくれるかもしれない苦痛へ、宇宙よりも大きな力のもとへ、彼の体を故郷へ帰した力のもとへ、場所ではない場所へ、力ではない力を見つけに、力ではない力に働きかけ、彼に心を与え、わたしたちのところへ返してもらえるように。来るのなら、どうぞ来てください。来てください、すべての涯《はて》へ。来てください――」

とつぜん、われわれの心に幕状電光さながらの閃光がひらめいた。

それはまばゆい電光だった。まばゆく繊細で、彩り豊かで優しかった。なにもかもに染みこんでいく、それはまるで純粋な光の滝だった。パステル・カラーだが、その明るさはただごとではなかった。光がやってきた。

光がやってきた、とわたしはいう。

異様な。

そして去った。

それだけだった。

あまりにも急で、瞬間的とさえ形容できないほどだった。ご想像がつけばの話だが、それは瞬間より短いように思われた。われわれ五人は親しみを持たれ、見つめられたと感じた。

誰もがなにか巨大な生命体、人間の想像力をはるかに超えた生命体のおもちゃかペットにされたように感じた。やがてそのものは、われわれ四人を——三人の医師とリアナを——ながめるついでに大佐がいるのを見ると、彼を仲間のもとへ帰したほうがいいと気づいたようだ。なぜかといえば、立ちあがったのは五人であり、四人ではなかったからだ。

大佐はふるえていたが、正気だった。生きていた。人間にもどっていた。弱々しくこういった——

「ここはどこだ？　地球の病院か？」

そしてティモフェエフの腕のなかに倒れた。

リアナはすでにドアから抜けだすところだった。

わたしはあとを追って廊下に出た。

リアナはふりかえった。「サー＝ドクター、主任リーダー、ありがとうは要りません。お金も要りません。みんなに知らせることも、なにが起こったかという説明も要りません。わたしの霊力は、主のお恵みによる善意と人間みんなの優しさから来たものです。わたしは医学のほうには立ち入りません。おみの友なるティモフェエフが、かわいそうにという気持から頼んでこなければ、来ることもなかったでしょう。功績はおみの病院のものです、サー＝ドクター、主任リーダー。どうかわたしのことは忘れてください」

わたしはどもった。「しかし報告書は……？」

「わたしのことにふれなければ、どう書いてもかまいません」

「しかし患者がいる。彼はこちらの患者でもあるんだよ、リアナ」

リアナはこのうえなく優しい笑みをうかべた。女の子らしい、子供っぽい、人なつっこいほほえみだった。「わたしがいたほうがいいのだったら、わたしは来ます……」

世間の人びとは安堵したものの、なにひとつ学ばなかった。

クロノプラスト宇宙船はついに見つからなかった。大佐がどのように帰ったかは説明されなかった。大佐はふたたび地球を離れることはなかった。彼の記憶にあるのは、月に接近したあたりでボタンを押したこと、そして四カ月後、その間の記憶をまったくなくして病院で目覚めたことだけだった。

もうひとつ世間の人びとが知っているのは、大佐とその夫人がどういう経緯からか、ひとりの見知らぬ美しい少女を養女に迎えたことである。家庭的には恵まれないが、気立てのいい寛容な心に恵まれた娘だった。

鼠と竜のゲーム
The Game of Rat and Dragon

伊藤典夫◎訳

キャプテン・ワオをはじめとする猫のキャラクターは、一九五四年のある日の午後、本篇がひと息に書きあげられた当時、ラインバーガー邸にいた猫たちをモデルにしている。平面航法の発見は、人類を第二次宇宙の恐怖に否応なく立ち向かわせるが、そのいきさつは、翌年完成する未発表作品の中で語られている……それが日の目をみることはおそらくないだろう。のちに「酔いどれ船」に、その主題が織りこまれるからである。

1　テーブル

ピンライティングくらい、くそいまいましい職業もないものだ。アンダーヒルは怒りにまかせて、ドアをうしろ手にしめた。いくら軍服を着て兵士らしくしたところで、こっちがなにをやっているか認めてくれないことにはなんの意味もありはしない。

シートにすわると、頭をヘッドレストにもたせかけ、ヘルメットを目深《まぶか》に下ろした。

ピン装置が温まるのを待つうち、おもての通路で出会った若い女のことが思いだされた。女は軍服に目をとめたとたん、さげすむようにアンダーヒルを見たのだ。

「ミャオウ」女がいったのはそれだけ。だが、その一言はナイフのような切れ味だった。おれをなんと見ているのか──馬鹿、のらくら者、軍服だけのからっぽ人間か？　半時間のピンライティング作業のたびに、おれが病院で最低二カ月の休養をとることを、あの女は知らないのだろうか？

すでに装置は温まっていた。アンダーヒルは周囲に宇宙のマス目を感じた。広大なグリッド、三次元のグリッド、無に満ちた立方体の集積のまっただ中にいるおのれを意識した。そのなにもないかなたにアンダーヒルは、がらんどうの宇宙の疼《うず》くような恐ろしさをとらえ、ただよう塵《ちり》のかすかな気配を感知するたびに、心にずんと降りる耐えがたい不安を味わうことができた。

くつろぐにつれ、太陽の頼もしい量感を皮切りに、月やなじみの惑星群のかたちづくる時計メカニズムがうちにひびいてきた。われわれの太陽系は古代のカッコー時計そこのけにかわいらしく単純であり、耳慣れたチクタク音と心やすまるノイズに満ちている。火星のへんてこな二つの月は、死にもの狂いの二十日鼠《はつかねずみ》みたいに母星のまわりをぶんぶんまわっているが、その律義《りちぎ》さ自体が、なべて平穏であることのあかしなのだ。黄道面をずっと上がったところでは、重さ半トンほどの塵の集団が、宇宙航路のそとにただよい出る動きを見せている。

ここには闘うべきもの、心に挑んでくるものはなにもない。生きた魂を肉体から引きちぎり、血液状のオーラをその根からしぼりだす脅威は存在しない。

太陽系に侵入をはかるものはない。このまま永遠にピン装置をかぶっていられそうな気がする。一種のテレパシー天文学者、それ以上の何者でもなく、脈打ち燃える太陽の、熱い暖かい庇護《ひご》を感じていたい。

ウッドリーがはいってきた。

「太陽系はこともなし」とアンダーヒルはいった。「あいかわらずチクタクいってるよ。平面航法がはじまるまで、ピン装置が開発されなかったのも無理ないね。熱い太陽につつまれてここにいると、ほんとに気持がいい。のんびりする。なにもかもがくるくるまわっているのがわかるんだ。コンパクトにぴしゃりとまとまっている。わが家の庭にいるみたいだ」

ウッドリーがなにやらうなり声を返す。空想力に欠けた男なのである。

くじけもせずアンダーヒルはつづけた。「古代というのも、まんざら住みにくいところではなかったんじゃないかな。なぜ戦争なんかで世界を灰にしてしまったんだろう。平面航法などに用はない。星の海で暮らしをたてる必要もない。鼠をかわすというか、そういうゲームをしなくていい。そもそも必要がないから、ピンライティングなんか発明されっこないんだ。だろう、ウッドリー？」

ウッドリーが「まあな」とつぶやく。ウッドリーは今年二十六、あと一年で退役だ。もう農場も買いとっていた。十年間のきびしいピンライター暮らしを、最精鋭たちに伍《ご》して耐えぬいてきたのだ。正気をたもつ秘訣《ひけつ》は、仕事のことをなるべく考えないようにすることである。やむをえないときだけ全力で立ちむかい、あとはきれいさっぱりと職務を忘れて、つぎの緊急事態までのんびりと過ごすのだ。

ウッドリーは、パートナーたちのあいだでは一向に人気の上がらない男だった。親しいパートナーはいない。なかには毛ぎらいしている者さえいた。パートナーに対し、ときたま醜悪な考えを抱くらしいという疑いを持たれているのだが、パートナーが不平不満を具体的に意識にのぼらせることがないので、補完機構や仲間のピンライターは手を出せないでいた。

アンダーヒルはあいかわらずピンライティングの驚異にわれを忘れている。上機嫌でしゃべりつづけた。「平面航法にはいると、おれたち、どうなっちゃうんだろう？　あれは死ぬときとおなじようなものかな。魂を引っこ抜かれた人間を見たことがあるかい？」

「魂を引っこ抜くというのは言葉のあやだよ」とウッドリー。「時代は進歩したけれど、おれたちに魂があるかどうかなんて誰もわかっちゃいないんだ」

「でも、おれ一度見たことあるぜ。ダグウッドが狂っただろう、あのときのやつのようすさ。どこか変なんだ。濡れている感じで、出血したみたいにべとべとしていて、なにかがぽっかり抜けている。——そういえば、ダグがどうなったか知ってるだろう？　例のとこ送りさ。病院の、おれやあんたが行ったことのない上のほう——仲間の連中が待ってるてっぺんの区画さ。〈空のむこう〉の鼠につかまって、まだ生きていたら、みんなそこへ送られてしまう」

ウッドリーはすわって古代のパイプに火をつけた。タバコとかいうものを燃やしているのだ。野蛮な習慣だが、パイプをくわえた姿はいかにも颯爽《さっそう》として冒険好きに見えた。

「なあ、若いの。そんな心配はするだけ損だぜ。ピンライティングの技術はどんどん進歩してる。パートナーの質はどんどん上がってる。鼠があっちとこっちに二ひき、七千四百万キロも離れて出てきたところを、連中がたった一・五ミリセコンドでピンライトするのを、おれは見てるんだ。人間だけでピン装置を扱ってるかぎり、脳がピンライトを発動させるには最低四百ミリセコンドかかる。それでは平面航法船を鼠から完全にまもりきれない。これがパートナーの登場ですっかり変わっちまった。連中はいったん動きだしたら鼠より早い。形勢は今後も変わらんだろう。そりゃまあ、パートナーと精神的に同居するんだから、楽じゃないが――」

「それはパートナーにもいえるさ」

「連中のことなんか心配する必要はないって。どうせ人間じゃないんだ。やつらのことはやつらに始末させるさ。おれが見たところ、パートナーにちょっかいを出して狂ったピンライターのほうが、鼠にやられた数よりずっと多いぜ。鼠にとっ捕まったピンライターを、おまえ、じっさいにどれくらい知ってる？」

アンダーヒルは両手に目を下ろし、船を指折りかぞえた。チューニングを終えたピン装置の投げるあざやかな光のなかで、指は緑と紫に染まっている。親指にあたるのは、クルー船客もろとも行くえ知れずとなった〈アンドロメダ〉。人差し指と中指は〈釈放船〉43号と56号。二隻ともピン装置が焼き切れ、船内の男女こども全員が死亡または発狂した状態で発見されている。薬指と小指、そしてもう一方の手の親指は、鼠たちとの戦いに敗れた最初の三隻の戦艦――この敗北をきっかけに、人びとは宇宙の表面下に、なにかが生きている――気まぐれで邪悪な存在がいることを知ったのである。

平面航法とは妙なものだ。それはまるで――

まるで、なんということはない。

軽い電気ショックによる疼き、というか。

はじめて虫歯をかんだときの痛み、というか。

目にさしこむちょっぴりまぶしい閃光《せんこう》、というか。

しかしその間、地球大気圏外にうかんでいた四万トンの宇宙船は、どうしたものか二次元に消え、半光年または五十光年の先の空間に現われるのだ。

ある瞬間には、彼は戦闘室にすわり、ピン装置の準備を終えて、慣れ親しんだ太陽系のチクタクを頭のなかに聞いている。と、一秒あるいは一年（それが現実にどれほど長引くのか、主観ではわからない）、なにか小さな閃光がうちを駆けぬけ、つぎの瞬間には、星ぼしのあいだにひろがる寒々とした空間に解き放たれているのだ。いわゆる〈空のむこう〉——恒星がテレパシー意識野ににきびほどにしか受けとめられず、惑星はあまりにも遠すぎて感知できない空間に。

その虚無のどこかに、身の毛もよだつ死がひそんでいる。恒星間宇宙へとびだすまで、人類が知るべくもなかった死と恐怖が待ちうけている。どうやら恒星の輝きが、竜を遠ざけていたらしい。

竜。人びとはそう呼んだ。並みの人間には、それはなにほどのこともない。ただ平面航法がもたらす寒けと、ついでハンマーをひと振りされたように襲いかかる突然の死。さもなくば、心に押し寄せる黒いけいれん性の狂気。

しかし遠感能力者《テレパス》には、それは竜であった。

宇宙の黒いがらんどうの虚無のなかで、テレパスの意識が敵意ある存在を感知する、そしてすさまじい破壊的な精神ショックが船内の生きとし生けるものを見舞う——その間の一刹《せつ》那《な》にテレパスが見るのは、古代の人類の伝説に現われる竜に似た生命体、けものより狡猾《こうかつ》なけもの、悪魔より存在のたしかな悪魔、なにか窺《うかが》いえぬ手段により星の海にひろがる希薄な物質から創りだされた、生気と憎悪みなぎる飢えた渦動であった。

知らせは、死をまぬがれた一隻の船からもたらされた。まったく偶然に、ひとりのテレパスが照明器具を持っていて、その光を無害な塵に向けたところ、彼の思考のパノラマのなかで竜と見えたものが、たちまち消滅してしまったのだ。ノンテレパスである他の船客たちは、目前の死が回避されたことなど知るよしもなく旅をつづけた。

以来、ことはたやすくなった——まずほとんど。

平面航法船には必ずテレパス・クルーが乗りこんだ。哺乳《ほにゅう》類の精神構造にアダプトされたテレパシー増幅器、すなわちピン装置によって、テレパスの感受性は途方もない距離にひろがった。ピン装置はまた、リモート・コントロールのきく小型の光線爆弾に電子工学的に連動されていた。光こそ頼みの綱であったからだ。

星から星への旅の途中、光は竜を粉砕し、三次元空間へのスキップ、スキップ、スキップを容易にするのである。

勝算は人類に不利な一〇〇対一から、人類に有利な六〇対四〇に転じた。

それでもまだ不充分だった。テレパスの感受性は訓練によって高度にとぎすまされ、千分の一秒足らずで竜を感知できるようになった。

しかし竜たちは百五十万キロを二ミリセコンドそこそこで移動できるらしく、人間の思考では追いつけないことがやがて明らかになった。

船を四六時中、光でつつむ方法がいろいろと試みられた。

しかし、これは決定的な防御策にはならなかった。

人類が竜についての知識を深めるにつれ、竜もまた人類のことを学んだらしかった。なぜか竜たちは巨体を引きのばし、おそろしく平たい軌道をとおってすばやく襲いかかるのである。

強烈な光が必要だった。太陽にまさる強烈な光が。それを成しうるのは光線爆弾だけだった。こうしてピンライティングが誕生した。

ピンライティングとは、極度に明るい小型光子核爆弾の爆発作用である。それがひとつまみのマグネシウム・アイソトープを純粋な輝きに変換するのだ。

勝算はじりじりと上がりつづけた。が、宇宙船の消失事件は絶えなかった。

やがて人びとは船の捜索すら望まなくなった。救助隊がなにを見いだすかは、現場に行くまでもなく明らかだったからだ。埋葬の準備をおえた三百の遺体と、治療のあてのない百ないし三百の狂人たちを地球に送還したところで、いたずらに悲しみをかきたてるだけ。狂人たちを目覚めさせ、食事を与え、体を洗い、眠りにつかせ、また目覚めさせ、食事を与え、寿命が尽きるまで看護して、いったいなんになろう。

テレパスたちは、竜に襲われた人びとの狂った思考に探りを入れた。しかしあざやかな恐怖の火の柱が、原生状態のイド、火山にも似た生命の源泉からほとばしりでている以外には、なんら発見はなかった。

そこに至ってパートナーが登場した。

人が独力ではできないことも、人とパートナーが組めばなし遂げることができた。人には知性があり、パートナーにはスピードがあった。

パートナーたちはフットボール大の小艇に乗り、宇宙船の外側を飛ぶ。彼らは母船につき従って平面航法にはいり、重さ六ポンドの小艇内部で攻撃にそなえるのだ。

パートナーたちのカプセルは動きがすばやい。その一隻一隻に、指ぬきほどの大きさの爆弾、ピンライトが一ダース積みこまれている。

ピンライターは思考＝射出中継器《リレー》の助けを借りて、小艇をじかに竜めがけて投げつける——文字どおり投げつける。

人間の心には竜に映るその存在も、パートナーには巨大な鼠にしか見えないのだ。

宇宙空間の非情な虚無のまっただ中で、パートナーの心は、生命とおなじくらい古い本能に反応するのだった。パートナーたちは人間にまさるスピードで相手のふところにとびこみ、攻撃につぐ攻撃をくりかえし、鼠またはパートナーいずれかが倒れるまでこれをつづける。ほとんど例外なく勝つのはパートナーである。

星の海のスキップ、スキップ、スキップが安全になるとともに、通商は飛躍的に増大し、あらゆるコロニーの人口は増加し、訓練を積んだパートナーの需要も増した。

アンダーヒルとウッドリーは第三世代のピンライターにあたる。だが彼らの目には、この技術は太古から受け継がれてきたもののように見えるのだった。

ピン装置を通じて宇宙空間に心を連動させ、そこにパートナーの思考を加え、すべてを賭けた戦いのために緊張感を高めていく。こんなものに神経が長時間耐えられるはずがない。半時間の戦いに、アンダーヒルは二カ月の休養をとる。ウッドリーは十年で退役する。彼らは若い。みんな有能だ。しかし限界がある。パートナーの選択、誰が誰を引き当てるかという運――それに左右される部分があまりにも大きすぎるのだった。

2　シャフル

パパ・ムーントリーと、ウエストという名の少女が部屋にはいってきた。この二人が残りのピンライターである。戦闘室の人間要員はこれでそろったことになる。

パパ・ムーントリーは、四十五歳になる赤ら顔の好人物である。四十まで農業をやって平和な暮らしをしていたが、その年になって遅まきながら、当局が彼のテレパシー能力を見つけ、人生のなかばを過ぎた彼にピンライター業にはいる許可を与えた。ピンライティングの腕はなかなかのものだが、この分野ではおそろしく高齢といえた。

パパ・ムーントリーは、むっつり顔のウッドリーと物思いにふけるアンダーヒルを見やると、「お若いの、どうだね、今日の調子は？　りっぱに戦える用意はできとるかな？」

「パパは戦いが好きなんだから」ウエストという名の少女が愛くるしく笑った。そんなにも幼い少女だった。笑い声はかん高く、子供っぽい。ピンライティングの修羅場におよそ似つかわしくなかった。

アンダーヒルは以前、パートナーのなかでも一、二を争う怠け者が、ウエストという名の少女との精神コンタクトからご機嫌で出てくるのを見て、ほほえましく思ったことがある。

ふつうパートナーは、航行中ペアを組む人間の心にはほとんど関心を示さないのだ。人間精神は複雑で、どっちみち信じられないほど汚れきっているから、深入りしないほうがよいという立場をとっているらしい。人間精神の優越に疑いをいだくパートナーはいないものの、その優越に気圧《けお》されるパートナーもまたきわめて少なかった。

要するに、パートナーたちは人間好きなのだ。喜んで人間といっしょに戦うし、人間のためなら命を投げだすこともいとわない。だがパートナーが特定の個人を好きになるときには、ちょうどキャプテン・ワオやレイディ・メイがアンダーヒルを気に入ってくれたように、その好意は知性とはなんのかかわりもない。それはただ気性の問題、感触の問題にすぎないのだ。

キャプテン・ワオがアンダーヒルの知力をばかにしていることは、彼自身、百も承知していた。キャプテン・ワオが気に入っているのは、アンダーヒルの人なつっこい感情構造――無意識の思考パターンをつらぬく楽天性とひねくれた遊び心であり、危険に対したときの陽気さなのである。言葉、歴史の本、観念、科学――アンダーヒルの心のうちにあるそうした知識は、キャプテン・ワオの心に反映するイメージを見るかぎり、すべてガラクタも同然だった。

ミス・ウエストがアンダーヒルを見つめた。「あなた、ダイスにガムみたいなのをくっつけたでしょう」

「そんなことするものか！」

アンダーヒルは、恥ずかしさのあまり耳がまっ赤にほてるのを感じた。練習生の時代、あるパートナーが好きなばかりに、抽選でインチキをしたことがあったのである。相手は若い美しい母親で、名前はミャウといった。ミャウと組んだ仕事はやりやすく、彼女もアンダーヒルになつくので、ピンライティングが重労働であることも、パートナーといちゃついてはいけないという規則があることも、すっかり忘れてしまうほどだった。ともに戦場におもむくように訓練された身であるはずなのに。

インチキは一度で充分だった。細工はたちまちばれ、それから何年か、ことあるごとにアンダーヒルは笑い者にされた。

パパ・ムーントリーが人工皮革のカップをとり、石のダイスを振った。パートナーの割り振りはこれで決まる。先輩の権利を行使して、彼が最初のクジを引いた。

とたんにパパは渋い顔になった。食い意地のはった老猾《ろうかい》なパートナーを引き当ててしまったのである。したたかな年寄りの雄で、いつもよだれの出るような食い物のこと、腐りかけた魚でいっぱいの海のことばかり考えている。パパの話によると、以前この大食漢を引き当てたときには、それから何週間か、タラ肝油《かんゆ》のげっぷを吐き詰めだったという。彼の心に焼きついた魚のテレパシー像は、それほど強烈だったのだ。しかしこの魚の大食漢は、危険の大食漢でもあった。倒した竜の数は六十三頭、部隊にいるどのパートナーよりも多く、彼の値打ちは文字どおり体重とおなじ重さの黄金に匹敵した。

ミス・ウエストがつぎに引いた。キャプテン・ワオを引き当てた。誰に当たったかがわかると、彼女はにっこりした。

「彼好きよ」とミス・ウエストはいった。「組んで戦うとおもしろいんだもの。心のなかで受ける感じが、とってもすてきで可愛らしいの」

「可愛らしいか、へっ」とウッドリー。「おれだって、やつの心にはいったことがあるよ。この船のなかで、あれくらい助平ったらしい心はほかにないぜ」

「ひどい人」と少女はいった。たんに事実を述べたという声音《こわね》で、非難がましいところはなかった。

アンダーヒルはミス・ウエストを見やり、ぞくっと身ぶるいした。

なぜあれほど平静にキャプテン・ワオを受け入れられるのか、それがわからない。キャプテン・ワオの心は、たしかに好色そうな流し目をくれるのだ。戦いのさなか、キャプテン・ワオが興奮すると、竜やら凶暴な鼠やら魚の臭いやら、官能的な交尾やら宇宙空間への驚きやらの、ごっちゃになったイメージがすべて心のなかになだれこみ、ピン装置によって意識が結ばれたまま、アンダーヒルとキャプテン・ワオは、人間とペルシア猫の途方もない複合体と化してしまう。

そう、それが猫の相棒の厄介なところだ、とアンダーヒルは思った。パートナーのつとまる生き物がほかにないというのも情けない話だ。もちろんテレパシーで接触してみれば、猫の相棒というのも悪くはない。戦いになにが要求されているか呑みこむぐらいの知能はある。ところがその動機と欲望は、明らかに人間のそれとズレたところにあるのだ。

人間が具体的なイメージをぶつけているかぎり、猫たちはつきあいやすい相手である。だがシェイクスピアやコールグローヴを暗唱したり、宇宙とは如何《いか》なるものかなどと講釈をはじめようものなら、たちまち心を閉ざし眠ってしまう。

考えてみれば、宇宙であれほど毅然《きぜん》とし大人びて見えるパートナーが、地球上ではペットとして数千年来飼われている、あの可愛らしい小動物にほかならないというのもおかしな話だ。地上でなんの変哲もないノンテレパスの猫にうっかり敬礼し、それがパートナーではなかったことにあとから気づいて、ばつの悪い思いをしたことも一度や二度ではない。

アンダーヒルはカップをとり、石のダイスをふりだした。

ツイてる――レイディ・メイを引き当てたのだ。

レイディ・メイは、彼がこれまでに出会ったもっとも思慮深いパートナーである。彼女のうちでは、みごとに交配された純血ペルシア猫の精神が、発達のひとつのピークに達している。彼女の複雑さは、どんな人間の女性に比べても劣らない。しかもその複雑さはすべて、感情と記憶と希望と、弁別された経験――言葉の助けなしに選り分けられた経験――から来るものなのだ。

　はじめて彼女とコンタクトをとったとき、アンダーヒルはその心の澄明《ちょうめい》さにおどろいたものだった。彼はレイディ・メイとともに、子猫時代を思いだした。その半生に経験した交尾のすべてを思いだしていた。おぼろげに見分けられる心のギャラリーには、彼女がこれまでにペアを組んだピンライターたちの肖像画が、残らず掲げられていた。輝きにつつまれた、かすかな憧れと見えるものも――

　心をくすぐる思慕の情。彼が猫でない、ない、ないなんてなんと残念な、こと、だろう。

　ウッドリーが最後の石をとった。彼には似合いのパートナーが当たった。――無愛想な、傷だらけの年老いた雄猫で、キャプテン・ワオの活力などどこにも見当たらない。ウッドリーのパートナーは、船内の猫要員のなかでは一番のけだもの――品性のない、粗暴な、濁《にご》った心の持ち主だった。テレパシー能力さえも、その性格を磨き上げるのに役立っていなかった。その耳は、若いころの喧嘩《けんか》で半分がた食いちぎられている。使える戦士、それ以上の存在ではなかった。

　ウッドリーがなにやらぶつぶつとつぶやいた。

　アンダーヒルは不思議そうにそんな彼を見やった。ウッドリーは、ぶつぶついうほかになにをしているのだろう？

　パパ・ムーントリーの目が三人の仲間に向いた。「きみらはパートナーを迎えにいきなさい。そのあいだにわたしは、〈空のむこう〉へ行く用意ができたとスキャナーに報告する」

3　ディール

アンダーヒルは、レイディ・メイの檻《おり》の組み合わせ錠をまわした。そっと彼女を起こし、腕に抱きかかえる。レイディ・メイは気持よさそうに背中を丸め、爪を思いきりのばし、のどを鳴らしかけて気を変えたらしく、かわりにアンダーヒルの手首をなめはじめた。ピン装置を装着していないので、両者の心はたがいに閉ざされている。だが、ひげの角度や耳の動かし方に、彼がパートナーであることを知った安堵を読みとることができた。

彼は人間に対するようにレイディ・メイに話しかけた。しかしもちろん、ピン装置のスイッチがはいっていないときには、言葉は猫にとってなんの意味もない。

「おまえみたいな可愛いやつを冷たい宇宙にぶん投げて、ぼくらみんなを合わせたよりももっと大きくておそろしい鼠に立ち向かわせるなんて、ほんとにどうかしているよ。好きでこんなところに来たわけじゃないんだろう？」

答えのかわりにレイディ・メイは彼の手をなめ、のどを鳴らし、ふわふわした長い尾で彼の頬をくすぐると、くるりとふりかえり、金色の目を輝かせて向かいあった。

しゃがみこんだアンダーヒル、前足の爪を彼の膝に立て、うしろ足で立ちあがったレイディ・メイ——つかのま両者は顔を見合わせた。人間の目と猫の目は、言葉のとどかぬ隔たりに、情愛の橋を一瞬にかけて見つめあった。

「乗りこむ時間だ」とアンダーヒルはいった。

レイディ・メイは従順に回転楕円体のカプセルに向かった。なかにすべりこむ。小型ピン装置が頭にぴったりと心地よくおさまっているかどうか調べるのはアンダーヒルの仕事である。戦いのさなかに、興奮して自分をひっかいたりしないように、爪のカバーも確認した。

「用意はいいかい?」とやさしく声をかける。

レイディ・メイはハーネスの許すかぎり身をよじらせ、狭いカプセルのなかで低くのどを鳴らして答えた。

ふたを下ろし、とじ目に接合剤がにじみ出るのをながめる。これから数時間、レイディ・メイはこのカプセルのなかに封じこめられるのだ。切断器をもった従業員が、つとめをおえた彼女を解放するそのときまで。

アンダーヒルはカプセルを持ちあげると、射出管にするりと落とした。射出管のとびらをしめ、錠をまわし、シートにすわり、自分のピン装置をかぶる。

ふたたびスイッチをひねった。

彼は小さな部屋にいた。小さい、小さい、暖かい、暖かい部屋に。すぐ近くで動きまわる三人の肉体。閉じたまぶたに明るく重くのしかかる天井の光。

ピン装置が温まるにつれ、部屋が脱落していった。三人の仲間も人間ではなくなり、ほんのりと明るい残り火、暗赤色の燠火《おきび》となった。いなかの暖炉にくべられた赤い石炭のように、とろとろと燃える意識の火。

ピン装置がもうすこし温まると、すぐ足もとに地球が感じられるようになり、船が消失した。地球の向こう側をまわる月をはじめ、惑星群、そして竜を人類の生地から遠ざけている熱い、明るい、善なる太陽が、意識のなかにはいってきた。

そして、ついに完全な感応状態が訪れた。

いまや彼のテレパシー精神は、数億キロメートルのかなたまでひろがっていた。黄道面の上には、先刻とらえた塵の集団がある。ぞくっとする親愛の情とともに、レイディ・メイの意識が心のなかに流れこんだ。その意識はやさしく晴れやかでありながら、まるで香料入りの油のように心の味覚をぴりりと刺激した。それは安らぎと確信にみちていた。彼への歓迎がそこには読みとれた。思考とまではいかない。ただ、なまなましい歓《よろこ》びがあるばかり。

しかし心のどこか遠い小さな片隅では——幼いころに出会った最小のおもちゃに負けないほど小さな片隅では——彼はいまだに部屋と宇宙船の存在を意識していた。パパ・ムーントリーが通話器をとり、船のゴー・キャプテンと話しているのがわかる。

耳が言葉をかたちづくるはるか以前に、彼のテレパシー思考は観念をとらえた。海上はるかな沖合から稲妻がさしこみ、ついで海岸に雷鳴がひびくように、じっさいの音声は、観念を追って聞こえてきた。

「戦闘室、準備完了。平面航法オーケイ」

4　プレイ

レイディ・メイの感知力のすばやさには、アンダーヒルはいつも腹立たしい思いをしてきた。

平面航法のつかのまの苦いスリルを予期して身構えたときには、神経が察知するより早く、レイディ・メイからの報告がとどいていた。

地球からあまりにも遠ざかってしまったので、テレパシー意識野に太陽をとらえるまでに、数ミリセコンドの時間がかかった。太陽は右手の後方、やや上部に見つかった。

いいいいいいいいいいいいいいいいい、いいいいいいいいいいいい、ハップ、いまのはうまいジャンプだ、とアンダーヒルは思った。この調子なら四、五回のスキップで着けるぞ。

船外数百キロの距離から、レイディ・メイの思いが送られてきた。「おお、温かい、おお、心の広い、おお、見上げるような人！　おお、勇ましい、おお、やさしい、おお、情け深い大きなパートナー！　おお、あなたのお供ができるとは、あなたにお供して、あなたとなら、しあわせ、しあわせ、温かい、温かい、さあ戦いへ、さあ今こそ、あなたとなら……」

送られてくるのが言葉でないことはわかっていた。猫の知性の澄みきった愛すべき独り言を受けとめて、人間が記録し理解できるイメージに翻訳しているにすぎないのだ。

双方ともあいさつの交換にわれを忘れているわけではなかった。アンダーヒルは彼女の感応域のはるか外にまで知覚をひろげ、船に近づく存在を探っていた。二つのことが同時にできるというのは妙なものだ。ピン装置の助けを借りて宇宙空間をスキャンしながら、おなじ瞬間、レイディ・メイのとりとめのない思いを受けとめている。彼女は一ぴきの息子のことを考えていた。金色の顔をして、胸には信じられぬほどふわふわした白い毛の生えた子猫への、愛情にみちた、うるわしい思い。

捜索をつづけているとき、レイディ・メイの警告がとびこんできた。

いいいい、いいいい、またジャンプしますよ！

そのとおり、船は第二の平面宇宙に突入した。星ぼしの位置が変わった。太陽ははかり知れぬほど遠のいていた。いちばん近い星々さえ、かろうじてコンタクトできる程度。この広漠《こうばく》とした無の空間こそ、竜の絶好の棲みかなのだ。アンダーヒルはさらに速く、さらに遠くへ知覚をのばし、〈空のむこう〉に危険をさがし求めた。見つけた瞬間、レイディ・メイを発射する用意をかためて……

恐怖の火が燃えあがった。その激しさ、純粋さは、肉体的な苦痛となって内をつらぬいた。ウエストという名の少女がなにかを発見したらしい。——途方もなく大きい、細長い、黒い、鋭い、貪欲《どんよく》な、身の毛もよだつなにかを。そいつに向かってキャプテン・ワオを投げつける。

アンダーヒルは気をたしかに持つように努めた。「気をつけろ！」とテレパシーで仲間に叫び、レイディ・メイのカプセルをあやつった。

戦場の一角にキャプテン・ワオの官能的な怒りがほとばしり、その刹那《せつな》、船とクルーをおびやかす塵の軌跡めがけて、大柄なペルシア猫は光を爆発させた。

爆弾はわずかに目標をそれた。

塵はたちまち縮み、赤鱏《あかえい》から槍のかたちに姿を変えた。

三ミリセコンドの時間経過もなかった。

パパ・ムーントリーが人語でしゃべっている。重い甕《かめ》から流れだす冷えきった糖蜜さながらに、その声は「キャ――プ――テ――ン」と聞こえる。それが「キャプテン、急げ！」という文章になることを、アンダーヒルは知っていた。

パパがいいおえるころには、戦いはとうに終わっているだろう。

数分の一ミリセコンドのちには、レイディ・メイがあとにつづいた。

ここがパートナーの技とスピードの見せどころである。彼女の動きはアンダーヒルよりも早い。彼女の目にはその脅威は、真正面から突進してくる巨大な鼠としか見えない。

人間なら見逃してしまいかねない一刹那に、光線爆弾を発射するのだ。

アンダーヒルの心は彼女と連結されている。だが、ついていくのは不可能だった。

異質の敵がおそいかかり、彼の意識は裂傷の苦痛を吸いこんだ。それは地上のどのような傷ともちがっていた。へその火傷《やけど》に似た感覚からはじまって、ひりひりする狂った苦痛が全身にしみわたった。彼はシートのなかで身悶《みもだ》えをはじめた。

だがじっさいには、筋肉ひとつ動かすまもなく、レイディ・メイが反撃していた。

十五万キロの直線上に、等しい間隔をおいて、五つの光子核爆弾が輝いた。

心身の痛みが消えた。

つかのまレイディ・メイの心を、強烈な荒々しい野生の歓喜が駆けぬけるのが感じられ、殺しあいは終わった。仕留めた瞬間、敵が消え失せてしまうのは、猫にとってはいつもながら拍子抜けするできごとなのだ。

やがてレイディ・メイの受けた深傷《ふかで》が伝わってきた。まぶたの上下よりも早い戦いが過ぎ去ったあとには、苦痛と恐怖がかならず訪れる。そのおなじ瞬間、平面航法の軽い疼きがやってきた。

船はまたもスキップした。

ウッドリーの思考が送られてきた。「あまり考えるな。この老いぼれとおれが、しばらく代わってやるから」

そしてまた疼き、スキップ。

カレドニア宇宙港の明かりが眼下に見えるまで、アンダーヒルは痴呆《ちほう》状態にいた。考えることさえいとわしい倦怠《けんたい》のなかで、ピン装置によるコンタクトを回復し、レイディ・メイのカプセルをそっと手ぎわよく発射管にもどした。

レイディ・メイは疲労のあまり、なかば死んだような状態だった。だが、心臓の鼓動は感じられ、荒い息づかいは聞こえ、「ありがとう」と彼女がさしのべる感謝のこだまも受けとることができた。

5　スコア

アンダーヒルは、カレドニアの病院に収容された。

医師は気さくだが、きびしかった。「きみは竜にじかに触れたんだ。いままで見たなかでも、いちばんきわどいね。あっというまもないくらいのできごとだから、科学的に解明されるまでには長い時間がかかるだろう。しかしコンタクトがあと何分の一ミリセコンド長かったら、いまごろ精神病院送りになってることはたしかだな。どんな猫を使っていたんだい？」

アンダーヒルは、言葉が内から流れだすのを感じた。言葉はなんと不自由なものだろう。それに比べて思考のスピードと楽しさときたら——くっきりと澄んで、手っとり早い心と心のふれあい！　しかし、ここにいる医師のような並みの人間には、言葉が意思を伝えるすべてなのだ。

口が重たげに動き、単語をひとつひとつかたちづくった。「パートナーを猫と呼ぶのはやめてください。正式な呼び名はパートナーです。ぼくらはチームを組んで戦います。ぼくらがパートナーと呼び、猫とは呼んでいないことを知ってください。ぼくのパートナーの容態は？」

「知らないんだ」医師は深く悔いる口調でいった。「聞いてきてあげよう。とにかく、気を楽にしていたまえ、いまは安静にしているのが一番だ。自分で眠れるかい、それともなにか鎮静剤を持ってこようか？」

「眠れます。ただ、レイディ・メイのことを知りたいんです」

ナースが会話に加わった。口調が少々とげとげしかった。「ほかの人たちのことは知りたくないんですか？」

「連中はだいじょうぶです」とアンダーヒル。「ここへ来るまえに確認しました」

腕をのばし、ため息をつくと、二人を見てにこっとした。医師とナースの表情はやわらいでいた。彼を患者ではなく、人として扱いはじめているようすがうかがえた。

「ぼくはだいじょうぶ。いつパートナーと会えるか、それだけ教えてください」

ふと新しい考えがひらめいた。うろたえた表情で医師を見た。「まさか船に乗せて送りだしちゃったわけじゃないでしょうね？」

「すぐ調べてみる」医師は力づけるようにアンダーヒルの肩をつかむと、病室を出ていった。

ナースが、冷えたジュースのグラスからナプキンを取った。

アンダーヒルは笑顔を見せようとした。ナースのようすがどこか変だった。早く出ていってくれないものか。はじめはちやほやしながら近づいてきたくせに、いまは一転してよそよそしい。〝テレパシーというのも困ったものだ〟と思う。〝コンタクトがとれないときでも、つい心をかよわせようとしてしまう〟

とつぜん彼女がふりむいた。

「なにさ。ピンライターなんて！　猫ばっかりとなかよくして！」

足を踏み鳴らすようにして出ていく寸前、アンダーヒルは彼女の心にとびこんだ。そこには誇張された彼の姿があった。輝かしいヒーロー。なめらかなスエードの軍服に身をつつみ、きらめく古代の王冠さながらに、ピン装置を頭にいただいている。ハンサムで男性的な顔は、まばゆい光を放っている。彼は遠く隔たったおのれを見た。彼女の憎しみに彩られたおのれを見た。

心の奥底で、彼女はひそかに憎んでいた。なぜ憎むのか。それはアンダーヒルが――彼女の目には――誇り高く、豊かな、異質の人間に見えるからだ。彼女のような並みの人間よりもいちだんと優れた、美しい人種に見えるからなのだ。

テレパシーを断ち、枕に顔をうずめる。するとレイディ・メイの姿が心にうかんだ。

「あいつは猫さ」とアンダーヒルは心にいった。「そう――ただの猫なんだ！」

だが心はそう見てはいなかった。――あらゆる夢想を超えてすばやく、無駄がなく、かしこく、信じがたいほどしとやかで、美しく、言葉はいらず、なにひとつ代償を求めない。レイディ・メイに匹敵する女が、この宇宙のどこに見つかるだろう？

燃える脳
The Burning of the Brain

浅倉久志◎訳

「星の海に魂の帆をかけた女」の一部でさりげなく暗示され、本篇でもっと明らかに言及されている若返り処置は、惑星オールド・ノース・オーストラリア（ノーストリリア）だけにしかないサンタクララ薬（ストルーン）によって可能となった――ただし、スミスの小説にその惑星の名が出てくるのは、一九五五年に書かれたこの作品が発表されてから、さらに数年後のことである。この時期でさえ、早くも補完機構文明の爛熟《らんじゅく》と退廃は、そこかしこに現われている。

1　ドロレス・オー

教えよう、これは悲しい物語、悲しいだけでなく、鬼気せまる物語でもある――〈空のむこう〉へ出ていき、飛ぶことなく飛び、葉むらの中を漂う夏の夜の蛾さながらに、星ぼしのあいだを移ろうのは、恐ろしくもおぞましいことだから。

あの巨大な船で二次元に乗りこんでいった人たちの中でも、マーニョ・タリアーノ船長ほど勇敢で強い人はいなかった。

スキャナーは数十世紀も前に姿を消していた。ジョナソイダル効果がとても簡単で、とても扱いよいものになったため、何光年もの横断も、巨大船の大多数の乗客にとっては、まるで部屋から部屋へ行くように容易なものになったのだ。

乗客は気軽な旅をする。

乗組員はちがう。

とりわけ船長は。

恒星間の旅に乗り出したジョナソイダル船の船長は、世にも稀な圧倒的重圧にさらされた人間である。宇宙空間のありとあらゆる危難を切り抜ける技術は、かつて伝説の人びとが一枚の帆だけで渡ったなめらかな海よりも、むしろ古代の怒濤逆巻《どとうさかま》く大洋を乗り越えた航海術に比べられよう。

このクラスでも最高の船であるウー・ファインシュタイン号のゴー・キャプテンが、マーニョ・タリアーノだった。

彼についてはこういわれている。「あの男は、左目の筋肉だけで地獄を渡り切れる。もし、計器類が故障しても、自分の生きた脳だけで宇宙を航行できる……」

そのゴー・キャプテンの妻がドロレス・オー。この名字《みようじ》は日本系、つまり、古代のある国民の血をうけていることを表わしている。ドロレス・オーも、かつては美しかった。男たちに息をのませ、賢人を愚者に変え、若者たちを欲情と憧れの悪夢に突き落とすほど美しかった。彼女の行くさきざきで、男たちは彼女をめぐって争い、闘った。

しかし、ドロレス・オーは、人並みはずれて驕慢《きようまん》だった。だれもが受ける若返り処置を、彼女はこばんだ。ある恐ろしい渇望が、百年あまりも前に、彼女をとらえたにちがいない。静まりかえった部屋の中、だれにとっても希望と恐怖になりうる鏡の前で、彼女はこうひとりごちたのかもしれない――

「わたしはわたしであるはずだわ。この顔の美しさだけでないわたしが、きっとあるにちがいない。きめ細かな肌とか、あごや頬骨の偶然の線とか、そんなものとは別のなにかがあるにちがいないわ。もし、それがわたしでないのなら、男たちはなにを愛したのかしら？　もし、わたしに与えられた肉体年齢の中で、美しさを自由に生かしてやり、死なせてやるのでなければ、わたしが何者か、どんな人間かということを、永久に見出せないのでは？」

若き日の彼女がゴー・キャプテンとめぐりあい、そして彼と結婚したときのロマンスは、四十の惑星の語り草になり、星間航路の半数を麻痺におとしいれたという。

マーニョ・タリアーノは、その天才の最初の発現期にあった。宇宙空間は、何度もいうようだが、苛酷である。嵐の吹きすさぶ荒海のように苛酷で、危険に満ちみちており、それを切り抜けられるのは、だれよりも敏感で、機敏で、大胆な人たちだけなのだ。

その人たちの中でも、ひとつひとつの船級を見渡し、年齢を見渡した場合——いや、船級を超越し、最高の先輩たちをもうち負かした第一人者が、マーニョ・タリアーノだった。

その彼が四十の惑星で随一の美女をめとったことは、エロイーズとアベラールの結婚か、それともヘレン・アメリカとミスター・グレイ＝ノー＝モアの、あの忘れがたいロマンスにも比すべき出来事だった。

ゴー・キャプテン、マーニョ・タリアーノの乗り組む船は、年を追い、世紀を追うにつれて、ますます美しくなっていった。

船がよりよくなるのと並行して、彼はつねに最高の船をあてがわれた。彼はほかのゴー・キャプテンたちに対して圧倒的なリードをたもっていたので、人類の作った最高の新鋭船が、彼に舵取りされずに、苛酷で不確実な二次元に乗り出していくのは、考えられないことだった。

ストップ・キャプテンたちも、彼といっしょに宇宙を旅するのを誇りにした。（ストップ・キャプテンは、船が正常空間にあるときの整備点検と、荷の積み下ろしの監督をするだけだが、それでもやはり彼ら自身の世界の中では、常人以上の存在である。ただし、その世界も、ゴー・キャプテンの壮大で冒険に満ちた宇宙と比べると、足もとにもおよばないのだが）

マーニョ・タリアーノにはひとりの姪があり、彼女は当世ふうに、名字ではなく場所の名を使っていた。彼女は、〈大きな南の家〉のディータと呼ばれていた。

ディータはウー・ファインシュタイン号に乗る前から、ドロレス・オーの噂をいろいろ聞かされてはいた。彼女とは血のつながりのない叔母で、昔はほうぼうの世界の男たちを、その美しさで虜にしたという。しかし、ディータは、そこで出会うものに、まったく心の準備ができていなかった。

ドロレスはいちおう丁重に彼女を迎えた。だが、その丁重さはおぞましい懸念の吸引ポンプであり、親しげな態度はひえびえとした皮肉であり、あいさつそのものが攻撃だった。

いったいどうしたのだろう、このひとは？――とディータは思った。

その思念に答えるように、ドロレスは声に出してこんな言葉を述べた。「タリアーノをわたしから奪うつもりのない女性に会うのは、うれしいわ。わたしは彼を愛しているからよ。

あなたはそれを信じられて？　どう、信じられて？」

「もちろんですわ」ディータはドロレス・オーの朽ち果てた顔を見つめ、ドロレスの瞳にこもった恐怖の夢を見つめ、そして、ドロレスがすべての悪夢の限界を通りすぎて、文字どおりの悔恨の鬼になっていることに気づいた。この欲ばりな亡霊は、夫から生気を吸い取り、交際を恐れ、友情を憎み、ほんのちょっとした知りあいさえも拒否している。それは、ドロレスが自分自身のことを、実はとるに足りない存在ではないかと、永久に限りなく恐れ、そして、マーニョ・タリアーノがいなければ、自分は星の海の虚無にひそむもっとも黒い渦よりも、救われないものになるのではないかと、恐れているからだった。

マーニョ・タリアーノが入ってきた。

彼は妻と姪がいっしょにいるのを見た。

きっと、彼はドロレス・オーの姿を見慣れているのだろう。ディータの目に映るドロレスは、やみくもな飢えとやみくもな怒りにかられて、傷ついた頭をもたげ、毒牙《どくが》をむきだしている、泥のかさぶただらけの爬虫類よりも、いっそう恐ろしかった。どういうわけかマーニョ・タリアーノにとっては、彼のかたわらで妖婆《ようば》のようにたたずむこのおぞましい女も、百六十四年の昔に彼が求愛し、結婚した美しい娘にほかならなかった。

彼は枯れしなびた頰にくちづけし、ほつれたかさかさの髪をなで、貪欲な、恐怖にとりつかれた瞳を、まるで愛《いと》し子の瞳をのぞきこむようにのぞきこんだ。そして、明るく優しい口調でいった。

「ディータをよろしくたのむよ、ドロレス」

彼は船内のロビーを抜けて、平面航法室の聖域へと入っていった。

ストップ・キャプテンが彼を待っていた。外のシャーマンの世界からは、この快適な惑星特有の香り高いそよ風が、開いた窓から入りこんでくる。

このクラスでも最高の船であるウー・ファインシュタイン号は、金属の船殻を必要としていなかった。この船は、マウント・ヴァーノンと呼ばれる先史時代の古い邸宅と庭園に似せて建造されており、星の海を旅するときは、強靭で自己再生をつづける力場の中に包まれるのだ。

乗客たちは、芝生の上を散歩したり、ひろびろとした部屋でくつろいだり、大気の充満したすばらしい擬《まが》いの青空の下で雑談をかわしたりして、心地よい数時間を過ごすことになる。なにが起こりつつあるかを知っているのは、平面航法室の中のゴー・キャプテンだけである。ゴー・キャプテンは、ピンライターたちをそばにはべらせて、船をある圧縮状態から別の圧縮状態へと移し、宇宙空間の中を、ときには一光年、ときには百光年も、激しく狂おしく跳躍させる。ジャンプ、ジャンプ、ジャンプ、ジャンプ、やがて船は、船長の心の軽い接触に導かれて、何百万も何百万もの世界の危難をくぐり抜け、所定の目的地に出現すると、一枚の羽根が羽根の山の上にふわりと落ちつくように、刺繡《ししゆう》と飾りのほどこされた田園の中に着陸する。そして乗客たちは、川べりの心地よい古い屋敷で午後を過ごしたのとなんの変わりもなく、旅を終えることができるのだ。

2　失われたロックシート

　マーニョ・タリアーノは、ピンライターたちに向かってうなずいた。ストップ・キャプテンは、平面航法室の戸口から従順に一礼した。タリアーノは、きびしいが強烈な親しみのこもった目で、彼を見つめた。あらたまった重々しい丁重さで、タリアーノはたずねた。

「敬愛する同僚よ、ジョナソイダル効果に対する準備は？」

「はい、完了しました。敬愛する船長」

「ロックシートは位置にあるか？」

「はい、所定の位置にあります、敬愛する船長」

「乗客は安全か？」

「はい、乗客は安全で、人数を確認され、幸福で準備完了です、敬愛する船長」

　つぎに、最後のもっとも重要な質問がなされた。

「わがピンライターたちは、ピン装置とともに暖まり、戦闘準備を終わったか？」

「はい、終わりました、敬愛する船長」その言葉といっしょに、ストップ・キャプテンはひきさがった。マーニョ・タリアーノは、ピンライターたちにほほえみかけた。期せずして、ピンライターたちの心を、おなじ思考がかすめていった。

《これほどさわやかな男が、ドロレス・オーのような鬼婆と、どうして長年のあいだ連れ添ってこられたのだろう？　あの魔女、あの怪物が、どうして昔は美しかったのだろう？　あのお化けが昔は女だったと、どうして考えられる？　それも、いまでもときどき4Dで映像の見られる、あのうっとりするほど悩ましいドロレス・オーだったとは！》

しかし、長年ドロレス・オーに連れ添っていても、彼のさわやかさは変わらなかった。彼女の淋しさと貪欲さが悪夢のように彼を吸いこもうとしても、彼の強さは二人分を補ってあまりあるものだった。

そう、彼こそ星の海を旅する最高最大の船の船長なのだから。

ピンライターたちが笑顔で彼にあいさつを送っているあいだに、もうタリアーノの右手は、儀式的な金色のレバーを押し上げていた。この装置だけが、機械力を用いたものだった。船内のほかのすべての制御装置は、ずっと以前から、テレパシーかエレクトロニクスを使ったものになっていた。

平面航法室の中では、漆黒の空が目に見えるようになり、空間の組織が滝壺にたぎり立つ水のように、彼らのまわりに出現した。このただひとつの部屋の外では、乗客たちがまだのんびりと香り高い芝生を散歩していた。

ゴー・キャプテンの席にじっとすわったマーニョ・タリアーノは、彼の正面の壁にひとつのパターンが形作られるのを感じとった。そのパターンは、三百ないし四百ミリセコンドのうちに、彼の現在位置を知らせ、つぎにどう動くべきかの手がかりを与えてくれるだろう。

彼はこの壁を最高の補助物として、自分の脳のインパルスで船を発進させた。

この壁はロックシート、つまり十万枚もの星図を一インチの厚さに貼り合わせたもので成り立つ、生きた煉瓦細工である。この壁は、旅のあいだに予想されるすべての偶発事態をあらかじめ選びだし、集めたもので、そのたびに新しく、なかば未知の厖大《ぼうだい》な時空間の中で、船を導いていく。船はいつものように跳躍した。

新しい星が焦点を結んだ。

マーニョ・タリアーノは、壁が彼の位置を示してくれるのを待った。そうすれば、船を（壁との共同作業で）恒星空間のパターンにさっと変換し、出発点から目的地までの巨大な連続ジャンプに移れるのだ。

だが、なにも起こらなかった。

なにも？

ここ百年来、はじめて、彼の心はパニックを味わった。

なにもないはずはない。なにもないはずは。なにかが焦点を結ぶはずだ。ロックシートはつねに焦点を結ぶものだ。

彼の心はロックシートの中をまさぐり、そして、通常の人間の悲しみのあらゆる限界を越えた衝撃にうたれた。この船は、これまでのどんな船よりも、あてどなく宇宙空間に迷いこんでいた。人類史にもいまだかつてない手違いで、壁ぜんたいにまったく同一なロックシートの複製がはめこまれていたのだ。

なによりもまずいのは、緊急帰還シートが失われていることだった。船は、これまでだれも見たことのない星ぼしのまっただなかにいた。ひょっとしたら十億キロとはずれていないかもしれないし、四十パーセクもはずれているかもしれない。

しかも、ロックシートがないのだ。

やがて彼らは死ぬだろう。

船の動力が尽き果てるにつれ、せいぜい数時間のうちに、まわりから寒さと闇と死がどっと押しよせてくるだろう。そのとき、すべては終わる。ウー・ファインシュタイン号のすべて、ドロレス・オーのすべてが。

3 暗い旧脳の秘密

ウー・ファインシュタイン号の平面航法室の外にいる乗客は、〈無の涯《ナッシング・アット・オール》〉の中に自分たちが迷いこんだことを、つゆ知らなかった。

ドロレス・オーは、古代の揺り椅子で体を前後に揺すっていた。そのやつれた顔は、芝生の縁を流れる幻影の川を、喜びもなく眺めていた。〈大きな南の家〉のディータは、叔母の膝のそばの草むらにすわっていた。

ドロレスは、むかしの旅の思い出話をしているところだった。そのころの彼女は若くて美しさに満ちあふれ、その美しさが、行く先ざきで悶着と憎しみをもたらしたのだ。

「……そこでその衛兵は船長を殺し、それからわたしのキャビンへきて、こういったわ。〝さあ、結婚してくれ。ぼくはきみのためにすべてを捨てたんだ〟わたしは答えた。〝あなたを愛しているといったおぼえはないわ。あなたが闘ったのはすてきだし、ある意味でわたしの美しさへのおせじとも受け取れるけれど、だからといって、わたしがこれから一生あなたのものになるいわれはないわ。そもそも、このわたしをだれだと思って？〟」

ドロレス・オーは、氷点下の風が凍った小枝を震わすような、乾いた耳ざわりなため息をついた。

「これでわかるでしょう、ディータ。いまのあなたのように美しいことは、なんの答えにもならないのよ。女は自分が何者かを見出す前に、まず自分自身にならなくてはならない。あのゴー・キャプテンの夫がわたしを愛しているのは、もうわたしの美しさが消え失せたからなのよ。わたしの美しさが消え失せたあとには、もうわたししか愛する対象はないでしょう、そうじゃなくて？」

奇妙な姿の人物がベランダに現われた。それは戦闘服に身を固めたひとりのピンライターだった。ピンライターは決して平面航法室を離れない建前になっており、こうしてそのひとりが乗客のところへ出てくるのは、異常なことだった。

ピンライターは二人の女性に向かって一礼し、この上もなくいんぎんな口調でいった。

「恐れいりますが、おふたりとも平面航法室までお運びねがえますか。いますぐゴー・キャプテンに会っていただく必要がありまして」

ドロレスの片手は、さっと口にあてがわれた。彼女の悲嘆の動作は、蛇の襲撃のように自動的だった。ディータは、この叔母が百年あるいはそれ以上もまえから災厄を心待ちにしていたこと、ある人びとが愛に焦がれ、ある人びとが死に焦がれるように、この叔母が夫の破滅に焦がれていたことを、はっきりと感じた。

ディータは無言だった。ドロレスも、どうやら思いなおしたらしく、一言も口に出さなかった。

二人はピンライターのあとにつづいて、静かに平面航法室に入った。

重い扉がうしろで閉まった。

マーニョ・タリアーノは、まだ船長席にじっとすわりつづけていた。

彼は非常にゆっくりした口調で話した。その声は、古代のレコード盤をうんと回転数を落としてかけたようだった。

「ワレワレハ宇宙デ道ニ迷ッタ」まだゴー・キャプテンのトランス状態に入ったままで、タリアーノのひややかな、亡霊に似た声がいった。「ワレワレハ宇宙デ道ニ迷ッタガ、モシ、オマエノ心ガワタシノ心ニ力ヲ貸シテクレレバ、帰リ道ガ見ツカルカモシレナイ」

ディータは口を切ろうとしかけた。

ピンライターのひとりがいった。「どうぞ遠慮なく発言してください。なにか提案はありますか?」

「なぜひきかえしませんの？　屈辱的だからですか？　でも、死ぬよりはいいと思います。緊急帰還ロックシートを使って、すぐひきかえしましょう。何千回もの旅のみごとな成功のあとですもの、一度ぐらい失敗しても、世界はきっとマーニョ・タリアーノを許してくれますわ」

相手のピンライターは、感じのいい青年だったが、まるで医者が臨終か手足の切断を告げるように、優しく穏やかに言いきかせた。

「〈大きな南の家〉のディータよ、ありえないことが起きたのです。ロックシートがぜんぶ使いものになりません。ぜんぶ、おなじシートなのです。どれひとつとして、緊急帰還の役には立ちません」

それを聞いて、二人の女性は船の運命をさとった。やがて、外の空間が布地から糸を引き抜くように食いこんできて、時間が経つごとにみんなはすこしずつ死んでいき、肉体を作り上げた分子は、ここかしこですこしずつ消え去っていくだろう。それとも、もしゴー・キャプテンが、そんなゆるやかな死を待つよりも、彼自身と船を殺すほうを選べば、みんなはひと思いに死ぬことができる。それともまた、もし宗教を信じていれば、祈ることもできる。

ピンライターは、動かないキャプテンに問いかけた。「あなたの脳の外縁に、見おぼえのあるパターンが見えます。中をのぞいてよろしいか？」

タリアーノは非常にゆっくりと、非常に厳粛にうなずいた。

そのピンライターは、じっとたたずんだ。

二人の女はそれを見まもった。目に見えることはなにも起こらないが、視覚の彼方で、しかも彼女たちの目の前で、偉大なドラマが演じられているのはわかった。ピンライターたちの心は凍りついたゴー・キャプテンの心の奥底をまさぐり、シナプスのまっただなかから、秘められたかすかな救出の可能性を拾い上げようとしているのだ。

何分かが過ぎた。それが何時間にも思えた。

ようやくさっきのピンライターが口を切った。「船長、あなたの中脳が見えます。旧皮質の外縁に、船の現在位置の上左後方に似た恒星パターンがあるのですが」

ピンライターは神経質な笑い声をもらした。「われわれが知りたいことは――あなたはご自分の脳でこの船を帰還させることができますか？」

マーニョ・タリアーノは、深い悲しみをたたえた目で質問者を見つめた。船ぜんたいの静止をたもっている自分の半トランス状態が破れるのを恐れて、タリアーノはふたたびのろのろした口調で答えた。

「ツマリ、ヒトツノ脳ダケデ、ワタシガコノ船ヲ飛行サセラレルカトイウ意味カ？　ソンナコトヲスレバ、ワタシノ脳ハ燃エツキ、コノ船モヤハリ失ワレル……」

「でも、わたしたちはもうだめ、だめ、だめ」ドロレス・オーがさけんだ。彼女の顔は、忌わしい希望と、滅亡への飢えと、貪欲な災厄の待望で、生き生きとよみがえっていた。彼女は夫にむかってさけんだ。「目覚めなさい、あなた。いっしょに死にましょう。すくなくとも二人が、それだけ強く、それだけ長く、おたがいのものになれるのよ、つまり、永遠に！」

「なぜ死ぬんです？」ピンライターが穏やかにいった。「あなたから船長に話してください、ディータ」

するとディータが、「なぜやってみないのです、敬愛する叔父さま？」

ゆっくりとマーニョ・タリアーノは姪のほうに顔を向けた。ふたたび、うつろな声がひびいた。

「モシ、ソレヲヤレバ、ワタシハ愚者カ子供カ死人ニナルダロウ。ダガ、オマエノタメニソウシヨウ」

ディータはゴー・キャプテンの仕事を研究したことがあるので、もし旧皮質が失われた場合、人格が理知の面では正気でも、感情面でそこなわれることを、よく知っていた。脳の最古の部分がなくなると、敵意と飢えと性欲の具体的なコントロールが消え失せる。もっとも獰猛《どうもう》な野獣ともっとも明敏な人間とが、ある共通のレベルに引き下げられる——それは幼児のような人なつっこさのレベルで、そこでは情欲といたずらっぽさと、優しく満たされない飢えが、彼らの永遠の日々となるのだ。

マーニョ・タリアーノは、それ以上待たなかった。

彼はのろい片手をさしだして、ドロレス・オーの手を握りしめた。「ワタシノ死デ、オマエモヤット確信ガ持テルヨ。ワタシガオマエヲ愛シテイルコトヲ」

ふたたび二人の女にはなにも見えなくなった。ふたりは気づいた。彼女たちがここに呼ばれたのは、マーニョ・タリアーノに彼自身の人生を最後に一瞥《いちべつ》させる、ただそれだけのためだったのだ。

無言のピンライターがひとり、ビーム電極をマーニョ・タリアーノ船長の旧皮質に届くよう、ずぶりと突き刺した。

平面航法室はよみがえった。見知らぬ星空がいくつも、まるで深鉢の中でかきまわされるミルクのように、一同のまわりで渦巻いた。

ディータは、彼女の不完全なテレパシー能力が、機械の助けなしに働いているのをさとった。心を使って、彼女は死んだロックシートの壁を感じることができた。空間から空間へと跳躍するウー・ファインシュタイン号の揺れが知覚できた。それは、氷に覆われた岩から岩へ跳び移って川を渡ろうとしている人間のように、おぼつかない足どりだった。

あるふしぎな方法で、ディータは知った——叔父の脳の旧皮質部分がついに、永久に、燃えつきようとしていること、ロックシートの中に凍結された星のパターンが、叔父自身の記憶という限りなく複雑なパターーンの中に生きつづけていること、そしてテレパシー能力を持つピンライターたちに助けられた叔父が、彼らに目的地への道すじを見出させるため、自分の脳細胞を順々に燃えつきさせていることを。これはまさしく叔父の最後の旅なのだ。

ドロレス・オーは、あらゆる表情を上まわる飢えた貪欲さで、夫を見まもっていた。

ごくすこしずつ、タリアーノの顔は弛緩《しかん》し、痴呆《ちほう》化していった。

船の制御装置が、ピンライターたちの助けをかりて、当代最高の知能の中から港への最後の道すじをさぐり出していくのにつれて、叔父の中脳が空白になっていくのを、ディータは見てとることができた。

とつぜんドロレス・オーが夫の膝に身を投げかけ、彼の手をとってすすり泣きはじめた。ひとりのピンライターがディータの腕をとった。

「目的地に着きましたよ」

「それで、叔父は？」

ピンライターはふしぎそうに彼女を見つめた。

ディータは相手が唇を動かさずに彼女に話しかけているのに気づいた——心から心へ、純粋なテレパシーで語りかけているのだ。

「わかりませんか？」

ディータは茫然《ぼうぜん》とかぶりを振った。

ピンライターはふたたび強い思念を送りこんできた。

「あなたの叔父上が脳を燃えつきさせているうちに、あなたは彼の技術をおぼえこまれたのです。感じませんか？　こんどはあなた自身がゴー・キャプテン、しかも最高のゴー・キャプテンになられたのですよ」

「でも、叔父は？」

ピンライターは慰めの言葉を思念にして彼女に向けた。

マーニョ・タリアーノはすでに椅子から立ち上がり、妻にして伴侶であるドロレス・オーに導かれていくところだった。彼はなごやかな白痴の笑みをうかべ、その顔は、ここ百年あまりではじめて、内気でおろかな愛にうちふるえていた。

ガスタブルの惑星より
From Gustible's Planet

伊藤典夫◎訳

宇宙開拓四千周年の祝典が催されてほどなく、アンガリー・J・ガスタブルはガスタブルの惑星を発見した。この発見は、悲しむべき失敗を招いた。

ガスタブル星には、知能のたいへん高い生物が住んでいた。この生物には並みのテレパシー能力もあった。彼らはアンガリー・J・ガスタブルの心から、すぐさま彼の精神史と生活史をそっくり読みとると、彼が最近離婚したことに目をつけ、これに材をとったオペラをこしらえて、ガスタブルにひどくばつの悪い思いをさせた。

オペラのクライマックスでは、妻がティーカップを彼に投げつけるところが描かれた。これが地球文化について好印象を生むはずはない。補完機構から下部主任の予備役を仰せつかっていたアンガリー・J・ガスタブルは、自分の広めた地球の高級現実がないがしろにされ、不愉快な家庭の事情が取りあげられたことに大いに困惑してしまった。

交渉が進むにつれ、ほかにも困惑する事態がいろいろと出来《しゅったい》した。

ガスタブル星では、住民はみずからをアピシア人と名乗っていたが、その見かけは大きくなりすぎたアヒル以外の何物でもなかった。身の丈四フィートから四フィート六インチのアヒルである。翼の先っぽには、二本の太い指が発達していた。指はへら状で、食物をとるのに不自由はなかった。

ガスタブル星は、いくつかの点で地球と釣り合いがとれていた。——住民の不正直さ、彼らが美食に目がないこと、そして人間の心をたちどころに理解する彼らの能力である。ガスタブルは、地球帰還の準備をはじめようとしたところで、アピシア人が自分の船を模造していることを知った。この事実を伏せておく理由はなかった。模造は細かいところにまで行きとどいたもので、ガスタブル星を見つけたというのは、同時に地球を見つけたことをも意味した……

アピシア人にすれば、の話である。

この悲しむべき成行きがどういう問題をはらんでいるか、それが具体的に見えてきたのは、アピシア人が彼を追って地球に着いてからだった。アピシア人も平面航法船に乗り、おなじようにたやすく非空間を往来することができたのだ。

ガスタブル星でなによりも注目すべきは、住民の生化学的構造が地球人ときわめて近いことだった。アピシア人は人類がいままでに遭遇したなかで、匂いをかぐことやらなにやら、人間が楽しむものならなんでもござれという最初の知的生物であり、人間の音楽にすなおに聞きほれるだけでなく、目につくものはなんでも飲み食いしてはばからなかった。

アピシア人の第一陣が地球に着いたとき、迎えた使節たちはいささか目を丸くした。というのは、ミュンヘン・ビール、カマンベール・チーズ、トルティーヤ、エンチラーダから、もちろん高級な部類の炒麵《チャーメン》まで、なんにでもとびつく彼らの食欲が、新来の客にありそうな文化・政治・戦略面へのきまじめな関心をはるかに上まわっていたからである。

アーサー・ドジョンは、この問題を受けもつ補完機構の長官であったが、彼はキャルヴィン・ドレッドなる補完機構要員を地球側の外交主任に任命し、この件をまかせた。

ドレッドは、アピシア人の首領らしいシュメックストという者に近づいた。この会見は惨憺たるものだった。

ドレッドはこう口をきった。「畏《かしこ》くもやんごとなき閣下、地球へのご光来《こうらい》を心より――」

「それは食べられるのかい？」とシュメックストはいうやいなや、キャルヴィン・ドレッドの礼服からプラスチック・ボタンをはぎとり、ぼりぼりと食べはじめた。これは食用というより見て楽しむものだと、ドレッドがいいわけする暇もなかった。

シュメックストがいった。「これは食べないほうがいいぞ、そんなにうまくない」

ドレッドは、両側にだらりと開いた礼服を見ながら、申しでた。「なにか食事をさしあげましょうか？」

シュメックストはいった。「ああ、それはいい」

こうしてシュメックストはイタリア料理をぱくつき、北京《ペキン》料理をほおばり、唐辛子たっぷりのまっ赤な四川《しせん》料理、日本のスキヤキ、イギリスの朝食二人前、北欧のスモーガスボード、さらには外交レベルで供与されたロシアのザクースカまるまる四人前を平らげながら、地球補完機構の提案に耳を傾けた。

提案は空振りに終わった。下品で不快きわまる食事マナーとはうらはらに、シュメックストは頭がよく切れた。こう指摘した。「われわれ両世界は、兵器においては同等だ。これでは戦えない。このとおりだ」と威嚇《いかく》的な声音でキャルヴィン・ドレッドにいった。

キャルヴィン・ドレッドがとっさに身をかたくしたのは、かつて習い覚えたとおりである。シュメックストもまたドレッドの身をかたくした。

一瞬ドレッドにはなにがどうなったのかわからなかったが、やっと気づいた。こわばった、隙のない体勢に移るというのは、相手の低級ながら自在のテレパシー操作にはまるということなのだ。しゃっちょこばったままでいるうち、シュメックストは笑いながら、支配を解いてくれた。

「ほら、われわれは釣り合っているのだ」とシュメックスト。「動けないようにすることなど造作はない。やぶれかぶれのどん底に落ちないかぎり、そこからは抜けだせないぞ。刃向かえば、たたきのめす。われわれは当星へ引っ越してきて、諸君といっしょに住むことにする。われわれの惑星にもスペースはたっぷりある。きみたちもやってきて住むがいい。地球のコックをたくさん雇いたい。問題は住む土地をわれわれと分けあうことであって、要するにそれだけのことだ」

実際、それだけのことだった。アーサー・ドジョンは補完機構長官会議に報告した。当面のところ、ガスタブル星から来たこの唾棄《だき》すべき連中に対して打つ手はない、と。

アピシア人は貪婪《どんらん》な食欲に歯止めをかけた。――といっても、彼らなりのレベルでだが。わずか七万二千人が地球を席捲《せっけん》し、世界各地の酒店、レストラン、スナックバー、ソーダバー、歓楽センターをおそった。彼らはポプコーンを食べ、アルファルファを食べ、生フルーツを食べ、生の魚、飛ぶ鳥を食べ、テーブルに出された食事、調理済みの食品、缶詰食品、濃縮食品を食べ、種々とりまぜた薬を食べた。

消化器系がおそろしく頑健で、人体の許容量の何十倍という食物をいとも平気でためこむ胃袋があることを別にすれば、アピシア人がその後に起こす反応は人類とそっくりだった。何千という数がさまざまな地域病にかかり、揚子《ヤンツー》急流、デリー腹、ローマうめき、もしくはそのたぐいの不名誉な名前をたてまつられた症状を呈した。ほか何千人もが食あたりを起こし、古代の皇帝さながらに排便しなければならなかった。それでも彼らは押し寄せた。好きだという人間はひとりもいなかった。だが、いくら嫌いでも悲惨な戦争をこい願うほどではなかった。

交易は最小限にとどまった。アピシア人は食品を大量に買い入れ、貴金属で支払った。だが向こうの惑星経済は、地球がほしがるものをほとんど産みださなかった。人類の都市文明は進みに進んで、安楽と堕落にいっそうの磨きをかけ、たとえばガスタブル星のように単一に近い文化をもつ惑星を見つけたぐらいでは、たいした感銘を受けないようなレベルに達していた。〝アピシア〟は、無作法、貪欲、即払いをほのめかす不愉快な語となった。即払いはクレジット社会では無作法とされたが、それにしても、払わないよりははるかにマシである。

この二種属の関係は、チャオ夫人が催した不運なパーティをきっかけに悲劇へと進んだ。古代チャイネシア人の血を受け継いでいるのが自慢のチャオ夫人は、シュメックスト以下、アピシア人の一党にうんざりするほど物を食わせ、聞きわけのいい子に改造しようと考えたのである。彼女は大宴会を手配した。その質と量において、過ぎ去った歴史時代からこちら――戦争と瓦解と再建によるあまたの断絶がさしはさまれて以降は、類のなかった大宴会である。彼女は多彩なレシピを求めて、世界じゅうの博物館をあさりまわった。

饗宴は、全世界のテレ画面に向けて披露された。会場となる亭《ちん》は、古代チャイネシア様式の建物である。乾いた竹材と紙の壁が空へと架けた夢、その屋根はまことに古式ゆかしい草《くさ》葺《ぶ》きだった。紙提灯に本物のロウソクが灯されて、情景を照らしだした。選ばれた五十人のアピシア人来賓が、古代の神像のようにほのかに光っている。羽根に光が照り映え、彼らはへら状の指を軽やかにパチパチと鳴らしながら、聞き手たちの頭にひらめくどんな地球言語もテレパシーでとらえ、能弁に話しかけた。

悲劇というのは火事だった。亭から火が出て、饗宴をぶちこわしにしてしまったのだ。チャオ夫人はキャルヴィン・ドレッドに救いだされた。アピシア人たちは逃げた。ほとんどみんな脱出したが、ひとり逃げ遅れた者がいた。シュメックストである。シュメックストは煙に呑まれた。

彼の発するテレパシーの絶叫は、近辺にいたあらゆる人間、アピシア人、動物たちの生の声に反響し、そのため世界じゅうの観衆の耳には、とつぜんの不協和音の怒濤《どとう》――鳥鳴き、犬吠え、猫うなり、カワウソ甲走《かんばし》り、さらには一ぴきの孤独なパンダが異様な高調子でひと声うめくという一大叫喚《きょうかん》がなだれこむことになった。そしてシュメックストは絶命した。嗚《あ》呼《あ》……

人類側の代表者たちはぼんやりと立ち、この悲劇にどう収拾をつけようかとおろおろするばかり。地球の裏側では、補完機構の長官たちが成行きを見まもっていた。彼らが見いだしたのは、あっと驚く凄惨《せいさん》な光景だった。キャルヴィン・ドレッド、あの冷徹にして折り目正しい補完機構要員が、亭の焼け跡に近づいていく。その顔は、長官たちにも理解しかねる表情にゆがんでいた。四度めの舌なめずりが見えたところで、長官たちは、ドレッドのあごを伝ってひと筋のよだれがしたたっているのに気づき、ドレッドが食い気に乱心しているのを知った。すぐうしろにつづくチャオ夫人も、なにやら仮借ない力に引きずられている。

彼女もまた正気ではなかった。目がぎらついている。猫のように忍び寄っていく。左手には茶わんと箸を持っていた。

世界じゅうの人びとはテレ画面を見つめながら、情景を理解できずにいた。アピシア人が二人、驚きに目がくらんだまま、なにが起こるのかと人間たちのあとに従っている。

ドレッドの手がいきなり伸びた。シュメックストの死体を引きずりだした。

火はシュメックストの息の根を止めていた。羽根一枚残っていなかった。つぎに起こったのが爆燃現象で、これは竹材独特の乾きと紙と何千何万本というロウソクのせいだったが、シュメックストを焼きあげてしまったのだ。映像技師の頭に名案がひらめいた。技師は匂い調整のスイッチを入れた。

地球全土にわたり、この予期しなかった、妙に気をそそる悲劇をこぞって見つめていた人びとの鼻先に、長い年月、歴史から失われていた匂いが流れこんだ。それは丸焼きにされたアヒルの精粋《せいすい》であった。

あらゆる想像を超えて、それは人類がかつて嗅いだなかで凌《しの》ぐもののない甘美な匂いだった。何百万、何千万という数の口によだれがあふれた。世界じゅういたるところで、人びとは映像から目をそらし、近くにアピシア人はいないかと見まわした。補完機構の最高会議がこのむかつく中継の打ち切りを命じようとしたとき、キャルヴィン・ドレッドとチャオ夫人は、丸焼きのアピシア人、シュメックストを食べはじめた。

二十四時間のうちに、地球上のアピシア人のあらかたが調理された。あるものはクランベリー・ソースをかけて供され、または天火で焼かれ、あるものは南部ふうにフライにされた。地球のきまじめな指導者たちは、この野蛮な行為がひきおこす結果を憂慮した。口もとをぬぐい、もうひとつアピシア・サンドウィッチを注文しかけて、彼らはこの問題の厄介さを痛感するのだった。

はじめのころアピシア人が巧みに地球人に仕掛けた精神ブロックは、人間がアピシア人に出くわしたはずみにおのれの人格の深みに落ちこみ、人倫を超えた狂った飢えのとりこになってしまうような場合には、まったく効かなかった。

補完機構の長官たちは、シュメックストの副官をはじめ少数のアピシア人をかき集め、船までなんとか送り返した。

兵士たちは彼らをながめ、舌なめずりをしていた。大尉は国賓たちを護送しながら、事故でも仕組めないかとチャンスをうかがった。残念ながら、足払いをかけても彼らの首の骨が折れるようなことはなく、アピシア人側も命惜しさに、すさまじい精神ブロックを兵士たちに送りつづけた。

ひとりのアピシア人が鈍感にもチキンサラダ・サンドウィッチを注文し、あやうく生きたまま片翼を生《なま》で兵士に食われそうになった。その兵士は食べものの話を聞いて、忘れていた食欲を呼び覚まされてしまったのである。

アピシア人は、というか少数の生存者たちは、母星へ帰った。彼らは地球を気に入り、地球の食物もうまかったが、そこに住む人肉好きの種属のことを思いだすと、血も凍るような場所だった。――なんと残虐なことか、彼らはアピシア人を食うのだ！

補完機構の長官たちは、アピシア人が帰る途中、宇宙航路を閉ざしていったのを知り、胸をなでおろした。どうやって航路を閉ざしたのか、どういう防御手段を講じているのか、はっきりとはつかめなかった。よだれを垂らし、恥じ入りながら、人類は追跡にはそれほど身を入れなかった。その代わり、チキン、アヒル、ガチョウ、コーニッシュ鶏、ハト、カモメ、その他のサンドウィッチ作りに精を出し、ガスタブル星真正住民のたとえようのないおいしさを再現しようとした。そっくりの味にはできなかったが、良識ある人びとは、食材確保のためだけに異星を侵略するほど野蛮ではなかった。

補完機構の長官たちは、つぎの集まりで、同席者と世界に向けてにこやかに報告した。アピシア人はガスタブル星を完全に閉ざしてしまい、こののち地球と交渉をもつ意志はなく、関心があるにしても、ただ人類の好奇心と食欲をかわすテクノロジー面にかぎられるらしい、と。

これを除けば、アピシア人のことはほとんど忘れられた。星間交易局では、とあるメタン惑星の寒冷な知的生命からミュンヘン・ビール四万ケースの注文がとびこみ、ひとりの秘書が仰天していた。秘書のにらんだところ、彼らは仲買人で、購買者ではないらしい。だが上司の指示どおり、この件を表ざたにせず、ビールの運送を許可した。

荷がガスタブル星に運ばれたことは疑いもなかったが、引き換えに住民を幾人かさしだす動きはなかった。

問題はかたづいた。ナプキンはたたまれた。交易と外交はそれきりになった。

アナクロンに独り

Himself in Anachron

伊藤典夫◎訳

流れる時
過ぎ去った時——
時はつながり、からみあう
だが〈もつれ〉とはなんだろう
あまたの時を結び、ここに、ほかの地にとどめる力——
おお、〈時のもつれ〉、〈時のこぶ〉
そこは秘められた地
人は上《かみ》つ世《よ》からさがし、たずね、もとめ
星河のどこかでなおもさがす
だが、ひとり彼はさがさない……
見つけたのだ、タスコは

——「いかれディータの唄」より

はじめ二人は自分たちの生命や船の機能に必須ではないあらゆる装置を放りだした。ついでディータ愛蔵の新婚の祝い品（愚かにも、またディータらしくも、彼女はそうしたものを計器以上に大切にしていた）もおなじ運命をたどった。さらに二人は生き残るため最小限の栄養素を残して、いっさいがっさいを射出した。その瞬間タスコは知ったのだ。まだ充分ではない。船はまだまだ軽量化する必要がある。

（彼は下部主任のことばを憶えていた。いかにも苦々しげなことばを……。「で、二人してタイムトラベルとしゃれこむわけか！　バカめ！　あんたの思いつきか彼女の思いつきかは知らんが、〈時へのハネムーン〉とはね。しかし、みんながみんな、あんたの結婚を見まもっていて、大衆はセンチメンタルな気分にひたってるんだ。〈時へのハネムーン〉だと？　どうしてそんな旅をする気になった？　あんたが時間旅行ばかりするので、新妻《にいづま》が嫉妬したか？　バカなことを考えるな、タスコ。そもそもあの船は二人乗りじゃない。あんただって行く必要はないくらいだ。ヴォマクトにまかせりゃいい。あいつは独身だ」タスコは思いだした。ヴォマクトの名が出たとたん、体が嫉妬で急に温かくなったのだ。決意を固めるのに必要なものがあったとすれば、その名が最後のひと押しとなった。〈時のこぶ〉をさがす旅に出ると大々的にふれまわっておいて、どうして手を引くことができよう。下部主任はタスコの表情を見て、彼の気分のいくらかを察したにちがいない。ものわかりのよい笑みをうかべ、こういったものだ。「そうだな、〈こぶ〉を発見する人間が出てくるとしたら、それはあんただろう。しかし、よく聞けよ、彼女はおいてゆけ。その気があれば、あとで連れていくのはいい。だが最初はひとりで行くんだ」だがタスコは憶えていた。ディータの子猫のように柔らかな肢体が、自分に向かってすりより、その目で彼の視線をとらえ、「でもダーリン、約束は……」とささやく)

そう、彼は警告されていたのだ。だが、それで悲劇がしのぎやすくなるわけではない。そう、彼女をおいて自分だけ出発することはできた。しかし結婚生活の最初の数日間に彼女に気まずい思いをさせて、この先二人の暮らしが立ちいくというのか？　それにヴォマクトを代わりに行かせて、どのように自分に耐えていくことができるのか？　ディータはどんな目で見るだろう？　おのれを偽ることはできなかった。ディータが自分を愛してくれている——熱烈に愛してくれていることは知っている。だがタスコは彼女が知ったときからヒーローだったのだ。そのヒーロー・イメージなしでどれほど愛してくれるだろう？　彼女を愛するがゆえにタスコは知りたくなかった。

そしていま、二人のうちのひとりが去り、時間と空間に永遠に呑みこまれようとしている。タスコは彼女を見つめた。最愛の人を。彼は思った。（ぼくは永遠にきみを愛してきた。だが、ぼくらの場合、永遠とは地球日でたった三日のことだ。この先もきみを愛せるだろうか？　空虚と無時間のなかで）たとえ数分であっても、この永劫の別れを遅らせるために、彼は処分可能な備品をさがすふりをし、栄養素の残りひとり分をハッチから投棄した。決断は下された。ディータが来て、かたわらに立った。

「タスコ、これで終了？　これで船を〈結節〉から出せるほど軽量化できた？」答えの代わりに、彼はディータを堅く抱きしめた。（やるべきことはやった）と彼は思った。（……ディータ、ディータ、二度ときみを抱きしめないために……）

そっと、彼女の髪の月光のように青白い曲線を乱さないように頭をなでる。そして彼女を解放した。

「操縦を頼むぞ、ディータ。きみを殺すことなんてできやしない。船の重量をひとり分浮かせることができなければ二人ともこの〈結節〉で死ぬんだ。これを持って帰ってくれ。きみはこの船と計器が集めたデータをそっくり持って帰る義務がある。これはきみやぼくや、二人だけの問題じゃない。ぼくらは補完機構の使用人だ。わかってくれ……」

彼の腕のなかでできるだけ身をはなし、彼女はタスコの顔をまじまじと見た。目に涙をため、愛らしく、おびえ、唇は愛情にふるえている。魅惑的であり、そしてクランチ！　なんと無能であることか。だが彼女はやりとげるだろう、やりとげなければならない。はじめ彼女はなにも言わず、唇のふるえをこらえていたが、つぎの瞬間、彼をいちばん悩ませることばを発した。「いや、ダーリン、いや。わたし我慢できない……お願いだから、置いていかないで」

反応はまったく自動的だった。開いた片手が彼女の頬を強く打った。反射的な怒りが目や口もとにひらめいたが、彼女は自制をとりもどした。そして、ふたたび懇願をはじめた。

「タスコ、タスコ、わたしにつらく当たらないで。わたしたちが死ぬ運命なら、死に向きあう覚悟はできているわ。わたしを置いていかないで、お願いだから。あなたに責任はないのよ……」（責任はないって！）と彼は思った。（〈忘れられた者〉に誓って、これはなかなか傑作だ！）

彼はできるだけ抑えた口調でいいきかせた。「きみに話しただろう。誰かがこの船をぼくらのいた時間と場所に誘導しなくちゃならない。ぼくらは〈こぶ〉を発見した。ここが〈時のこぶ〉だ。ごらん」

彼は指さした。＋1000000：1から-500000：1へと、時間分離計《メロクロン》の針は微妙に前後に揺れている。「よく目をこらすんだ——一分間に二〇年プラスから一分間に一〇年マイナスへ。荷が軽くなれば、船の抜け出すチャンスが生まれる。ぼくらは投棄できるものはぜんぶ投棄した。今度はぼくの番だ。愛してるよ、きみもぼくを愛してくれている。きみを置いてゆくのは、見送るきみとおなじくらい辛いことだろう。きみと一生分過ごしたって充分じゃない。だけどディータ、ひとつ頼みがある……船を無事に帰すことだ。問題をこれ以上むずかしくしないでくれ。船を左寄り準形式蓋然性にしておけるなら、それをやるんだ。できなければ、時間遡行をできるだけ遅らせるように努力してくれ」

「でもダーリン……」

彼は優しくしたいと思った。ことばは喉のところで詰まった。だが二人の時間は尽きていた。二人のハネムーンは賭け——彼ら自身が投じた賭けだった。だが、その賭けも、二人がともに過ごす人生も終わってしまったのだ。地球時間でたった三日とは！　補完機構は残っている。主任たち、長官たちは待っている。百万の生命は〈時のこぶ〉を修復できるなら安価なものだ。ディータならできる。船がひとり分軽くなれば、彼女にさえ可能だ。

　別れのキスは、彼女の記憶にも残らないほどのものだった。そそくさとキスをすませる。自分が早く立ち去るほど彼女が帰還するチャンスが増える。それでもディータは、彼がとどまって話をつづけてくれるのを期待するように見つめている。彼女の目のなかの光が疑惑をかきたてた。ひょっとしてディータは彼の離脱を妨害するのではないか。彼はヘルメット・スピーカーをつけて言った。

「さようなら。愛してる。もう行かなくては、大急ぎだ。頼んだとおりにやってくれ、邪魔をしないで」

　いま彼女は泣いていた。「タスコ、あなた死ぬわよ……」

「多分ね」と彼はいった。

　彼女は両手をのばした。すがりつこうとした。「ダーリン、行かないで。お願い。そんなに急がないで」

　彼は乱暴に新妻を操縦席に押しもどした。彼は怒りをこらえた。ディータは彼の権利――彼女のために死ぬという権利さえ認めようとしないのではないか。修羅場を起こしても引きさがらないだろう。「スイートハート」と彼はいった。「おなじことを何度もいわせないでくれ。なんにしても、ぼくは死なないかもしれないよ。めざすは美しい妖精《ニンフ》がいっぱいいる惑星だ。そこで一〇〇〇〇年暮らすんだ」

　ディータの心を動かして、嫉妬か怒りか……少なくともなにか感情の火をおこせるのではないかと、すこし期待した。だがディータは彼の苦しいジョークを聞き流し、ひっそりと泣きつづけた。キャビンの暑く流れる空気のなかに一筋の煙がたちのぼり、二人の目を操縦パネルに引きよせた。蓋然性セレクターが光っている。彼女が計器の意味を知らないことにほっとしながら、タスコは硬い表情のままでいた。（さて、おれが生きつづけるにしても、これで誰にも見つからない。なんにしても、行け、行け、行け！）

　虹色にゆらめく服を透かしてディータにほほえみかける。金属の鉤爪で彼女の腕にふれた。そして止めるまもなく脱出ハッチのところまで引きさがると、自分の顔の前でドアを力まかせに閉め、射出装置をまさぐり求め、ボタンを押した。力いっぱい押した。

　雷鳴、そして水に似た奔流。彼の世界が遠ざかってゆく――妻が、時が、彼自身が……彼は混沌時間《アナクロン》にひとり浮かんだ。無数の蓋然性の隙間にはさまれて散り散りになった人びとがいる。ひとりも帰ってこなかった。彼らはその運命に耐えたのだ、と思った。彼らにできたのなら、自分にもできるにちがいない。そのときひとつの思いが心にとりついた。ほかの連中、彼らも妻や恋人を残してきたのだろうか。彼らにとってもまた身を切られるような悲劇だったのだろうか。彼とディータ、二人が来る必要はなかったのだ。虚栄、プライド、嫉妬、意地。だが二人は来てしまった。そして、いまアナクロンに独り。

　波形プラスチックの上を転がる小石のように、彼は蓋然性から蓋然性へ跳んだ。自分が

〈形式的〉から〈決定済〉に向かっているのかもわからなかった。まだおそらく〈左寄り準形式〉にいるのかもしれない。

転がる感覚が止んだ。彼はさらなる打撃を待ちうけた。

さらにひとつがやってきた。一度だけ、鋭く。

緊張が抜けるのを感じた。蓋然性群が周囲で固まってくるのを感じながら、ヘルメット内のセレクターが、人間の生存に適した時空結合に彼を組み込むため、働きつづける音に聞き入った。機械からはざわめきが聞こえている。訓練ジャンプでは聞いたことのない音だが、これは訓練ではない。いままで蓋然性群のなかに出たことはなかったし、アナクロンをただよったこともなかった。

重さと方向が感じられ、通常空間にもどってきたことを知った。足が地面にふれた。どことも知れぬ世界が周囲で形を取るあいだ、彼は立ち尽くし、くつろごうとした。出来事すべてには、非常に奇妙なところがあった。周囲の空間の灰色は急速な時間遡行の灰色に似ており、ひとつの蓋然性を選ぶとき、キャビンの窓からたびたび見た茫漠としたくもりそっくりで、彼はセレクターが、着地してよいひとつの出口を与えるまでそのなかを下りつづけたものだった。（しかし船もなし、動力もなしで、どうやって時間遡行ができるのか？）

ひょっとして――

ひょっとして〈時のこぶ〉は彼を放逐するさい、からだに時間モーメントを分与したのか？　しかし仮にそうであったにしても、彼の肉体は減速していいはずだ。さっきより遅くなっているのか？　いまの状態は、まだ高時間に感じられる。10000：1――いや、それ以上だ。

ディータのことをすこし考えようとしたが、自分のおかれた状況がほかいっさいの問題を押しのけていた。そこで新たな気がかりが降ってわいた。自分の個人的時間消費量はどうなっているのか。装備の外側で、時間がこれほど上昇しているのに、内側でも上がっているのではないか。栄養素はどれくらい保つのか？　自分の体を意識し、空腹を感じ、おのれの姿をひと目でも見たいと思った。栄養の自動補給は変化する時間に対応できているだろうか？突発的に思いつき、自分の顔をマスクにすりよせ、船を出て以来、ひげはどれくらい伸びたのか調べてみた。

頬ひげが生えていた。いっぱいだ。

だが、そのことに気づく間もなく最後のズシン！　が到来し、彼は気を失った。


意識がもどると、まだ直立姿勢を保っていた。なんらかの構造によって、からだが支えられているらしい。誰がこしらえたのか？　どうやって？　灰色がいまだにつづいているところから見て、自分の生理学的時間と外部時間の合致がまだ起こっていないことを知った。彼は激しい苛立ちを感じた。ブレーキをかける方法がなにかあるはずだ。ヘルメットが重く感じられた。リスクをかえりみず、フェースプレートに腕をのばし、外した。

空気はうまかったが、濃厚――濃厚過ぎた。吸い込むには努力がいった。奮闘するほどの価値はなかった。

　彼はいまだに高時間を保っていて、からだは外気にさらされながら、よく耐えていた。見下ろすと、頬ひげがふるえながら伸びてゆくのが見えた。伸びる爪が手のひらを突くのを感じた。自動爪切りがはたらくはずだが、時の流れが速すぎる。彼はこぶしを握り、乱暴に爪を割った。足の爪はブーツの先端で折れたらしい。ブーツのなかで足のおさまりは悪かったが、圧迫感にはなんとか耐えることができた。なんにしても、足について彼にできることはなかった。

　からだにかかる途方もない疲れから、自動栄養補給システムが肉体時間に追い付いていないことがわかった。彼は苦労して手の爪をベルトに引っかけると、サプリメントの栄養カプセルをひねり、熱い潮《うしお》に身をゆだねた。ほとんど間をおかず、力が高まってきた。

　眼前では、建物のぼやけた姿が、一瞬のうちに形をとり、つかのまそびえたのち、ゆっくりと溶け去ってゆく。自分のおかれた環境がもうすこしよく見えてきた。彼は洞窟の入口か、なにやら広々とした戸口に立っているようだった。建物にしては、それは奇妙なことだった。彼が時のなかで見てきた建物は、すべて反対の動きをしてきた。はじめは建設の進行につれてゆっくりと伸びあがり、つぎに年月の経過につれて全体が一様に灰色を帯び、つぎの瞬間とつぜん消える。しかし自分はいま時間遡行しているのであり、いまの自分みたいにこれほど急速に、これほど過酷に、しかもこれほど長く遡行している人間はいない。

　彼は急速に減速していた。ひとつの建物が彼の周囲に現われ、つぎには建物の外に出ており、そしてまた内部にもどっていた。とつぜん煌々《こうこう》とした光が彼のまえに出現した。いま彼は広々とした宮殿のなかにいた。すべての中央部、なにやら台座の上にのせられているようだ。ゆらめく集合体がリズミックな間隔を置いて形をとった。人間か？　彼らの動きにはどこか変なところがあった。どうして彼らはあんなふうにぎくしゃく動いているのか？

光が薄れず、このビルが堅固らしいところから見て、彼はわざと横目を使い、もっと外界を見ようとした。眼球は彼の肉体のなかで、ただひとつ自由に動かせるもののようだ。折れては伸び、さらに伸びる足爪や伸びつづける頬ひげは、静脈にまたひとつの栄養針を打つ必要を感じた。皮膚のちくちくする痛みは耐えがたいほどだ。両腕がまったく動かなくなるのがわかり、彼はパニックにかられ、まだ時間があるうちに補助栄養源の安定流入ボタンを押した。（ディータ、ディータ、きみはうまく結節から抜け出したのか？　手遅れになる前にやり遂げたのか？　ぼくの重量計算がまちがっていなければ……）

周囲では建物は変わりなく建っている。あたりを見まわし、ここはどこか、時代はいつか推測しようとした。

（おれはまだ生きている）と思った。（アナクロンから脱出した人間はほかにいない。これはたいしたことだ。時間から抜けだして、ふたたび姿を見せた者はいない）

減速はつづいた。眼前の光輝は明るいままで、彼はものがよく見えるようになったことに気づいた。目のまえには一種の絵画があった。大きな絵が高々とかかっている。なんだろう？　パネルだ、パネルが何枚も並んでいるのだ。遠い過去から現われたあまたの絵画。

目をこらし、最上列左端のパネルは自分の姿だとわかった。タスコ・マニョンだ。彼はそこにいた。虹色にきらめく宇宙服、大理石の膝かけ、足もとには台座。しかし背中には翼が生えていた。純白の翼で、いにしえの強大宗教にあった天使そっくりだ。おまけに頭の上には光輪さえのっている。つぎのパネルには、いま感じている自分の姿が描かれていた。服は虹色だが、顔は年老い、疲れている。

下段のパネルの並びもおなじように変てこだった。一枚めには草か苔らしいものの固まって平らになっているところが見え、表面は光っている。二枚めは枠のなかに立っている人間の骸骨。

彼の疲れた心はパネル群の意味を解き明かそうとした。

一面のもやもやのなかで人びとの姿がはっきりしてきた。個々人の顔まで見分けられそうだ。絵画の色彩がどんどん明るくなり、陽気で大胆な色彩に変わって、つぎの瞬間消えうせた。

あとかたもなく消えうせた。

年老い、疲れ切った彼の脳は、真相にたどり着こうとすさまじい努力を払っていた。生理学的時間は、狂いっぱなしだった。一分一分がそれぞれ数年に感じられた。思考は考えるそばから遠い思い出に変わってゆく。しかし真実は心に通じた――

彼はまだ時間遡行をつづけているのだ。

この世界への到着と再生の時を通りすぎてしまったのである。再生はこの宮殿を建て、彼に翼と光輪を付与した生物によって賢明に予言されていた。

彼はまもなく死ぬのだ。この文明のはるかに遠い過去において。

長い時がたって、彼自身の死の数世紀もまえ、彼の異質の遺骸は時空のこの地のシステムのなかへ薄れることになる。そして薄れながら光を放ち、集合する。それらは手でふれるのはおろか、機器で操作することもできない。この宮殿を建てた生物たち、また彼らの祖先たちは塵が骸骨に変わり、骸骨はふくらんでミイラに変わり、ミイラは亡骸となり、亡骸は老人となり、老人は若くなり——宇宙船を出た彼自身となった。彼は自分の墓、自分を祭る寺に到着したのだ。

しかし、まだなすべきことは残っていた。彼のすることをこれらの人びとが見て、彼の寺院のパネルに記録したこと。そのすべてを彼は実行しなくてはならない。

疲労のベールの向こうに彼は遠いプライドの疼きをどんよりと感じた。彼は知っていた。これらの人びとがかくも忠実に真摯に記録した神性を彼は今後満たすことになる。彼は自分が若く、勝利に満ち、ついには消えることを知っていた。なぜなら彼自身がそれをおこなったからだ。ほんの数分、あるいは数千年まえに。

体内で起きている時の衝突は、独特の痛みを及ぼしていた。栄養針はもはや効いてはいないようだ。生命力の源は枯れてきていた。

建物は近づくにつれ、光りだした。

時代時代が彼に突き刺さる。彼は思った。「おれはタスコ・マニョン。いままでおれは神だった。ふたたび神となるだろう」

だが彼の意識にのぼった最後の思いに、壮大なところはどこにもなかった。月影のように青白い髪、なかばこちらに向いた頬。彼自身の苦痛に満ちたどことも知れぬ静寂のなかで、彼は呼んでいた。

(ディータ! ディータ!)

ねじくれたタイムシップが補完機構の待合わせポートに形をとった。役人やエンジニアがかけつけ、ドアをあけた。計器をうつろに見つめる若い女は、泣きつくしたように血の気のない顔をしていた。人びとは放心状態にある彼女の意識を回復させようとした。だが彼女は全力でコクピット計器にしがみつき、詠唱するように繰り返すだけだった。

「タスコは跳んじゃったの。跳んじゃったのよ。彼、跳んじゃったの。独りで、独りで、アナクロンに……」

重々しく、優しく、役人たちは彼女をシートから引き離し、いまや計り知れない価値をもつ計器から彼女を遠ざけた。

スズダル中佐の犯罪と栄光
The Crime and the Glory of Commander Suzdal

伊藤典夫◎訳

補完機構の宇宙にはあまたの怪異な世界が存在するが、本篇はそうした世界への植民のもようを——人びとがそのために支払う代価も含めて——真正面から取り上げているという点で、スミスの作品中でもめずらしい部類に属する。またここでは、補完機構の活動の一端が、ある程度具体的に説明されている。人類の保護と、それ自体の権力の拡張および維持のため、果てしない努力をつづける補完機構は、決断にさいしては、創意に富み、賢明であり、しかもまったく非情かつ超道義的である。スズダルの名前は、ソ連の都市からとられている。

この物語を読んではいけない。早くページをめくって。読めば、あなたは動揺するだろう。いずれにせよ、あなたもたぶんご存じの話だ。これは人を不安にさせずにはおかない物語である。スズダル中佐の栄光と犯罪は、これまでありとあらゆるかたちで語られてきた。この物語が真実であることを自分に気づかせてはならない。

そうではないのだから、まったく。ここには真実はかけらもない。アラコシアなどという惑星はないし、クロプトなどという民族も、〈猫の国〉などという世界もない。みんな想像の産物なのだ。このようなことはなかったのだ。きれいさっぱりと忘れて、どこかへ行き、なにかほかのものを読むがいい。

発　端

スズダル中佐は、銀河系の果てへの探検の使命を帯び、貝殻船《かいがらせん》で送りだされた。その船は巡洋艦《クルーザー》と呼ばれていたが、乗り組む人間はスズダルひとりだった。船内には、見せかけの仲間を生みだす立方体《キューブ》と催眠剤が用意されていた。これを併用すれば、幻覚の中から、気の合う人びとをたくさん呼集できるのである。

補完機構は彼に、空想の友人を選り好みするいくばくかの権利さえ与えた。空想の友人たちは、それぞれ小さな磁器の立方体《キューブ》となって存在している。内部には小動物の脳があるだけだが、その脳には、実在する人間の人格が刷りこまれているのだ。

陽気な笑みを忘れない、がっしりした短軀の男スズダルは、自分の要求に関しては無遠慮だった。

「有能な保安将校を二人ほしい。船はわたしだけでなんとかなるが、未知の領域に入るのなら、そこで持ちあがるおかしな問題に対処するのに、手助けが要るだろうから」

積みこみ責任者は微笑した。「保安将校をほしがったクルーザーの艦長なんて聞いたこともない。厄介者あつかいするのがふつうなのに」

「人それぞれさ」とスズダルはいった。「わたしはそう思わない」

「チェスの相手はいらないのか?」

「チェスはできる。予備のコンピュータを使って、やりたいだけ。出力をさげればすむことだ。そうすれば負けはじめる。出力を最大にすれば、必ずこちらがやられる」

そこで係官は、スズダルに奇妙な視線を投げた。いじわるな横目づかい、とまではいかない。だがその表情は、親しげながら、やや不快なものになった。「ほかの友人はどうする？」たずねる係官の声には、どこか奇妙な刺《とげ》があった。

「本がある、二千冊ばかり。地球時間で二、三年出かけているだけだ」

「地方・主観時では、数千年になるかもしれないぞ。もちろん、地球に再接近するにつれて、時間はまた逆まわりをはじめるわけだが。いや、本のことをいってるんじゃないんだ」係官は同じ質問を、あのさぐるような軽い冗談口調でくりかえした。

スズダルはふと不安をおぼえ、首をふると、砂色の髪を手でかきあげた。しかし彼の青い目にいつわりはなく、まっすぐに係官の目とむかいあった。「本でないとすると、どういうことかな。航宙士か？　それはもう積んだ。ほかに亀人《かめ》たちもいることだし。つきあいやすい連中だよ。ゆっくりゆっくり話しかけ、連中が答える時間をたっぷりとってやれば。忘れてはこまるな、こっちは航宙歴……」

係官は吐きだすようにいった、「踊り子さ。おんなだ。めかけだ。そういうのはいらないのか？　きみの奥さんさえキューブ化し、その心をキューブに刷りこむことができるんだ。そうすれば奥さんは、毎週毎週きみがめざめているかぎりいっしょにいる」

スズダルは嫌悪のあまり、今にも床に唾を吐きそうな表情をした。「アリスを？　じゃ、あなたは、妻の幽霊といっしょに行けというのか？　帰ってきたとき、本物のアリスはどんな思いをするだろう？　妻をネズミの脳に入れる予定だなんて、まちがってもいわないでくれ。錯乱しろといってるようなものだ。いったんとびだしたら、時間と空間が大波のようにうねっていく中で、ひたすら正気を保っていなくてはならない。それだけでも、いいかげん気が狂う。おぼえていてくれ。飛ぶのはこれがはじめてじゃないんだ。本物のアリスのところへもどるのが、わたしを現実につなぎとめる大きな要素になる。故郷に帰りつく力になるんだ」そこまで来て、スズダルの声は人なつっこい詮索の調子をおびた。「クルーザーの艦長の中に、空想の妻同伴で飛びまわっているのがごまんといるなんていわないでくれよ。ひどい話だ、こっちにいわせればな。そういう手合いは多いのか？」

「ここに来たのは、荷を積みこむためで、ほかの艦長がなにをするとか、しないとかを話すためじゃない。空想であっても、女性の連れをつけたほうがいいんじゃないか、そう考えることもあるというだけの話だ。星の海で、女のかたちをしたなにかに出会うようなことがあれば、きみはひとたまりもないだろう」

「女？　星の海で？　ばかな！」

「不思議なことがいろいろ起こっている」

「問題外だ」とスズダルはいった。「苦痛、狂気、錯誤、終わりのないパニック、異常食欲――そう、この手のものなら見つけて、直面できる。きっとあるだろう。しかし女は、ありえない。どこにもいないさ。わたしは妻を愛している。女の妄想におぼれるようなことはしない。なんにせよ、亀人たちもいっしょに行くんだ。連中は子供を育てる。見守ったり仲間に入ったりできる家族がたくさんいるわけだ。子供たちのためにクリスマス・パーティさえひらいてやれる」

「それはどういうパーティなんだ?」

「他愛のない古代の儀式さ、深宇宙パイロットから聞いたんだ。地方・主観時の一年ごとに、子供たちみんなにプレゼントを贈る」

「いいことだ」係官の声には、疲れと断乎とした調子があらわれた。「キューブ女の積みこみは、けっきょく断わるわけだな。ほしいと本気で思わないかぎり、作動する必要はないんだよ」

「あなたには、飛んだ経験がないのだろう?」

今度は相手が顔を赤らめる番だった。「ない」係官はあっさりといった。

「船内にあるものは、全部わたしが考慮する。わたしは陽気な人間だ、人づきあいもいい。のせるのは亀人だけにしてくれ。活動的な連中じゃないが、思いやりと落ち着きがある。地方・主観時で二千年、いやそれ以上というのは、たいへんな時間だ。よけいな決断の種を押しつけないでほしいな。船を動かすので手いっぱいだから。亀人だけでけっこう。連中とは前からうまくやってきている」

「艦長はきみだ、スズダル。こちらはきみのいったとおりにする」

「よし」スズダルはほほえんだ。「この種の任務にはこじれたタイプがいろいろ集まるだろうが、わたしはその仲間じゃないのでね」

二人の男は合意に達してほほえみあい、船への積みこみは終わった。

船をじっさいに管理するのは亀人だった。彼らは非常にゆっくりと年をとるので、スズダルが銀河系周辺部をめぐり、凍眠ベッドに横たわって——地方時の——数千年をやりすごしているあいだ、世代交代を行ないながら、生まれてくる子供たちに船の動かし方を教え、決して見ることのない地球の物語を話して聞かせるのだ。亀人たちはコンピュータを正確に読みとり、スズダルを起こすのは、人の介入と知性を必要とするときだけだった。スズダル自身もときおり目覚めては、自分の仕事をかたづけ、ふたたび眠りに入った。彼には、地球をはなれてわずか数カ月としか思えなかった。

数カ月とは！　地方・主観時では、すでに一万年あまりになる——セイレーンのカプセルに出会ったのは、そのころだった。

それは、ありきたりの遭難カプセルのように見えた。星の海に生きる人類の運命の思いがけぬ変転を伝えるため、しばしば発射される無人宇宙船。カプセルは明らかにはるかな距離をわたってきたもので、そこからスズダルはアラコシアの物語を知った。

その物語はいつわりだった。惑星全土の頭脳——悪意にみちた不幸な種族の狂った知性——が、母なる地球からやってくる正常なパイロットを誘惑し、罠にかけるために結集されていたのだ。カプセルがうたいあげる物語は、ひとりのすばらしい女性の豊かな人格を、コントラルトの声とともに伝えた。物語の一部は真実だった。訴えの一部は事実だった。スズダルは耳を傾け、物語は、みごとに編成されたグランド・オペラのように、彼の頭脳の線維の中に沈んでいった。真相を彼が知っていたならば、事情はちがっていただろう。

今ではアラコシアのほんとうの物語、楽園から地獄へと一変した惑星の悲しくも恐ろしい物語を知らない者はない。人間とは異なるものに変化していった人びと。はるか彼方、星の海の中でももっとも忌わしい場所に起こったできごと。

真相を知っていれば、スズダルは逃亡していただろう。だが、われわれの知識は、当時の彼にはなかった。

人類がおそるべきアラコシア人と遭遇したら最後、そこから彼らの追跡が始まるのだ。アラコシア人は人類をその生まれ故郷まで追い求め、悲しみ以上の悲しみ、たんなる狂気を越える狂気、考えうるあらゆる悪疫をうわまわる悪疫をもたらさずにはおかないだろう。アラコシア人は人非人となりはてていた。にもかかわらず、人格の奥の奥では、人間でありつづけた。おのれの不具を愛する歌、おのれの浅ましい姿をその浅ましさゆえに称える歌をうたいながら、しかもその歌、そのバラッドには、オルガンの調べにのせてこんなリフレインを折りこんでいるのだった。

さはあれ、心は人を悼《いた》む！

彼らはおのれが何者かを知っており、おのれを憎んでいた。おのれを憎みつつ、人類を追い求めていた。

おそらく、まだ追い求めていることだろう。

今では補完機構の周到な配慮によって、アラコシア人がわれわれを発見する気づかいはない。銀河系周辺部にはりめぐらされた欺瞞の網は、この失われた悪鬼の種族が決してわれわれを発見しないことを保証している。補完機構は、地球をはじめ、人類の住むあらゆる世界を知りつくし、それらをアラコシアと呼ばれる奇形から守っているのだ。われわれはアラコシアとはいっさいかかわりを持ちたくない。さがしたければ、さがすがいい。われわれは見つかりはしない。

どうしてスズダルがそれを知ろうか?

人間がアラコシア人と出会ったのは、それが最初であり、しかもその出会いは、メッセージを通したものにすぎなかった。それは妖精の声がうたう妖精の歌、古い共通語で一語一語はっきりと語られる崩壊の物語だった。それがあまりにも悲しく、あまりにも忌わしいものであったため、人類はいまだに忘れられないでいる。物語の本質はごく単純だった。これは、スズダルがそのとき聞き、のちに人びとが知るにいたった物語のあらましである。

アラコシア人は植民者だった。植民者たちは、帆船で旅立つこともある。帆船はうしろに多数のポッドを従えており、彼らはその中に入る。これが第一の方法。

また、平面航法船で旅立つこともある。熟練したパイロットの操縦によって、彼らは二次元に入り、そこからとびだし、人間世界を見出す。

また、きわめて遠距離の場合には、新しい組みあわせが使われる。多数のポッドを詰めこんだ超大型貝殻船、スズダル自身の船の巨大版で旅立つのだ。人はみな冷凍睡眠に入り、機械だけが目覚めたまま、船は光速に近づき、それを越え、宇宙の下をくぐりぬけ、盲滅法に出現しては適当な目標に到着する。それは賭けではあるが、その方法をとる勇敢な人びとも多かった。もし目標が見つからなければ、機械は永遠に宇宙を飛びつづけ、その間、冷凍保存されてはいるものの肉体はすこしずつ侵されてゆき、凍った頭脳からは生命のかすかな火が失われてゆくのだ。

貝殻船は、人口過剰に対する人類の回答ではあったが、母なる地球やその配下の惑星は、むしろその結果にとまどっていた。貝殻船は、大胆な者、むこうみずな者、夢追う者、一徹な者、ときには犯罪者までを星の海に運んだ。人類が見失った船は、相当数にのぼる。補完機構の派遣した先発探検員が、人に行きあうこともあった。都市と文化、程度の高いもの低いもの、また部族や家族。人類の支配領域のはるかはるか彼方をめざして飛びたった貝殻船、その探索器械がついに発見した地球型惑星――そこに貝殻船は、死にかけた巨大な昆虫さながらに舞いおり、人びとを眠りからさまし、扉をひらき、新生した植民者たちを地上におろしたのち自爆して果てたのであろう。

アラコシアは、そこにおりたった人びとには、住みやすそうな世界に思われた。美しい浜辺、宝石の首飾りにも似て果てしなくつづく切りたった断崖。空には、明るい大きな二つの月、太陽もそれほど遠くない。器械があらかじめ大気を検査し、水を採取し、大気中に、海中に、すでに地球の生物を放出していたので、めざめた人びとの耳に聞こえてきたのは、地球の鳥のさえずりだった。また、改造された地球の魚が、すでに海洋に放たれ、繁殖をはじめていることを、人びとは知っていた。それは、すばらしい世界、豊かな世界のように思われた。物事は順調に進んだ。

アラコシア人にとって、すべてはきわめて順調に進んだ。

これは真実である。

ここまでのところ、カプセルの物語にいつわりはない。

だが、ここから物語は真実からそれてゆく。

カプセルはアラコシアにまつわる悲惨な鬼気せまる真実を語らなかった。かわりに、それはまことしやかな嘘をならべたてた。カプセルからテレパシーで送られてくる声は、成熟した、心温まる女性の声——三十代前半にある女性の比類ないコントラルトだった。

スズダルは、声と会話しているような錯覚におちいりかけた。女の人格には、それほど実感があった。だまされている、罠にかけられていることが、どうしてわかろう？

それは真にせまっていた。いかにも真にせまっていた。「そのときには」と声はいった。「アラコシアの病気が、わたしたちにふりかかっていたのです。おりてはいけません。近づかないように。声だけでいいのです。医学のことを教えてください。子供たちは死んでゆきます、理由もなく。農場は実りゆたかで、小麦は地球のそれよりもずっと金色に輝き、プラムの紫はずっと深く、花の白さはたとえようもありません。なにもかもがうまくいっています——人を除いては。子供たちは死んでゆきます……」女の声はすすり泣きで終わった。

「症状はどんなものなのか？」とスズダルは思った。その問いが聞こえたかのように、カプセルはつづけた。

「理由はわかりません。わたしたちの薬品には反応もあらわれないし、わたしたちの科学力でも解明できないのです。子供たちは死んでゆきます。人口は下降しています。みなさん、わたしたちを見捨てないでください！　どなたでもけっこうです。なるべく早く、一刻も早く来て、救いの手をさしのべてください！　けれどあなた自身のために、おりてはなりません。離れたところから、スクリーンを通して見ていただくだけでいいのです。もしあなたが、このふしぎな辺境の星域で見失われた人類の子孫のことを、地球に伝えてくださるのなら！」

まったく、ふしぎではないか！

だが真実は、それ以上にふしぎで、しかも醜いものだった。

スズダルは、メッセージの内容を信じて疑わなかった。この任務に選ばれたのは、ひとえに彼が、温厚で、勇敢で、知性のある男だったからである。アラコシア人の訴えかけは、その三要素のすべてをゆさぶるものだった。

それからずっとあとになって逮捕されたとき、スズダルはこうたずねられた、「スズダル、ばかものめ、きみはなぜメッセージを分析しなかったのだ？　愚劣な訴えひとつのために、全人類の安全をおびやかすことになったのだぞ！」

「愚劣ではありません！」スズダルは反論した。「遭難カプセルは、悲しい、すばらしい女の声で語りかけてきたうえ、物語にも異常はないという結論が出ました」

「だれと話しあって？」調査官はものうげにそっけなくいった。

答えるスズダルの声には、疲れと悲しみがあった。「わたしの本、わたしの知識と照合した結果です」彼は不承不承つけ加えた、「それから、わたしの判断と……」

「きみの判断は正しかったか？」

「いいえ」とスズダルはいい、それが自分の口から出る最後の言葉であるかのように、不自然な間をおいた。

しかし沈黙を破ったのは、スズダル自身のほうだった。「進路を定め、眠りに入る前に、わたしは保安将校のキューブを作動し、物語の検討を頼みました。彼らは、けっきょく、アラコシアに起こったできごとの真相をつかみました。遭難カプセルから得られる情報パターンを分析解読し、ちょうどめざめようとしているわたしに、手早く話してくれたのです」

「で、きみはなにをした？」

「したとおりのことをしました。それに対して罰せられる覚悟はあります。そのときには、アラコシア人はもう船の外側を歩きまわっていました。船を、わたしを、捕獲していたのです。どうしてわたしにわかりますか？　女の話したすばらしい、悲しい物語のうち、正しいのは最初の二十年だけだなんて。そのうえ彼女は、女でさえなかった。ただのクロプトだった。最初の二十年だけが……」

アラコシア人にとって、最初の二十年は万事順調に進んだ。そのとき災厄がおそった。しかし、それは遭難カプセルが語る物語とは異なっていた。

　彼らには理解できないことだった。なぜそれが自分たちに起こらねばならないのか、なぜそれが二十年と三ヵ月と四日のあいだ待っていたのか、理解できなかった。しかし最期が来たのだ。

　われわれは、太陽の放射線になにかが含まれていたのではないかと考えている。それとも、太陽の特殊な放射線と化学反応の結合なのか。貝殻船にある精巧な器械でさえも満足に検出できない作用、それが体内で急速にひろがっていったのだ。災厄がおそった。それは、単純でありながら、まったく防ぐすべのないものだった。

　彼らの中には医師もいた。病院もあった。かぎられたものではあるが、研究設備もあった。しかし彼らには、研究についやす時間がなかった。すくなくとも、災厄を迎えうつだけの時間は。それは、単純で、奇怪で、巨大なものだった。

　雌性そのものが発癌性を持ったのだ。

　アラコシアの女性すべてに、同時に癌が発生しはじめた。唇に、胸に、鼠蹊部《そけいぶ》に、ときにはあごの先端に、唇のはしに、体のやわらかな部分に。癌はさまざまなかたちをとったが、結果はいつも同じだった。放射線に含まれるなにかが、大気を通過し、人体に入り、デスオキシコルチコステロンの一種をプレグナンジオールの——地球では未知の——亜種に変成させ、確実に癌を誘発させたのだ。進行は急速だった。

　はじめに、女の赤んぼうが死んでいった。女たちは、父親に、夫にすがって泣いた。母親は、息子たちに別れをつげた。

医師たちの中に、ひとりの女がいた。気丈な女だった。

彼女は容赦なく、自分の体から生きている組織を切りとり、顕微鏡の下におき、自分の尿、血液、唾液を検査した。そして答えを得た。答えはない、という答えを。しかし、答え以上にすばらしく、またきびしい考え方もあった。

かりにアラコシアの太陽が雌性を持つすべてを殺したとしても、かりに雌の魚が腹を上にして海面にうかびあがり、雌の鳥がかぼそい調子っぱずれの鳴き声をあげ、決して孵らぬ卵をだいて死んでいったとしても、雌のけものが苦痛にうめきながら、ねぐらに隠れたとしても、人間の女性までが従順に死をうけいれる必要はあるまい。医師の名前は、アスタルテ・クラウスといった。

クロプトの魔術

人間の女性には、動物の雌にできないことができた。性転換である。船内にあった装置の助けを借りて、莫大な量のテストステロンが製造され、生存している女たちはひとり残らず男に変わった。また大量の注射もほどこされた。彼らの顔はいかつくなり、わずかながら成長もふたたび始まり、胸は平たくなり、筋肉は強くたくましくなった。そして三ヵ月足らずのちには、彼らはみごとに男に変貌していた。

下等な生物の中には、生存のための有機化学的条件を左右する雌雄の分極が明確でないため、生き残った種類もあった。魚が絶滅するとともに、海洋は植物で埋めつくされた。鳥も絶滅したが、昆虫は生き残った。とんぼ、蝶、バッタの突然変異種、甲虫、その他の虫が、惑星上に異常繁殖した。女を失った男たちは、女の体から作られた男たちと肩を並べてはたらいた。

たがいが相手を知っている場合には、その出会いは、たとえようもなく悲しいできごとだった。夫と妻、二人がともにひげをたくわえ、たくましく喧嘩早く、死にものぐるいなのだ。幼い子供たちも、おとなになって恋人を持ち、妻を持ち、結婚し、娘をつくるといった夢が、決してかなえられそうもないことになんとはなしに気づいた。

しかし、アスタルテ・クラウス博士の憑かれた頭脳と燃える知性に、世界のひとつやふたつ、なんの障害となろう？　クラウス博士は、人びとの——男とおんなおとこたちの——指導者となった。彼女は人びとを叱咤し、前進させた。生き残るすべを教えた。彼ら全員に冷酷な目をそそいだ。

（もし彼女に憐れみの心があったなら、人びとをそのまま死なせていただろう。だがクラウス博士には憐れみの感情はなかった——ただ優秀で、非情で、自分を滅ぼそうとする宇宙に対して不敵なだけだった）

クラウス博士は、入念に大系化された生殖法を遺して死んだ。男性の組織の一部を、外科的に腹部に移殖する方法である。腹膜のすぐ内側には、腸をいくぶんわきに押しやるようなかたちで人工子宮があり、人工的な化学反応と、放射線と熱を利用した人工受精によって、男が男の赤んぼうを産むことを可能にするのだ。

女がみんな死ぬのなら、女の赤んぼうを産んだところでなんの益があろう？　アラコシア人は生きつづけた。第一世代は、悲嘆と失望のあまりなかば狂いながらも、悲劇に耐えぬいた。通信カプセルを送りはしたものの、彼らは、それが六百万年たたなければ地球にとどかないことを知っていた。

新参の植民者であった彼らは、他の船よりもさらに遠くをめざすことに賭けたのだ。住みやすそうな世界を見つけはしたが、はたしてそこがどこなのか、正確にはつかめなかった。まだ故郷の銀河系にいるのだろうか、それとも深淵をわたって、近くの銀河系のひとつに着いてしまったのか？　はっきりとした結論は出なかった。母なる地球では、植民団に過剰な装備を与えない政策をとっていた。たくさんの植民団の中には、急激な文化の変質を起こしたり、侵略的な帝国をきずいたりするものもあるだろう。それらが地球に反旗をひるがえし、攻撃をしかけてくる可能性をおそれたからである。地球は、おのれが優位に立つことを常に心懸けていた。

アラコシアの第三、第四、第五の世代は、まだ人間といえた。そのすべてが男性だった。彼らには人間の記憶があり、人間の本があり、まだ「ママ」「妹」「ガールフレンド」といった言葉を知っていた。だが、それらが指示するものを、もうはっきりと理解してはいなかった。

人体は、四百万年の歳月をかけて地球上で発達してきたものである。したがってその内には、途方もない資質、脳よりも、人格よりも、個々人の望みよりも偉大な資質が隠されている。アラコシア人の肉体は、おのれのために決断を下した。女であることが即座の死を意味し、ときおりまじる女の赤んぼうも死んで生まれ、そのまま埋められるので、肉体はみずからを調節した。アラコシア人の男たちは、男であり女になったのだ。彼らはみずからを「クロプト」というみにくいニックネームで呼んだ。家庭からなにひとつあたたかいものが得られないため、アラコシア人は居丈高に歩く雄鶏となった。彼らは愛の中に殺人をまぜ、歌の中に決闘をとかしこみ、武器を研ぎ、まともな地球人には理解を絶する奇妙な家族制度の中で、生殖を行なうようになった。

しかし彼らは生きぬいた。

あまりにも非情、あまりにも苛烈な彼らの生存手段には、たしかに理解しがたいところがあった。

四百年足らずのちには、アラコシア人は、いくつもの戦う部族を形成するまでに文明化していた。支配しているのは、まだ、ひとつの太陽をめぐるひとつの惑星だけ。そこだけが住みかだった。だが、みずからの手になる宇宙船を何隻か保有していた。彼らの科学、芸術、音楽は、霊感をうけたニューロティックな天才の活動さながらに、奇妙な蛇行線を描いて発展していったが、人格形成の基本的要素——家族、男性と女性のバランス、愛、希望、生殖作用のはたらき、等々――に欠ける彼らには、それは無理からぬことだった。アラコシア人は生きぬいた。しかしその結果、怪物になったことに、彼ら自身は気づいていなかった。
人類にまつわる記憶の中から、彼らは母なる地球の伝説を創造した。その記憶の中では、女たちは奇形であり、殺されるべきものだった。誤って生まれた生物であり、処分されるべきものだった。彼らの記憶にある家族は、忌わしい汚《けが》れそのものであり、出会ったら最後、抹殺しなければならないものだった。
彼ら自身は、ひげ面の同性愛者だった。ルージュを塗った唇、きらびやかなイアリング、美しい髪。老人がほとんどいないのは、年をとる前に殺してしまうからだ。愛や娯楽やくつろぎから得られないものを、彼らは戦いと死であがなった。彼らはその歌の中で、自分たちが最後の旧人類にして最初の新人類であることを高らかに宣言した。そして、いつか出会うであろう人類への憎しみをうたい、「地球こそ災い、見つけずにはおかぬ」とうたった。それでいて、どのような衝動によるものか、ほとんどあらゆる歌に必ず、おさまりの悪いこんなリフレインをつけずにはいられないのだった。

さはあれ、心は人を悼む！

彼方に去った人類を悼みながらも、彼らは攻撃の計画を練りつづけた。

罠

スズダルは通信カプセルにあざむかれた。睡眠室にもどると、クルーザーをアラコシア――それがどこにあるにせよ――に向けるよう、亀人たちに命じた。錯乱や気まぐれでそうしたのではない。熟慮の上の決断だった。その決断によって、のちに彼は、審問をうけ、公正に裁かれ、死よりも残酷な状態におかれるのである。

それは当然の報いといえた。

スズダルは、基本ルールを忘れてアラコシアをさがし求めたのだ。すなわち、アラコシア人が地球の滅亡をもくろんで尾行してきた場合、この歌う怪物たちをくいとめる方法があるのか？　彼らのおかれている状態は、伝染性の強い病気によるものではないのか？　そうではないとしても、その猛々しい社会が人間社会を破壊し、地球やその他すべての世界を荒廃させる危険はないのか？　彼はそうしたことを考えなかった。そのため、のちに審問をうけ、裁かれ、罰せられるのである。これについては、あとでふれよう。

到着

スズダルは、アラコシアをめぐる軌道上でめざめた。めざめるなり、誤りをおかしたことに気づいた。未知の海にすむ悪質なふじつぼのように、奇妙な船が何隻かスズダルの貝殻船にへばりついていた。部下の亀人たちを呼び、コントロール装置の作動を命じたが、装置ははたらかなかった。

男なのか女なのか、けものなのか神なのか、外にいるのが何者であるにせよ、彼らはスズダルの船を航行不能にするだけのテクノロジーを持っていた。自分がどんな誤りをおかしたか、その内容はすぐにわかった。必然的に、船とともに自爆する考えがうかんだ。しかし自殺できたとしても、船が木端微塵にならなかったら、彼の船は——新兵器をそなえた最新クルーザーは、いま外壁を歩きまわっている何者かの手におちてしまうのではないか？　たんなる個人の死ですむ事態ではなかった。もっと思いきった方法をとらねばならない。地球のルールに従っているときではなかった。

保安将校——人間のかたちをしたキューブの幽霊——は、口早に、理性的に、真相をささやいた。

「相手は人間です、中佐。

わたし以上に人間です。

わたしは幽霊、死んだ脳が生みだすこだまにすぎません。

彼らは本当の人間なのです、中佐。しかし銀河系に住む人類の中でも、彼らほど危険な存在はありません。絶滅すべきです！」

「それはできない」まだ充分に覚醒しきらない頭で、スズダルは答えた。「彼らは人間だ！」

「では撃退するしかありません。なんとしてでも。どんな手段を用いても。地球を救わなければ。彼らをくいとめるのです。地球に警告するのです」

「わたしはどうなる？」そうたずね、スズダルはすぐ、利己的な、個人的な質問をしたことを後悔した。

「死ぬか、でなければ罰せられます」保安将校は同情に耐えぬようにいった。「どちらが不幸か、わたしにはわかりません」

「今か？」

「今です。もう時間はありません」

「しかし規則は……？」

「あなたはすでに規則を大幅に踏みはずしています」

規則はあった。だがスズダルは、とうにそれを破っていた。

規則。平常の時、平常の場所での、理解しやすい危険に対する規則。

これは、人の肉体によって作られ、人の頭脳によって動機づけられた悪夢なのだ。すでに船のモニターからは、この民族の正体をつげる情報がはいりはじめていた。狂人としか思えない人間の集団、女を知らない男たち、肉欲と戦いのためだけに成長してきた少年たち、正常な頭脳には受けいれることも、信じることも、許容することもできない家族制度を作りあげた民族。船外にいる生き物たちは、人間でありながら人間ではなかった。船外にいる生き物たちは、人間の頭脳と、人間の想像力と、人間の復讐心を持ちあわせていたが、その性格には、スズダルのような勇敢な将校さえもおびえさせるものがあり、彼はついに外からの呼びかけに応じることができなかった。

外壁をたたいているのが何者か明らかになるにつれ、亀人の女たちは目に見えておそれおののきはじめた。外では拡声機が、入れろ、入れろ、入れろ、と歌っていた。

スズダルは犯罪をおかした。補完機構にはひとつの誇りがある。それは、将校の犯罪や失敗や自殺を容認していることだ。補完機構は、コンピュータの能力を越えた人類の問題の処理にあたる。補完機構は、行動にさいしての人間的な選択を、人間の頭脳にゆだねているのだ。

補完機構はその幹部たちに、人間の世界ではふつう知られていない、一般の男女に知らせてはならない陰惨な知識をさずける。なぜなら、責任ある立場にいる職員——船長、下部主任、主任——は、おのれの仕事に通じていなければならないからだ。それが充分でない場合には、全人類が消滅することさえあるかもしれない。

スズダルは兵器庫に入った。なにをしているかは承知していた。アラコシアの二つの月のうち、大きなほうは居住可能だった。すでにそこには地球の植物が根をおろし、地球の虫がすみついていた。アラコシア人はその衛星にまだ定着していないようだ、とモニターがつげた。スズダルは苦痛にみちた問いをコンピュータにぶつけた。

「どれくらい古い時代のものか調べろ！」

機械はうたうように答えた。「三千万年以上です」

スズダルには奇妙な武器があった。地球にすむほとんどすべての動物を、双子や四つ子のかたちで積んでいたのだ。薬用カプセルほどの小さなカプセルにおさめられたそれは、高等動物の精子と卵子から成り、いつでも受精や刷りこみのできる状態で保存されていた。また彼には、どのような生命形態をもつつみこみ、生存に有利な条件を与える小型の生命爆弾もあった。

彼は貯蔵室におもむくと、八番の猫《つがい》、十六ぴきの地球の猫、だれもが知っている種類の猫フェリス・ドメスティクスをとりだした。ときにはテレパシー用に飼育され、ときには予備の兵器として宇宙船に同乗し、ピンライターたちを危険から守る猫である。

スズダルはこれらの猫にコードを組みこんだ。彼の指令は、アラコシア人を怪物に変貌させた指令に勝るとも劣らない奇怪なものだった。指令はこのようなものである――


本能ノママニ繁殖スルナ。

新シイ生理機能ヲ発明セヨ。

オマエタチハ人ニ奉仕スル。

文明化セヨ。

言葉ヲ学ベ。

オマエタチハ人ニ奉仕スル。
奉仕ハ、人ガ呼ビカケルトキ始マル。
行ケ、ソシテ来タレ。
人ニ奉仕セヨ。

たんなる口頭の指令ではなかった。それらは、動物たちの分子構造そのものに刷りこまれた。猫とともにあり、彼らの進化をうながす遺伝学的・生物学的コードだった。そしてスズダルは、人類の法にそむく犯罪行為に入った。船には、クロノパシー装置が積みこまれていた。船の完全な崩壊を避けるため、通例、一瞬ないし一、二秒用いられる時間歪曲装置である。

アラコシアのおとこおんなたちは、すでに外殻の切断を始めている。

彼らはかん高いホーホーという叫びをあげて、呆《ほう》けたように喜びあっている。約束された敵の第一陣、母なる地球に住む怪物の第一号が、とうとう目の前に現われたのだ。アラコシアのおとこおんなたちにとって宿敵であった邪悪な真人類が、ついにやってきたのだ。

スズダルは平静をたもった。猫の遺伝子にコードを組みこみ、猫を生命爆弾につめた。非合法にクロノパシー装置のコントロールを調節すると、八万トンの船を一秒転移させるかわりに、四キロ足らずの荷を二百万年転移させる方法をとった。スズダルは、アラコシアの名なしの月にむけて、猫をとばした。

二百万年過去にむけて、猫をとばした。待つ必要がないことは知っていた。

そのとおりだった。

スズダルの創った〈猫の国〉

猫は来た。アラコシア上空のはだかの空間に、きらきらと輝く艦隊がうかんでいた。小型の戦闘艦が攻撃を開始した。一瞬まえには影も形もなかった猫たち。だが今や彼らは二百万年の歴史を持つ生物、その脳に刷りこまれ、脊髄に焼きつけられ、肉体と人格に刻まれた運命をたよりに進化してきた生物なのだ。猫たちは、言語と知性と希望と使命を持つ、一種の人間に変わっていた。彼らの使命は、スズダルのもとに行き、彼を救い、彼に従い、アラコシアに打撃を与えることだった。

猫の艦隊は、かん高い鬨《とき》の声をあげた。

「きょうこそ約束された日、待ちに待った日だ。見よ、われら猫族を！」

アラコシア人も四千年にわたって待ちうけており、戦いの機は熟していた。猫たちは敵に襲いかかった。猫の艦のうち二隻がスズダルを認め、報告をよこした。

「おお、主よ、おお、神よ、おお、万物の造り主よ、おお、時の支配者よ、おお、生命の創始者よ、すべての始まったときより、われわれは待っておりました。あなたに仕え、あなたの御名《みな》を守り、あなたの栄光に従うために！　あなたのためにわれわれは生き、あなたのためにわれわれは死にます！　われわれはあなたの下僕《しもべ》です」

スズダルは叫び、すべての猫に通信を送った。

「クロプトたちを討て、だが皆殺しにはするな！」

彼はくりかえした、「攻撃し、くいとめるのだ、わたしが脱出するまで」彼は虚空間にとびこみ、逃走した。

猫やアラコシア人の追手《おって》はなかった。


これが物語だ。だが悲劇は、スズダルが帰還したことにある。アラコシア人と猫族が今なお生きていることにある。補完機構は彼らの所在を知っているのか、知らないのか。人類は答えをあえて探ろうとはしない。人より優れた生命形態を育てるのは、あらゆる法律で禁じられている。もし猫族がそのような生命形態であるとしたら。また、アラコシア人の勝利を知る者が、どこかにいるかもしれない。猫族を滅ぼしたアラコシア人は、猫の科学をわがものとし、いまこの瞬間も星の海を群盲のようにさまよいながら、われわれ真人類を見つけ、憎み、殺す日を待ち望んでいるのか。いや、その逆もありうる。

ふしぎな使命を刷りこまれた猫族が、人に奉仕するという奇怪な一念にこりかたまり、出会っても見分けのつかないわれわれ人類を探している可能性だ。もしかしたら彼らは人類すべてをアラコシア人と見なし、あるひとりのクルーザー艦長から命令が下るのを待っているのかもしれない。だが彼らがその男と出会うことは二度とないだろう。スズダルはもはや決して彼らの前には現われない。なぜなら、われわれは彼になにが起こったか知っているからだ。

スズダル裁判

スズダルは、世界にひらかれた大ステージの上で裁判にかけられた。裁判のもようは記録された。彼は許されない行動をとったのである。そして助言や援軍を待とうともせず、アラコシア人を捜索した。遠いむかしの遭難カプセルをわざわざひらく理由がどこにあったのか？　いったい、どこに？

それから、猫族の件もある。例の月から何者かが飛来したことは、船内の記録が証明している。声を発し、人間の脳と意思疎通を行なう宇宙船。しかし彼らは受信コンピュータに直接通信を送ってきたので、それが地球語であったかどうかは定かではない。あるいは、テレパシーによる直接交信だったかもしれない。だが犯罪は、スズダルがそれに成功したことなのだ。

猫たちに生存と文明化と救助の指令コードを組みこみ、彼らを二百万年過去に送ることにより、スズダルは客観時にして一秒足らずのあいだに、新世界をひとつそっくり創造してしまったのである。

クロノパシー装置は、小型の生命爆弾をアラコシア上空にかかる大きな月の湿った大地に投下した。その爆弾が、一瞬のうちに艦隊となってもどってきたのだ。それは、地球の民族——猫を祖先とし、二百万年の歴史を持つ民族の手で建造されたものだった。

法廷はスズダルから名前を剝奪した。「きみには、もはやスズダルという名前はない」

法廷はスズダルから階級を剝奪した。

「きみは、諸帝国、補完機構を問わず、いずれの宇宙海軍の中佐でもない」

法廷はスズダルから生命を剝奪した。「きみには、もはや生きる資格はない、元中佐、元スズダルくん」

そして法廷はスズダルから死をも剝奪した。

「きみは惑星シェイヨルへ行く。そこは究極的な屈辱の地であり、帰還した者はいない。きみは人類の侮蔑と憎悪を背負って、そこへ行くのだ。きみを罰するのではない。きみのことなど今後われわれは知りたくもない。きみは生きつづけるが、われわれにとって、きみは存在を停止したのだ」

これが物語だ。悲しい、すばらしい物語だ。だが補完機構は、人類のさまざまな種族のご機嫌をとるため、これは真実ではない、バラッドなのだとくりかえしている。

おそらく記録は残っているだろう。おそらくアラコシアの狂ったクロプトたちは、今なおどこかで生きつづけており、新しい男の世代を育てているだろう。常に帝王切開で赤んぼうを産み、人工授乳によって子供を育てるおとこおんなたち。彼らは父親を知ってはいても、母親がなにを意味するかは想像もできないのだ。そして、もしかしたら彼らは、知性を持つ猫族、二度と現われることのない人類を待ちわびる猫族との果てしない戦いに、その狂った人生を費しているのかもしれない。

以上が物語だ。

さらにいえば、ここには真実はかけらもない。

黄金の船が——
おお！　おお！　おお！

Golden the Ship Was — Oh! Oh! Oh!

伊藤典夫◎訳

〝猫スキャンダル〟とは、ピンライターのパートナー、または下級民がからむ、なにかの事件を指すのか、それともスズダル中佐のつくった知性を持つ猫族にかかわるなにかなのか——スミスはその点についてなにも語っていない。またラウムソッグの帝国が、「クラウン・タウンの死婦人」「シェイヨルという名の星」といった後期の作品で軽くふれられる〈輝ける帝国〉と、そもそも同じものなのかどうか、そのあたりもはっきりしない。いずれにせよテデスコが生きていたのは、〈人間の再発見〉以前の補完機構の時代、地球が退廃の極《きわ》みにあったころである。本篇もまた、ジュヌヴィーヴ・ラインバーガーとの合作である。

侵略は遠いはるかな宇宙で始まった。

ラウムソッグとの戦いは、あの大々的な猫スキャンダルから二十年を経て起こり、一時期、地球文明は、それがなりふりかまわず必要とするサンタクララ薬の供給を断たれるかに見えた。それは短い戦争、きびしい戦争となった。

堕落し疲れた、老獪《ろうかい》な母なる地球は、武器を隠して戦うのが常だった。年老いた主権――人類の連合にあって、とうに名ばかりの優越におちぶれた権威を守るには、武器はおもてに出さないにかぎる。地球が勝ち、対手がつぎつぎと敗退していったのは、地球の指導者たちが生存を至上と考え、ほかのなにをも優先させなかったからにほかならない。そしていま指導者たちは、真の脅威がとうとう迫ったことを知った。

ラウムソッグ戦争は、一般には知られることなく終わった。ただ、黄金の船にまつわる怪しげな古い伝説が、ふたたび人びとの口にのぼるようになっただけ。

1

地球で、補完機構の長官会議がひらかれた。時の議長が左右を見まわして言った、「みなさん、これでわれわれは全員ラウムソッグに買収された。みんな個人的に金品を受けとっている。わたし自身は、まじりけなしのストルーンを六オンスちょうだいした。ほかの方がたから、もっとよい取引の話をうかがいましょうか？」

賄賂の内容が順ぐりに発表された。

議長が書記のほうを向いた。「賂《まいな》いを記録にとどめ、その記録を非公開扱いに」

出席者たちは重々しくうなずいた。

「さて、われわれは戦わねばならない。賂いはこれでは不足だ。ラウムソッグは地球攻撃をほのめかしている。威嚇《いかく》だけなら手はかからないが、どうやら実力行使に甘んじる気はわれわれにはないようだ」

「くいとめるにしても、議長、どのような方法がありますか？」沈鬱な表情の老人がうなり声でたずねた。「黄金の船をとばすとでも？」

「まさにそれを考えています」議長の顔は真剣そのものに見えた。

つぶやきともつかぬため息が議場に広がった。黄金の船は何世紀もむかし、非人間型の生命体に対して一度使われたことがある。いま船は虚空間のどこかに眠っており、その名前にどれほどの現実性があるかを知る者は、地球の官僚の中でもひと握りしかいない。補完機構の長官クラスでさえ、それが正確にはなんであるか、だれも知らなかった。

「一隻」と、補完機構会議の議長はいった、「それで充分でしょう」

そのとおりだった。

2

独裁者ラウムソッグ大公は、数週間後、母星で戦況の変化を知った。

「ばかな。ばかばかしい。そのような大きさの船はない。黄金の船などただの作り話だ。写真を見た者もないではないか」

「おそれながら、ここに写真があるのですが」と侍従がいった。

ラウムソッグは写真を見た。「これはトリックだ。トリック写真に決まっておる。サイズをわざと誇張してあるのだ。遠近感も狂っておる。このような大きさの船があるはずはない。作れはしないし、かりに作ったとしても操縦はできん。要するに、こんなものは存在――」

勢いづいてさらに二言三言まくしたてたが、気がつくと家臣たちは、彼には目もくれず写真に見とれていた。

ラウムソッグは自制をとりもどした。

いちばん勇敢な将校が話をつづけた、「この一隻だけで一億五千万キロメートルの全長があるのです、陛下。火のようにゆらめいておりますが、動きが敏速なため接近はできません。しかし、わが艦隊の中心に現われたときには、各艦に触れんばかりに近づき、二万ないし三万分の一秒そこに停止しておりました。確かにありました。あったように思われます。船内には生命活動も認められました。光線ビームが揺れ動き、われわれを探査すると、つぎの瞬間には、もちろん虚空間に消えておりました。一億五千万キロです、陛下。老いたる地球にもまだ抵抗力はあるようで、船がなにを目的としているのか、われわれにはわかりません」

将校たちは、不安と自信のないまぜになった表情で君主を見つめた。

ラウムソッグはため息をついた。「もし戦わねばならんのなら戦うまでだ。これだって撃破できる。つまるところ、星と星とを隔てる空間にあって、大きさがどうだというのだ？それが十五キロであるにしろ、一千五百万キロ、一億五千万キロだとて、どこに違いがある？」またもため息。「しかし、それにしても一億五千万キロとは、とてつもなく大きな宇宙船にはちがいないな。連中はそれでなにをするつもりなのか」

彼には見当もつかなかった。

3

地球への愛が男をどのように変えてしまうか、それは不思議――不思議を越えて恐ろしいばかりである。テデスコがその例だ。

テデスコの評判はとどろきわたっていた。そうした話題にはふつう無関心なゴー・キャプテンたちのあいだでさえ、テデスコはその身なり、宝石をちりばめた威圧的な記章の行列と、官位をひけらかすマントのきざな取り合わせで知られていた。そのなげやりな態度と、ぜいたくで享楽的な暮らしぶりも、つとに有名であった。メッセージがとどいたとき、彼はいつもの状態にいた。

テデスコは脳の快楽中枢にパルス電流をさしこみ、空気噴流の上に身を浮かべていた。歓喜のただ中にあるので、食事も女も衣服も部屋の蔵書もことごとくなおざりにされ、忘れられていた。脳に作用する電気の快楽を除けば、あらゆる快楽が忘れられていた。

刺激があまりにも心地よいため、すでに二十時間も電流をさしこんだままでいた――規定による快楽の持続限度は六時間なのだから、これは明らかな違反といわねばならない。

にもかかわらず、メッセージがとどくと――テデスコの脳に埋めこまれた極微のクリスタルが、思考さえキャッチできない秘密のメッセージを中継すると――テデスコは幾重《いくえ》にもおりた至福と無意識の層をもがき進みはじめた。

黄金の船――金色の船――地球があぶない。

テデスコはもがいた。地球があぶない。至福のため息とともに手をのばし、電流を切るボタンを押す。そして冷たい現実のため息とともに、周囲の世界に目をやり、当面の仕事に向かった。補完機構の長官たちへの謁見にそなえ、彼はてきぱきと身じたくを終えた。

長官会議の議長は、テデスコ提督に黄金の船への搭乗を命じた。大半の恒星よりも大きいその船は、想像を絶する怪物だった。何世紀もむかし、それは、大宇宙の忘れられた片隅からきた非人間型の侵略者たちを追いちらしている。

提督はブリッジを行きつ戻りつした。キャビンは六×九メートルの狭さ。船の操縦エリアで三十メートルを超えるところはない。残りはすべて、見せかけの巨船をかたちづくる一個の金色の気泡である。信じられぬほど堅い薄膜の内部に細いワイヤがはりわたされ、金属の堅さと防備の手ごわさを見る者に錯覚させる。それ以上のものではなかった。

一億五千万キロの全長は正しい。ほかはすべて偽りだった。

船は巨大なダミーであり、人類がこれまでに考えついた最大の案山子《かかし》であった。

何世紀もの歳月、船は星ぼしの裏側にある虚空間に浮かび、始動の時を待ちうけてきた。いまそれは、血に飢えた狂った独裁者ラウムソッグと、その勇猛果敢な実在の艦隊を迎え討つため、空《うつ》ろで無防備な巨体を進めていた。

ラウムソッグは宇宙の規律を破ったのである。彼はピンライターたちを殺した。ゴー・キャプテンたちを獄につないだ。売国奴とその手下を使って巨大な航星船を襲うと、捕えた船を完全に武装化した。ほんとうの戦争を知らない、ましてや地球との戦争など考えたこともない星系にあって、計画は思いどおりに進んだ。

買収、ぺてん、プロパガンダ、彼は手段を選ばなかった。地球は威嚇だけで屈すると、ラウムソッグは予測した。そして攻撃を開始した。

艦隊の出撃とともに、地球は変わった。堕落したごろつきたちは、その肩書きどおりの存在――人類の指導者、人類の守護者となった。

テデスコ自身は、しゃれ者のプレイボーイだった。戦争は彼を攻撃的なキャプテン、史上最大の船をテニス・ラケットのように操る男に変えた。

彼はラウムソッグ艦隊に、すばやい、したたかな切りこみをかけた。

船は右へ、北へ、上へ飛び、消えた。

敵の眼前に現われ、逃れた――下、前方、右、消失。

船はまたも敵の前に現われた。敵弾が一発でも命中すれば、人類の安全を賭した幻影は崩れ去る。その一発をくらう隙をつくらないのがテデスコの仕事なのだ。

テデスコは愚か者ではなかった。自分なりの不思議な戦いをつづけながら、彼はほんとうの戦争はどこでやっているのかと、思い迷わずにはいられなかった。

4

ラヴァダック卿のおかしな名前は、彼の家系に、アヒルを愛する《ラヴ・ダックス》中国系の先祖がひとりいたことに由来する。その先祖は北京種のアヒルを愛した——汁気たっぷりのアヒルの皮が、料理の恍惚を飽くことなく追求した祖先の夢を、彼のうちによみがえらせたのだ。

　先祖のひとりである英国系の婦人がいった、「ラヴァダック卿、これ、あなたにぴったりね！」——かくしてその名は誇らかにファミリー・ネームに採用された。ラヴァダック卿は小型の艇を持っていた。まったくちっぽけな艇で、それには簡単な、恐ろしい名前がついていた。

〈だれもかれも《エニボディ》〉と。

　艇は宇宙船名録には見あたらず、彼自身も宇宙防衛省の所属ではなかった。それは統計調査局の帳簿に——「乗物」の項のもと——地球の資産として記載されているだけ。艇の防備はごく基本的なものばかりだった。彼とともに、クロノパシー能力を持つ白痴がひとり乗ったのは、最後の決定的な作戦行動に必要不可欠と考えられたからである。

　モニターもひとり同乗した。モニターは例のとおり、なにも考えず、意識もなく、緊張病患者のようにしゃっちょこばってすわっていた——しかし、テープレコーダーにも似た彼の生きている心は、危険を告げる艇の機械的運動を無意識のうちに残らず記録しており、また乗員に地球の支配圏からの逃亡、あるいは地球への反逆の徴候があらわれた場合、ただちに艇のすべてを破壊する用意をかためているのである。モニター人生は楽ではない。だが、ふつう残されているもうひとつの道、刑の執行に比べればはるかにマシだろう。モニターはなんの足手まといにもならなかった。ラヴァダックはほかに、こぢんまりした兵器のコレクションをたずさえていた。それらは、ラウムソッグの惑星の大気、気候をはじめ、細かい諸条件を考慮して選びぬかれたものだった。

艇には、超能力を持つ人間兵器もひとり乗りこんだ。哀れな気の狂った、泣き虫の少女である。補完機構は残酷にも彼女の治療を許さなかった。その能力は、人類の共同体に取りこむより、いまのような野放しのほうが有効なのである。彼女は第三級因果律干渉体であった。

5

ラヴァダックは小艇を、ラウムソッグの惑星の大気圏に近づけた。艇長に就任するのに大枚を積んだので、もとは取り返すつもりだった。取り返すばかりか、たいへんな報酬も出るだろう――もしこの危険な任務に成功すれば。

補完機構の長官たちは、堕落した世界の堕落した指導者であったが、堕落を軍事と民政に役立てるすべは学んでいた。彼らには失敗を大目に見る寛容な心はなかった。ラヴァダックが失敗したときには、むしろ彼は帰らないほうがよい。どれほど賄賂をつもうと救われる道はない。モニターは逃亡を許さない。だが成功すれば、オールド・ノース・オーストラリア人やストルーン商人並みの金持になれるかもしれないのだ。

ラヴァダックは惑星に電波攻撃をかける所要時間を見積り、そのあいだだけ艇を実体化させた。キャビンを横切ると、少女をひっぱたいた。少女は狂乱状態におちいった。興奮の極に達したところで、その頭にすぽんとヘルメットをかぶせると、艇の通信装置にプラグをさしこみ、少女の特異な情緒波を惑星全土にむけて送りだした。

彼女はツキを変える超能力者だった。作戦は成功した。ほんの数瞬、惑星のありとあらゆる場所で、海面下で、海上で、地上で、空中で、ツキがわずかに落ちた。争いが始まり、事故が起こり、あらゆる災難が確率の限界すれすれのところまで増加していった。すべては一分以内に起こった。混乱のニュースが伝わりだしたとき、ラヴァダックは艇をつぎの位置に移そうとしていた。今がいちばん危険な局面である。彼は大気中に降下した。とたんに、探査網にひっかかった。荒れ狂う兵器が出迎えた。撃ちだされる炎は大気を焦がし、惑星上の生きとし生けるものをめざめさせた。

このような攻撃に対処できる地球の兵器は存在しない。

ラヴァダックは反撃しなかった。かわりに、クロノパシー能力を持つ白痴の両肩をつかんだ。その肉をつねった。哀れな白痴は、艇を引きつれて逃れた。艇は三秒か四秒、過去にさかのぼった。敵に発見された瞬間より、わずかに早い時点に跳んだ。ラウムソッグの惑星上のあらゆる装置が静まった。これには敵は手を出すすべもないのだ。

用意はできていた。ラヴァダックは兵器を発射した。それは高貴な兵器ではなかった。

補完機構の長官たちがうわべでは騎士道を重んじつつ、金を愛しているのは事実である。だが問題が生死にかかわるときには、彼らはもう金や賞賛はおろか、名誉にさえも大して執着しない。地球の太古にいたけもののように闘う——殺すために闘う。ラヴァダックは、分散率の非常に高い、有機毒・無機毒の混合物を放出した。一千七百万人、銀河系人口の九十五万分の一が、その夜のうちに死ぬはずであった。

彼はもう一度、クロノパシー能力を持つ白痴を平手打ちした。哀れな生き物はしゃくりあげた。艇はさらに二秒過去にさかのぼった。

毒物の放出を続けているとき、中継装置が追いつくのが感じられた。

彼は惑星の裏側に移り、最後にもう一度時間を飛んで、強力な発癌物質を放出すると、艇を虚空間に、無の辺境に転移させた。ここならラウムソッグに追いつかれる気づかいはなかった。

6

テデスコの黄金の船は、死にかけた惑星めざしてするすると接近してゆく。ラウムソッグの戦闘艦が背後に迫っている。砲撃が始まった——船はひらりと逃れた。これほど大きな船にしては、動きは意外とすばやい。この星域に見える太陽のどれよりも大きな船。だが敵艦が距離をちぢめたとき、艦内の放送が告げた——

「首都は沈黙した」

「ラウムソッグは死んだ」

「北から応答はない」

「中継ステーションでは職員が死んでゆく」

艦隊は乱れ、たがいに連絡をとり、やがて降服を始めた。黄金の船はもう一度現われた。

そして今度は、おそらく永遠に、消えた。

7

テデスコ提督は自宅にもどった。脳の快楽中枢に刺激をおくる電流のもとにもどった。だが空気噴流の上に身を横たえ、電流を通すボタンを押そうとしたとき、その手が止まった。すでに快楽があることに、とつぜん気づいたのだ。黄金の船と——彼がただひとり、全人類をあざむき、諸世界の称賛を浴びることもなくなしとげた武勲について瞑想する。そのほうが電流よりも、はるかに大きな快楽を与えてくれるのではなかろうか。彼は空気噴流の中に沈み、黄金の船のことを思った。すると彼のうちには、今まで味わったことのない大きな歓びがあった。

8

　地球では補完機構の長官たちが、ラウムソッグの惑星の全生命は黄金の船によって滅ぼされた、と優雅に発表した。人類の住む多くの世界から、感謝のことばが贈られた。ラヴァダックと配下の白痴と少女、それにモニターはそれぞれ病院に収容された。医師は四人の心から、彼らの行動にかんするいっさいの記憶を消した。

　ラヴァダックひとりが、補完機構の長官たちの前に出頭した。黄金の船に勤務していたような気がするのだが、自分がなにをしたかとなると記憶はなかった。クロノパシー能力を持つ白痴のことなど知るよしもない。小さな「乗物」のことも忘れ果てていた。補完機構の長官たちが最高勲章を授け、巨額の金を支払うと、彼の頰をとめどもなく涙が伝った。彼らはいった、「きみはよく任務をまっとうした。きみは解任される。人類の祝福と感謝は永遠にきみに捧げられるだろう……」

　自分の任務はこれほど重大なものであったのか。半信半疑のまま、ラヴァダックは領地にもどった。もうひとつ、彼の残り数世紀の人生に最後までつきまとうことになる疑問があった。はたしてこの宇宙に――たとえば、彼のように――とてつもない英雄になりながら、自分がなにをしたのかさっぱり思いだせない人間がいるものだろうか？

9

はるかなとある惑星で、ラウムソッグの戦艦の生残りが抑留生活から解放された。地球からの特別命令によって、敗北のパターンが外部に漏れないように、彼らの記憶は分解されていた。ねばり強い報道記者がひとりのスペースマンをつけまわした。長い時間、浴びるほど酒を飲んだのちも、生き残った男の答えは変わらなかった——

「黄金の船が——おお！　おお！　おお！　黄金の船が——おお！　おお！　おお！」

解　説

SF評論家・翻訳家
大野万紀

本書はハヤカワ文庫補完計画の一冊として企画された、コードウェイナー・スミスの〈人類補完機構〉シリーズ全中短篇を、初訳・新訳を交え全三巻でお送りする第一巻である。

収録作品は、おおよそ未来史の年代順となっており、この第一巻には、第二次世界大戦から始まって、ほぼ一万三千年先までの、十五作品が収録されている。

コードウェイナー・スミスである。〈人類補完機構〉である。宇宙の恐怖に猫とともに立ち向かい、金星の空から無数の人々が降ってきて、ネズミの脳に刷りこまれた幻影が美少女を救い、信じられないくらい巨大な宇宙船が敵を驚かせる。

第一巻ではまだ登場しないが、宇宙一魅力的な猫娘ク・メルや、一万マイルの上空を薄くたなびく蒸気のようなアルファ・ラルファ大通り、病気の羊から作られる不死薬、地球を買ってしまった少年、美と愛、恐怖と憎悪、献身と怠惰、それらすべてが補完機構の統治する宇宙にはある。そんな魅力に満ちた色彩豊かな物語が、もう半世紀以上も前に書かれ、多くの人に影響を与え、今も読み継がれている。メジャーな賞に輝いたわけではない。ベストセラーになったわけでもない。作品の数もごくわずか。だが彼の熱狂的なファンは数多く、その読者に決して忘れられない印象を残している。

本名ポール・マイロン・アンソニー・ラインバーガー博士（一九一三〜一九六六）。アメリカ生まれの政治学者で（ジョンズ・ホプキンス大学教授。中国を中心とする極東の政治が専門）、軍人（陸軍情報部大佐）。少年時代を中国で過ごし、かの孫文につけられた中国名が林白楽。第二次大戦と戦後の米国の対日政策でも重要な役割を果たし、ケネディ大統領の顧問も務めた。そして少年のころからのＳＦファンで、大の猫好きでもあった。

その本名と生涯が知られたのは、一九六六年に彼が亡くなってからである。コードウェイナー・スミスの、あの謎めいた神話的な物語を描いたのは、自身が神話的なラインバーガー博士だった。このあたり、のちのティプトリーを思わせて感慨深いものがある。

〈人類補完機構《インストルメンタリティ・オブ・マンカインド》〉とは、一度滅びかけた人類が、二度と滅ぶことのないように組織された、非情で厳格な支配組織である。そのモットーは「監視せよ、しかし統治するな。戦争を止めよ、しかし戦争をするな。保護せよ、しかし管理するな。そして何よりも、生き残れ！」（「酔いどれ船」より）。

本書には収録されていないが、熱心なファンで編集者でもあるＪ・Ｊ・ピアスが独自に編纂した補完機構の未来史年表がある。だがピアス自身も認めているとおり、その年代は決して確定したものではない。そこには多くの矛盾も含まれている。それは整合性のとれたものというより、スミスの美意識が紡ぎ出したエピソードの複雑に絡み合った連続体なのである。それではピアスの作成した補完機構の未来史を追いながら、収録作について記していこう。

「夢幻世界へ」No, No, Not Rogov!（イフ誌一九五九年二月）

いきなり一万年以上未来の黄金の舞踊から始まるが、舞台はスターリン時代のソ連。究極の秘密兵器を開発中のロシア人科学者の物語である。非人道的な国家体制の中での科学の〈楽園〉と、そこにもぐり込む蛇。その閉ざされた楽園の中、微妙に入り組んだ愛憎。そして破局。しかし、抑圧的な現実の中でめくるめく黄金の夢幻世界を見たのは、スミスその人ではなかったか。

「第81Q戦争（改稿版）」War No.81-Q (rewritten version)（*The Rediscovery of Man*　一九九三年）

スミスが十四歳の時に書いて、学内誌に掲載された、まさにデビュー作。本篇はスミス本人によるその改稿版であり、ファンジンを除けば本邦初訳である。改稿は一九六一年で、第一短篇集に収録のはずだったが、結局八七年にフランスで出版され、やっと九三年に英語版がスミスの決定版短篇集である本書 *The Rediscovery of Man* に収録された。

まだ世界に国々が残っている時代。戦争がゲームで、巨大な空中艦同士が観客の前で戦い合うという、稚気あふれる楽しい作品である。だが未来史的には、このあと、おぞましい〈古代戦争〉とその後の暗黒時代が訪れる。

「マーク・エルフ」Mark Elf（サターン誌一九五七年五月）

暗黒時代の末期を描いた傑作の一つ。第二次大戦末期にドイツからロケットで打ちあげられたフォムマハトの三姉妹。これはその長女であるカーロッタが、長い眠りを終えて荒廃した地球へ降り立つ話である。〈古代戦争〉の後〈荒れ野〉が広がり、殺人兵器マンショニャッガーが無意味な殺戮を続けている世界。そんな地球に空から降りてきたカーロッタは、人々に新たな活力をもたらす者となる。彼女こそ、未来史に何度となく現われるヴォマクト一族の始祖となるのである。荒野をさまよう古代の殺戮機械、人間狩猟機11《メンシェンイェーガー・マーク・エルフ》号が印象的だ（マンショニャッガーはそれがなまったもの）。恐ろしい殺人機械でありながら、ドイツ人美少女の前でしどろもどろになるのが、どこか可愛い。

　未来史年表では西暦四〇〇〇年ごろとされる。暗黒時代の末期だからそんなところだろう。作中にしきりに一万六千年後という言葉が出てくるが、気にしないことにしよう。

「昼下がりの女王」The Queen of the Afternoon（ギャラクシイ誌一九七八年四月）

ヴォマクト三姉妹の第二話で、「マーク・エルフ」のおそらく数百年後、今度は次女のユーリが地球に降りてくる。スミスが書いたのは始めの二章だけで、残りは彼の死後、未亡人のジュヌヴィーヴが書いて完成させた作品である。下級民が登場し、補完機構の創立が語られる。とはいえ、いかにも後付けな印象だ。でも登場する改造された動物たち。尻尾をふるワンちゃんも、熊じいさんも、家政婦の猫も、愛情たっぷりに描かれている。そしてユーリと〈真人〉レアードの結婚。奥様は十六歳、ダーリンは三百歳！

「スキャナーに生きがいはない」Scanners Live in Vain（ファンタジイ・ブック誌一九五〇年一月）

スミスのSFが初めて一般の読者の目にふれた作品。書かれたのは戦後すぐだったが、投稿しても没にされ、やっと一九五〇年に雑誌掲載された。しかしこの作品のすさまじさ！ほとんど説明もない用語の数々。異様な設定。変化した人間性。いま読んでもそうなのに、半世紀以上も前の衝撃はどんなだっただろうか。深宇宙にある大いなる苦痛。意識を保ってそこに行けるのは、なかば機械の体をもったスキャナーたちだけである。だがそれを無用とする新たな技術が発見される。スキャナーに生きがいはなくなってしまうのだろうか。

「星の海に魂の帆をかけた女」The Lady Who Sailed *The Soul*（ギャラクシイ誌一九六〇年四月）

ジュヌヴィーヴとの合作。スミスの草稿に後から書き足したのではなくて、本当の夫婦合作。そのせいか、とてもロマンチックな雰囲気がある。

巨大な光子帆船で〈空のむこう〉へ渡っていく時代。ゴシップ好きなメディアによって不幸な少女時代を送ったヘレン・アメリカと、遠い星から帰ってきた船乗りグレイ＝ノー＝モアのラブストーリーだ。二人は共に星の世界へ飛び立ち、新たな伝説となる。

額縁小説である。本篇の周囲を額縁のように別の物語が囲み、さらにその全体を語り手が、というような、昔話や神話のような構造をもっている。スミスはこういうお話が好きで、他の作品にもよく見られる。

「人びとが降った日」When the People Fell（ギャラクシイ誌一九五九年四月）

ピアスの年表では西暦七〇〇〇年代、最後まで残っていたチャイネシア人の国家が金星を征服する。スミスが中国か朝鮮で実際に見た衝撃的な光景が背景にあるという。しかし、このシュールで異様な美しさ。ミルク色の空から降ってくる無数の人々という構図は、人海戦術の恐怖よりも、ある種の絵画的な美を感じさせる。そしてここにもヴォマクトの血を引く美少女とのラブストーリーがあり、名もない人間たちによる日常性の勝利がある。

「青をこころに、一、二と数えよ」Think Blue, Count Two（ギャラクシイ誌一九六三年二月）

光子帆船の時代は続いている。これは「地球上でもっとも美しい娘」をめぐる愛と憎悪の物語である。不思議なタイトルは、少女を守るためのキーワードであり、それが発動するときの現象は、仮想現実テーマのもっとも初期のものといえるかも知れない。物語の背後にある暗く残酷で背徳的なイメージは、補完機構の宇宙の輝きの裏にある深い闇なのだろう。

「大佐は無の極から帰った」The Colonel Came Back from the Nothing-at-All（*The Instrumentality of Mankind*　一九七九年）

一九五五年に書かれたまま未発表だった作品。というのも、これは第二巻に収録される「酔いどれ船」の原型となった作品だからである。「鼠と竜のゲーム」に出てくる平面航法とピンライティングが初めて描かれ、この後ピンライターの助けを得て「ささやきながら星の海を渡る」平面航法船の時代が始まる。

「鼠と竜のゲーム」The Game of Rat and Dragon（ギャラクシイ誌一九五五年十月）

これも初期の傑作の一つである。平面航法の宇宙船が進む虚無の中には死と恐怖が待ち受けており、テレパスたちはそれを竜と呼んだ。竜はピンライティングにより消滅する。だが人間の反射神経には限界があるため、猫から改造されたパートナーが相棒となった。猫たちにとって、竜は大きな鼠にしか見えないのだ。かくて鼠と竜のゲームが始まる。

パートナーは猫人間ではなく、見た目はただの猫である。でも彼女たちの愛らしいこと。テレパシーでつながった思考の官能的なこと。猫好きにはたまらない作品である。

「燃える脳」The Burning of the Brain（イフ誌一九五八年十月）

平面航法の宇宙船船長《ゴー・キャプテン》マーニョ・タリアーノとその妻、かつては絶世の美女だったドロレス・オーの物語。二人のロマンスは「星の海に魂の帆をかけた女」と同様、多くの惑星で伝説となった。だが、最悪の事故が勃発《ぼっぱつ》する。決してロマンチックな話ではない。自己犠牲と歪んだ愛。しかし伝説の二人にとっては、これもまたハッピーエンドなのかもしれない。

「ガスタブルの惑星より」From Gustible's Planet（イフ誌一九六二年七月）

ジュヌヴィーヴとの合作。ブラック・ユーモアな味わいがあり、グルメSFだともいえる。ガスタブルの発見した知的生物は、なんでも食べる美食家だった。だが人類との接触でとんでもないことになる。ひどい話ではあるが、読み終わるときっとお腹がすくはずだ。

「アナクロンに独り」Himself in Anachron（*The Rediscovery of Man*　一九九三年）

本邦初訳。執筆されたのは一九四六年だが発表はされず、七〇年代初めに出るはずだったハーラン・エリスンの『最後の危険なヴィジョン』のために、ジュヌヴィーヴが改稿した作品である。結局それも出版されず、九三年になってようやく日の目を見た。

タイムトラベルの話だ。愛し合う二人が時を渡るハネムーンに出かけ、遭難する。後半に現われるビジョンは荘厳で美しく、ここでも自己犠牲と愛のテーマが描かれている。

「スズダル中佐の犯罪と栄光」The Crime and the Glory of Commander Suzdal（アメージン

グ・ストーリーズ誌一九六四年五月）
　補完機構の統治は人類を守ることが最優先であり、それは時に無慈悲で残酷なものとなる。この物語も、一つの種族を悲劇的な運命に追いやり、スズダル中佐にはおぞましい刑罰（それは「シェイヨルという名の星」で明らかとなる）が下される。その一方で、この短い物語に詰め込まれたSF的な想像力のきらめき、驚くべきセンス・オブ・ワンダーの強烈さときたら！　とりわけ〈猫の国〉のくだりは衝撃的である。アラコシア人たちも、語りとは裏腹に、奇妙ではあっても恐ろしく魅力的に描かれている。傑作である。

「黄金の船が――おお！　おお！　おお！」Golden the Ship Was—Oh! Oh! Oh!（アメージング・サイエンス・フィクション・ストーリーズ誌一九五九年四月）
ジュヌヴィーヴとの合作。全長一億五千万キロの黄金の船！　これだけでもSF史に名を残す作品だ。〈人間の再発見〉の前、補完機構が退廃の極みにあった時代。戦争をしないことをスローガンとしている補完機構の戦争とは一体どういうものなのか、この作品を読めばその無慈悲な恐ろしさがわかるだろう。

　第二巻『アルファ・ラルファ大通り』は、「クラウン・タウンの死婦人」から「シェイヨルという名の星」までの七篇。いよいよ未来史のクライマックス、下級民たちの物語が幕を開ける。最高のヒロイン、猫娘ク・メルも登場します。乞うご期待！

〈訳者略歴〉
伊藤典夫　1942年生，英米文学翻訳家　訳書『猫のゆりかご』ヴォネガット・ジュニア（早川書房刊）他多数
浅倉久志　1930年生，2010年没，1950年大阪外国語大学卒，英米文学翻訳家　訳書『アンドロイドは電気羊の夢を見るか？』ディック（早川書房刊）他多数

HM=Hayakawa Mystery
SF=Science Fiction
JA=Japanese Author
NV=Novel
NF=Nonfiction
FT=Fantasy

人類補完機構全短篇1

スキャナーに生《い》きがいはない

〈SF2058〉

二〇一六年三月十五日　発行
二〇一六年七月十五日　三刷

（定価はカバーに表示してあります）

著者　コードウェイナー・スミス
訳者　伊《い》藤《とう》典《のり》夫《お》　浅《あさ》倉《くら》久《ひさ》志《し》
発行者　早川　浩
発行所　株式会社　早川書房
郵便番号　一〇一 - 〇〇四六
東京都千代田区神田多町二ノ二
電話　〇三 - 三二五二 - 三一一一（大代表）
振替　〇〇一六〇 - 三 - 四七七九九
http://www.hayakawa-online.co.jp

乱丁・落丁本は小社制作部宛お送り下さい。
送料小社負担にてお取りかえいたします。

印刷・三松堂株式会社　製本・株式会社川島製本所
Printed and bound in Japan
ISBN978-4-15-012058-0 C0197

本書は活字が大きく読みやすい〈トールサイズ〉です。